ELLES

Née en 1970, Lisa Lutz rêvait de devenir scénariste. Elle entame en 1991 l'écriture d'un script tout en travaillant pour gagner sa vie dans… une agence de détectives. Son scénario aboutira à un film, *Plan B*, sorti en 2001. C'est en 2004 qu'elle entame la rédaction de *Spellman et associés*, premier volet de la série des *Spellman*, une famille de détectives privés.

Paru au Livre de Poche :

Les Spellmann

Spellmann & associés
Les Spellmann se déchaînent
La Revanche des Spellmann
Les Spellmann contre-attaquent
Rien ne va plus chez les Spellmann

LISA LUTZ

Elles

TRADUIT DE L'ANGLAIS (ÉTATS-UNIS)
PAR FRANÇOISE DU SORBIER

ÉDITIONS DU MASQUE

Titre original :

THE PASSENGER
publié par Simon & Schuster, New York.

ISBN : 978-2-253-25806-3 – 1re publication LGF

Pour M. B & M. D
Pour Mlle C

TANYA DUBOIS

1

Quand j'ai trouvé mon mari au bas de l'escalier, mon premier mouvement a été de le ranimer avant de songer à me débarrasser du corps. J'ai comprimé son thorax trapu et insufflé de l'air dans sa bouche violacée. C'était la première fois depuis des années que nos lèvres se touchaient sans que j'aie un mouvement de recul.

Au bout de dix minutes, j'ai abandonné. Frank Dubois était mort. Couché là, paisible et silencieux, il semblait dormir ; mais Frank était plus bruyant endormi qu'éveillé. Honnêtement, si j'avais su quel type de ronfleur il allait devenir, jamais je ne l'aurais épousé. Si je pouvais tout recommencer, jamais je ne l'épouserais, même avec un sommeil d'ange. Si je pouvais tout recommencer, il y a beaucoup de choses que je ferais différemment. Mais en regardant Frank à ce moment-là, immobile et silencieux, je le trouvais moins déplaisant. Cela paraissait un moment bien choisi pour lui dire adieu. Je me suis servi un shot de son bourbon préféré, me suis assise dans son fauteuil en imitation daim et j'ai bu un coup en l'honneur du défunt.

Au cas où vous vous poseriez la question, ce n'est pas moi qui l'ai tué. Je n'ai rien à voir avec la mort de Frank. Je n'ai pas d'alibi, alors vous allez devoir me croire sur parole. Je prenais une douche quand Frank est mort. D'après ce que j'ai vu, il est tombé tout seul dans l'escalier. Il souffrait de vertiges ces derniers temps. Commode, je sais. Et je doute qu'il en ait parlé à qui que ce soit. Si j'avais attendu la police et leur avais dit la vérité, la vie aurait peut-être pu continuer normalement. Sans Frank.

Je me suis servi un autre verre et j'ai réfléchi à mes choix. Ma première idée a été de faire disparaître le corps. Ensuite, d'aller dire aux autorités que Frank m'avait quittée pour une autre femme. Ou fuyait un usurier. Tout le monde savait qu'il était accro au jeu mais n'avait aucun talent pour les cartes.

J'ai décidé de tester ma force pour voir si la chose était seulement possible. J'ai tiré sur les pieds gonflés et calleux de Frank, des pieds que j'en étais arrivée à haïr – pourquoi est-on obligée de dire à un homme adulte de se couper les ongles de pied ? J'ai traîné le corps sur trente centimètres environ à partir de l'endroit où il avait atterri, et puis j'ai renoncé. Frank avait pris du poids durant cette dernière année, mais même s'il avait été svelte, je m'imaginais mal en train de le déposer dans un endroit où il ne serait jamais retrouvé. Et maintenant, il y avait une traînée de sang suspecte en forme de point d'interrogation juste au-dessus de sa tête. Je pourrais l'expliquer de façon satisfaisante si j'appelais les flics et ne bougeais pas. Mais dans ce cas, ils se mettraient à m'examiner de près et je n'aimais pas que les gens s'intéressent à moi de trop près.

J'ai essayé d'imaginer mon procès. Moi, soigneusement récurée, les cheveux tirés en arrière en chignon strict, vêtue d'une innocente robe d'été fleurie à col Claudine, m'efforçant d'avoir l'air *non coupable*, avec mon visage sec comme le désert, contours nets, apparence impassible. Je ne savais pas comment j'allais pouvoir faire venir des larmes ou prendre l'air d'une endeuillée anéantie par le chagrin. Je ne suis plus capable de manifester beaucoup d'émotion. C'est l'une des choses que Frank a toujours aimées chez moi. Je pleurais autrefois, mais c'était dans une autre vie. Mon cœur a été brisé une fois. Intégralement.

Assise dans le fauteuil de Frank, mon verre à la main, je faisais comme si j'étudiais les possibilités qui s'offraient à moi. Mais il n'y en avait qu'une.

Frank planquait le fric réservé au jeu dans sa boîte à outils. Un peu plus de 1 200 dollars. J'ai emporté de quoi faire un court voyage et chargé la valise à l'arrière du pick-up Chevrolet de Frank.

Je ne laissais derrière moi que deux personnes, Frank mis à part : Carol, la serveuse du bar, et le Dr Mike.

Le Dr Mike était le meilleur chiropracteur de Waterloo, dans le Wisconsin. Ils n'étaient que deux, alors il n'y avait pas beaucoup de concurrence. Il avait repris le cabinet trois ans auparavant, quand le Dr Bill était parti à la retraite. Depuis l'accident, je souffre du dos. Une ou deux fois par mois, j'allais voir le Dr Bill, qui me remettait d'aplomb. Je voyais le Dr Mike plus souvent. La première fois qu'il a posé les mains sur moi, j'ai ressenti une décharge électrique, comme si je me réveillais pour la première fois depuis des années. Je suis revenue la semaine suivante, et ça a été la même chose. Je suis revenue la semaine d'après encore. J'ai sauté une semaine et le Dr Mike est passé au bar voir comment j'allais. Frank était parti quelques jours à la pêche, et le Dr Mike m'a proposé de me faire une séance dans le bureau derrière le bar. Ça ne s'est pas déroulé comme prévu.

Je ne pouvais pas déranger Carol à cette heure-là. Je réveillerais ses enfants. Je lui enverrais peut-être une carte postale sur la route. Mon chiropracteur avait son cabinet au rez-de-chaussée de sa maison de style néo-Queen Anne à trois étages, dans le quartier chic de la ville. Si j'étais maligne, il faudrait que je parte maintenant pendant qu'on croyait Frank encore de ce monde. Un monde avec lequel je n'avais que peu de liens, mais le Dr Mike était l'un d'eux.

J'ai pris le pick-up de Frank pour aller chez le Dr Mike et attrapé la clé sous la pierre. J'ai ouvert la porte et suis entrée dans sa chambre. Quand il dormait profondément, le Dr Mike ronronnait un peu comme le chat siamois que j'avais, enfant. Il bougeait comme un siamois aussi. Il étirait toujours ses longs membres quand il se réveillait et passait du lent et réfléchi au rapide et vif. Je me suis déshabillée et glissée à côté de lui.

Le Dr Mike s'est réveillé et m'a prise dans ses bras.

— Tu as besoin d'une séance ? a-t-il demandé.

— Hm-mm.

C'était notre plaisanterie habituelle. Il m'a embrassé le cou, puis les lèvres et a roulé sur le dos, attendant que je donne le signal. C'était son habitude. Il fallait toujours que ce soit moi qui prenne l'initiative… C'est moi qui avais commencé. Alors je continuais, et aujourd'hui, c'est moi qui mettais un point final.

Entre le Dr Mike et moi, ça n'avait jamais été la grande passion. Il était le refuge où j'allais quand je voulais oublier. Quand j'étais avec lui, j'oubliais Frank, j'oubliais que j'étais en cavale pour échapper à la justice, j'oubliais qui j'étais avant tout ça.

Quand nous avons eu terminé, Mike m'a massée pour soulager mon dos et remettre ma colonne d'aplomb.

— Tu n'es plus du tout alignée. Il s'est passé quelque chose ? Tu as fait un geste que tu n'aurais pas dû faire ?

— Sans doute.

Le Dr Mike m'a retournée sur le dos.

— Quelque chose a changé, a-t-il dit.

— Il serait temps, non ?

J'avais l'impression d'être un grain de poussière figé depuis bien trop longtemps dans un glaçon. J'aurais dû faire quelque chose à propos de cette vie que je menais longtemps avant que Frank le Macchabée ne me pousse à agir.

J'ai regardé la pendule. Il était juste minuit passé. L'heure de partir. Je me suis habillée rapidement.

Le Dr Mike m'a observée d'un œil professionnel.

— C'est fini, hein ?

Je ne savais pas comment il en était arrivé à cette conclusion, mais il avait deviné juste. Inutile de répondre.

— Dans les prochains jours, tu vas peut-être entendre des rumeurs à mon sujet, ai-je dit. Je veux juste que tu saches qu'elles ne sont pas vraies. Plus tard, tu entendras peut-être encore d'autres rumeurs. La plupart d'entre elles ne seront pas vraies non plus.

En partant, je l'ai embrassé pour la dernière fois.

J'ai fait cinquante kilomètres avant de prendre de l'essence. J'avais une carte de retrait et une carte de crédit et j'ai retiré le montant maximum de 200 dollars sur chacune. J'ai fait encore cinquante kilomètres et me suis arrêtée à la station d'essence suivante pour prendre une tasse de café fort et retirer encore 200 dollars sur chaque carte. Frank avait toujours été radin avec notre argent. Je possédais une seule carte de crédit et un petit compte en banque, et il n'y avait ni sur l'un ni sur l'autre de quoi financer des vacances prolongées. J'ai fait un autre arrêt dans un Quick Mart, j'ai sorti encore 400 dollars, et jeté mes cartes dans une poubelle en sortant. J'avais 2 400 dollars et un pick-up Chevrolet dont j'allais devoir me débarrasser sans tarder. J'aurais dû faire des provisions de fric à partir du moment où j'avais eu la clé de la caisse. J'aurais dû savoir que le jour viendrait où j'en aurais besoin.

La voiture sentait l'odeur de mon mari – de mon ex-mari ? Ou étais-je veuve ? Il faudrait que je choisisse. J'aurais aussi pu ne jamais avoir été mariée. Quoi qu'il en soit, j'ai conduit les fenêtres ouvertes pour me débarrasser de l'odeur de Frank.

J'ai pris l'Interstate 39 en direction du sud et quitté le Wisconsin. J'ai roulé un certain temps en Illinois jusqu'à ce que j'aperçoive un panneau pour la I-80 qui m'emmènerait bien quelque part. Je n'avais pas de destination en tête, aussi ai-je pris la direction de l'ouest, surtout parce que je n'avais pas envie d'avoir le soleil du matin dans l'œil. Et je n'avais pas l'intention de m'arrêter avant le matin.

Comme je n'avais pas emporté de musique pour la route, j'ai été coincée toute la nuit avec la radio locale et les prédicateurs. J'ai réussi à choper une station de radio pendant que je fonçais sur les reliefs vallonnés de l'Iowa. Il faisait trop noir pour voir les arbres nus et la neige boueuse qui déparaient le paysage désolé de février.

Le prédicateur de l'Iowa qui m'a tenu compagnie pendant la première moitié de mon voyage énumérait les sept signes de l'antéchrist. L'un d'eux était sa ressemblance avec le Christ. J'ai écouté, malgré les grésillements de la station que je captais de plus en plus mal, et noté quelques indices supplémentaires : il devait être beau et avoir du charme ; bref, à l'entendre, il semblait canon. Mais bientôt, je n'ai plus eu de réseau. Alors il se peut tout à fait que je rencontre l'antéchrist sans le reconnaître.

J'ai zappé entre différentes stations et finalement trouvé un autre pasteur prêchant sur le pardon.

C'est un sujet qui ne m'intéresse pas. J'ai éteint la radio et continué ma route, accompagnée par le sifflement de l'air autour de la voiture, et le bruit des pneus sur l'asphalte pendant que les phares des véhicules roulant en sens inverse clignotaient et s'effaçaient de ma vision périphérique.

Je me suis rappelé le jour où j'ai rencontré Frank. Je n'étais dans la ville que depuis quelques semaines, espérant trouver du travail quelque part. Je prenais un verre dans son bar, qui portait son nom, Chez Dubois. Je me dis parfois que j'ai épousé Frank pour son nom. Je n'ai jamais aimé celui de Tanya Pitts. Ni le prénom, ni le nom. Sans aucun doute, Tanya Dubois était une promotion.

À l'époque, Frank était plein de vie et moi amorphe, aussi, ça a bien marché. Il m'a donné mon premier vrai boulot. J'ai appris à tirer des pintes et à mélanger les cocktails, même si on nous en demandait rarement dans notre modeste établissement. Ma vie se bornait à peu près à ça avec Frank. Nous n'avons pas eu d'enfants. J'ai fait ce qu'il fallait pour l'éviter.

Après avoir conduit toute la nuit, je me suis retrouvée juste à l'extérieur de Lincoln, dans le Nebraska. Il était temps de m'arrêter et de me débarrasser du pick-up. J'ai trouvé un concessionnaire en voitures d'occasion et échangé le Silverado de deux ans de Frank contre une Buick Regal de sept ans, et 1 700 dollars en liquide. Je savais que je me faisais rouler, mais mieux valait que j'évite d'attirer l'attention sur moi. Je n'allais pas garder la Buick longtemps de toute façon. J'ai roulé encore une quinzaine de kilomètres jusqu'à une petite ville nommée Milford, où j'ai trouvé un motel nommé Motel, qui semblait être le genre d'établissement où l'on ne refuserait pas une transaction en liquide. Quand on m'a demandé une pièce d'identité, j'ai dit que j'avais perdu la mienne. J'ai payé une surtaxe et signé Jane Green sur le registre.

J'ai dormi huit heures d'affilée. Si j'avais été coupable, est-ce que j'aurais pu ? J'ai été réveillée par une faim si violente que j'en avais la nausée. J'ai ouvert la porte de la chambre 14, au premier étage de la bâtisse de stuc, et me suis appuyée au balcon pour regarder la vue de la ville où j'avais atterri. Je ne crois pas que le balcon était aux normes. J'ai reculé d'un pas et repéré une enseigne au néon rouge qui n'était pas allumée et annonçait « resto ».

Je suis retournée dans ma chambre, j'ai fait ma toilette et suis sortie en m'adressant un rappel rapide : *Tu es Jane Green pour le moment. Oublie qui tu étais.*

À huit heures du soir, l'heure de pointe était passée. Je me suis donc installée dans un box, partant du principe que les gens qui veulent faire la conversation s'installent au comptoir. Un exercice où je ne serais probablement pas très bonne, n'ayant pas d'identité. Ça, ça viendrait plus tard.

Une serveuse prénommée Carla a posé un menu devant moi.

— Je peux vous apporter quelque chose pour commencer ? a-t-elle demandé.

— Du café. Noir.

Elle a versé le café.

— Goûtez-le et vous verrez. Je vous laisse le temps de regarder le menu.

Elle avait raison. Ce n'était pas le genre de café qu'on avale d'un trait. Je l'ai noyé de crème et sucré. Et même alors, il avait des velléités de remonter. J'ai examiné le menu, essayant de décider ce que j'étais d'humeur à manger. Je me suis dit que Jane Green pourrait avoir des envies différentes de celles de Tanya Dubois. Mais comme je n'avais encore changé ni de vêtements ni de coiffure, je pouvais continuer durant une journée à manger ce que Tanya aimait. Jane Green n'était qu'une coquille que j'habitais le temps de renaître.

— Vous avez décidé, ma belle ? a demandé Carla.

— Tarte aux pommes et frites.

— Une fille comme je les aime !

Carla a pivoté sur ses confortables chaussures blanches d'infirmière et s'est éloignée.

Je l'ai regardée bavarder avec un camionneur courbé sur son assiette de pain de viande au bout du comptoir. Il a grommelé quelque chose que je n'ai pas distingué.

Carla l'a regardé avec sérieux et détermination et a lancé :

— Je crois que tu devrais te mettre aux antidépresseurs, mon grand. Je te garantis que tu as besoin d'une pilule du bonheur. La prochaine fois que tu viens chez moi, je veux voir un sourire sur ta belle gueule. Tu m'entends ? Tu vois ce panneau, là. On a le droit de refuser de servir certains clients.

— Carla, fiche-lui la paix, à ce malheureux, a crié une voix d'homme dans la cuisine.

— Occupe-toi de tes oignons, Duke, a rétorqué Carla. Après quoi elle a servi plusieurs tasses de café, appelant les clients « mon grand » et « mon ange » et s'est esclaffée à une plaisanterie qui n'était pas drôle du tout. J'ai pensé que ce serait chouette d'être Carla, pendant un petit moment peut-être. À essayer, pour voir si elle faisait l'affaire.

J'ai dévoré ma tarte et mes frites si vite que même Carla a été impressionnée.

— Jamais vu des camionneurs de cent quarante kilos engloutir la nourriture aussi vite. Vous deviez être affamée.

— Oui, ai-je dit.

Des réponses brèves, toujours.

J'ai réglé ma note et suis partie dans la morne grand-rue de la petite ville qui méritait à peine d'avoir un nom. Je suis entrée dans un bazar où j'ai acheté du shampooing, une brosse à dents, du dentifrice, de la teinture auburn et brun foncé, et un portable jetable.

Le vendeur, un homme d'un certain âge dont le badge indiquait qu'il se prénommait Gordon, a fait le total de mes achats et a annoncé :

— Ça fera 58 dollars et 34 cents.

J'ai payé en liquide. Quand je suis sortie, j'ai lâché :

— Merci, mon grand. Bonne journée.

Ça sonnait si faux que j'en ai eu un frisson de gêne.

En passant devant une boutique de vins et spiritueux sur le trajet du motel, j'ai acheté une bouteille du bourbon préféré de Frank, histoire d'essayer de noyer tous mes souvenirs dans l'alcool. J'ai payé en liquide et n'ai adressé au vendeur qu'un seul mot: « Merci ».

De retour dans ma chambre où le radiateur émettait un cliquetis intempestif, j'ai étalé mes achats sur le lit et essayé de réfléchir à l'étape suivante. Je savais depuis le début qu'elle était incontournable, mais je n'avais pas encore le courage de l'entreprendre. J'ai avalé un shot de bourbon et attrapé mon répertoire téléphonique dans mon sac. J'ai pris une grande inspiration et me suis entraînée plusieurs fois à dire « allô ». Puis j'ai composé un numéro.

— Entreprise de construction Oliver et Mead, a dit la réceptionniste.

— Je voudrais parler à M. Roland Oliver.

— Puis-je savoir qui le demande ?

— Non. Mais je suis sûre qu'il voudra me parler.

— Ne quittez pas, je vous prie.

Un clic, puis Beethoven m'a explosé dans l'oreille. Deux minutes complètes se sont écoulées avant que la réceptionniste me reprenne.

— Je regrette, M. Oliver est très occupé pour l'instant. Puis-je avoir un numéro où il peut vous rappeler ?

Je ne voulais pas donner de nom, mais je ne voyais aucun autre moyen d'entrer en contact avec lui.

— Dites à M. Oliver que c'est sa vieille amie Tanya qui l'appelle.

Cette fois, je n'ai eu que quelques mesures de Beethoven à écouter avant d'avoir au bout du fil la voix grave et râpeuse de M. Oliver.

— Qui est à l'appareil ?

— Tanya Pitts, ai-je soufflé.

Il n'a rien dit. J'entendais sa respiration laborieuse.

— J'ai besoin de votre aide, ai-je dit.

— Vous n'auriez pas dû m'appeler ici.

— Il aurait mieux valu que je laisse un message à votre femme ?

— Qu'est-ce que vous voulez ?

— Un service.

— Quel genre ?

— J'ai besoin d'un nouveau nom.

— Qu'est-ce qui vous gêne dans celui que vous avez ?

— Je ne vais plus pouvoir l'utiliser. Je crois que vous connaissez quelqu'un qui s'occupe de ces choses-là ?

— Ça se peut.

— Je veux une identité avec un casier vierge, un nom plus joli que le précédent et, si c'est possible, j'aimerais avoir quelques années de moins.

Tanya Dubois allait avoir son trentième anniversaire. Mais je ne voulais pas passer trente ans avant mon heure.

— Vous ne pouvez pas obtenir des identités à la demande, a dit M. Oliver.

— Faites pour le mieux.

— Comment puis-je vous joindre ?

— C'est moi qui vous contacterai. Oh, et si ça ne vous ennuie pas, je vais avoir besoin d'argent. Deux mille dollars feraient l'affaire.

— Vous n'allez pas devenir un problème maintenant, Mrs Pitts ?

Il s'est servi de mon nom comme d'une arme, sachant que j'aurais l'impression de recevoir un coup de couteau dans le ventre.

— Disons 5 000, ai-je repris.

Je savais que je pourrais obtenir plus, mais j'avais laissé passer des années sans demander un centime à M. Oliver, et j'y avais mis un point d'honneur.

— Où êtes-vous ? a-t-il demandé.

— Je vous appellerai.

— Attendez. Donnez-moi de vos nouvelles.

J'aurais pu être dupe de sa sincérité, comme si la chose avait de l'importance pour lui. Mais je ne l'étais pas.

— Au revoir, monsieur Oliver.

2

Le lendemain, j'ai pris la Route 81 en direction du sud, jusqu'à l'I-35 vers le sud, qui coupait l'Oklahoma en deux. Je me suis arrêtée dans une petite ville, Norman, juste après 15 h 30, et j'ai pris une chambre au Swan Lake Inn. Je n'ai pas vu la queue d'un cygne, pas plus que de lac, pendant les deux jours que j'y ai passés. J'ai donné exactement quarante-huit heures à M. Oliver avant de le rappeler.

— Vous l'avez ? ai-je lancé.

— Oui, j'ai ce que vous m'avez demandé.

— Ne me faites pas languir et dites-le-moi maintenant : je m'appelle comment ?

— Amelia Keen.

— A-me-lia Ke-en, ai-je scandé lentement.

Puis j'ai répété le nom pour voir s'il me convenait. J'avais l'impression que oui.

— C'est un bon nom.

— Je suis ravi qu'il vous plaise, a répondu M. Oliver sur le ton d'un automate.

— Qui était-ce ?

— Une fille qui est morte il y a un an dans un incendie. Personne n'a touché son capital-décès. Célibataire, sans enfant. Elle avait vingt-sept ans à sa mort, donc vous avez vingt-huit ans aujourd'hui.

— Cet âge me convient. Pièces d'identité ?

— Carte de Sécurité sociale et passeport sans photo. Vous avez une adresse à me donner ?

— Faites-les livrer sous vingt-quatre heures aux bons soins de Jane Green au Swan Lake Inn, Clyde Avenue, Norman, Oklahoma. Et virez 5 000 dollars à Amelia Keen à l'agence de la Western Union, Clyde Avenue. Je jetterai mon téléphone après cet appel, donc mieux vaut avoir mis les choses au point.

— Vous – miss Keen… a-t-il dit. Il va falloir que vous commenciez à vous habituer à ce nom.

— Sans doute.

— Soyez prudente, miss Keen. Si vous vous faites prendre, vous ne pourrez compter que sur vous-même.

— Comme d'habitude.

— Vous aurez le pli demain. Nous n'avons pas besoin de nous reparler.

— J'ai encore une faveur à vous demander.

— Quoi donc ?

— N'essayez pas de me tuer.

AMELIA KEEN. Amelia Keen. Voilà un nom dont on pouvait faire quelque chose. Peut-être Amelia Keen avait-elle de l'ambition. Elle irait peut-être à la fac, ou apprendrait une langue étrangère. Elle pourrait devenir professeur ou femme d'affaires. Peut-être pourrait-elle piloter un avion, devenir médecin. Enfin, ça, c'était peut-être pousser le bouchon un peu loin. Mais Amelia Keen pourrait avoir de l'instruction. Se mettre au tennis ou au ski, fréquenter des gens qui faisaient autre chose que jouer au billard dans un bar tous les samedis soir. Elle pourrait épouser un homme pour autre chose que son joli nom de famille.

Je suis descendue dans le hall du Swan Lake. J'avais presque envie de rencontrer celui ou celle qui s'était fourvoyé en lui donnant un nom pareil, pour lui demander s'il – ou probablement elle – avait eu des projets plus ambitieux qui avaient capoté. En cherchant à être plusieurs crans au-dessus d'un hôtel miteux, il en paraissait encore plus paumé.

J'ai parlé à la réceptionniste. Elle ne devait guère avoir plus de dix-neuf ans. Elle n'avait pas l'air de faire là un petit boulot en passant, non, elle purgeait une vraie peine au Swan Lake. Ça se voyait à la façon dont sa bouche était hermétiquement crispée sur ses dents : la dose d'ambition dont elle avait héritée à la naissance, elle l'avait déjà dilapidée en alcool et en amphètes. Elle n'avait fait aucune difficulté pour m'enregistrer sans pièce d'identité. Son badge disait « Darla ». J'ai toujours adoré les badges parce que je n'ai aucune mémoire des noms. Ou peut-être que je ne vois pas l'intérêt de retenir le nom de quelqu'un quand je sais que je vais devoir l'oublier.

— Bonjour, Darla, ai-je dit. La journée se passe bien ?

— Oui, miss… miss…

— Jane Green.

— C'est ça.

Elle avait les pupilles aussi dilatées que celles d'un aveugle.

— J'attends un pli demain. C'est vraiment important. Pouvez-vous appeler ma chambre dès qu'il arrivera ?

— Oui, madame, a-t-elle dit en notant cela sur un pense-bête.

Je lui ai donné un billet de vingt dollars, bien qu'elle m'ait appelée « madame ».

J'ai éteint mon téléphone portable, l'ai jeté dans une benne à ordures à l'extérieur du Swan Lake et j'en ai acheté un autre à la supérette du coin. J'ai descendu la grand-rue sans hâte, trouvé un autre resto et commandé un burger frites. J'ai bien fait comprendre à la serveuse que je n'étais pas d'humeur bavarde et j'ai évité de croiser le regard des personnes qui passaient à côté de moi.

Ne pas avoir de nom est dangereux. Un faux pas, quelqu'un s'avise que vous n'êtes personne et, finalement on découvre qui vous êtes vraiment.

J'ai passé la soirée dans ma chambre à regarder à la télévision des gens qui faisaient semblant d'être quelqu'un d'autre. Je me suis rendu compte qu'il me faudrait avoir une nouvelle personnalité, des manières, des inflexions, des goûts et des dégoûts nouveaux. J'ai pris le bloc de papier et le stylo-bille bon marché sur la table de nuit et j'ai commencé à noter quelques traits de caractère dont je pourrais essayer de me débarrasser.

Tanya avait horreur des brocolis et des avocats.

Elle traitait tout le monde de « bâtard », même de façon amicale. Elle utilisait même parfois le mot à la place d'un nom dont elle ne se souvenait plus. Tanya avait un tatouage à la cheville. Une erreur datant du lycée. Elle se contorsionnait souvent ou se frottait l'épaule pour essayer de se réaligner entre deux séances chez l'ostéopathe. De temps en temps, elle piquait les comprimés de Frank – il avait mal à un genou. Malheureusement, Frank n'était pas très partageur en matière d'analgésiques et il savait très bien compter.

J'ai regardé la liste des détails concernant Tanya et me suis dit que cette fille était terne à souhait. Quelle chance j'avais de la laisser derrière moi. J'ai trouvé une boîte d'allumettes au fond de mon sac. Le sac de Tanya. J'ai déchiré la page du bloc, mis le feu à un coin, jeté les cendres avec le dernier morceau enflammé dans les toilettes, et tiré la chasse sur Tanya.

Puis j'ai griffonné quelques idées sur le profil possible d'Amelia. Elle se tiendrait bien droite. Elle aurait l'air de quelqu'un d'instruit. Elle aurait lu des livres. Amelia serait bonne nageuse, mais Tanya l'était aussi. Peut-être Amelia devrait-elle se mettre au jogging. Cela pourrait lui servir à l'occasion. Peut-être était-elle de ces gens qui se lient facilement. Non, ce n'était pas une bonne idée. Une chose était sûre en tout cas : elle était seule et le resterait.

Darla a appelé le lendemain matin. Le pli était arrivé. J'ai passé un pull par-dessus mon pyjama et me suis précipitée dans le hall en essayant de contenir ma montée d'adrénaline.

Elle m'a tendu une grande enveloppe en papier kraft. Je me suis forcée à lui faire un large sourire, l'ai remerciée et suis partie vite fait.

Dans ma hâte à ouvrir l'enveloppe en y glissant l'index, je me suis coupée avec le papier. Une minuscule goutte de sang a atterri sur mon nouveau certificat de naissance. Amelia Keen, née le 3 novembre 1986, de George Arthur Keen et de Marianne Louise Keen à l'hôpital Providence de Tacoma, Washington. Un Scorpion. Forte personnalité, magnétique, jalouse, possessive, compulsive. Ma mère était une obsédée des horoscopes. Jamais je n'y ai cru, sans doute parce que j'étais Poissons, ce qui évoquait une méduse sans le piquant. Rétrospectivement, c'est peut-être exactement ce que j'étais.

Maintenant, je pouvais changer tout ça. Changer tout ce que je n'aimais pas chez moi, à commencer par mes cheveux. J'étais devenue blonde longtemps auparavant, quand je m'étais avisée que les hommes vous regardent autrement quand vous vous décolorez les cheveux. Je me demandais comment ils me regarderaient si j'étais brune. Peut-être qu'ils ne me regarderaient plus du tout. Ce serait chouette d'être invisible un moment.

J'ai emporté les ciseaux dans la salle de bains et examiné ce que je voyais dans la glace. Une teinture blonde très ordinaire, des cheveux trop longs et une coupe informe, des yeux marron clair cernés de brun. J'ai raccourci mes cheveux d'une dizaine de centimètres, en ligne droite. Ça faisait des années que je me coupais les cheveux moi-même. Non par souci d'économie, ni parce que j'étais particulièrement douée, mais parce que assise sur le fauteuil du coiffeur et en butte à ses questions, j'avais toujours l'estomac noué.

Je me suis coupé une frange, tout en sachant qu'elle allait me chatouiller le front et m'agacer, mais avec elle, je ressemblais déjà moins à Tanya et davantage à Amelia. J'ai mélangé les coloris auburn et brun avec le révélateur et commencé à faire des raies sur mon cuir chevelu avec le flacon en plastique. Quand mes cheveux ont été enduits de la mixture et que mes narines ont brûlé à cause de l'odeur des produits chimiques, j'ai regardé l'heure à ma montre, ôté les gants et allumé la télévision.

Je suis tombée sur un film qui se passait à l'université. Dans un de ces anciens campus aux bâtiments de pierre avec des piliers et des escaliers partout. Il y avait des étudiants paresseusement allongés sur l'herbe à l'ombre de chênes centenaires, et une fille dont l'aspect me plaisait : elle essayait de faire signer une pétition. Je n'ai pas bien saisi ce dont il s'agissait. Elle était vêtue d'un jean délavé qui avait l'air aussi doux à porter qu'un vieux T-shirt, d'un débardeur et d'une veste militaire verte ; des plaques militaires et une clé de maison étaient pendues à son cou. Elle semblait se moquer de ce que les gens pensaient d'elle. Et elle avait l'air vraiment bien dans ses baskets. Au bar, j'étais toujours en jupe ou en robe, avec des chaussures inconfortables qui me massacraient les pieds.

Amelia Keen ne porterait pas de vêtements qui la brideraient.

J'ai rincé la teinture collante et me suis séché les cheveux, laissant des taches brunes sur la serviette rugueuse comme du papier de verre de l'hôtel. Je me suis fait ma nouvelle coiffure et j'ai rectifié la ligne de la frange, coupant quelques mèches rebelles. J'ai enfilé un vieux jean, un sweat bleu marine, avant de fourrer pêle-mêle mes autres vêtements dans ma valise et de quitter Swan Lake avec une autre tête. Une brune aux yeux marron. Un mètre soixante-cinq, cinquante-sept kilos, entre vingt-cinq et trente ans. Je ressemblais à tant de femmes que vous avez déjà croisées que je doute que vous auriez pu me distinguer dans une séance d'identification.

Je suis allée chez un photographe faire faire des clichés pour mon passeport.

« Ne souriez pas », a dit le photographe. C'était la première fois que je me souvenais d'en avoir eu envie.

En attendant que mes photos soient développées, j'ai pris la voiture pour aller dans une papeterie et j'ai acheté une pellicule adhésive. Puis je suis allée dans une supérette et ai acheté une lame de rasoir, une casquette de base-ball, du rouge à lèvres rouge, de l'eyeliner noir et du mascara. Pas de blush. Amelia Keen n'avait pas le teint rose et éclatant. Je suis retournée chez le photographe pour récupérer mes photos. Puis je me suis installée sur la banquette arrière de ma vieille Buick pour me mettre au travail sur mon passeport. J'ai utilisé un point de colle pour maintenir ma photo en place sur le passeport aveugle. J'ai placé celui-ci sur ma valise rigide afin de passer à l'étape suivante. J'ai pris une feuille de pellicule adhésive transparente et l'ai positionnée au-dessus de la page. Mes mains tremblaient un peu et j'ai attendu que mes nerfs se calment. J'ai abaissé la feuille adhésive d'un seul coup net et, à l'aide de la lame de rasoir, j'ai fait sortir les bulles d'air. Puis j'ai coupé les bords jusqu'à ce que le passeport se détache de la valise.

J'ai regardé mon œuvre et en ai été satisfaite : cela ne passerait probablement pas à la douane, mais je n'avais pas l'intention de prendre l'avion pour où que ce soit.

Après quoi, je me suis mise en quête d'une friperie solidaire où j'ai acheté d'autres jeans et des chemises à col boutonné toutes simples : une à carreaux, une écossaise. J'ai dégotté un magasin de surplus militaires où je me suis acheté une veste verte comme celle de la fille dans le film, ainsi qu'une paire de rangers taille quarante et un. Je me suis acheté des sous-vêtements bon marché. Amelia Keen s'offrirait mieux quand elle aurait un boulot. J'ai jeté la valise de Tanya Dubois dans une benne à ordures derrière une station-service. Pendant quelques instants, je me suis autorisée à me souvenir de la dernière fois où je m'étais débarrassée de ma vie antérieure. Un moment douloureux à l'époque. Cette fois-ci, la seconde, cela ne me faisait ni chaud ni froid.

Je me suis glissée à nouveau dans la Buick et,

devant le rétroviseur, je me suis mis du rouge à lèvres rouge vif. Ma seule concession à la vanité.

J'ai roulé jusqu'à l'agence de la Western Union et me suis garée en face. Je pouvais peut-être entrer tranquillement dans la boutique à fric, montrer ma nouvelle pièce d'identité bien brillante et sortir sans encombre. Mais je venais de commettre un léger chantage et ma victime, si je peux l'appeler ainsi, pouvait avoir d'autres projets que de payer sagement. Je ne suis ni flic ni détective privé, ni ancien militaire, ni mercenaire. Je fais partie de la population civile moyenne, enfin presque sans talents spéciaux pour la surveillance à proprement parler. Je ne sais pas comment on échappe à un poursuivant. J'avais seulement une logique élémentaire et un fort instinct de survie, ainsi que le sentiment que cette transaction ne se déroulerait pas aussi facilement que je l'aurais souhaité.

J'ai passé soigneusement en revue le voisinage de l'agence. Derrière les portes en verre, il semblait y avoir trois personnes en dehors des employés, deux hommes et une femme d'après ce que je voyais. Ma Buick était garée entre une Range Rover et une Audi. Dans la Range Rover noire, un homme d'un certain âge fumait une cigarette. Le numéro sur les plaques d'immatriculation de l'Audi, je l'ai remarqué, était celui d'un autre État. En face de l'agence, dans une vieille Thunderbird, il y avait un type d'une vingtaine d'années appuyé au dossier de son siège, avec des lunettes de soleil. Il avait l'air de dormir, mais ça, c'était une bonne couverture.

Je pouvais rester assise et attendre qu'il se passe

quelque chose. Mais si c'étaient des professionnels, ils tiendraient sans doute plus longtemps que moi. Et je ne supporterais pas de rester beaucoup plus longtemps dans cette voiture qui sentait l'aigre et le renfermé. En regardant quelqu'un dans les yeux, je pouvais deviner ses intentions. Je n'avais pas toujours été comme ça, mais avec le temps, j'avais fini par apprendre. J'ai tiré mes cheveux, les ai coincés sous la casquette de base-ball, ai mis une paire de lunettes noires et me suis dirigée vers la Range Rover.

L'homme m'a repérée. Il a ouvert sa fenêtre quand il m'a vue plantée devant elle.

— Bonjour monsieur.

— Bonjour… mademoiselle ?

Je pense que les vêtements de garçon, les cheveux cachés sous la casquette et le rouge à lèvres l'ont déconcerté.

— Est-ce que vous avez l'intention de me tuer ? ai-je demandé.

— Pardon ?

— Je crois que ma question était parfaitement claire.

— Pourquoi voudriez-vous que je vous tue ? C'est une plaisanterie ou quoi ?

L'homme de la Range Rover était manifestement stupéfait, alarmé même.

— On se calme. Je vous pose juste une question simple. Tout ce que vous avez à faire, c'est d'y répondre, et après, je file.

— Non, je ne veux pas vous tuer.

— Merci. C'est une très bonne nouvelle. Bonne journée.

Je suis repartie, et suis allée jusqu'au coin de la rue. J'ai entendu son moteur se mettre en marche et l'ai regardé sortir de sa place et s'éloigner. Il n'y avait qu'un autre agresseur possible, le dormeur aux lunettes noires. J'ai traversé la rue et frappé à sa vitre. Soit c'était un excellent comédien, soit je l'ai tiré d'un sommeil profond.

Il a baissé sa vitre, fait glisser ses lunettes sur le bout de son nez et m'a regardée par-dessus ses verres avec des yeux las aux paupières tombantes.

— Je peux vous aider, mademoiselle ? a-t-il demandé d'une voix enrouée, comme s'il avait un chat dans la gorge.

— Vous me connaissez ?

— Hein ?

— Est-ce que je vous suis familière en quoi que ce soit ?

Mon assassin potentiel devait évidemment avoir une photo pour m'identifier.

— C'est Clara qui vous envoie ? a demandé le dormeur contrarié.

Ce n'était pas mon assassin.

— Excusez-moi, je me suis trompée, ai-je dit en m'éloignant.

— Dites à Clara que c'est fini, a crié le dormeur contrarié dans mon dos.

Devant l'agence, j'ai fait un tour complet sur mes talons. Je n'ai rien remarqué de suspect. Je pouvais partir sans l'argent, ou courir le risque et commencer tout de suite ma vie en tant qu'Amelia Keen. Je suis entrée dans l'agence de la Western Union, j'ai fait la queue, récupéré mon argent et suis ressortie. Je suis retournée à la Buick, j'ai roulé pendant une quinzaine de kilomètres en regardant le rétroviseur plus que la route devant moi. Puis je me suis arrêtée sur le bas-côté, ai rassemblé l'ensemble de mes achats récents et suis allée à pied en traînant mes affaires à environ huit cents mètres, jusqu'à un autre magasin de voitures d'occasion. J'ai acheté une Toyota Camry de dix ans à peu près correcte, pour 4 950 dollars cash. Techniquement, c'est Tanya Pitts qui l'a achetée pour Amelia Keen, puisque celle-ci n'avait pas encore de permis de conduire. J'ai mis mes affaires dans le coffre, quitté le magasin et taillé la route pendant les quatre heures suivantes.

Tout en roulant à 115 km/heure après la tombée de la nuit, j'ai senti en moi se produire un changement, comme si mon ADN se restructurait. J'ai senti la mort de Tanya Pitts-Dubois. Elle était où elle avait toujours été, où, depuis toujours, elle était censée être. J'étais Amelia Keen à présent.

22 octobre 2005
Destinataire : Ryan
De : Jo

Je sais que je viole une règle implicite en t'écrivant, mais personne n'est obligé de le savoir si tu ne dis rien. Tu as très bien gardé certains secrets, j'espère que tu garderas celui-là. Tu es peut-être surpris de recevoir de mes nouvelles. Je suis surprise de t'écrire. Je ne me suis pas encore habituée à cette nouvelle vie. Il y a des jours où je suis honnêtement tentée de rentrer et d'accepter mon sort. Il n'y a personne ici à qui je puisse dire ça, c'est donc à toi que je le dis. Tu es la seule personne qui me connaît vraiment. Qui sait ce que j'ai fait et ce que je n'ai pas fait. C'est pourquoi ce que toi tu as fait m'étonne autant. Mais je n'écris pas pour t'agresser. J'écris parce que je me sens seule.

La maison me manque. Edie me manque, même si le regard qu'elle m'a jeté la dernière fois que je l'ai vue ne me manque pas. Quand je suis d'humeur généreuse, ma mère me manque. Mais c'est surtout toi qui me manques. Tu me manques tout le temps, même si la part rationnelle de mon cerveau me dit que je devrais te haïr. J'avais échafaudé de multiples scénarios concernant notre avenir. Dans certaines variantes, tu finissais avec quelqu'un d'autre. Jamais il ne m'était venu à l'idée que je ne te reverrais plus. C'est pourtant un fait, non ? Un jour, tu auras les cheveux gris, ou plus de cheveux du tout, mais je ne me rappellerai que le jeune homme. Il t'arrive parfois de penser à ces choses-là ?

Je ne veux pas parler de ce qui s'est passé. Je veux juste savoir ce que je rate. Tu vas peut-être me dire que je ne rate rien. Peut-être ai-je quitté cet endroit avant qu'il ne devienne une ville morte.

Je crois que c'est tout.

Jo

2 novembre 2005
Destinataire : Jo
De : Ryan

Ton e-mail a failli me donner une crise cardiaque. Mais il a aussi accaparé toute mon attention. C'était le but, non ? Tu savais que je te répondrais, mais tu sais aussi que c'est une mauvaise idée pour mille raisons. J'avais espéré que, peut-être, tu trouverais un endroit qui te conviendrait. Je me disais aussi que tu étais peut-être plus heureuse qu'ici. Je suppose que je voulais me donner bonne conscience. Je suis désolé de la tournure qu'ont pris les événements. Je sais que tu ne comprendras jamais ce que j'ai fait. Parfois, je ne le comprends pas moi non plus. Mais si tu me demandais de refaire ce choix aujourd'hui, je referais le même

Je t'aime toujours et tu me manques toujours. Quand je m'autorise à penser à toi. Ce que je préfère éviter. Il y a quelques mois, j'ai commencé à faire comme si tu étais morte. Il y a une tombe sans nom derrière l'église St Gabriel. Je fais comme si c'était la tienne. Je cueille des fleurs dans le pré derrière le lycée et je vais me recueillir. C'est glauque, je sais. Mais tu étais ici et tu es partie et il a fallu que je fasse mon deuil d'une certaine façon. Je croyais vraiment que je n'aurais plus jamais de tes nouvelles.

Si tu penses que ça t'aidera à tenir le coup, je te donnerai des nouvelles d'ici. Mais souviens-toi que tu dois tenir le coup.

Je suis beaucoup moins sociable que je ne l'étais, alors je n'ai que des informations limitées.

Les voici : Nelly est fiancée à Brad Fox, qui n'a plus son énorme naevus sur le front. On démolit l'immeuble délabré de Green Street pour construire des studios haut de gamme à la place. Bilman commence à s'embourgeoiser. Edie est revenue. Elle a décidé de prendre une année sabbatique avant d'aller à l'université. La fille-vouée-au-succès travaille à plein temps dans la quincaillerie de son père. J'ai vu Jason Lyons une fois cet été. Il pose trop de questions. Si jamais tu avais l'idée de contacter quelqu'un, résiste à la tentation. Nous sommes tous sur la corde raide pour l'instant.

Je sais que tu veux avoir des nouvelles de ta mère. Elle est toujours la même. Elle ne va pas plus mal, si ça peut te consoler. Je crois qu'elle a un copain. Apparemment, il est mieux que le précédent. Je ne l'ai pas vue avec des bleus ces derniers temps. C'est ça que tu veux savoir, non ?

C'est probablement une imprudence de m'écrire sur ma boîte mail courante. On ne sait jamais quand on est surveillé. Utilise plutôt cette adresse-ci en cas d'urgence.

Fais attention à toi.

R

P.-S. Tu ne manques rien.

14 novembre 2005

Destinataire : Ryan

De : Jo

Menteur ! Merci quand même. Oui, c'est le genre de nouvelles que je souhaite avoir. Même si je m'attendais à ce qu'il se soit passé plus de choses depuis mon départ. J'ai l'impression qu'il remonte à une éternité. Tu ne me dis pas grand-chose sur toi. Je suppose que c'est voulu. J'ai regardé tes coordonnées sur Internet. Tu es resté. Pourquoi as-tu voulu rester? Tu aurais pu être n'importe qui.

Cesse d'aller sur cette tombe, je t'en prie. Je ne suis pas dedans.

J

25 décembre 2005

Destinataire: Ryan

De: Jo

Objet: Joyeux Noël

Je crois qu'il est plus facile de m'oublier. J'espère que tu passes de bonnes vacances. Moi je suis toute seule dans un motel bon marché du Midwest et je regarde la parade Disney en mangeant un gâteau au chocolat à même la boîte de conserve.

Tout cela a eu un effet positif. Je ne t'aime plus.

Jo

AMELIA KEEN

3

Je me suis dit que je cherchais juste un point de chute. Je n'avais pas à m'investir dans un endroit particulier. Mais à un certain stade, je me suis trouvée en train de suivre les panneaux pour Austin, Texas, et quand j'y ai finalement atterri, j'ai eu l'impression d'être bien tombée. J'ai pris une chambre dans un motel ordinaire le premier soir, je suis allée faire un tour et me suis perdue après avoir traversé le fleuve. J'ai demandé mon chemin à une femme d'un certain âge assise à un arrêt d'autobus, plongée dans un roman. Elle m'a indiqué Congress Street du doigt, m'a dit de repasser le pont et de continuer tout droit.

Quelques rues plus loin, j'ai vu un attroupement. Des familles, quelques couples, la plupart avec l'air caractéristique de touristes – vêtements trop colorés, chaussures trop plates, et lunettes de soleil au bout d'un cordon. Ils étaient tous penchés sur le garde-fou du pont et j'entendais un vague murmure d'anticipation. Comme un mouton, j'ai suivi et je me suis glissée dans un espace libre le long de la balustrade. J'ai attendu sans savoir ce que j'attendais.

Puis, quand les derniers vestiges du jour ont commencé à se dissiper, des milliers – des centaines de milliers peut-être – de chauve-souris sont sorties de sous le pont et se sont envolées, formant une belle nuée noire dans le ciel. Un groupe décrivait des huit tandis que d'autres partaient par vagues. Je suis restée là jusqu'à ce que la dernière chauve-souris se soit éloignée et que le pont soit plongé dans l'obscurité.

En revenant à l'hôtel j'ai été attirée par une enseigne au néon : MAY'S WELL. Je ne sais pas pourquoi elle m'a parlé. Peut-être parce que je me suis dit que la patronne de l'endroit devait être une dénommée May et que cela semblait tout indiqué pour une femme seule fraîchement débarquée de fréquenter un établissement dirigé par une femme.

J'ai ouvert la lourde porte en acajou. Elle avait un poids rassurant, comme s'il fallait vraiment le vouloir pour entrer dans ce bar. À l'intérieur, il faisait sombre et frais, et l'air sentait l'alcool, et non ce mélange de cacahuète écrasée et de bière renversée encrassant les interstices du plancher. Une jolie femme se tenait derrière le comptoir. Elle portait un débardeur, une jupe juste au-dessus du genou et des tennis blanches. J'ai repéré quelques clients qui devaient avoir un coup dans le nez mais semblaient inoffensifs. À côté de la porte il y avait un journal local gratuit. Je l'ai pris et me suis approchée du bar.

Je me suis assise à deux tabourets d'un homme en costume. Un costume moche, mais il ne devait pas en avoir de rechange, car il était poussiéreux et fripé. Porté avec une chemise blanche, une cravate fine des années quatre-vingt et des chaussures à embout marron éraflées. J'ai senti son regard sur moi quand je me suis assise, mais je l'ai vu se retourner ensuite vers son verre. Ma veste militaire remplissait son office, ai-je pensé.

— Qu'est-ce que je vous sers? a demandé la fille derrière le bar.

Que boit Amelia Keen? Tanya buvait de la bière et du bourbon. Ça ne ferait pas l'affaire.

— Un gin tonic, s'il vous plaît.

— Vous avez des préférences pour le gin?

Je devrais en cultiver une avec le temps. Mais je n'en avais pas encore.

— Surprenez-moi, ai-je répondu.

— Pas le gin maison, alors.

— Non, ai-je dit.

Pas la peine de commencer au bas de l'échelle. Il est toujours temps d'y retomber.

— Du Bombay?

— Parfait.

Elle avait la main lourde, ce qui aurait été bien si j'avais aimé le gin, mais le mélange était trop fort et avait un goût de breuvage à propriétés médicinales. Je l'ai avalé, essayant de convaincre mes papilles de réagir autrement.

— Blue, je peux en avoir un autre? a dit Complet Moche en désignant son verre vide.

Je me suis dit qu'il l'appelait ainsi parce qu'elle avait d'étonnants yeux bleus. Ils n'étaient pas soulignés par du maquillage, et on aurait dit qu'elle essayait de les cacher. Sans succès. En fait, sa seule concession à la vanité était une légère touche cerise sur les lèvres. Elle avait une épaisse chevelure blonde qu'elle portait en natte sévère dans le dos. Dans un boulot où les pourboires peuvent être directement liés à vos attributs physiques, Blue semblait tout ce qu'il y a de plus réticente à se faire plus d'argent.

La télévision au mur diffusait les infos sans le son, et elles ont été interrompues par de la publicité pour une voiture de luxe.

— Si je serais millionnaire, ça serait la première chose que j'achèterais.

— Si j'étais millionnaire, a rectifié Blue. Il faut utiliser l'indicatif et non le conditionnel dans la proposition hypothétique après "si".

— Pourquoi tu me corriges toujours quand je parle ? a demandé Complet Moche.

— Par respect pour la langue anglaise, a répliqué Blue.

— Mais je la respecte à mort ! a dit Complet Moche. Cela dit, si tu tiens tellement à donner des cours, pourquoi tu ne deviens pas prof ?

— J'y songerai, a répondu Blue d'un ton plutôt sec.

J'ai ouvert le journal et commencé à regarder les offres d'emploi. Je n'avais aucune qualification particulière. Je ne comprenais même pas certains des critères. Qu'est-ce que ça pouvait bien être que Quark[1] ? Je savais me servir d'un ordinateur, plus ou moins. J'avais appris à taper au lycée. J'avais obtenu une mention passable et je doutais fort que

1. Plate-forme d'automatisation de contenus utilisée notamment pour la communication marketing.

mes compétences se soient améliorées depuis. Il ne me restait plus beaucoup d'argent après l'achat de la Toyota, un peu moins de 2 000 dollars. Appartement, meubles, nouvelles fringues, nourriture. Combien de temps me restait-il avant d'être à court ?

Complet Moche a fini par se tourner vers moi, espérant, j'imagine, une conversation moins pédagogique.

— Vous venez d'arriver ici ?

— Oui.

— Vous venez d'où ? Pardon : d'où venez-vous ?

— De l'Oklahoma.

— J'ai de la famille là-bas. D'où exactement ?

— Norman.

— Qu'est-ce que vous faisiez là-bas ?

— Pas grand-chose.

— Qu'est-ce qui vous amène à Austin ? a demandé Complet Moche.

— Dennis, tu poses trop de questions, a dit Blue.

— Je fais la conversation.

— Peut-être que cette dame n'a pas envie de parler. Ça ne t'a pas traversé l'esprit ?

— Non, à vrai dire. Mes excuses. J'ai eu une rude journée et je cherchais juste à causer gentiment, a dit Dennis avec un hochement de tête poli.

— Tu n'as qu'à me parler, Dennis.

— Tu n'aimes pas parler, Blue. Tout le monde le sait.

— Non, mais j'écoute.

Blue a pris deux petits verres derrière le bar et

une bouteille de bourbon haut de gamme. Elle a versé deux shots et a poussé un verre en direction de Dennis.

Les verres de Dennis et de Blue se sont entrechoqués à mi-chemin.

— À Margaret Rose Todd, a dit Dennis. Que cette vieille peau repose en paix.

— Ne parle pas comme ça de ta mère, a rétorqué Blue en versant un autre shot à Dennis.

— Tu as une mère? lui a demandé Dennis

— Comme tout le monde.

— Elle s'appelait comment?

Blue a soupiré, s'est servi un autre verre, en a bu une gorgée et a répondu:

— Janet.

J'aurais parié jusqu'à mon dernier sou que Blue mentait. Un mensonge stupide, à mon sens. Mais regarder quelqu'un mentir mal me mettait mal à l'aise, comme si ça risquait de déteindre sur moi. Il fallait que mes talents de dissimulation soient plus affûtés que jamais. J'ai fini ma boisson antiseptique, laissé quelques billets sur le bar avant de souhaiter une bonne nuit à Blue et à Dennis.

— Revenez quand vous voulez, a dit Blue. Ici, personne ne vous embêtera.

Pour devenir Amelia Keen, il fallait s'accrocher. Elle avait besoin d'un toit et d'un permis de conduire, ce qui demandait tellement de paperasse administrative que j'ai été tentée de me réfugier dans un trou perdu du Texas pour y vivre en autarcie. J'ai ouvert un compte en banque avec mon passeport et j'y ai déposé 1 500 dollars en liquide. J'ai essayé de trouver un appartement, mais sans avoir de travail ni de références et sans accepter de crédit différé – ce qui me paraissait risqué –, je n'ai pas réussi.

J'ai pris une chambre dans une pension de famille dirigée par une dénommée Ruth. Elle portait une blouse du matin au soir et ses gros seins ballottaient sans aucune pudeur sous le mince tissu. La chambre faisait moins de dix mètres carrés et coûtait 100 dollars par semaine. Je partageais des toilettes avec trois locataires, tous des hommes. Deux étaient de vrais cochons, mais heureusement, le troisième, Marcus, était un obsessionnel du ménage. Il avait aussi un tic prononcé qui consistait à terminer chacune de ses phrases par une note gutturale. Ce qui, pour une femme toujours sur le qui-vive, rendait sa compagnie – par ailleurs agréable – plutôt perturbante.

L'un des obstacles entre un permis de conduire texan et moi était un bail de location. Quand j'ai demandé à Ruth de me faire un contrat de location officiel, elle m'a regardée comme si je lui demandais de me jouer un concerto au violon pour m'endormir. J'ai proposé, si elle acceptait de signer les documents, de la payer 500 dollars et de lui signer un autre papier annulant le contrat précédent. J'ai eu l'impression qu'elle accepterait pourvu que je me charge de toute la paperasse.

Cet après-midi-là, je suis allée à la bibliothèque, je me suis connectée à Internet et j'ai imprimé les formulaires de bail. Pendant que j'y étais, j'ai décidé de regarder les nouvelles de Waterloo pour voir à quel point j'étais recherchée. J'ai donc tapé le nom du canard local et me suis trouvée face à une photo granuleuse de mon moi d'avant, debout derrière le bar. Je n'avais pas encore été accusée de meurtre. J'étais juste une personne potentiellement concernée. L'article suggérait que ma disparition était suspecte. Une affirmation parfaitement sensée. Blake Shaw, le rédacteur en chef du *Waterloo Watch* qui écrivait presque tous les articles, avait résisté à la tentation de dramatiser son compte rendu et de m'accuser de meurtre d'emblée. Il avait peut-être un faible pour moi. Je n'avais jamais refusé de le servir, même quand il tenait à peine sur son tabouret. Je me contentais de lui demander ses clés de voiture avant de lui remplir à nouveau son verre. Mais ce n'était qu'une question de temps avant que Blake et tous les autres ne m'accusent.

J'ai complété les formulaires de bail, rédigé l'accord d'annulation et ai regagné mon domicile temporaire. Ruth a accepté le pot-de-vin et signé les papiers. Le seul lézard dans mon plan était que pour passer mon permis de conduire, il me fallait un véhicule immatriculé au Texas. Or j'avais acheté ma Toyota sous mon ancien nom et elle avait encore les plaques provisoires de l'Oklahoma.

Marcus avait une voiture. Je lui étais sympathique, je crois, parce que je ne laissais pas de petits poils dans le lavabo. Du moins, j'ai l'impression de l'avoir vu faire une ou deux fois un signe de tête pour me dire bonjour. J'ai décidé de jouer la carte de la gentillesse avec lui. Je l'ai systématiquement salué avec un sourire, ce qui n'est pas aussi facile qu'on croit. J'ai proposé de lui apporter du café à plusieurs reprises dans la cuisine, ai bien veillé à laisser la salle de bains impeccable et fait des réflexions à Rufus et à Tom, mes colocataires, sur leurs habitudes de sagouins. Mais le soir, je n'avais pas le courage de me joindre à eux pour jouer aux cartes ou consommer de la télévision à haute dose. C'était désolant de voir trois hommes d'âge moyen, désargentés, vivant en marge de la société, rechercher la compagnie des seules personnes susceptibles d'accepter la leur.

Hormis Ruth, il n'y avait dans la maison qu'une seule autre femme. Elle avait une pièce en sous-sol avec sa salle de bains personnelle. En croisant son regard, on comprenait ce qu'était quelqu'un de cassé, et de façon irrémédiable. Si je croyais aux âmes et aux esprits, je dirais que c'était une coque vide.

Le soir, je dînais seule dans une cafétéria ou un des restos végétariens qui semblaient proliférer de façon alarmante à Austin. J'ai appris que le seitan n'était pas mon truc. En fait, j'ai appris que m'abstenir de manger de la viande n'était pas mon truc. Après le dîner, j'essayais de trouver un bar où je me sentais invisible. Pendant plusieurs soirs, j'ai fréquenté un boui-boui nommé The Hole in the Wall, tout près du campus de l'université du Texas. Ça m'amusait de voir les étudiants essayer de se lier avec les habitués, demander du whisky trop fort pour leurs jeunes papilles. Et pourtant, ils s'obstinaient à commander des shots qu'ils avalaient comme une purge. La drôle de grimace qu'ils faisaient quand l'élixir leur débouchait la gorge ! Je ne me souviens pas d'en avoir jamais fait une pareille. Le contact du whisky m'a toujours paru chaud et agréable. À mesure que la soirée avançait, leur voix montait comme si une source extérieure en contrôlait le volume sur une stéréo. Plus ils avaient l'air crétin et plus je les enviais. Quel luxe d'avoir quatre ans pour décider qui on est.

Le troisième soir où je suis allée dans ce bar, un habitué qui ressemblait à Roy Orbison jeune, avec la même tignasse noire et les mêmes lunettes teintées – un accessoire qui m'inspire toujours de la méfiance – a essayé de faire la conversation avec moi après avoir perdu une partie de billard.

— Je ne vous ai pas déjà vue ici ? a demandé le jeune Roy.

Il a lancé ça comme si c'était une question normale et pas une accroche rebattue, mais bon. Il aurait dû réfléchir un peu plus.

— Je ne sais pas ce que vous avez vu ou non.

— Vous êtes une petite maligne, vous !

— Pas spécialement.

— Vous êtes nouvelle ici ?

— Oui.

— Vous venez d'où ?

— De beaucoup d'endroits.

Toujours dire la vérité quand on peut. Les mensonges s'accumulent et on n'arrive plus à s'en souvenir.

— J'en connais peut-être certains ?

— Peut-être.

— Ce que je dis, c'est pour causer.

— Peut-être qu'ici, quelqu'un serait plus réceptif que moi.

— Ça va, j'ai compris, a dit le jeune Roy en prenant sa pinte d'un geste brusque et en retournant vers la table de billard.

J'ai vu du coin de l'œil un homme observer notre échange. Il ne s'est même pas donné la peine de détourner le regard quand il a ramarqué que je l'avais repéré. À première vue, il paraissait beaucoup plus normal que le jeune Roy. Il devait avoir une petite trentaine et portait une chemise blanche amidonnée avec un pantalon noir et des lunettes cerclées de métal ; sa veste de costume était pendue au dos de sa chaise. Sa chemise était si bien empesée qu'on aurait dit qu'il venait de la prendre chez le blanchisseur et l'avait enfilée juste avant de passer la porte du Hole. C'était la fin de la journée. Tous les clients avaient des vêtements froissés, mais ce type ressemblait à une gravure de mode. Il avait dans le visage quelque chose de neutre et d'impassible : on aurait dit un comptable cruel.

J'ai oublié un instant d'être invisible et je l'ai regardé fixement, bouche bée. Il n'a pas détourné les yeux, n'a pas souri.

Il m'a simplement scrutée quelques instants avant de reporter les yeux sur le journal étalé devant lui. Peut-être était-ce un de ces types qui aiment observer les gens. Un passe-temps plutôt anodin, mais que je n'apprécie pas beaucoup.

J'ai laissé quelques billets sur le bar et regagné ma chambre de dix mètres carrés, où j'ai dormi d'un sommeil entrecoupé et peuplé de rêves pendant les huit heures suivantes.

J'étais de nouveau Tanya Pitts-Dubois. Frank ronflait à côté de moi. Dans mon rêve, je l'étouffais sous un oreiller, juste pour que le bruit cesse. Je me suis réveillée avec une culpabilité aigüe, qui ne s'est que peu atténuée quand je me suis rappelé ce qui était réellement arrivé.

Trois jours après m'être installée au Ruth Palace, je suis allée au bureau des permis et me suis présentée à l'examen écrit. J'ai réussi de justesse, avec 72 % de réponses correctes. Ensuite, je suis allée tous les jours à la bibliothèque et j'ai passé en revue tous les sites d'offres d'emploi afin de trouver un job dans mes cordes, ce qui, je l'ai constaté, ne me laissait pas un vaste éventail. J'avais gaspillé mes sept ans avec Frank à tenir la maison et à picoler les soirs où je ne travaillais pas, alors que j'aurais mieux fait de me préparer à ma situation actuelle.

Cinq jours après le début de ma campagne de gentillesse vis-à-vis de Marcus, je lui ai demandé si je pouvais lui emprunter sa voiture pour passer mon permis. Il m'a informée que sa voiture était immatriculée dans l'Arkansas et qu'il n'était pas assuré pour l'instant. Autrement dit, je lui avais prodigué mes sourires et tasses de café en pure perte.

Quelques jours plus tard, je suis retournée au May's Well, me souvenant que Blue m'avait promis qu'on m'y laisserait tranquille. Elle était toujours derrière le bar. Deux vieux types en chemise de flanelle ne datant pas d'hier étaient assis au comptoir, séparés par un tabouret, mais à l'évidence ils buvaient ensemble. Je me suis installée à l'autre bout du bar, où je pouvais encore entendre la conversation des deux papys, mais sans trop sentir leur odeur.

— Vous revoilà, a dit Blue.

— Oui.

— Gin tonic ?

Merde, elle avait de la mémoire.

— On va dire vodka.

— Une préférence ?

— Surprenez-moi.

— Je peux voir une pièce d'identité ? Il paraît que les flics sévissent en ce moment, a dit Blue sur un ton d'excuse.

J'ai tendu mon passeport et l'ai ouvert. Blue l'a doucement dégagé de ma main et l'a examiné à la lumière d'une lampe de poche. Elle l'a regardé avec un peu trop d'attention, si vous voulez mon sentiment. Comme si elle avait senti ma gêne, elle a dit :

— Je vois rarement des passeports par ici.

— J'ai perdu mon permis de conduire.

— Ça m'est arrivé aussi.

Elle a refermé le passeport et l'a fait glisser devant moi. Je l'ai fourré dans mon sac. Elle m'a servi une vodka tonic.

— *Cheers*, a-t-elle dit.

J'ai pris le journal local et commencé à répertorier les offres d'emploi. Tous les boulots auxquels je pourrais postuler me précipiteraient sûrement au fin fond d'une déprime que je n'avais pas connue depuis des années. J'avais ma vie antérieure en horreur, mais elle ressemblait malgré tout à une vie. J'ai mis le journal dans mon sac et déchiffré les graffitis sur le bar tout en écoutant les deux vieux parler du Président, qui avait entrepris de les priver de leurs armes à feu et de leurs droits fondamentaux.

— Une autre ? a demandé Blue.

— Pourquoi pas ?

Pendant qu'elle préparait ma boisson, j'ai entendu le grincement douloureux de la porte et vu Blue enregistrer l'arrivée d'un nouveau client. Elle a fait glisser mon verre devant moi. J'allais payer, mais elle a tapoté le comptoir.

— Ça devient plus facile.

— Quoi donc ?

— De repartir à zéro.

Elle l'a dit comme si elle en savait long sur la question. J'ai eu envie de prendre mes jambes à mon cou, mais ça aurait été mal venu, et j'avais besoin de me fondre dans le décor. J'allais dire quelque chose quand j'ai vu Blue froncer les sourcils en regardant le coin du bar. Le nouveau client s'était installé à une table et avait ouvert un journal.

— Le Prof doit croire qu'on sert aux tables, a dit Blue.

L'homme portait un pull marron foncé torsadé avec un col châle sur une chemise à col boutonné. Je suppose que l'ensemble lui donnait un air d'enseignant, même si son front le faisait plutôt basculer vers le Neandertal.

Blue a pris sa commande. Je l'ai entendue lui lancer que s'il voulait autre chose, il n'avait qu'à faire dix pas pour venir au bar. Elle lui a néanmoins servi sa Budweiser à sa table ; le Prof a hoché la tête en signe de remerciement, sans lever les yeux de sa page.

Je songeais à partir quand Blue s'est approchée de moi et m'a chuchoté très bas :

— Où l'avez-vous dégoté ?

— Où j'ai dégoté quoi ?

— Ce joli passeport, a-t-elle soufflé.

— Au bureau des passeports, ai-je répondu.

Cela m'a semblé stupide au moment même où je prononçais ces mots. À vrai dire, je n'avais jamais quitté le pays, n'avais jamais demandé de passeport officiel, aussi n'avais-je aucune idée de la marche à suivre. Quand même, une femme de mon âge – lequel j'avais, déjà ? Vingt-huit ans ? – devrait savoir ce genre de choses.

Blue a souri avec seulement le côté gauche de son visage. J'ai fini mon verre.

— Il faut que j'y aille, ai-je dit.

— Je sais qu'il est faux, a dit Blue.

— Je ne sais pas de quoi vous parlez.

— Ça fait longtemps que vous êtes Amelia Keen ?

Je me suis sentie glacée d'un coup. Cela faisait à peine deux semaines que j'étais Amelia Keen et voilà que je me sentais sur le point de la perdre. Blue a dû voir la panique dans mes yeux. Elle s'est un peu adoucie.

— Je ne veux pas vous causer d'ennuis, je veux simplement savoir où vous vous êtes procuré un faux aussi réussi.

Ce n'était pas le genre de conversation qu'on

avait envie d'avoir dans un lieu public. J'ai examiné tous les clients. Aucun ne semblait faire attention à nous, mais quand même.

— Pas ici, ai-je dit.

— Je ferme dans une heure. Si vous preniez un autre verre en attendant ?

Les deux vieux types sont partis avant l'annonce de la fermeture. Un joueur de fléchettes en solo a avalé une dernière bière et s'est infligé une déculottée. Le Prof a siroté sa Budweiser comme une nana. Il lui a fallu presque quatre-vingt-dix minutes pour la finir. Il a laissé un billet de vingt dollars sur sa table et est parti sans un mot. Blue a fermé la porte à clé après le départ du dernier client, fini de ranger derrière le comptoir puis, comme si nous étions de vieilles amies, elle a lancé :

— T'as pas faim ? Si on allait prendre un burger et tu me raconterais tous tes noirs secrets ?

Je n'avais aucune intention de confier à Blue quoi que ce soit, mais il fallait bien que je lui dise quelque chose parce qu'elle connaissait mon nouveau nom et il fallait que je le protège. Nous sommes sorties par la porte de derrière, qu'elle a fermée avec un verrou et un cadenas. L'allée sentait l'urine et l'huile de moteur. En dehors du croissant de lune, elle n'était éclairée que par un projecteur.

— Ma voiture est juste au coin, a dit Blue.

Elle s'est dirigée vers la rue, faisant crisser le gravier sous ses pas. Une Lincoln noire était garée à dix mètres devant nous. Quand nous sommes passées à côté, une porte s'est ouverte et le Prof est descendu presque sans bruit du siège du conducteur.

— Amelia ? a-t-il dit.

J'ai eu l'impression que des doigts se crispaient autour de ma gorge.

— Désolée. Vous vous trompez de fille, ai-je dit, surprise de pouvoir même articuler ces mots.

La porte arrière s'est ouverte et un autre homme s'est glissé hors de la berline. Il semblait être resté longtemps immobile : ses membres se sont dépliés lentement, comme ceux d'une araignée. Le projecteur m'a permis d'apercevoir son visage avant qu'il retourne dans l'ombre. Je l'avais déjà vu. Je me souvenais de cette chemise blanche bien repassée et de cette monture d'acier. C'était le comptable cruel du bar de l'autre soir. Il a posé les yeux sur Blue, la jaugeant.

— Mademoiselle, asseyez-vous donc, lui a-t-il dit en tenant ouverte la portière arrière.

— Tout ça, c'est une affaire entre vous et ça n'a rien à voir avec moi. Si je rentrais chez moi, hein, comme les autres jours ? Il ne s'est rien passé. Du moins rien dont je me souvienne, a dit Blue.

J'ai eu l'impression qu'elle disait la vérité. Elle était tout à fait capable de partir sans appeler les flics et sans repenser à l'incident.

— On va vous raccompagner chez vous. C'est dangereux de laisser une femme circuler seule à une heure pareille, a dit le Comptable.

Le Prof a sorti un pistolet de derrière sa hanche et a doucement guidé Blue vers le siège arrière.

— Où en étions-nous, Amelia ? a dit le Comptable.

— Je vous le répète, vous faites erreur sur la personne.

— Vous avez peut-être raison. Tanya, alors ?

— Qui êtes-vous ?

— Peu importe. Dites-moi, Tanya, c'est vous qui avez tué Frank ou c'était un accident ?

4

Le Prof et le Comptable semblaient décidés à nous emmener faire une balade en voiture, Blue et moi. Même avec un flingue braqué sur moi et sous la contrainte, je cherchais comment me tirer de là. Le Prof a ouvert la porte du passager et m'a dit de monter. Quand il a vu que je ne bougeais pas, il a appuyé l'arme sur mes côtes. Ce qui a entraîné chez moi un conflit entre deux options impossibles.

— Je n'ai vraiment pas envie de monter dans cette voiture, ai-je dit en m'efforçant de parler d'une voix calme et raisonnable. Nous pourrions peut-être discuter ici.

— Montez dans la voiture, ma jolie, a dit le Prof.

— Et si je m'asseyais à l'arrière et que Blue prenait le siège du passager? Tu ne préfères pas ça, Blue?

— En fait, je préférerais rentrer avec ma voiture, a dit Blue. Elle est juste au coin et cette affaire ne me concerne pas

— Montez dans la voiture, a répété le Prof.

— Le coffre, ai-je dit. Vous devriez me mettre dans le coffre.

Le Prof s'est tourné vers le Comptable et a lancé :

— Elle est barge, celle-là !

— Pour vous, c'est moins risqué si je suis dans le coffre, ai-je dit.

Et c'était vrai. Je lui parlais d'un point de vue logique, mais il s'est seulement imaginé que j'avais un plan auquel il n'avait pas encore songé. D'un signe de tête, le Comptable a incité le Prof à réagir, lequel a fait glisser le museau du pistolet vers la chair tendre au-dessous de mon menton. La menace m'a paru plus réelle alors et l'équilibre de la peur a basculé.

— Vous avez changé d'avis, maintenant ?

— Je crois, oui.

Je suis montée dans la voiture, j'ai mis ma ceinture et me suis efforcée de contrôler ma respiration en faisant des exercices que Carol m'avait appris autrefois.

Le Prof a glissé le pistolet dans le creux de ses reins, contourné la voiture et repris sa place au volant. Le Comptable, assis à l'arrière, a posé son arme sur sa cuisse, mais le canon était toujours braqué sur mon flanc. S'il appuyait sur la détente, la balle me traverserait sans doute le bras pour se loger dans mon cœur.

Nous sommes sortis de l'allée et avons débouché dans une petite rue sombre. Ma tête était en ébullition, comme si j'avais de la fièvre.

— Où on va ? a demandé Blue.

— Nulle part en particulier, a dit le Comptable.

On a juste besoin d'échanger deux mots avec Tanya ici présente.

— Ce n'est pas mon nom, ai-je dit.

— Comme vous voulez, a dit le Comptable.

— Je suis Amelia Keen. Je suis née le 3 novembre 1986, à Tacoma, Washington. Mes parents étaient George Arthur Keen et Marianne Louise Keen.

Malgré ce qu'avait dit le Comptable, le Prof semblait avoir en tête une destination. Il a tourné dans Bee Cave Road, puis sur Barton Creek Boulevard pendant que le Comptable continuait à poser ce qui aurait pu passer pour une série de questions aimables à un observateur extérieur qui n'aurait pas vu le flingue braqué sur moi.

— Et vous vous plaisez à Austin ? a demandé le Comptable.

— Beaucoup.

— Vous comptez rester ?

— Je ne sais pas.

— Vous n'allez pas devenir un problème maintenant ?

— Qui pose cette question ?

J'avais du mal à me concentrer sur ce que disait le Comptable car en se faufilant entre les autres voitures, le Prof faisait sans arrêt des écarts. Il avait le pied lourd : tantôt il emballait le moteur, tantôt il pilait. J'ai commencé à avoir la nausée et la tête qui tournait. Une goutte de sueur a roulé sur mon front.

— Moi, a répondu le Comptable.

— Qui la pose vraiment ?

J'avais du mal à articuler. J'avais l'impression de respirer dans du vide.

— Vous n'allez pas devenir un problème, Tanya, Amelia ?

— Non, ai-je dit.

Sachant que ma réponse importait peu.

Le Prof continuait à rouler à une vitesse supersonique et l'arme du Comptable était toujours braquée sur moi de façon nonchalante, mais à un angle mortel.

— Vous ne pouvez pas vous arrêter ? ai-je dit.

Mon cœur était en train de défoncer ma poitrine. J'avais le sentiment que j'allais mourir de causes inconnues si je ne pouvais pas sortir de cette voiture. Je souhaitais presque que le Comptable m'envoie une balle.

Nous avons commencé à rouler dans un parc ou une zone verte ou quelque chose de ce genre. Le Prof allait à toute allure, peut-être à 130 à l'heure dans une zone limitée à 70. Quand j'ai regardé le conducteur, il s'était métamorphosé. Ce n'était plus le Prof, c'était *lui*. Et je n'ai plus pensé qu'à une seule chose : il fallait que cette course en voiture s'arrête. Avant même d'avoir fini de formuler cette pensée, j'avais balancé mes jambes dans le sens inverse des aiguilles d'une montre et envoyé la tête du Prof dinguer contre la fenêtre. Puis j'ai relevé le frein à main et redonné un coup de pied à mon voisin. La voiture a quitté la route, roulé en tanguant sur le talus dans les bois. Le Comptable, s'efforçant de s'accrocher, a tiré vers le toit de la voiture. Celle-ci a fait un tonneau, est retombée sur ses roues, et s'est stabilisée en travers de la pente de la colline.

Le Prof était K.O., la tête contre la portière. Il avait l'air paisible, comme s'il faisait une sieste.

— Prends son flingue, a hurlé Blue.

J'ai tendu la main dans l'obscurité et trouvé son arme derrière son dos. Sur la banquette arrière, Blue luttait avec le Comptable.

— Tire-lui dessus, a-t-elle dit.

Je ne l'ai pas fait. Je me suis figée et j'ai regardé Blue essayer d'arracher son arme au Comptable. Un coup est parti et la balle a traversé le pare-brise qui a explosé, se transformant en toile d'araignée de verre.

— Tire-lui dessus, a-t-elle répété.

Au début, je n'arrivais pas à appuyer sur la détente, et puis je me suis souvenue des conseils de l'oncle de Frank, Tom, qui m'avait montré comment me servir de son revolver. J'ai ôté le cran de sûreté et tiré sur la jambe du Comptable.

Pendant qu'il criait de douleur, Blue lui a pris son arme et lui a tiré une balle dans la tête et une autre dans le cœur. Puis elle a tiré deux coups à travers le siège du conducteur. Le Prof a hoqueté après le second coup.

S'il n'avait tenu qu'à moi, les choses n'auraient pas tourné ainsi. Je voulais juste sortir de la voiture. Peut-être avaient-ils prévu de nous tuer. Peut-être pas. Mais les abattre carrément n'était pas à mon programme. On pouvait passer un très sale quart d'heure, mais là, j'avais l'impression que cette affaire allait m'enfoncer dans un trou si profond que je ne saurais plus comment en sortir.

— T'es là ? a demandé Blue.

— Oui.

Elle a allumé le plafonnier et regardé le Comptable. Elle avait un visage froid et dur. Elle a cherché le pouls, bien que je n'aie jamais vu quelqu'un d'aussi mort. Puis elle a pivoté pour se pencher sur le siège du conducteur et tâter le pouls du Professeur.

— Mort, a-t-elle dit.

Puis elle m'a regardée un moment, tenant toujours le pistolet délicatement dans sa paume. Elle avait l'expression de quelqu'un qui prend une décision difficile. Celle de me laisser ou non en vie, je l'aurais juré. Moi qui avais aussi une arme à la main, je me suis demandé si je serais capable de m'en servir. J'ai senti une sueur froide me couler dans le dos. Pendant que je réfléchissais, ne sachant jusqu'où je pourrais aller pour rester en vie, j'ai entendu Blue mettre le cran de sûreté du pistolet ; elle l'a essuyé sur sa manche et l'a laissé tomber sur les genoux du Comptable. J'ai repris mon souffle.

Blue a ôté la chemise écossaise qu'elle portait par-dessus son débardeur et a commencé à essuyer la poignée de la portière. Elle s'est servie de la chemise pour ouvrir la porte arrière. Il a fallu qu'elle donne un coup d'épaule pour la décoincer parce qu'on était sur une pente. Elle a ouvert pour moi la porte du passager et m'a lancé sa chemise.

— Essuie tout ce que tu as pu toucher, m'a-t-elle dit. Et remets le flingue où tu l'as trouvé.

Elle semblait avoir la tête un peu trop froide à mon goût, mais au moins, elle avait un plan.

J'ai suivi ses directives, essuyé mes empreintes du pistolet et l'ai remis dans la poche de manteau du Professeur. Je n'avais aucune idée des endroits où j'avais pu poser les mains, aussi ai-je frotté tout ce qui était à portée de mes bras. J'ai entendu une voiture au loin.

— Coupe les phares, a dit Blue.

J'ai cherché le bouton à tâtons. La voiture est passée sur la route au-dessus du talus juste au moment où les phares se sont éteints.

— Il faut se tirer, ai-je dit.

— Ce qu'il faut, c'est ne pas faire de conneries. Une empreinte et la police te met sur les lieux du crime. Si tu es fichée.

Elle a lancé cette dernière remarque comme une pierre dans mon jardin. Je n'étais pas fichée, mais il était probable que mes empreintes fussent enregistrées quelque part.

J'ai fini d'essuyer les sièges avant aussi consciencieusement que possible. Puis nous avons remonté le talus en rampant pour rejoindre la route. C'était un chemin qui en valait un autre pour rentrer : il faisait si noir qu'on ne voyait même pas la voiture en contrebas, à moins de la chercher expressément.

— Et maintenant, qu'est-ce qu'on fait ? ai-je demandé.

— On marche. Je n'habite pas loin.

Je n'étais pas sûre que ce soit une bonne idée de coller aux talons d'une fille de ce genre, mais je ne voyais pas d'autre solution pour l'instant. Nous avons marché plus d'une heure. Blue s'est enfin arrêtée devant une longue allée dans une rue non éclairée. En haut d'un sentier sinueux entre des topiaires négligées se trouvait une vaste demeure de style Tudor. De la route, elle faisait un peu l'effet d'une maison hantée.

Un domicile très chic pour une serveuse de bar.

— C'est une vieille dame qui habite la maison. Moi, je loge à l'arrière.

Une seule fenêtre était allumée dans la chambre du haut de la grande bâtisse. Nous avons emprunté un chemin pavé qui longeait le côté de la maison pour gagner une annexe, derrière la piscine en forme de haricot. L'annexe n'était pas assortie à la maison et semblait avoir été ajoutée après coup. Blue a sorti sa clé et ouvert la porte.

Jamais je n'avais vu d'intérieur aussi spartiate. C'était joli, mais on aurait dit une suite d'appart-hôtel, avec une modeste kitchenette. Dans la chambre, un lit de cent soixante et une commode. Le petit living était meublé d'un divan, d'une télévision et d'une table basse. Rien d'autre. Aucun objet personnel ne donnait de vie à l'espace. La froideur de ce logement m'a troublée. Je ne savais pas ce que j'attendais au juste. Peut-être un tableau, une photo de famille ou un bibelot personnel indiquant que la femme qui venait de tuer deux personnes sous mes yeux faisait partie de ce monde.

Blue est allée chercher une bouteille de bourbon dans la cuisine et nous en a versé un shot à chacune. En sentant la lente brûlure dans ma gorge, je me suis enfin réveillée. Blue a avalé son verre et s'en est servi un second qu'elle a bu à petites gorgées cette fois.

Elle m'a laissé quelques minutes avant de commencer son interrogatoire.

— Tu as quelques ennemis, on dirait ?

— On dirait, oui.

— Vu que je viens de commettre un double meurtre pour toi, je pense qu'une explication s'impose.

Jamais je n'avais eu à expliquer jusqu'à ce jour. Avant de l'appeler et de lui demander une nouvelle identité, jamais je n'avais prononcé le nom de Roland Oliver en neuf ans, même pas pour le maudire. Mais je ne voyais pas comment me défiler, et puisque Blue avait ouvert le feu, sans doute étions-nous maintenant dans la même galère. Elle ne m'avait pas encore tuée ; en fait, c'était grâce à elle et à elle seule que j'étais encore en vie. En dix ans, je n'avais fait confiance à personne. L'heure était peut-être venue de changer. J'ai pris ma décision à pile ou face. Je lui ai parlé. J'ai tout raconté. Même des choses que je n'avais jamais dites à Frank, à Carol ou au Dr Mike. Jusqu'à ma rencontre avec Blue, j'aurais pu gagner la médaille d'or du secret. Je m'étais tellement battue pour oublier mon passé, oublier qui j'étais auparavant, que lorsque j'ai raconté mon histoire, j'ai eu l'impression que c'était une fiction.

Quand j'ai terminé, la douleur qui me sciait le dos comme une cicatrice invisible s'est atténuée. Cela faisait si longtemps que je n'avais pas dit la vérité qu'elle me faisait l'effet d'un mensonge.

J'avais une sacrée histoire à raconter, mais Blue a paru l'accepter sans sourciller.

— On a tous notre paquet. J'ai faim. Tu veux un panini au fromage ? a-t-elle dit quand je me suis tue.

Elle a dévoré deux paninis en moins d'un quart d'heure. Ma situation catastrophique semblait la laisser de marbre, ainsi que les deux meurtres qui remontaient à moins de deux heures. Une fois son appétit satisfait, Blue a posé quelques questions pratiques.

— Tu crois que M. Oliver va encore envoyer d'autres types à tes trousses ?

— Sans doute, quand il se rendra compte que ses copains sont morts.

— Alors tu devrais faire profil bas quelque temps. Où te caches-tu en ce moment ?

— Dans un meublé à côté du Capitole.

— On va passer prendre tes affaires. Tu ne peux pas rester là-bas.

— La vieille dame ne va pas y trouver à redire ?

— Les sens de la vieille dame ne sont plus ce qu'ils étaient. Si elle nous voit toutes les deux, elle s'imaginera seulement qu'elle voit double.

Blue avait toujours un plan B, je l'avais remarqué. Un exemple que je devrais suivre compte tenu de ma situation, que je m'étais résignée à accepter comme permanente.

Il était juste 5 heures passées quand nous avons quitté l'annexe et descendu l'allée sans hâte. Une Cadillac Fleetwood bleue, étincelante et impeccable, était garée à côté de la grande maison.

— On va prendre la voiture de la vieille dame, a

dit Blue. On passera d'abord récupérer tes affaires, et ensuite on ira chercher ma voiture chez May.

— Ça t'ennuie si je conduis ?

Blue a réfléchi quelques instants.

— Bonne idée. Je n'aimerais pas revivre le rodéo de tout à l'heure.

Elle m'a lancé les clés et nous nous sommes installées dans le véhicule bien entretenu. En descendant l'allée en marche arrière au volant de cette berline, j'avais l'impression de piloter un navire en train de quitter le port.

Dans le calme de ce petit matin, mon esprit s'est fait bruyant. Je me suis repassé les récents événements comme si je visionnais un film en accéléré.

— C'est bizarre quand même que ça ne t'ait posé aucun problème d'éclater la gueule d'un type à coups de pied mais que tu n'aies pas été capable de lui envoyer proprement une balle dans la tête ou dans le cœur a dit Blue.

— Je n'avais pas l'intention de tuer qui que ce soit.

— C'était quoi, ton intention ?

— Arrêter la voiture, c'est tout.

Je sentais encore des décharges d'adrénaline et la douleur de mon dos est revenue. Mais tout cela a paru passer au-dessus de la tête de Blue.

— Ça ne t'a rien fait de les tuer ? ai-je demandé.

— Rien du tout. Ça n'aurait rien dû te faire à toi non plus.

Nous nous sommes retrouvées roulant sur la route où s'étaient produits les événements de la nuit. Nous sommes passées devant le lieu de l'accident, où régnait un calme absolu. On ne voyait même pas la voiture depuis la route. Mais l'aube se levait et d'ici à quelques minutes, l'endroit serait plein d'ambulances, de projecteurs, de gyrophares et de rubans jaunes.

— Réveille-toi, Amelia, a dit Blue, en me voyant regarder au loin, essayant de visionner à nouveau la scène de l'accident.

Son intonation tranchante m'a fait froid dans le dos. J'ai un peu repris mes esprits.

— Je suis réveillée.

— Tu ne peux pas te contenter de commencer une bagarre. Il faut la terminer. Coûte que coûte.

Mon départ du Ruth Palace n'a pas causé beaucoup d'émoi dans la maison. Marcus m'a serré la main et a fait son bruit éruptif habituel. On aurait presque dit « au revoir ». Je me suis efforcée de paraître calme et posée en rassemblant mes affaires sous le regard de Ruth, mais j'avais du mal à croire que le frémissement de tout le corps, la vibration constante des nerfs que je ressentais n'étaient visibles à personne d'autre.

— Vous avez des ennuis ? a demandé Ruth.

— Non ? J'ai juste trouvé un autre endroit où loger, une location de longue durée.

— Ne vous faites pas d'illusion. Tout est temporaire.

J'ai mis mon unique valise dans ma Toyota et suis retournée chez la vieille dame. Je me suis garée un peu plus bas dans la rue et ai traîné mon bagage dans l'allée sinueuse. Je l'ai déposé dans l'annexe, ai conduit Blue dans la Cadillac jusqu'à la petite rue près du bar où elle a récupéré sa Jetta VW noire. Nous nous sommes retrouvées à la maison à midi.

— Il faut que j'aille voir la vieille dame. Que je vérifie qu'il y a de quoi manger pour elle et ses chats. Installe-toi, a dit Blue quand nous sommes entrées chez elle.

— Qui est-elle par rapport à toi ?

— Elle fait plus ou moins partie de la famille. Ma tante Greta et elle étaient très proches autrefois, mais elles n'ont jamais trop précisé leurs liens.

Blue s'est dirigée d'un pas décidé vers la grande maison. J'ai fait le tour du petit logement de Blue, en quête de signes d'habitation. J'ai ouvert un placard et y ai trouvé de vieux peignoirs et des robes datant de plusieurs décennies. Sans doute ceux de la vieille dame ou de Greta. Dans un tiroir, j'ai trouvé quantité de petites figurines en porcelaine représentant des danseuses classiques, des concertistes et des animaux de zoo. Un autre contenait deux antiques poupées, une blonde et une brune.

Sous le lit se trouvait une valise pleine de vêtements. Récents. Blue était prête à filer sans préavis. Je ferais bien de prendre modèle sur elle.

En regardant par la fenêtre, j'ai vu l'ombre de Blue dans la grande maison. Je suis allée voir dans la salle de bains. Au moins, elle avait quelques produits de luxe dont elle ne pouvait se passer. Perchés sur le rebord de la douche, il y avait un gel douche parfumé, un shampooing et un après-shampooing qui paraissaient chers ; en tout cas, les flacons avaient un design étranger qu'on ne trouve jamais en supermarché.

Je suis revenue explorer la chambre pendant que j'en avais encore le temps et j'ai ouvert la table de nuit, où la plupart des gens cachent leurs secrets. J'y ai trouvé un vieil ours en peluche et un revolver. Quand Blue est revenue, j'étais étendue sur le canapé et j'ai fait semblant de me réveiller à son arrivée. Blue a jeté un regard circulaire sur la pièce et m'a regardée droit dans les yeux.

— Tu as vu le revolver.

— Oui, ai-je répondu.

Inutile de nier.

— J'ai un mari. Même si je le considère plutôt comme un ex-mari, a-t-elle dit, comme si c'était une explication logique au fait qu'elle possédait une arme.

— Il est violent ? ai-je demandé.

Je me suis alors rendu compte que la réponse était évidente. Jamais je ne l'avais remarqué jusqu'à présent, mais Blue avait une cicatrice au-dessus du front et son œil gauche était légèrement tombant, comme un reflet dans un miroir déformant. Lésion nerveuse. J'avais vu une femme comme elle dans le bar de Frank un jour. Jamais je n'ai su son nom. Elle était de passage dans la ville avec un homme. Elle avait ce regard égaré que l'on voit chez certaines. Chez Blue, c'était différent. Ce qui avait pu lui arriver n'avait manifestement rien détruit chez elle, sauf sa conscience peut-être. On aurait dit qu'elle avait été mise à l'envers.

— Pas plus que moi, a dit Blue. Et là encore, ça n'a pas toujours été le cas.

— Qui es-tu?

C'était une question raisonnable. Je lui avais tout dit sur moi. Mais d'elle, je savais seulement que les gens l'appelaient Blue, qu'elle servait chez May et qu'elle mettait le plus de distance possible entre elle et son ex.

— Mon nom de jeune fille, c'était Debra Maze. Quand je me suis mariée, je suis devenue Debra Reed. Pendant quelques années, j'ai été instit, jusqu'au jour où je n'ai plus été présentable devant des enfants. Alors il a fallu que je m'enfuie et ma cousine, qui a l'air d'être ma sœur, m'a donné son vieux permis de conduire. Pour l'instant, je suis Carla Wright et, tant que je ne demande pas de crédit ou quoi que ce soit d'officiel, je peux sans doute conserver ce nom encore un moment. Mais mon passé finira par me rattraper un jour. Comme toi le tien.

— Tu es restée combien de temps avec lui?

— Sept ans.

— Ça fait combien de temps que tu t'es tirée?

— Six mois. Quand j'ai vu ton faux passeport, qui est une merveille du genre, je me suis dit que tu avais peut-être les bonnes relations. Il ne m'était pas venu à l'idée que tu puisses être dans une situation encore pire que la mienne.

— Désolée de t'avoir embringuée dans ma sale histoire.

— Pas la peine de t'excuser. Qui sait si un jour tu ne te trouveras pas embringuée dans la mienne. On sera quittes alors.

Elle a ouvert un placard bourré de serviettes, de linge et de draps, et en a sorti une couverture et des oreillers.

— Tu as besoin de dormir, a-t-elle dit. Et moi aussi. Tout a toujours l'air plus simple après un petit somme.

Puis elle est allée dans sa chambre et a fermé la porte.

J'ai trouvé son bourbon, en ai avalé une rasade, ai ôté mes chaussures et relevé la couverture par-dessus ma tête pour me protéger du soleil de midi qui tombait directement sur le canapé. Épuisée comme je l'étais, j'avais l'impression que chaque partie de mon corps s'enfonçait en elle-même, mais mon esprit, lui, ne voulait pas s'arrêter. L'accident de voiture repassait en boucle, une série de faux raccords. Au début de chacun, une nausée m'étreignait l'estomac et je me revoyais assise, impuissante. Sur le volant, les mains crispées de quelqu'un d'autre, articulations blanchies, et tendons apparents sous la peau. Sur l'accélérateur, un pied au plancher.

Dans le rêve, je sais exactement ce que je dois faire parce que la première fois, je n'ai pas réagi comme je l'aurais dû. Cette scène, je me la suis passée et repassée cent fois. Seulement, c'est *lui* qui conduit et je vois son expression. Je me souviens de l'instant où il a pris sa décision. De la ligne dure de sa mâchoire. Je sais aujourd'hui qu'il était trop tard pour l'arrêter, que j'aurais dû prévoir, que je me doutais bien de ce qu'il allait faire. C'était il y a dix ans, et j'avais l'impression que c'était demain, comme si ça pouvait se reproduire sans fin.

Je fais ce que j'aurais dû faire la première fois. Je balance mes jambes par-dessus le volant et lui envoie un coup de pied à la figure. Il perd le contrôle de la voiture, qui passe par-dessus la glissière de sécurité et tombe dans le lac glacé. Nous nous enfonçons lentement. Je sais quoi faire. Je détache ma ceinture et ouvre la fenêtre avant que nous ne soyons sous l'eau. Je le regarde. Il est dans les pommes. J'ai encore assez de souffle pour le tirer hors de la voiture, mais il a l'air si paisible derrière le volant. Je le laisse où il est. Je regarde derrière et vois l'autre passager. Pendant une seconde, je me demande si je dois le laisser lui aussi. Et puis je sens le choc de l'eau froide qui se déverse dans la voiture. Je me réveille en sursaut.

Blue est dans le fauteuil et me regarde.

— Un cauchemar ?

— Non. Un rêve.

Un rêve récurrent, un simple fantasme de ce que j'aurais dû faire. Alors, j'aurais été libre.

10 juin 2008

Destinataire : Ryan

De : Jo

Je suis mariée. J'ai un nouveau nom. Plus chouette que le précédent. Je ne te le dis pas. Déni plausible. Si tu ne le sais pas, tu ne mentiras pas. Est-ce que je dois toujours surveiller mes arrières, ou les gens m'ont-ils oubliée ?

Mon mari, je l'appellerai Lou, au cas où tu aurais besoin de le désigner. Lou est correct. Quand j'étais ado, je rêvais à quelque chose de mieux que « correct ». Pendant un moment, tu as été mieux-que-correct. Et regarde où ça nous a menés. Enfin, il n'y a personne d'autre à qui je pourrais annoncer la nouvelle chez moi. Je n'ai que toi. Et Lou.

Alors qu'est-ce qui s'est passé depuis la dernière fois que j'ai eu de tes nouvelles ?

Jo

21 juin 2008

Destinataire : Jo

De : Ryan

Des félicitations s'imposent, non ? Je viens de boire huit bourbons au Sundowners pour fêter ça. Fêter n'est peut-être pas le bon mot en l'occurrence. C'est qui, ce type ? C'est quoi ? Tu l'aimes ?

Je te souhaite un mariage durable et prospère avec un homme qui n'a aucune idée de qui tu es vraiment. Je voudrais bien te donner des conseils, mais d'après mes parents, le secret de la longévité d'un couple, c'est de ne jamais se trouver dans la même pièce.

Putain, tu t'es mariée ! Je crois que je vais devoir fêter ça encore un peu.

R

30 août 2008

Destinataire : Ryan

De : Jo

Si je ne te connaissais pas aussi bien, je dirais que tu es jaloux.

Non, Ryan, je ne l'aime pas. Mais il m'a paru

sage de me marier ou plus précisément d'avoir un nouveau nom. Et puis je n'ai pas simplement dégoté un mari, j'ai dégoté un mari et un boulot par-dessus le marché. Lou est propriétaire d'un bar. Je sers à boire. Ce n'est pas exactement la carrière dont je rêvais, mais ça vaut mieux que de faire des ménages, comme la première année où je me suis retrouvée toute seule. Nous avons été mariés par Otis, le mécanicien du coin. Il est pasteur de l'Église des pièces détachées. Je ne savais même pas que ça existait. Il s'est récuré les ongles avant la cérémonie, ce qui m'a touchée. Quand Otis a dit « jusqu'à ce que la mort vous sépare », la première idée qui m'est venue en tête a été : « Pourvu qu'il n'y ait pas d'antécédents de longévité dans la famille de Lou. » Si on tient cinq ans, je serai surprise. Mais j'ai gagné un nouveau nom dans l'affaire.

C'est ça ma vie maintenant. Mais pas ma seule vie. Quand je ferme les yeux, j'entre parfois dans un monde différent : mon univers parallèle. Cette soirée n'a jamais eu lieu. Ou si elle a eu lieu, nous n'en avons pas fait partie. Nous avons fait tout ce que nous projetions de faire. J'ai même une image très nette du modeste deux pièces que nous partageons. Deuxième sans ascenseur. Les soirs d'été où il fait chaud, nous allons nous asseoir dans l'escalier de secours en buvant de la bière et en regardant les étoiles. Quand j'y pense, nous pourrions y être au moment où je te parle.

Mais ça, c'est en dehors du réel. Alors dis-moi

ce qui s'y passe, dans le monde réel. Qu'est-ce que j'ai raté ?

Jo

5 octobre 2008

Destinataire : Jo

De : Ryan

Je crois que nous ne devrions pas continuer à correspondre. Ça ne faisait pas partie du plan au départ. Le but du jeu, c'était que tu puisses vivre ta vie. Cesse de penser à ce qui aurait pu être. Peut-être que tu n'as pas donné sa chance à Lou.

Cessons de nous écrire pour l'instant. Tu n'as rien raté. Vis ta vie, Jo. Je t'en prie.

R

5 novembre 2008

Destinataire : Ryan

De : Jo

Tu ne peux pas me dire sans arrêt de disparaître. J'ai fait ce qu'on m'a dit de faire. J'ai assez disparu comme ça. En attendant, j'aimerais qu'on respecte l'arrangement. Ne me déçois pas et je ne te décevrai pas.

Jo

5

Il m'a fallu quelques jours pour intégrer les faits. Je n'allais plus pouvoir être Amelia Keen. J'ai songé à téléphoner à un vieil ami qui avait envers moi une dette énorme, mais cela semblait risqué de contacter quelqu'un après avoir exterminé les collègues de M. Oliver. Je ne savais pas de quel côté était mon vieil ami. Il fallait que j'accepte le fait que j'étais toute seule et que j'avais besoin d'investir un nouveau nom. Amelia Keen allait me manquer ; j'avais eu de grands espoirs pour elle. Je ne savais toujours pas quoi faire à propos de l'immatriculation de la voiture. C'était risqué d'avoir un véhicule au nom de Tanya, mais Amelia était aussi un handicap.

Pendant quinze jours, de la fin mars au début avril, je me suis planquée chez Blue. Je la dédommageais en faisant le ménage et les courses avec mes économies qui se tarissaient. Je lisais la presse pour me tenir au courant de l'enquête sur le mystérieux accident de voiture. Les détectives chargés de l'affaire pensaient que deux assaillants inconnus se trouvaient dans la voiture avec les victimes. On n'avait pas encore établi l'identité des deux hommes et personne ne s'était présenté pour réclamer les corps. J'étais convaincue que la police ne disait pas tout à la presse. Je m'imaginais qu'une équipe du SWAT n'allait pas tarder à faire une descente chez Blue et moi. Chaque bruissement de feuilles à l'extérieur, chaque ronron de moteur sur la route alimentait ma paranoïa. Je me mettais à boire tôt pour me calmer les nerfs et arrêter la vibration constante du monde autour de moi.

Le soir, je surveillais la grande maison. Il y avait toujours exactement deux lumières allumées, une en haut et une en bas, ainsi que la lueur tremblotante d'une télévision cachée par des rideaux opaques. Elle semblait rester allumée toute la nuit, mais la lumière d'en haut s'éteignait avec une régularité d'horloge à 22 h 15. Blue allait toujours voir la vieille dame après avoir fini son service au bar et elle éteignait la lumière d'en bas en sortant. La vieille dame – j'ai fini par apprendre qu'elle s'appelait Myrna – était confinée chez elle, affligée d'un glaucome, d'arthrite et de démence sénile. Il m'est arrivé d'apercevoir son ombre se déplaçant dans la maison, mais rarement. Elle se traînait d'une pièce à l'autre, c'était tout. D'après Blue, même quand elle était jeune, elle n'était guère sociable. Elle ne quittait la maison que très rarement, quand la tante de Blue, Greta, menaçait de s'en aller si elle ne sortait pas. Je ne devais pas importuner Myrna. En règle générale, elle n'aimait pas les gens, d'après ce que j'avais compris.

Au bout de quinze jours, j'avais l'impression

d'être là depuis des mois. Et de tomber à grande vitesse vers le fond d'un ravin. J'ai commencé à lire des rubriques nécrologiques tous les matins parce qu'elles me réconfortaient en me rappelant que je n'étais pas la seule à vivre un compte à rebours. Il y a plus de gens que vous ne croyez qui meurent jeunes.

Alors l'idée m'est venue que c'était à la morgue locale que je pourrais trouver ma prochaine identité. Chaque jour, j'épluchais à fond les nécrologies pour découvrir la candidate idéale. Au début, mes critères étaient très simples : il me fallait une femme morte prématurément et vivant seule. J'ai parlé de mon plan à Blue et elle a voulu être de la partie. Nous avons décidé de mettre nos efforts en commun pour cette recherche, et celle qui ressemblerait le plus à la défunte pourrait dire « prems ».

Nous revêtions des robes noires, adoptions un maquillage classique et nous rendions au funérarium indiqué dans le journal. Nous prenions la voiture de Blue, qu'elle me laissait toujours conduire. Notre premier enterrement a été celui de Joan Clayton. Elle n'avait que deux ans de plus que moi quand elle est morte d'un cancer des ovaires. Il y avait une grande photo d'elle à côté du cercueil ouvert au funérarium de Marker & Sons. Sur la photo, sûrement prise plusieurs années auparavant, elle était encore éclatante. Ses joues rondes faisaient penser à une pêche ; le corps émacié gisant dans le cercueil semblait être celui d'une piètre usurpatrice.

— Tu crois qu'elle avait quelle taille ? m'a glissé Blue à l'oreille.

Toujours pragmatique.

— Je n'en sais rien. Mais elle ne nous ressemble ni à l'une ni à l'autre. Ni avant ni après. Ça ne va pas marcher.

Un endeuillé s'est approché. À le voir, on aurait dit le père de Joan.

— Je ne crois pas vous connaître, a dit le supposé père.

— Toutes mes condoléances, a dit Blue.

— Vous connaissiez Joan ?

— Mais oui.

— Vous l'avez connue à l'école ?

— Oui, à l'école.

— Je croyais connaître toutes les amies d'école de Joan.

— Je n'étais pas une intime, a répondu Blue, mais je voulais lui rendre un dernier hommage.

— Vous étiez à Grover Cleveland ou à Van Buren ?

— Cleveland, a répondu Blue avec moins de conviction.

— Vous connaissiez Jacob ?

— Non. Je regrette, je ne l'ai jamais rencontré. Je vais vous laisser à votre famille. Sachez que je suis de tout cœur avec vous, a-t-elle dit en reculant lentement.

Elle s'est détournée, a descendu l'allée centrale et elle est sortie. J'étais sur ses talons.

— C'était chaud, ai-je dit sur le chemin du retour.

— Tant que nous n'allons pas deux fois au même funérarium, il ne devrait pas y avoir d'embrouille.

L'enterrement suivant était celui de Laura Cartwright. Elle avait vingt-huit ans quand elle s'est suicidée. Juste deux ans de moins que moi. D'après la rubrique nécrologique, elle laissait une mère, un père et un mari. Pas d'enfants. Il n'y avait qu'une vingtaine de parents et amis au funérarium de Hammel & Sons. Une photo de Laura était posée à côté du cercueil. C'était une blonde aux yeux bleus, comme Blue, mais si grosse – obèse en fait – qu'on distinguait à peine ses traits.

Blue et moi avons regardé la femme XXL dans le cercueil.

— Pas de blessure par balle et son cou est intact. Des comprimés, sans doute, a dit Blue.

— Je suppose.

— Je pourrais être elle en un rien de temps si je commençais la journée avec une demi-douzaine de doughnuts.

— Il faudrait que tu avales une usine entière de doughnuts, ai-je dit.

Un homme s'est approché.

— Vous étiez de ses amies ? a-t-il demandé.

— Oui, a dit Blue. Mais je ne l'avais pas vue depuis des années. Vous êtes un proche ?

— En quelque sorte, oui. J'étais son mari.

— Mes condoléances, ai-je dit.

— Merci. J'aurais dû le voir venir. Mais elle se comportait comme si tout allait bien.

Quand l'homme a parlé, j'ai senti un frisson monter le long de mon dos. Un sentiment d'alerte.

— Elle n'était pas déprimée ? ai-je demandé.

— Je ne me suis jamais posé la question, a répondu M. Cartwright. Mais elle devait l'être. Nous tentions d'avoir un bébé, et ça ne marchait pas.

— À la voir, on ne se doute de rien. Des comprimés ?

Blue m'a serré le coude en manière d'avertissement, mais M. Cartwright a paru s'animer devant l'intérêt que je témoignais.

— Elle a mis de l'antigel dans sa citronnade.

— Oh là là ! Quelle horreur ! Elle était si jeune ! me suis-je exclamée. Comment vous êtes-vous rencontrés ?

— Dans un bar. C'était la plus jolie femme. Elle avait pris quelques kilos depuis, a-t-il ajouté non sans ironie.

— Vous étiez mariés depuis longtemps ?

Blue m'a pincé le bras à nouveau, plus fort cette fois.

— Cinq ans. Rappelez-moi votre nom ?

— Jane Green, ai-je dit.

Inutile de mêler Amelia Keen à cette affaire.

— Et comment avez-vous connu Laura ?

— À l'école primaire.

— Vous ne l'avez pas revue depuis ?

— Non. J'ai juste vu l'annonce de sa mort et me suis dit que je viendrais lui rendre un dernier hommage.

— Je suis sûr qu'elle aurait été touchée.

— J'ai été heureuse de vous rencontrer, ai-je dit. Au fait, je ne connais pas votre nom.

— Lester. Lester Cartwright. Vous connaissiez

l'amie de Laura, Kelly Block ? Je crois qu'elle était dans le primaire avec Laura, elle aussi.

— Le nom ne me dit rien. Mais c'était il y a longtemps. Excusez-moi, il faut que je fasse un saut aux toilettes.

Blue m'y a suivie et nous avons attendu que tout le monde soit assis et que Lester fasse l'éloge de la défunte avant de nous esquiver. Il ne brillait pas par son éloquence.

— Laura est partie trop tôt, a-t-il dit. Mais elle est mieux là où elle est.

— Ce que je peux détester cette expression ! a chuchoté Blue tandis que nous poussions péniblement les lourdes portes de bois.

Une fois dans le parking, Blue a critiqué ma technique d'interview.

— Il vaudrait mieux se montrer plus discrètes, surtout si je décide de devenir Laura Cartwright. Je trouve que c'est un excellent choix. Reste à voir comment je vais m'y prendre. Je pourrais sans doute téléphoner à ses parents et trouver le moyen de me faire donner son numéro de Sécurité sociale. Mais ce qui me faciliterait encore plus les choses, ce serait d'avoir accès à son permis de conduire et à ses autres pièces d'identité.

— Comment te les procurer ?

— Ah, ça, on ne va sûrement pas l'enterrer avec son portefeuille. Il doit bien être quelque part. Je crois qu'on devrait suivre le mari jusqu'à chez eux et entrer dans la maison quand il en partira.

— Tu plaisantes, j'espère ?

— Tu as une meilleure idée ?

Je n'en avais pas. J'ai tourné au coin de la rue et garé la VW derrière un vieil érable. Les nouvelles feuilles venaient de s'ouvrir comme la paume d'une main.

Pendant toutes ces dernières années, si je n'ai rien fait d'intéressant de ma vie, j'ai acquis un nouveau talent à la perfection. Je sais quand mon interlocuteur me ment. Je reconnais une âme noire quand j'en vois une.

— Il l'a tuée, ai-je dit.

— Quoi ? Le mari ?

— Oui.

— Comment le sais-tu ?

— Sa femme est morte depuis moins d'une semaine et il fait des réflexions sur son poids. Ce n'est pas normal.

— Normal ou non, ce n'est pas une preuve.

— Personne n'avale de l'antigel pour se suicider. Il y a de bien meilleures façons d'en finir.

— Tu crois qu'on devrait donner un tuyau anonyme aux flics ? a demandé Blue.

— Pas si tu penses que c'est une candidate viable pour toi. Mieux vaut ne pas attirer l'attention sur sa mort.

— Peu importe la façon dont elle est morte, en fait.

— Sans doute.

— Je crois que je vais essayer Laura Cartwright. Et voir si elle me va.

Nous avons attendu jusqu'à ce que l'assistance se disperse et nous avons suivi la Sierra GMC rouge du mari. Il a roulé pendant plusieurs kilomètres jusqu'à la banlieue d'un bled nommé Fairfield et garé sa voiture devant une maison blanche en bardeaux. La pelouse était brunâtre et miteuse et il y avait de vieux meubles sous la véranda. Nous sommes restées en planque dans la voiture de Blue pendant l'heure suivante. Quand Lester est sorti, il a regardé à gauche et à droite dans la rue comme s'il s'assurait qu'il n'était pas suivi. Il est parti avec son pick-up et Blue est sortie de la voiture.

— Envoie-moi un texto si tu vois quelqu'un venir, a-t-elle dit.

— Qu'est-ce que tu vas faire ?

— Entrer dans la maison et chercher ses papiers.

Je me suis laissée glisser le plus bas possible sur le siège du conducteur et j'ai attendu Blue. J'avais l'impression que mes nerfs étaient des fusées qu'on tirait sous ma peau. Chaque petit bruit, du froissement des feuilles au tintement d'un carillon éolien, m'envoyait une décharge dans le corps.

Blue était depuis trente minutes dans la maison quand je lui ai envoyé un texto.

Sors de là. Trop risqué.

Elle m'a répondu : *Toujours rien trouvé.*

Des voitures sont passées. Je ne savais pas si on pouvait me voir ou pas, mais une ou deux personnes se souviendraient peut-être d'une Jetta inconnue garée dans le secteur. Une femme d'un certain âge arrosait sa pelouse en peignoir, et elle m'a bien regardée. Le pick-up rouge est revenu et s'est garé dans l'allée. J'ai renvoyé un texto à Blue.

Il est là. Sors.

Blue n'a pas répondu. Lester a pris une caisse de bière et un sac de provisions à l'arrière. Il a monté les marches devant la maison, ouvert la porte et est entré. Blue n'est pas revenue à la voiture.

Tu es où ? Il est dans la maison.

Dix minutes plus tard, Blue s'est glissée dehors par la fenêtre de la salle de bains et s'est approchée de la voiture d'un pas nonchalant.

— Allons-y, a-t-elle dit.

J'ai mis le moteur en route et, roulant lentement, j'ai quitté les lieux et gagné l'autoroute.

— Qu'est-ce qui s'est passé ? ai-je demandé.

— Je n'ai pas réussi à trouver ses papiers, a répondu Blue, dépitée. Mais même si j'étais tombée dessus, je ne suis pas sûre que l'affaire se serait bien goupillée. Jamais je n'aurais pu trouver du travail avec son numéro de Sécurité sociale, parce que son mari aura probablement demandé à toucher un capital, et sans un contact à soudoyer au bureau des permis, j'aurais dû utiliser un permis de conduire avec une photo qui ne me ressemblait guère, quel que soit le nombre de doughnuts que j'aurais avalés.

— Il doit bien y avoir un moyen.

— C'est sûr, mais on n'a pas encore mis le doigt dessus.

6

Je n'ai jamais vraiment su quoi penser de Blue. Je ne lui ai jamais fait confiance, et pourtant j'avais une dette immense envers elle car ma qualité de vie s'était grandement améliorée sous son toit. Comme elle travaillait la nuit, je me faisais rare le jour ; je ne pouvais pas me risquer à être encore jetée sur le pavé. Blue ne m'a jamais raconté sa vie. Elle avait été institutrice, et eu un mari violent prénommé Jack. Chaque fois que je lui posais des questions sur les autres aspects de son histoire, elle restait vague et réticente. Je lui ai demandé un jour de me parler de son enfance. *Je faisais comme tous les gamins. Je jouais, etc.* Je l'ai questionnée sur sa famille. *J'en avais une*, a-t-elle répondu. Je ne me rappelle pas avoir bien dormi pendant mon séjour chez Blue. Il me semblait toujours possible de voir un revolver pointé sur ma tête au réveil.

Mais Blue n'était pas mon seul sujet de préoccupation. J'allais aussi avoir affaire à M. Oliver. J'ai essayé d'imaginer sa prochaine étape. Où commencer à chercher une femme seule dont la description correspondait à toutes sortes de femmes seules à Austin ? Parfois, c'est un avantage d'être quelconque.

Le réseau des bibliothèques d'Austin est devenu mon second domicile. Comme je ne pouvais pas courir le risque d'être un visage familier, je ne suis jamais retournée au même endroit deux fois de suite dans la semaine. J'ai panaché le plus possible. Yarborough, Twin Oaks, North Village, Carver et Faulk Central. J'accédais aux banques de données avant que les enfants ne s'échappent des écoles. Si je ne parvenais pas à éviter l'heure de pointe de l'après-midi, je me promenais dans les rayons et je lisais des livres de voyage, faisant comme si ma nouvelle vie imaginaire était juste un ambitieux projet de vacances.

J'ai cherché des informations sur l'enquête concernant la mort de mon mari. D'après le rapport du coroner, Frank était décédé des suites d'un traumatisme crânien provoqué par un objet contondant. Dans les journaux, il n'était jamais dit que le contact avec un objet contondant pouvait survenir lorsque le crâne venait heurter un objet statique, comme le rebord d'une marche d'escalier. Je restais une « personne potentiellement concernée », surtout parce que j'avais disparu juste après sa mort. Personne ne savait où j'étais. Si j'étais restée, peut-être que toutes ces spéculations se seraient calmées et que j'aurais eu un nom, une maison, et une vie après Frank. J'ai songé à retourner là-bas, mais maintenant que je m'étais attiré les foudres de M. Oliver et que j'avais donné de moi à mes anciens voisins l'image d'une veuve noire, je doutais que mon retour se passe avec autant de souplesse que je l'aurais souhaité.

Je me suis replongée dans les rubriques nécrologiques histoire de me distraire du monde des vivants. J'ai trouvé une morte prometteuse appelée Charlotte Clark. Un nom auquel je pourrais m'habituer. Ne lui survivaient que sa sœur, une nièce et un neveu. J'ai noté les informations pour la cérémonie funèbre et repris le chemin de chez Blue.

Quand j'ai ouvert la porte, elle était assise sur le canapé et regardait les infos. Son pied frappait le tapis comme un marteau-piqueur. Elle a cliqué sur la télécommande pour éteindre la télé. Et s'est levée.

— Tu es rentrée. Tant mieux. Ça fait des heures que je t'attends.

Blue s'arrangeait toujours pour paraître aussi froide qu'un iceberg, mais ce soir elle était agitée, tendue, comme si elle venait de recevoir un shot d'adrénaline. Quelque chose dans son comportement m'a mise en alerte, plus encore que d'habitude.

— Tout va bien ?

— Tout ira bien dans un moment. Mais là, il faut qu'on parte.

— Où ça ?

— Je te le dirai dans la voiture.

Elle est sortie par la porte de devant, s'attendant à ce que je la suive. Ce que j'ai fait. Quand nous sommes arrivées à la voiture, elle m'a lancé les clés.

— Je suppose que tu veux conduire, a-t-elle dit.

Nous nous sommes installées sans rien ajouter et j'ai descendu l'allée sinueuse en marche arrière.

Le ciel s'est assombri. Les directives taciturnes de Blue ont encore ajouté au stress de la circulation à l'heure de pointe.

— Prends la 290 Est sur cinquante kilomètres, puis la 21.

— Tu prévois de me dire où on va ?

— On fait une excursion dans la nature.

— Le soir ?

— Oui.

— On ne verrait pas mieux la nature de jour ?

— Il y a moins de touristes la nuit.

Blue ne semblait pas d'humeur loquace et comme je n'avais pas envie de la presser de questions nous n'avons plus échangé un seul autre mot jusqu'à ce qu'elle me dise de tourner sur la départementale 60. La circulation s'est clairsemée et j'ai commencé à voir des panneaux pour un parc d'État. L'absence d'éclairage et de conversation m'ont induite en erreur.

— Dis-moi, Blue, tu n'as pas l'intention de me tuer ?

Blue a pris une grande inspiration. J'ai essayé d'en deviner le sens, mais rien n'est venu. Elle a ouvert la boîte à gants, en a sorti son revolver et j'ai fait un écart sur la voie de gauche. J'avais l'impression que tout mon sang s'était transformé en glace dans mes veines. Un camion a klaxonné, j'ai redressé le volant et me suis efforcée de dompter les battements fous de mon cœur.

— On se calme, a dit Blue.

Elle a libéré le barillet et a vidé les balles dans sa paume.

— Prends-les. Et arrête de te faire des scénarios.

Elle a fait passer les balles dans ma main et a refermé mes doigts autour d'elles. J'ai glissé ma main dans la poche de ma veste et en ai compté le nombre en les lâchant une par une. Une, deux, trois, quatre, cinq…

— Ralentis quand tu verras le panneau indiquant « Park Road 57 ». C'est là que nous allons.

— Je ne suis pas vraiment d'humeur à aller faire du camping.

— On ne va pas s'éterniser.

J'ai arrêté la voiture au parc du Lake Somerville. La maison du garde était fermée. Une chaîne bloquait l'entrée qui n'était fixée que par un crochet glissé dans un œilleton. Blue l'a retiré. Nous avons roulé sur un chemin de terre et nous sommes arrêtées sur un parking vide. Blue a pris une torche électrique sur la banquette arrière, est sortie de la voiture et a remonté un court chemin menant aux emplacements pour les tentes. J'ai suivi le faisceau lumineux de sa lampe. Les seuls bruits étaient le crissement du gravier sous nos pieds et le grésillement régulier des criquets. Les emplacements pour les foyers semblaient n'avoir pas vu une flamme depuis des mois.

Blue est retournée à la voiture. Je l'ai suivie. Elle m'a passé la lampe et a dévérouillé le coffre.

— Ne panique pas. Tu peux faire ça pour moi, Amelia ?

Elle n'a pas attendu ma réponse. Elle a ouvert le coffre.

Dedans une grande couverture occupait tout l'espace. En m'approchant, j'ai vu que la grande couverture avait des chaussures. Qui ressemblaient à des bottes de travail, du 46 pour être précise. J'ai laissé la lumière courir le long du corps jusqu'à ce que j'arrive à la tête, où j'ai vu une énorme tache sanglante. Posée sur le corps, il y avait une pelle.

— Tu as tué quelqu'un, Blue?

Je me rends compte maintenant que c'était une question idiote.

— Ah oui, a-t-elle répondu comme si elle m'annonçait qu'elle avait pris du lait à la supérette.

— Qui c'est?

— Amelia, permets-moi de te présenter mon mari, Jack Reed. J'aurais aimé que vous vous rencontriez sous de meilleurs auspices.

Tandis que Blue et moi traînions le corps de Jack aussi profond dans le bois que nous le permettaient nos forces, j'ai récolté les informations suivantes: Jack avait retrouvé Blue; il avait essayé de la tuer; finalement, c'était elle qui l'avait tué. À entendre Blue, c'était simple comme bonjour.

Je lui ai demandé comment Jack l'avait découverte. Il a appris qu'elle avait une tante et retrouvé quelques lettres datant d'avant la mort de Greta, avec son adresse écrite bien clairement sur l'enveloppe. Il a donc pris sa voiture et il est venu droit à Austin, à la dernière adresse connue de Greta Miles. Il a monté la garde devant la maison pendant moins d'une journée avant de repérer sa femme. Peu après mon départ pour la bibliothèque, il a frappé à la porte de Blue. Mais elle l'avait vu monter l'allée. Elle a pris son revolver avant d'inviter Jack à entrer. Quand il a sorti un couteau, elle a sorti son revolver et l'a fait aller jusqu'à la voiture sous la menace. Elle s'est dit que ça ne serait pas commode de mettre un corps dans la malle arrière, et comme elle ne voulait pas avoir à nettoyer les saletés chez elle, elle a mis une bâche goudronnée dedans et a demandé à Jack de monter dans le coffre. Il a obéi. Elle lui a tiré dessus sans plus attendre. C'est pourquoi il y avait autant de sang.

— Si quelqu'un mettait une toile goudronnée dans un coffre et me disait de monter, je ne suis pas sûre que j'obéirais docilement. Ce serait un peu comme m'installer dans ma propre tombe, ai-je dit.

— Si tu pointes un revolver sur la tête de quelqu'un, il fera tout ce que tu lui demandes de faire, y compris s'installer dans sa propre tombe.

— Ça se tient, ai-je concédé.

Les bois sentaient le pin et le chêne et les odeurs pures que seule fournit la nature. Jack, lui, dégageait l'odeur métallique d'une batterie de neuf volts.

Blue s'est mise à creuser la tombe la première. Quand elle a commencé à s'essouffler et que j'ai vu la sueur rouler sur son front dans la nuit froide, j'ai pris le relais, tout en saisissant mal en quoi la mort de son mari était mon affaire. Il ne m'a quand même pas échappé que je devenais complice après le fait, mais comme j'avais été déjà complice d'un double meurtre, une accusation supplémentaire n'était guère qu'une goutte d'eau dans le vase. À ce stade, il semblait presque sage de rentrer à la maison et d'affronter les conséquences des crimes que je n'avais pas commis.

Au début, la terre était meuble. Puis elle devenait dure et il a fallu en mettre un coup pour creuser.

— Il faut arriver à quelle profondeur ? ai-je demandé

— Au cimetière, un mètre quatre-vingts, je crois. Pour notre affaire, je crois qu'un mètre vingt suffira, a dit Blue.

J'ai eu le sentiment que ce n'était pas la première fois qu'elle faisait ça. Ou en tout cas, elle avait déjà dû y penser beaucoup.

Il nous a fallu deux heures pour obtenir un trou de la bonne dimension. Blue a fait rouler son mari dans la fosse. La couverture a glissé, découvrant son visage explosé. J'ai détourné le regard et me suis efforcée de ne pas vomir.

— Toutes mes excuses, a dit Blue.

Elle a refait glisser la couverture pour couvrir la tête et a commencé à envoyer des pelletées de terre sur le corps. Une fois l'opération terminée, il y avait un petit renflement à l'endroit de la sépulture peu profonde.

— Ça ne va pas, a dit Blue.

Elle est allée chercher de grosses pierres et de la mousse, a étudié la terre à l'emplacement de la fosse et s'est évertuée pour que la dernière demeure de Jack se fonde mieux dans le paysage environnant. Cela ressemblait toujours à une tombe récente, mais moins qu'avant.

Blue a pris un moment pour examiner son travail. Peut-être rendait-elle un dernier hommage au défunt.

— Adieu, Jack. Je regrette la façon dont les choses ont tourné. Mais tu ne peux t'en prendre qu'à toi-même, a-t-elle dit.

C'était le service funèbre le plus court auquel j'ai jamais assisté. Même moi, j'avais pris le temps de boire un bon doigt de whisky pour dire au revoir à Frank. Mais encore une fois, je n'avais pas tué Frank. Si on tue quelqu'un, je ne suis pas sûre qu'un éloge funèbre s'impose. Ou peut-être que cela s'impose davantage, justement.

Blue a ramassé la pelle avant de retourner à la voiture. J'ai suivi, la torche à la main.

Pendant la première partie du trajet, nous avons gardé le silence. J'aimerais croire que Blue éprouvait quelques frémissements de remords et s'efforçait de les apaiser.

— Comment te sens-tu ? ai-je demandé.

Je ne posais pas la question pour faire la conversation ou pour détendre l'atmosphère. Je la posais parce que Blue m'était complètement opaque. Elle n'avait l'air ni effrayée, ni soulagée, ni coupable, ni triste. Ses yeux étaient songeurs, comme si elle se livrait à des spéculations abstraites. Elle avait un visage complètement détendu : pas l'ombre d'une ride inquiète, pas une seule larme sur le point de couler. Je ne connaissais pas ce type et je ne l'avais pas tué, mais je suis persuadée que j'éprouvais personnellement plus de culpabilité que Blue pour la part que j'avais prise à cette épreuve, alors qu'elle était bien plus impliquée que moi.

— Libre, a-t-elle répondu sans ambages.

— Hum.

D'après mon expérience, quand on laisse un cadavre dans son sillage, ça freine sérieusement la liberté.

— Je n'ai plus à fuir, a-t-elle ajouté.

— Tu n'as plus à fuir Jack. Mais peut-être que maintenant tu dois fuir la loi.

— Il n'a sûrement dit à personne qu'il venait me régler mon compte. Je devrais être morte depuis un certain temps déjà, si le plan de mon cher et tendre avait fonctionné. Jack était le genre de type à filer sans rien dire à personne, à disparaître purement et simplement. Ou à avoir de sérieux ennuis avec quelqu'un qui se chargerait de le faire disparaître.

— C'est aussi simple que ça ?

— Bien sûr que non. Il me reste à nettoyer le sang qu'il y a dans le coffre et ça, ça peut prendre des *heures* !

20 juillet 2009
Destinataire : Ryan
De : Jo

Je reconnais que vous autres, vous avez sacrément bien réussi à me garder secrète. Mais d'une façon générale, vous devez considérer que vous n'avez plus de secrets. Même en ce qui me concerne. Quand on s'ennuie et qu'on vit toujours dans le passé comme moi, il n'est pas difficile d'aller éplucher ces sites Internet et de remonter d'un commentaire à l'autre jusqu'à ce qu'on trouve un fil vraiment captivant. Tu as été dans un hôpital psychiatrique, non? C'est pour ça que tu n'as pas écrit pendant plus de six mois.

Pourquoi cacher ça? J'ai été presque soulagée quand je l'ai découvert. Non que je souhaite que tu ailles mal, mais le fait de savoir que parfois tu as du mal à te supporter me réconforte un peu. Tu n'as pas à me raconter comment c'était, ni à me donner de détails sur la maison de fous. Mais tu n'es pas obligé non plus de garder ça secret.

J'aurais moi aussi probablement fini là si ma vie ne m'obligeait pas en permanence à être sur la corde raide. La vigilance te force à rester sur le qui-vive, comme un animal. Tu n'as pas trop de temps pour la mélancolie.

Alors, quand tu étais chez les dingues, es-tu allé au fond de tous tes problèmes?

Jo

14 août 2009
Destinataire: Jo
De: Ryan

Je n'ai rien raconté à personne pendant que j'étais là-bas. C'est ça que tu veux vraiment savoir, non? C'est à peine si j'ai prononcé un mot de tout mon séjour, ce qui explique peut-être pourquoi on m'y a gardé si longtemps. Il y a des jours où j'avais envie de parler. Ce n'est pas comme s'ils avaient pu raconter ce que je disais à qui que ce soit. Mais je savais que ça pourrait me soulager la conscience, et ça, je ne le voulais pas. Toi non plus, ce n'est pas ce que tu veux pour moi.

3 septembre 2009
Destinataire : Ryan
De : Jo

Tu ne me connais plus, Ryan. Tu ne sais même pas ce que je veux pour toi.

C'est contre nature de garder ce genre de secret. Il remonte à la surface par d'autres chemins. L'an dernier, Frank m'a envoyée voir un prêtre ; peut-être qu'il croyait que j'avais besoin de l'intervention d'un homme d'Église. Je faisais des cauchemars qui le terrifiaient. Et surtout, ils interrompaient son précieux sommeil. Je suis donc allée voir ce prêtre, qui m'a suggéré que mes troubles du sommeil étaient provoqués par la culpabilité. Je crois qu'il s'est imaginé que je trompais mon mari, que je tapais peut-être dans la caisse pour aller faire des folies dans les boutiques. Je voyais bien qu'il pensait que mes péchés étaient véniels. J'ai trouvé son ton insultant et j'ai donc avoué. Pas mon vrai crime, mais un qui avait beaucoup de similitudes.

Je suis allée dans un confessionnal comme ceux que l'on voit dans les films de gangsters, avec une cloison grillagée qui vous sépare du prêtre. Je reconnaissais parfaitement le père Paul, mais j'ai fait comme si je ne lui avais pas parlé une heure plus tôt.

Et j'ai fait une confession mensongère. J'étais jeune, lui ai-je dit, et amoureuse. Mais le garçon que j'aimais m'avait larguée. J'avais bu, bu, bu, jusqu'à ne plus me souvenir de rien. J'étais montée dans ma voiture et avais pris le volant. Après ça, j'avais dû perdre connaissance, ai-je raconté au prêtre. Parce que quand je me suis réveillée, j'étais à l'hôpital. On m'a dit que j'avais eu un accident de voiture et que j'avais tué une fille, celle qui m'avait volé mon petit ami. Le prêtre m'a demandé si j'avais été punie pour mon crime. J'ai dit que oui. Tu n'es pas d'accord? Il m'a donné dix Je vous salue Marie et vingt Notre Père à réciter. J'ai trouvé ces prières sur Internet et j'ai fait ma pénitence. Les cauchemars ont cessé pendant quelques semaines. Et puis ils sont revenus. Mais c'est peut-être une coïncidence.

Tu pourrais essayer. Ton âme te laisserait peut-être en paix pendant plusieurs semaines.

Jo.

30 septembre 2009

Destinataire: Jo

De: Ryan

Qui est Frank? Tu veux dire Lou, ton mari? Je suppose que si ce n'est pas son vrai nom, celui-là s'oublierait facilement. Ou peut-être as-tu dérapé et c'est son vrai nom. Comment va Frank?

Ne réponds pas à cette question. Je ne veux rien savoir de ta nouvelle vie. Parfois, j'essaie de m'imaginer l'univers alternatif dont tu parles, où nous sommes devenus ce que nous pensions peut-être devenir. Mais dans ma version, il y a toujours quelque chose qui foire. Il faut regarder les choses en face, on a eu la poisse dès le départ.

J'ai une info pour toi. Tu trouveras peut-être que c'est une bonne nouvelle. Ta mère s'est désin-

toxiquée. Elle a suivi un programme de trois mois et n'est sortie que depuis quelques mois, mais elle n'est plus la même. Elle ne ressemble peut-être pas à celle qu'elle était dans ton enfance, telle que tu la décrivais quand ton père était encore en vie et que vous aviez le magasin, mais elle est mieux que je ne l'ai jamais connue.

R

3 octobre 2009

Destinataire : Ryan

De : Jo

Qui a payé pour la cure de désintoxication de ma mère ? Je sais que son assurance n'aurait jamais couvert un programme de trois mois. Est-elle toujours avec ce type dont tu m'as parlé ? Celui dont la vertu première était qu'il ne la battait pas ?

Je ne sais même pas pourquoi je me préoccupe de ça.

J

23 octobre 2009

Destinataire : Jo

De : Ryan

Je n'ai plus revu ce type dans le secteur. Tu sais qui a payé. Pourquoi poses-tu la question ?

R

11 novembre 2009

Destinataire : Ryan

De : Jo

Tu as raison. Je savais que c'était lui. Est-ce

qu'il a payé pour d'autres choses? Qu'est-ce qu'elle est pour lui, ma mère?

13 novembre 2009
Destinataire: Jo
De: Ryan
Je n'en sais rien. Je ne pose pas de questions.

15 novembre 2009
Destinataire: Ryan
De: Jo
Tu ne remets jamais rien en question. Tu restes tranquillement assis et tu fais ce qu'on te dit de faire.

7

Avec Blue, la vie semblait tellement facile. On aurait dit un jeu de cache-cache sans fin. Elle continuait à vaquer à ses occupations sans s'inquiéter un instant de savoir si son passé allait la rattraper. Je ne doute pas que Jack était un salaud et qu'il a peut-être eu ce qu'il méritait. J'ai connu ma part de salauds dans la vie. Il m'arrive de penser que j'en tuerais volontiers un ou deux; mais si je le faisais, j'en serais affectée après. Ce ne serait pas un geste anodin. Je ne dis pas que je ne saisirais pas l'occasion si elle se présentait, mais après ça, je ne fredonnerais pas sous ma douche avec l'insouciance de Blue, qui chantait en boucle le jingle qu'elle venait d'entendre à la télévision.

Quelques jours après cet épisode, mes nerfs s'étaient finalement calmés et se contentaient de vibrer discrètement, comme une corde de piano après la dernière note d'une chanson. Après vérification de mes finances, j'ai décidé que je ne pouvais plus puiser dans mes maigres économies. Il me restait seulement un peu plus de 700 dollars et je savais bien que je ne pouvais pas rester chez Blue sans participer aux dépenses courantes.

Lorsque j'avais commencé à vivre seule, dix ans auparavant, je ne pouvais prétendre qu'à un boulot ne demandant aucune compétence spécialisée, en l'occurrence celui de gardienne ou de bonne à tout faire. Cela ne m'aurait pas déplu de travailler dans le bâtiment. Les parents de ma vieille amie Edie Parsons avaient une quincaillerie et nous traînions au magasin certains après-midi. M. Parsons nous avait appris deux ou trois choses. Je savais me servir d'un marteau et je n'étais pas maladroite avec une scie sur table. J'avais poncé les parquets dans la maison de mon enfance parce que j'avais eu trop d'échardes aux pieds et qu'il était clair que maman n'allait pas s'en occuper. Mais après plusieurs tentatives infructueuses, je me suis rendu compte que les gens n'embauchent pas de femmes pour les travaux du bâtiment. Ils vous disent que vous n'êtes pas qualifiée, mais ce qu'ils pensent au fond, c'est que vous ne faites pas le poids. Littéralement.

Après ma rencontre avec Frank, lorsque mes ménages n'ont plus été qu'un lointain souvenir, je me suis juré que je ne recommencerais jamais. Mais dans la vie, on se fait beaucoup de promesses et l'on n'en tient pas la plupart. J'ai imprimé des prospectus à la bibliothèque, offrant mes services avec mon numéro de téléphone sur les franges à arracher. Je n'ai attendu le premier appel que quelques jours.

Mon client s'appelait Kyle. Célibataire endurci, d'après ce que j'ai pu voir. Il louait un deux pièces non loin du capitole. Personnellement, j'ai souvent constaté que les hommes aux revenus modestes qui aiment avoir un appartement propre font le ménage eux-mêmes. Et ils sont maniaques. Les autres ont recours aux services d'aides ménagères pour éviter que leur appartement ne ressemble à un gigantesque bouillon de culture. En fait, la femme de ménage de Kyle venait de le planter. Il a dit que c'était à cause d'un problème familial, mais à sentir l'odeur qui a chatouillé mes narines quand je suis entrée, je crois qu'elle n'avait tout simplement pas le courage de s'y coller.

Kyle m'a engagée sur-le-champ et il est allé travaillé. Il faisait partie de ces cradingues qui donnent le change. À l'extérieur, il paraissait tout à fait correct et présentable. Beau mec et peut-être même séducteur, à en juger par la collection de capotes usagées sous le lit. J'avais mis des gants en caoutchouc épais et un masque chirurgical sur le visage. Si j'avais déjà fait ce genre de travail et s'il me permettait de gagner ma vie, je ne peux pas dire qu'il m'ait jamais plu. Chaque fois que je laissais derrière moi une maison impeccable, je n'éprouvais pas la satisfaction du travail bien fait. Non, j'avais l'impression que la saleté que j'avais touchée s'était en quelque sorte transférée sur moi. J'avais beau prendre toutes les douches que je voulais, la couche de crasse invisible restait.

L'appel suivant venait de la fille d'une vieille dame en fin de vie. On me demandait de faire le ménage autour de Mrs Smythe, de son réservoir d'oxygène, de son humidificateur et de son infirmière dont les activités, d'après ce que j'ai pu voir, semblaient se réduire à regarder la télévision, distribuer un arc-en-ciel de pilules trois fois par jour et dire à Mrs Smythe de se taire afin de ne pas déranger ses programmes. Le volume de la télévision, branchée en permanence, couvrait le bruit du respirateur de Mrs Smythe. C'était une de ces vieilles maisons où chaque coin était recouvert de son antique couche de crasse. Les joints de la salle de bains étaient tapissés d'une moisissure si antédiluvienne qu'on ne pouvait leur rendre leur teinte blanche d'origine. J'ai passé l'aspirateur autour de l'infirmière de jour, qui n'a pas bougé du canapé. Je ne pouvais pas faire grand-chose contre l'odeur qui imprégnait l'air ambiant. Elle venait de la vieille dame et, après avoir travaillé là pendant trois semaines, j'ai eu l'impression que la toilette à l'éponge était aussi rare que les trombes d'eau au Sahara. Un jour où j'ai reçu dans les narines une bouffée si nauséabonde qu'il a fallu que je ravale une montée de bile, j'ai même proposé de la faire moi-même, cette toilette. L'infirmière a accueilli mon initiative avec un regard glacial.

J'avais l'idée bizarre que, dans le lot de mes clients, je pourrais trouver une bonne maison, un endroit qui pourrait me conforter dans l'idée que le monde n'était pas composé que de crasse et de méchanceté.

En rentrant chez Blue, je restais une demi-heure sous la douche, allumais la télévision et faisais comme si rien de tout cela ne concernait ma vie. Mais chaque matin en me réveillant je me rendais compte que si, et que ça n'allait jamais s'améliorer.

Un soir, Blue a essayé de me remonter le moral en préparant un dîner maison comme en mangent les gens qui ont une vie et une famille. Elle a fait des pâtes à la carbonara, une salade, et nous avons bu deux bouteilles d'un vin à peu près convenable qu'elle avait piquées chez May. Après le repas, nous avons mangé des glaces avec de la crème fraîche et Blue a pris le journal pour examiner les annonces de décès.

— En général, dans les nécros, on ne mentionne pas les corps non identifiés, ai-je précisé.

— Oh, je ne cherche pas Jack, a dit Blue.

— C'est juste de la curiosité morbide ?

— Amelia-tiret-Tanya, tu as toujours besoin d'une nouvelle identité, à moins de vouloir passer le reste de ta vie à bosser comme femme de ménage anonyme. Je pense honnêtement que tu serais plus heureuse en braqueuse de banques.

— Peut-être.

— Eh bien, si tu es partante, j'ai remarqué que la sécurité de la Caisse d'épargne de Fairview est insuffisante...

Franchement, je n'aurais pas su dire si elle était sérieuse ou non. Je me suis servi un verre et j'ai laissé la question en l'air. *Peut-être*, me suis-je dit. Y avait-il vraiment une raison pour que je reste une citoyenne respectueuse des lois ?

Blue a reporté son attention sur les nécros.

— Il y a un cadavre prometteur aux pompes funèbres Morgan & Sons. Allison Wade. Accident de voiture. L'enterrement a lieu demain à 11 heures.

Ce soir-là un orage a éclaté et décidé de s'installer. Le lendemain matin, tout ce qu'on voyait devant le funérarium était une masse noire comme une volée de corneilles. Les parents et amis se protégeaient du déluge sous des parapluies. Blue et moi avons couru du parking à l'auvent, plongeant les pieds dans des flaques sur le trajet et quand nous sommes arrivées à l'abri, nous étions totalement trempées.

À l'intérieur, il régnait une odeur de laine mouillée. Les parents et amis assemblés discutaient et pleuraient, et mes yeux ont été attirés par le reflet de la lumière sur du métal. Des hommes en uniforme, des uniformes de policier partout. Il devait bien y avoir une vingtaine de flics dans la salle.

Blue elle-même a paru surprise, et peut-être un peu nerveuse.

— Il y a une solide présence policière ici, a-t-elle dit.

— Sans blague !

Un homme en uniforme de brigadier était assis au dernier rang. Il s'efforçait d'avoir l'air solide et fort, mais à chaque fois qu'une personne s'approchait pour lui présenter des condoléances sirupeuses, il semblait avoir plus de mal à tenir sa résolution.

J'ai pris le chemin de la sortie, piquant au passage un parapluie noir dont je ne pouvais revendiquer la propriété, et l'ai ouvert en sortant pour m'abriter de l'averse persistante. Blue m'a emboîté le pas.

— Impossible de jeter un coup d'œil sur elle, a-t-elle dit.

— Même si je trouvais mon sosie, je n'ai pas l'intention de prendre l'identité de la défunte épouse d'un officier de police. Je comprends bien que ma situation actuelle présente des risques, mais ce choix ne serait pas plus malin que de refaire l'électricité d'une maison sans couper le disjoncteur.

Vaincues, nous avons quitté les lieux. Pendant le trajet de retour, il a régné dans la voiture le genre de silence bruyant où tout ce que vous entendez à l'intérieur de votre tête est une voix brutale, disant qu'il n'y a aucune issue. Avant l'arrivée des ordinateurs, des gigantesques banques de données et de la NSA, j'aurais pu choisir un nom, emménager dans une ville nouvelle et m'en tirer. Mais maintenant, j'avais l'impression que chaque fois que je voulais essayer de revêtir une nouvelle identité, tout commençait à s'effilocher dès que je glissais un bras dans la manche.

Rentrée chez Blue, je me suis couchée sur le canapé, j'ai mis la couverture sur ma tête et essayé de dormir pour oublier mes soucis. Blue s'est retirée dans sa chambre et est restée muette. Pendant la nuit, j'ai entendu des bruits venant de chez elle. Des froissements, des craquements, des glissements. Elle ne faisait même pas d'efforts pour être discrète. J'ai regardé l'heure : 2 h 48. Il y avait de la lumière dans sa chambre, et la porte était légèrement entrouverte. À pas feutrés, je me suis approchée du rai de lumière et j'ai jeté un coup d'œil dans l'entrebâillement. Blue préparait une valise. Elle y mettait moins de vêtements que de papiers et de livres. Elle a posé sur le dessus un gros manteau de laine.

— Blue, qu'est-ce qui se passe ?

— Ah, tu es debout, tant mieux. Tu ne veux pas nous faire du café ?

Comme il n'y avait aucune chance que je retourne au pays des rêves, je me suis dit que mieux valait que je sois solidement caféinée si je voulais interroger Blue. J'ai préparé le café, attendant patiemment qu'il finisse de passer, ai rempli deux mugs de liquide amer et suis retournée dans la chambre de Blue.

Je lui ai donné un mug, j'ai attendu un moment pour que la caféine arrive dans son estomac, puis je lui ai posé les questions qui s'imposaient.

— Tu vas quelque part, Blue ?

— Non, a dit Blue, pas moi, toi.

Il n'avait pas fallu bien longtemps pour que je ne sois plus *persona grata*, et je n'ai pas été surprise. Mais j'avais du mal à m'expliquer pourquoi Blue préparait une valise qui n'était pas la mienne, avec des affaires qui n'étaient pas les miennes.

— Je peux faire ma valise toute seule, ai-je dit. Et je n'ai pas l'usage de tes… de ce que peuvent être ces papiers.

— Je crois que tu ne comprends pas, Tanya-tiret-Amelia, a dit Blue.

— N'hésite surtout pas à m'éclairer.

— Je t'ai trouvé une nouvelle identité.

— Laquelle ?

— Tu vas devenir moi. Debra Maze.

Il a fallu que quelques tic-tac fassent avancer la grande aiguille avant que j'enregistre ses paroles. Et ensuite, quelques autres tic-tac pour qu'elles prennent leur sens.

— J'ai dû mal entendre.

— Pas du tout.

— Je crois que ton plan n'est pas vraiment étanche.

— Sans doute. Mais ça peut s'arranger avec un enduit performant.

— Alors réponds à cette question : si je suis toi, qui vas-tu être ?

— Je serai Amelia Keen.

— Parce que tu t'es déjà arrangée pour oublier les deux hommes qui ont récemment essayé de tuer Amelia Keen ?

— Pas du tout. Mais ces hommes et leur commanditaire savaient à quoi tu ressemblais. Je ne crois donc pas qu'ils aient un grief particulier contre le nom d'Amelia Keen. C'est la personne qui habite ce nom et celui d'avant qu'ils n'aiment pas, je crois. Une fois que j'aurai cette identité, je pourrai me marier, prendre le nom de mon mari, inverser les chiffres de ton numéro de Sécurité sociale – il paraît que c'est un bon truc pour passer à travers les mailles du filet administratif – et hop, plus d'Amelia Keen. Je serai alors Amelia Lightfoot.

— Lightfoot ?

— Dans mon fantasme, je rencontre un bel Indien et nous habitons dans une réserve. Mais je pourrais être tout aussi heureuse et invisible avec un dénommé Jones ou Smith.

— Blue, je te suis très reconnaissante de tout ce que tu as fait pour moi, mais ton identité traîne du lourd, comme la mienne.

— Je t'offre une vie. Une vraie porte de sortie. C'était quoi, ton plan ? Vivre à mes crochets pour toujours ?

Elle parlait d'une voix calme, égale, mais la menace était claire. Ou je suivais son plan, ou elle me fichait dehors. J'ai essayé de me mettre à sa place, de voir ce que mon identité pouvait lui apporter, mais j'étais aux abois et mon esprit butait sur diverses possibilités. Tout ce que je savais, c'était que mon parcours en tant qu'Amelia Keen était révolu, tout comme ma période d'asile chez Debra Maze. Mais il me fallait poser la question évidente.

— Qu'est-ce que tu gagnes dans tout ça, Blue ?

— Je laisse le passé derrière moi.

— Ton passé n'est pas enterré dans une réserve naturelle ?

Blue s'est dirigée vers la cuisine et s'est servi un second mug de café. Puis elle a saisi la bouteille de whisky et en a ajouté une rasade. Elle a avalé une gorgée, fermé les yeux et s'est appuyée contre le mur. On aurait dit qu'elle faisait un petit somme debout. Puis elle a ouvert les yeux et son expression s'est pondérée.

— Je ne pense pas que quelqu'un recherche Debra Maze. Mais comme Jack a disparu et moi aussi, on peut se perdre en conjectures sur ce que feront ses parents éloignés. S'ils se lancent effectivement à ma recherche et qu'ils te trouvent, ils comprendront qu'ils ont fait fausse route. Et puis, il y a sûrement plus d'une Debra Maze dans ce monde. Mon nom de jeune fille devrait te servir un certain temps. Mais il faudra que tu en changes le plus tôt possible. Pas la peine de viser un changement de nom légal. Tu as besoin de quelqu'un qui se porte garant pour toi. Je te conseille de te marier. Ça n'a pas besoin d'être l'amour de ta vie, juste un type avec qui tu restes en tandem quelques mois, qui te file un nom que tu pourras troquer ensuite contre un autre ; après ça, tu bidouilles ton numéro de Sécurité sociale. Même si quelqu'un retrouve ta trace, il croira qu'il s'est trompé. Nous pouvons nous aider. Tu ne veux plus être Amelia et je ne veux plus être Debra.

— Tu as vraiment réfléchi à tout ce que ça implique ? ai-je demandé.

C'était ma dernière tentative pour essayer de la faire changer d'avis.

Blue est allée dans la chambre et a sorti de la valise une pile de livres et de papiers. Elle a extrait un diplôme d'une pochette en plastique et me l'a passé.

— Tu pourrais avoir une vraie vie et un vrai boulot sous mon nom, a-t-elle dit. Ce sont mes références d'enseignante. J'ai enseigné sept ans à l'école primaire. J'ai ici des cours allant du CE1 au CM2. Tu aimes les enfants ?

— Je ne sais pas. Je crois.

— À cet âge-là, ils sont purs, ils sont gentils. Mais surtout, ils sont meilleurs que nous autres. Et je peux te garantir qu'être dans une classe est plus agréable que travailler en usine, faire des ménages ou être journalier. Quand tu rentreras chez toi le soir, tu ne penseras plus à ton défunt mari, ni à aucun autre de tes démons. Le chœur des gamins encore à l'état sauvage chassera toutes les autres voix de ta tête.

Blue était en train de chasser de ma tête toutes les voix me disant qu'il y avait autant de trous dans son plan que dans du gruyère. Seulement, l'idée me plaisait, aussi inconcevable qu'elle fût. Je ne m'imaginais pas en train de continuer comme avant, sans nom, sans toit, à faire des boulots que je ne pouvais pas déclarer au fisc. Je voulais une vraie vie; c'était tout ce que j'avais toujours voulu.

Je ne me souviens pas d'avoir dit quoi que ce soit à Blue. Peut-être ai-je hoché la tête une ou deux fois. Elle a interprété les gestes que j'ai pu faire comme une acceptation.

— Je vais chercher ce qu'il nous faut, a-t-elle dit.

Une heure plus tard, j'étais assise sur le rebord de la baignoire tandis que Blue me décolorait les cheveux à l'eau de Javel. Mon cuir chevelu me brûlait et les yeux me piquaient à cause de l'âcreté du produit. Une heure après, nous avons rincé la Javel et Blue m'a séché les cheveux. Ils avaient pris l'aspect de la paille, et la décoloration sautait aux yeux, comme chez beaucoup de femmes dans le pays. Celles qu'on voit en général coincées derrière une caisse enregistreuse, elle-même emprisonnée derrière une vitre pare-balles. Je ne ressemblais pas à Blue; je ressemblais à l'une d'entre elles, délavée et hagarde.

— T'inquiète, a dit Blue. Je n'ai pas fini.

Elle a sorti de son sac en plastique une boîte de

blond doré et a mélangé la couleur et le révélateur. Après quoi, elle a commencé à poser le mélange crémeux raie après raie sur mes cheveux, et j'ai eu l'impression d'avoir la tête dans un frigo. Pendant que j'attendais que la couleur prenne, Blue a déballé son propre déguisement. Brun moyen. Elle s'est regardée dans la glace et a marqué une pause substantielle.

— Il est temps que je voie comment vit l'autre moitié, a-t-elle dit en me passant la bouteille. À toi l'honneur.

Quarante-cinq minutes plus tard, Blue était brune et moi blonde. Je l'ai regardée sortir des lentilles de contact d'un étui et en recouvrir ses beaux yeux froids. Elle s'est ensuite retournée vers moi.

— Alors ? a-t-elle demandé.

Que dire à une femme qui a perdu sa beauté en moins d'une heure ? J'ai essayé de la voir comme l'aurait vue quelqu'un de l'extérieur, mais cela ne m'a guère aidée. Elle s'était rendue très quelconque avec son déguisement d'Amelia Keen, et je n'ai pu me défendre d'un pincement de culpabilité.

— Je crois que même Jack ne te reconnaîtrait pas, ai-je dit.

Blue a appliqué du rouge à lèvres rouge, ce qui a rendu l'effet d'ensemble un peu moins quelconque, mais on était loin de la transformation qu'elle espérait. Elle s'est efforcée de cacher sa déception et m'a passé une petite boîte en plastique.

— À ton tour. Fini, ces yeux marron, a-t-elle dit.

J'ai dévissé le couvercle et vu des lentilles de contact bleu glacier qui me regardaient.

— Qu'est-ce que tu fais avec des lentilles bleues ?

— Oh, j'en ai tout un assortiment, y compris des vertes et des violettes.

— Des violettes ?

— Je les ai essayées un jour. C'était très bizarre.

La première fois que j'ai tenté de mettre ces cruelles demi-lunes sur mes yeux, mon corps s'est révolté et j'ai eu des spasmes, puis je me suis mise à pleurer. Blue m'a servi un petit verre de whisky et m'a dit de prendre deux grandes inspirations. Je me suis armée de courage pour recommencer et j'ai réussi à coller tant bien que mal ces mensonges bleus sur mes yeux brun doré et injectés de sang. J'ai regardé dans la glace et vu quelqu'un d'autre. Ce n'était pas Blue mais ce n'était plus moi non plus. Je me sentais profondément mal, presque aussi mal que quand je creusais la tombe de Jack. Changer de couleur de cheveux revient à une forme de maquillage. C'est une tricherie, mais admise. Modifier votre ADN, transformer des yeux marron en yeux bleus, c'est une escroquerie, et elle se rappelle à vous chaque fois que vous vous voyez dans la glace.

Blue m'a maquillée comme elle l'était sur sa photo de permis de conduire, qui avait été prise à l'époque où elle y allait franco sur les peintures de guerre, comme si elle mettait le paquet pour se choper un mari. Un trait marqué d'eyeliner noir, de l'ombre à paupières grise, des lèvres écarlates et du blush rose.

Blue a reculé d'un pas et regardé son œuvre. Elle a poussé un soupir très satisfait.

— On y est presque, a-t-elle dit en farfouillant dans son sac. On n'a plus que quelques détails pratiques à régler. Voilà l'extrait de naissance de Debra Maze et sa carte de Sécurité sociale. Tu en auras besoin pour obtenir ton permis de conduire. Maintenant, va chercher la carte grise de ta Toyota. Il faut que Tanya Dubois vende sa voiture à Amelia Keen. C'était risqué de changer de titre de propriété jusqu'ici, mais maintenant, je pense qu'il n'y a plus de danger.

— Et moi, qu'est-ce que je suis censée conduire ? La Volkswagen qui était sur les lieux du crime ?

— Bonne question. Je vais me débarrasser d'elle. Toi, tu prends la Cadillac de la vieille dame.

— Ce n'est pas la voiture idéale pour passer inaperçue, Blue.

— Mais c'est une merveille, non ? J'aimerais bien la garder pour moi, seulement, sur le plan pratique, il faut que tu la prennes puisqu'elle m'appartient. Myrna a signé une attestation de cession il y a quelques mois pendant une de ses périodes de lucidité. Le papier est à ton nouveau nom, donc la voiture est à toi.

— Qu'est-ce qu'elle consomme, environ quinze litres aux cent ?

— Douze sur autoroute, a dit Blue. Pourquoi te focaliser sur des détails comme celui-ci ? Vends-la quand tu seras posée quelque part. Elle est en parfait état. Elle te mènera où tu veux aller. Et je vais rajouter une petite somme juste pour couvrir le carburant.

Nous avons récupéré les cartes grises des deux véhicules, échangé nos noms et nos voitures, et Blue m'a donné 500 dollars en liquide. La paperasse était faite. Il était temps de se dire au revoir.

Nous sommes allées jusqu'à la Volkswagen et Blue a sorti le revolver dont elle s'était servie pour Jack. Elle l'a mis dans la boîte à gants de la Cadillac.

— Pour quoi faire ? ai-je demandé.

— Cadeau d'adieu.

— Je n'ai pas besoin de ça.

— Prends-le. Le monde est un lieu dangereux, Debra Maze.

En m'éloignant au volant de la voiture, j'ai pris pleinement conscience de ma situation. Je venais de prendre l'identité d'une criminelle, et j'avais l'arme fatale dans ma boîte à gants.

22 mars 2010

Destinataire : Jo

De : Ryan

J'ai dû t'écrire vingt fois, avant de raturer la lettre et de tout recommencer. Ça ne devrait pas être aussi dur. En tout cas, ça ne devrait pas être plus dur que tout ce qui s'est passé d'autre entre nous.

Je suis fiancé. Voilà, c'est dit.

Tu ne la connais pas. Elle n'a aucun lien avec qui que ce soit dans notre passé. J'essaie d'antici-

per les questions que tu pourrais poser. C'est un jeu. Jusqu'à quel point je te connais ? Voyons.

Je l'ai rencontrée pendant des vacances à Hawaï l'an dernier. Je ne t'en ai pas parlé, je sais. Cela me gênait : moi en vacances sur une île des tropiques et toi, où que tu sois, probablement dans le Wisconsin. J'ai été déprimé tout le temps. Bourré à côté de la piscine, j'attaquais chaque journée au café et au bourbon. Un jour où je m'étais endormi en plein soleil, elle s'est approchée et m'a vaporisé de l'écran solaire sur la poitrine en dessinant un smiley. Quand je me suis réveillé, elle m'a dit :

« Vous êtes en train de virer au homard. Mais maintenant, vous êtes un homard souriant », et elle est partie.

Elle est institutrice dans l'Idaho, mais elle va venir s'installer ici. Je sais qu'il vaudrait mieux que ce soit moi qui aille chez elle, mais j'ai le sentiment qu'il faut que je reste ici et monte la garde pour m'assurer que les gens font ce qu'ils sont censés faire.

Elle est blonde et, oui, elle est jolie. Pas belle, juste agréable à voir. Elle a des joues roses, des yeux gris, et des lèvres perpétuellement gercées parce qu'elle se les mord. Je sais que tu aimerais savoir d'autres choses, mais les questions qui t'intéressent, tu ne les poseras pas. Tu trouverais que ce n'est pas digne de toi, alors même si j'imagine ta voix en train de les formuler, je ne pense pas que j'y répondrai.

Elle est institutrice, donc, et pratiquante ; elle tricote, fait des gâteaux et a le sens de l'altruisme.

Je vois la tête que tu fais en lisant ça. Ce n'est pas toi. Ne sois pas vexée de ce commentaire. Je ne pourrais pas être avec quelqu'un qui me fait penser à toi parce que tout me fait déjà bien trop penser à toi.

Tout ce qui compte, c'est qu'elle est gentille, charmante et que j'ai l'impression de pouvoir lui faire confiance. Et elle semble s'accommoder du fait que je suis une coquille vide. Quand elle voit que mon esprit vagabonde, elle ne me demande pas à quoi je pense. Je trouve que c'est ce que je peux demander de mieux à une femme.

Voilà, je t'ai annoncé la nouvelle.

Je commence à me demander si nous devons continuer sur cette lancée. Est-ce qu'il ne serait pas temps de jouer les cartes qu'on nous a distribuées ?

À toi,

R

29 avril 2010

Destinataire : Ryan

De : Jo

Merde. Enfin, félicitations. Je viens de fêter ça avec cinq shots de bourbon. Quand j'ai besoin de m'abrutir d'alcool, je me félicite d'avoir épousé un patron de bar.

Ta femme a l'air parfaite. Alors, Carnac le Magnifique[1]*, voici quelques questions élémen-*

---

1. Personnage devin indien loufoque interprété par Johnny Carson dans son émission comique hebdomadaire, *The Tonight Show*.

taires que je me pose et auxquelles tu n'as pas répondu. Comment s'appelle ta fiancée? Et l'aimes-tu? Mais j'ai beaucoup d'autres questions. Qu'est-ce qui te donne le droit de te marier et d'essayer d'être heureux après ce que tu as fait? Ne devrait-il pas y avoir une forme de pénitence? Trois personnes ont trouvé la mort ce jour-là, pas seulement deux. Ma seule consolation, la chose qui tempère mon envie – le mot semble bien petit pour ce qu'il recouvre –, bref, mon seul réconfort, c'est de savoir que tu n'es pas toi-même. Qu'elle – quel que soit son nom – ne te connaîtra jamais comme je te connais, ne te connaîtra pas tel que tu étais autrefois, gentil, adorable et avec un cœur gros comme ça. Je croyais que tu étais meilleur que tout le monde. Maintenant, je pourrais trouver dans la rue dix personnes qui te surpassent certainement sur le registre de l'intégrité.

Oui, je suis cruelle. Mais chaque jour où tu ne dis pas la vérité, tu l'es encore plus.

Jo

20 juin 2010

Destinataire : Jo

De : Ryan

Je ne sais pas ce que je suis censé dire. J'ai fait ce que j'étais obligé de faire, mais je regrette toujours. Je regretterai jusqu'à la fin de mes jours. J'ai renoncé à cinq ans de ma vie pour toi. C'est long, une vie. N'avons-nous pas tous droit à un peu de bien-être? Pour répondre à ta question, oui, je l'aime. D'un amour différent. Si elle me brisait le cœur, je resterais le même. Tu vois ce que je veux dire ? Pas comme la dernière fois.

R

2 juillet 2010

Destinataire : Ryan

De : Jo

Je ne t'ai pas brisé le cœur. C'est toi qui as brisé le mien. Deux fois maintenant.

Tous mes vœux. Je te souhaite bonne chance pour ta vie. Sincèrement. Je crois que je vais sans doute ne plus me manifester pendant un moment. Tu as raison, c'est long, une vie, et je n'ai pas envie de vivre la mienne comme ça.

Au revoir.

Jo

DEBRA MAZE

8

C'est seulement lorsque je suis sortie d'Austin au volant de cette belle américaine bouffeuse d'essence que d'autres doutes et d'autres questions se sont combinés dans mon cerveau. En regardant mon reflet dans le rétroviseur, je me suis demandé si une nouvelle vie était possible. Pouvais-je vraiment réussir à m'en sortir en étant miss Debra Maze ? Ou était-ce une arnaque mijotée de longue date, du jour où, au May's Well, Blue avait posé l'œil sur la pauvre imbécile que je suis ?

La Cadillac se manœuvrait comme un navire sur une mer calme. Après avoir roulé quelques heures en laissant derrière moi ce lamentable cafouillage avec Tanya Dubois et Amelia Keen, mes souvenirs d'autres tentatives ratées se sont estompés juste assez pour que l'espoir commence à renaître. Je me suis regardée une fois de plus et me suis efforcée de croire qu'un avenir était possible. J'allais être qui je voulais, nom de Dieu !

Avant mon départ, alors que mon cerveau abritait une masse confuse de peurs et de soupçons,

Blue m'avait expliqué comment me faire embaucher avec ses références.

— Au fait, a-t-elle dit d'un ton dégagé, si tu trouves un boulot, on va te demander tes empreintes.

— Je ne peux pas les laisser les prendre, Blue. Tu le sais bien.

— Oui, mais les miennes ne sont encore sur aucun fichier.

Elle a sorti d'une enveloppe une carte à l'aspect officiel. Des empreintes digitales noires et des boucles et tourbillons de toutes formes constellaient celle-ci.

— J'ai fait des recherches préliminaires. Je crois qu'il serait imprudent d'enseigner dans l'Ohio, où j'ai exercé. Mais dans le Wyoming, on t'envoie juste les fiches pour les empreintes. Si tu trouves un boulot, on te dit où tu dois aller les faire prendre officiellement. Tu vas bien trouver un endroit où ils ne sont pas trop à cheval sur le règlement. Peut-être pourras-tu présenter directement ces empreintes-ci au directeur de l'école ; ou peut-être que si on prend tes empreintes au poste, tu trouveras l'occasion de permuter les fiches à un moment donné. Je t'en ai mis cinq. Tu as cinq chances de déjouer le système.

— Et si ça ne marche pas ?

— Alors à ta place, j'essaierais l'une de ces écoles confessionnelles. Elles n'ont pas le même rapport au protocole du gouvernement que les écoles publiques. D'autres questions ?

— Oui. Ces fiches sont pour le Wyoming. Peut-on les utiliser dans d'autres États ?

— Non, ma belle, a dit Blue.

Je ne sais plus au juste quand elle a cessé de m'appeler Tanya ou Amelia, mais cela m'a paru soudain et délibéré.

— Alors ma seule chance de réussir avec ce plan, c'est d'aller dans le Wyoming ? Je n'ai pas le choix de la destination ?

Ce qui me plaisait avant tout dans le fait d'être en cavale, c'était de quitter une ville et de choisir un nouveau domicile au hasard d'une carte.

— Je crois que c'est le meilleur endroit pour déjouer le système. Et puis, c'est chouette, Jackson, à cette période de l'année.

— Comment le sais-tu ?

— J'y suis allée passer ma lune de miel, a-t-elle dit.

Blue semblait avoir bien réfléchi à tout ça, et elle avait le chic pour convaincre : c'était une commerciale hors pair.

Il n'y avait pas une seule route directe d'Austin, Texas, à Jackson, Wyoming. Il fallait que je consulte ma carte toutes les deux ou trois heures pour m'assurer que j'allais dans la bonne direction. J'ai commencé tard ma première journée sur la route. J'ai roulé jusqu'à ce que mes yeux me trahissent et que je commence à voir clignoter des lumières rouges dans mon rétroviseur. Alors, j'ai trouvé une aire de repos où j'ai dormi jusqu'à l'aube. Le lendemain, j'ai roulé toute la journée sous un soleil éclatant, et j'ai franchi les montagnes sauvages du Colorado. Je m'arrêtais prendre de l'essence à intervalles réguliers de quelques heures pour me dégourdir le dos et les jambes, et j'ai continué jusqu'à ce que j'arrive à Casper, dans le Wyoming. Pendant tout le trajet, j'ai surveillé la jauge de température du moteur, persuadée que mon antique véhicule chaufferait dans les montagnes. La vieille dame devait avoir traité sa Cadillac avec beaucoup de soin pendant toutes ces années. C'était une voiture aussi sûre que n'importe quelle autre que j'avais conduite, mais elle n'était pas très maniable sur les routes de montagne. Lorsque je suis arrivée à Casper, j'ai décidé que j'avais besoin d'un vrai lit pour la nuit. J'ai trouvé un motel bon marché, appelé le Friendly Ghost Inn. Je suis allée à l'épicerie du coin acheter un sachet de bretzels et un soda pour dîner et suis retournée dans ma chambre. J'ai pris une douche et examiné mon nouveau personnage dans la glace. L'image qui me regardait était si saisissante qu'elle m'a carrément réveillée. Sachant que je ne dormirais pas dans l'immédiat, j'ai décidé d'aller tester le terrain avec ma nouvelle identité.

J'ai quitté ma chambre défraîchie et descendu la rue principale jusqu'à ce que je trouve un bar ayant l'allure d'un de ces endroits où l'on pouvait passer inaperçu. C'était un bar sportif avec un menu bon marché et des télévisions coûteuses. Il s'appelait Sidelines. Je me suis dit que les clients seraient trop absorbés par les matchs pour faire attention à moi. Et aussi que comme c'était un cran au-dessus du boui-boui, il y avait des chances qu'on me demande une pièce d'identité. Ainsi, je ferais prendre l'air à la mienne.

Derrière le bar se tenait un type d'un certain âge, avec le genre de nez qui vous annonce qu'il avait consommé en son temps une bonne dose de ce qu'il vendait. Un groupe d'hommes bruyants s'était rassemblé dans l'arrière-salle, à jouer au billard et à regarder le match de base-ball diffusé au coin de la pièce.

Je me suis assise au bar à côté d'une femme qui avait l'air d'avoir oublié son nom depuis quelques heures. Quand je travaillais au bar de Frank, j'avais pour principe de toujours mettre une cliente dans un taxi avant qu'elle n'atteigne le point de non-retour.

— Bonjour, ma jolie, je peux voir une pièce d'identité ?

J'ai sorti le permis de conduire de Blue de mon portefeuille et l'ai fait glisser sur le bar. J'ai senti mon cœur cogner dans ma poitrine, mais le vieux type me l'a rendu en me disant :

— Vous n'êtes pas à côté de chez vous.

J'ai pris une inspiration pour calmer mes nerfs et répondu :

— Je fais un *road trip*.

— Qu'est-ce que je vous sers ?

Ah, encore une décision à prendre. Allais-je changer mes habitudes pour m'adapter à mon nouveau personnage, ou ce type de détails était-il finalement sans importance ? Et merde. J'avais tout le temps de m'imaginer qui était Debra Maze. Pour l'heure, j'avais besoin d'un whisky.

— Un whisky. Sec.

— Le whisky maison, ça ira ?

— Oui, ai-je répondu.

Je regardais à la dépense ces derniers temps.

— Moi c'est Hal, a dit le barman en me servant mon verre. Criez si vous avez besoin de quelque chose.

Et il a ponctué sa phrase d'un clin d'œil. L'effet était sinistre, mais je crois que l'intention était bonne. Le clin d'œil est une mimique difficile à maîtriser, mais elle est pourtant pratiquée par quantité d'hommes qui n'ont pas la classe nécessaire pour enlever le morceau.

La femme qui était au bar à quelques tabourets de moi a posé la tête sur le bois tailladé du comptoir et s'est mise à ronfler. J'ai entendu un homme dans le coin pousser un glapissement de dépit après un coup raté.

Alors une autre voix d'homme a crié :

— Blondinette, viens ici me porter chance.

— Fous-lui la paix, a dit un autre homme.

Une troisième voix a ajouté sur un registre plus bas :

— Une nana comme ça ne devrait pas être là toute seule.

J'ai examiné le bar pour voir de qui ils pouvaient parler. En dehors d'une brève période au collège après que ma mère m'avait fait une permanente ratée, je n'avais jamais été laide. Je me suis entendu décrire comme jolie, mignonne, canon. Mais les deux seuls hommes à me trouver vraiment belle étaient mon père et Ryan. Je ne pense pas avoir entendu ce mot appliqué à moi depuis qu'ils avaient disparu, même de la part de Frank quand il me faisait la cour, avec sa galanterie nonchalante. Il n'y avait qu'une autre femme dans le bar en dehors de moi et de la ronfleuse. Je ne pouvais pas vraiment dire si elle était belle ou non : elle portait une minerve volumineuse, un accessoire qui n'invite pas à la bagatelle.

Je n'avais pas vraiment eu l'occasion de faire d'Amelia Keen une vraie personne. Elle n'était encore guère qu'une coquille vide quand j'avais quitté le déguisement qu'elle m'offrait. Et me revoilà en train d'en essayer un autre qui me faisait l'effet d'être aussi naturel que la poudre d'orange que je buvais enfant.

Un homme s'est détaché du groupe des joueurs de billard et s'est approché du bar. Un grand mince aux traits burinés comme un acteur de vieux western. Les manches longues de sa chemise étaient retroussées, laissant voir une rangée de tatouages tribaux qui devaient s'enrouler autour de son torse comme du lierre grimpant.

Comme Hal servait un autre client, l'homme a tendu la main par-dessus le comptoir, pris une bouteille de whisky – meilleur que celui que je buvais – et s'en est versé un shot. Il a arrêté la bouteille au-dessus de mon verre.

— Je peux vous en offrir un autre ? a demandé Tatouage Tribal

— Offrir ou resquiller ? ai-je répliqué.

— Hal sait que je suis réglo.

— Mais moi, je n'en sais rien.

— C'est parce que vous me connaissez depuis

moins d'une minute. Il m'en faut au moins deux pour établir un contact sérieux et personnel.

Il a rempli mon verre à liqueur et posé un billet de 20 dollars sur le bar.

— Ce siège est pris?

— Non, ai-je répondu.

Parce que le siège était libre et non parce que j'avais envie d'encourager le type. Je n'avais jamais réussi à trouver comment répondre à cette question honnêtement et obtenir le résultat désiré (éviter que l'homme ne s'asseye). Cette fois-ci n'a pas été différente des autres: Tatouage Tribal s'est assis avant que j'aie eu le temps de répondre.

Il a remonté sa manche de chemise au-dessus de son coude et levé son verre pour trinquer.

— Cul sec, a-t-il dit.

J'ai trinqué parce que la dernière fois que j'avais refusé, le type qui me l'avait proposé m'avait traitée de salope et les choses avaient dégénéré. Parfois, mieux vaut être conciliante, du moment que les demandes sont raisonnables. J'accepte en général de trinquer avec les gens, mais je pose d'autres limites.

— J'espère que vous n'allez pas me trouver trop cavalier, mais vous avez les yeux bleus les plus… saisissants que j'ai jamais vus.

— Merci, ai-je dit sans détacher le regard du bar. Les hommes sont si facilement attirés par le toc.

— On doit vous le dire tout le temps.

— Non, ai-je répondu. C'est la première fois.

Tatouage Tribal a cru que je faisais de l'humour et il a ri.

— Vous n'allez pas me faciliter la tâche, à ce que je vois.

J'ai bu une gorgée de mon whisky et répondu :

— Merci pour le verre.

L'un des joueurs de billard a lancé :

— Hé, Votre Majesté, c'est ton tour.

— Je passe, a dit Sa Majesté.

Je lui ai lancé un regard interrogateur et j'ai attendu une explication.

— Je m'appelle King, a-t-il dit d'un ton las. King Domenic Lowell. Appelez-moi Domenic.

Il a tendu la main. Je l'ai serrée. Il avait une poignée de main chaude et ferme, mais sans ostentation.

— Pas facile à porter, ce nom.

— Ne m'en parlez pas. Et vous, vous vous appelez comment ?

C'était autrefois la question la plus facile du monde. Maintenant, c'était une énigme enfermée dans un coffre-fort. J'avais montré au barman ma pièce d'identité au nom de Debra, mais je n'étais pas certaine qu'elle tienne la longueur et j'étais bien obligée de me demander s'il était sage de faire étalage d'un nom qui risquait d'être lourd de complications. Cela dit, si votre réponse à une question met trop de temps à venir, on aura l'impression que c'est un mensonge, même si elle est vraie.

— Debra.

C'était la première fois que je prononçais ce nom comme étant le mien. J'ai eu l'impression d'enfiler une veste de plusieurs tailles au-dessous de la mienne.

— Joli prénom, a dit Domenic. Mais il n'est pas à la hauteur de celle qui le porte.

Une petite partie de moi a apprécié la flatterie. Le reste a perçu un danger aussi palpable que de jouer à Guillaume Tell quand on est bourré. Qu'est-ce qui brouille à ce point le cerveau des mecs face aux blondes ? La moitié des blondes en circulation sont chimiques, mais le résultat est exactement le même. Comment pouvais-je rester transparente si les regards étaient toujours braqués sur moi ? J'allais devoir trouver une façon d'y remédier. En attendant, dans ce bar, j'ai accepté le compliment de Domenic parce que cela faisait si longtemps que je n'avais pas été vraiment flattée et parce qu'il y avait chez lui quelque chose de plus que sa belle gueule carrée et ses yeux d'un brun profond. Il avait l'air d'être un de ces types qui n'ont rien à prouver. Je n'en avais pas rencontré depuis une éternité. Je me demandais même parfois si j'en avais jamais rencontré un seul.

— C'est mon nom quand même, ai-je dit.

— Vous êtes nouvelle venue ici ?

— Je ne fais que passer.

— Vous allez où, Debra ?

— À Jackson, probablement. Pas sûr encore.

Pas la peine de sortir un autre mensonge.

— Et qu'est-ce qui vous amène dans notre bel État du Wyoming ?

— Un travail.

— Quel genre de travail ?

— L'enseignement.

Je dois reconnaître que c'était agréable de mentionner une vraie profession, même si elle n'était pas encore réelle.

— Quelle classe ?

— Vous en posez, des questions !

— Oui, mais comment faire connaissance autrement ?

— C'est ce qu'on fait, là, connaissance ?

— Oui. Je vous connais déjà mieux que quand j'ai traversé la salle.

Je devais fixer le tatouage de Domenic parce qu'il ne me semblait pas prudent de le regarder dans les yeux. Il a retroussé sa manche un peu plus haut pour me laisser mieux voir. Le dessin était plus élaboré que je ne l'imaginais.

— Ça a dû faire un mal de chien, ai-je dit.

Toujours faire dévier la conversation quand on veut parler de vous.

— D'où je déduis que vous vous êtes fait tatouer vous-même.

— C'est ce que vous avez compris. Pas sûre de l'avoir laissé entendre, ai-je dit.

Puis je me suis rendu compte que c'était une réflexion que Blue aurait pu faire.

— Alors ?

— Oui.

Je me suis demandé si c'était une bonne idée d'attirer l'attention sur un signe distinctif. Je me suis aussi demandé si un jour viendrait où répondre à des questions sur moi ne nécessiterait plus de calculs internes compliqués.

— Où ça ? a-t-il demandé. Un endroit convenable ou non ?

— Tout à fait convenable.
— Je peux voir ?
J'ai hoché la tête et fini mon verre. Hal s'est approché et m'a demandé si j'en voulais un autre. Domenic a désigné l'excellent bourbon et nous a commandé une autre tournée de liquide trop coûteux pour ma nouvelle gamme de revenus.
— Sur l'épaule ?
— Non.
— Le poignet ?
J'ai levé une jambe et l'ai posée sur la cuisse de Domenic.
— Cheville, ai-je dit en relevant mon jean pour révéler trois minuscules idéogrammes chinois à l'encre rouge. Cela semblait bizarre d'attirer l'attention sur quelque chose que j'essayais toujours d'oublier. Du temps où je vivais avec Frank, il m'arrivait de mettre un sparadrap dessus pour faire comme si je m'étais coupée.
— Joli, a dit Domenic.
Mais j'ai bien vu qu'il était déçu. Une réaction prévisible. Quand même, il avait un tatouage tribal, alors qui était-il pour me juger ?
— Qu'est-ce que ça veut dire ? a-t-il demandé
— Rien.
Domenic a enregistré ma réponse et paru y réfléchir. Au bout de quelques instants, il a dû y avoir trouvé un sens.
— Je crois que je percute, mais racontez-moi l'histoire.
Un vieux copain du lycée, Walt Burden, est sorti un soir et a rencontré un groupe de touristes

chinoises dont l'une a fait naître en lui un désir tel qu'il n'est plus jamais sorti avec une Occidentale ensuite. Quand la fille a repoussé ses avances, il lui a raconté qu'il voulait se faire tatouer le caractère chinois signifiant « paix ». *Parce que personne ne l'avait encore jamais fait.* Il lui a demandé de le traduire. La Chinoise, qui ne se montrait pas spécialement coopérative, a néanmoins accepté de lui dessiner sur une serviette en papier le symbole qu'il voulait se faire tatouer, après ses prières réitérées et la promesse qu'il partirait dès qu'elle l'aurait fait.

Mon copain Arthur Chang a aperçu le dessin en cours de maths et je l'ai vu qui riait sous cape. J'ai fait passer un mot à Arthur : « Qu'est-ce qu'il y a de si drôle ? » Il a dit que Walt n'avait aucune idée de ce qu'il s'était fait tatouer, et il me l'a traduit.

Six mois plus tard, après un concours de natation que nous avions gagné, ma meilleure copine, Melinda, a insisté pour que nous nous fassions tatouer histoire de marquer le coup. Nous sommes allées dans un salon de tatouage avec nos dessins respectifs. Elle s'est fait tatouer un dauphin, dont elle avait décidé deux jours plus tôt que c'était son animal fétiche. Elle voulait que j'en fasse autant, mais l'idée d'avoir un tatouage ne me disait pas grand-chose, ni la notion d'animal fétiche. J'étais bien consciente d'inscrire sur mon corps la marque d'un rite de passage regrettable, et je voulais que ce ne soit pas plus que ça. J'avais une photo du tatouage de Walt et j'ai demandé à l'artiste de me le reproduire en miniature à l'intérieur de la cheville.

Je ne sais pas pourquoi j'ai voulu ce tatouage

plutôt qu'un dauphin ou une grenouille ou des symboles chinois ayant un sens qui renvoyait aux choses qui vous viennent naturellement, comme le souffle. Mais aujourd'hui, je trouve que j'aurais difficilement pu choisir des idéogrammes plus pertinents, car ils signifiaient littéralement : « ceci ne veut rien dire ». Toutefois, quand Melinda m'en a demandé le sens, je lui ai répondu qu'ils voulaient dire « nager ».

J'ai donné à Domenic une version abrégée, en omettant le mensonge à Melinda. Il a souri et hoché la tête.

— Chouette, votre histoire de tatouage. Meilleure que la plupart.

— Merci, ai-je répondu, flattée.

C'était agréable de dire la vérité, pour une fois. Je ne me souvenais plus de la dernière fois où j'avais raconté une histoire vraie sur moi à quelqu'un d'autre qu'à Blue.

— Et vous, maintenant, c'était quoi, votre excuse ? Vous allez me raconter que vous avez 2 % de sang cherokee, par exemple ?

Domenic s'est mis à rire à gorge déployée. Un grand rire franc et robuste.

— Non, rien de tout ça.

— Alors, pourquoi êtes-vous tatoué, comme un type sur deux que je rencontre ?

— Parce que l'équipe des 49ers de San Francisco a perdu le Super Bowl.

— Je ne vois pas jusqu'où va le dessin.

— Je vous montre quand vous voulez.

— Mais ça implique beaucoup de temps passé

à souffrir sur une chaise parce que vous avez perdu un pari.

Domenic a fini son verre et dit :

— Je suis un homme de parole.

Je l'ai cru. Comme vous vous en doutez, les hommes n'étaient pas en première position dans mon agenda. Je savais qu'ils n'étaient pas tous des salauds, mais j'en avais rencontré quelques-uns qui étaient tellement pourris qu'ils contaminaient le reste du lot. Pour un homme, Domenic me semblait un type bien, aussi bien que peut le sembler un type qu'on connaît depuis moins d'une heure.

Hal est revenu derrière le bar.

— Sa Majesté ne vous ennuie pas, j'espère ?

C'était histoire de dire quelque chose, il n'était pas vraiment inquiet.

— Pas pour l'instant, ai-je répondu. Mais je vous préviendrai au cas où.

Domenic m'a regardée droit dans les yeux. Dans les siens, j'ai lu du désir et de la curiosité, mais pas cette lueur moche qui apparaît quand un homme essaie de calculer ce qu'il peut vous prendre. J'ai essayé de ne pas détourner le regard, mais comme c'était ce que je faisais depuis trois mois, l'habitude n'était pas facile à perdre.

— Je peux vous offrir un burger ? a-t-il demandé.

— Hein ?

Je m'attendais à une question d'un autre genre.

— Je meurs de faim. Il y a un resto un peu plus loin. Pas terrible sur bien des points, mais allez savoir pourquoi, leurs burgers sont excellents. Je ne toucherais pas à leur pain de viande, et leur poulet pané devrait figurer dans les infractions au code de la santé.

Il parlait pour meubler le silence en attendant ma réponse.

— D'accord, ai-je dit.

La voiture de Domenic, une Ford F-150 flambant neuve, était garée juste devant le bar. Il a galamment ouvert la portière du passager. Mon cœur a commencé à cogner comme si j'étais sous amphètes. J'avais l'impression que l'air s'était raréfié et la seule chose que j'ai pu faire pour me calmer les nerfs a été de m'éloigner de la voiture.

Domenic a claqué la portière et m'a suivie.

— Eh bien soit, faisons la route à pied, a-t-il dit. C'est juste à trois kilomètres.

9

Domenic avait raison pour les burgers, mais je n'ai pas beaucoup aimé l'ambiance. Les lumières crues de l'endroit n'étaient guère flatteuses et je ne savais pas à quoi ressemblaient ces lentilles de contact bleues sous l'éclairage clignotant des néons. De temps à autre, je voyais Domenic me lancer un regard de côté, légèrement soupçonneux. Mais je ne le connaissais pas, ce type, alors peut-être était-ce sa façon habituelle de regarder les gens.

Nous avions faim l'un et l'autre, et nous avons mangé en silence. Quand Domenic a avalé sa dernière bouchée, il a posé sa serviette sur son assiette et a poussé le tout au milieu de la table. La serveuse est venue nous demander si nous voulions autre chose. Domenic a complimenté le chef, avec un clin d'œil. Chez lui, ça allait. La serveuse a posé l'addition devant l'homme et Domenic l'a prise aussitôt. J'ai fait mine de sortir mon portefeuille mais il m'a arrêtée d'un geste.

Une fois la note réglée, Domenic s'est appuyé

au dossier du box, rassasié et détendu. Il a souri, comme un client content.

— Parlez-moi de vous, Debra.

Alors ça, c'était LA question piège. Et je ne comptais pas m'étendre sur la réponse.

— Cet éclairage me donne mal à la tête.

— Alors on dégage.

Dans le bar, puis au resto, tout avait été facile. Il y avait une raison à notre accointance. Mais dans la rue, je me sentais perdre pied. Il y avait des choses dont j'avais envie, des choses qui me manquaient, que mon cerveau refoulait avec énergie. J'ai senti ma nuque me brûler. Peu d'hommes avaient provoqué chez moi une telle réaction. Le dernier, c'était mon chiropracteur, mais ce n'était aucunement comparable avec ce que j'éprouvais en ce moment sur ce trottoir perdu. Cela me rappelait mes béguins d'écolière, cette bouffée de désir qui pouvait vous rendre impossible une tâche aussi simple que nouer vos lacets. Je me souviens de Ryan passant devant la fenêtre en cours de littérature. Il m'avait regardée et avait souri. J'avais reporté mon regard sur *Gatsby le Magnifique* et relu plusieurs fois la même phrase.

Il faut être deux pour qu'un accident se produise.

Il faut être deux pour qu'un accident se produise.

Il faut être deux pour qu'un accident se produise.

En l'occurrence, il avait fallu être trois.

Domenic et moi marchions dans la même direction, mais ce n'était pas celle de mon hôtel, ni du bar, ni d'une destination que je connaissais. Je me suis dit qu'il fallait que je songe à le quitter, mais il m'a pris la main et fait traverser la rue. Cela faisait longtemps qu'une autre personne ne m'avait touchée et j'ai été stupéfaite de sentir sa chaleur.

— On va quelque part ?

— C'est comme vous voulez.

J'avais assez changé de direction dans ma vie. Parfois, il était plus facile de suivre la voie qui s'ouvrait devant moi. Nous avons marché en silence un moment jusqu'à ce que Domenic s'arrête devant une porte rouge qui ornait une maison de style Craftsman. La lune éclairait assez la scène pour que je voie qu'elle était peinte en bleu avec des encadrements blancs, et qu'elle avait un aspect traditionnel, innocent et bien entretenu.

— C'est ici que j'habite, a dit Domenic.

— C'est sympa.

— C'est juste l'extérieur. Je peux vous raccompagner au bar ou à votre hôtel, ou alors vous pouvez entrer prendre une tasse de thé.

— Une tasse de thé ?

— J'ai d'autres choses à boire.

— Ah.

Il a attendu patiemment ma réponse. J'étais méfiante par principe. Les hommes m'ont fait des sales coups plus d'une fois de trop, mais tous ne sont pas des salauds et Domenic semblait être un cran au-dessus du lot de ceux que j'avais rencontrés dernièrement. Je sais, je ne le connaissais pas depuis longtemps et mon intuition m'avait une fois trompée si cruellement que je ne le lui avais pas encore pardonné. Mais il avait la main chaude et j'étais lasse d'être seule, toujours seule.

— D'accord pour le thé, ai-je dit.

L'intérieur de la maison correspondait tout à fait à l'extérieur. Le parquet lisse à larges lattes brillant. Les meubles, mélange hétéroclite de moderne et d'ancien sans concessions à la mode, étaient en bon état et cirés à mort. Au mur, quelques photos de famille étaient accrochées à côté de plusieurs tableaux d'amateur soigneusement encadrés, représentant des bouquets et tous signés « Mary ».

Domenic m'a vue regarder l'un d'entre eux, une coupe de marguerites.

— J'ai fait une bonne affaire avec ceux-ci.

— Ils sont jolis, ai-je dit poliment.

Ce qui n'était pas faux.

— Ma mère, a-t-il répondu.

Du coup, je l'ai trouvé à la fois plus et moins sympathique. Il avait l'air inoffensif, pour un inconnu. Peut-être un peu trop. Pendant que mon esprit échafaudait plusieurs scénarios, Domenic m'a embrassée. Il a mis une main derrière mon cou et l'autre autour de ma taille, et je me suis sentie humaine à nouveau. En cet instant précis, mes besoins étaient simples, et sans rapport avec une carte routière, des projets et un assortiment de noms.

Ses lèvres m'ont paru familières. Ce n'était pas l'un de ces premiers baisers maladroits où l'on est complètement distrait par les détails. Domenic s'est écarté et m'a conduite dans la chambre. J'éprouvais un frisson d'excitation, une sensation de chaleur, d'attente, de sécurité, toutes choses que j'avais crues inaccessibles à jamais.

C'est alors que j'ai vu le flingue et l'insigne sur

la commode, et j'ai eu l'impression de me vider de mon sang, de presque tout mon sang. J'ai dû pâlir de façon visible, car lorsque Domenic s'est tourné pour m'embrasser à nouveau, il a reculé d'un pas.

— Qu'est-ce qu'il y a, Debra ?

— Flingue.

C'est tout ce que j'ai réussi à articuler car mon cœur cognait comme un marteau-piqueur dans ma poitrine.

— Oh, pardon, a-t-il dit en ouvrant un tiroir pour le ranger. Pas de panique, je suis shérif.

— Vous n'en avez pas parlé dans le bar.

— Vous n'avez pas posé la question.

— Je croyais que les flics portaient en général leur arme quand ils n'étaient pas en service.

— Oui, certains. Mais ici, tout le monde me connaît et ça m'a toujours paru alarmiste de prendre mon arme quand je vais juste prendre un verre avec des amis.

J'ai essayé d'inspirer profondément afin de reprendre mon souffle, mais j'étais à court d'oxygène autant qu'un marathonien.

— Qu'est-ce qui se passe, Debra ? Vous avez quelque chose contre les flics ?

Bien sûr que oui. Mais j'ai passé ça sous silence.

— Je ne me sens pas très bien. Je crois que je ferais mieux de rentrer, ai-je dit.

— Je vous raccompagne.

— Pas la peine.

— Il est tard.

Je suis allée jusqu'à la porte d'entrée et j'ai tourné la poignée. Fermée à clé. La panique montait en moi comme une rivière en crue. J'ai essayé maladroitement de l'ouvrir. Domenic a écarté mes mains et donné une chiquenaude à la serrure. Il a ouvert la porte et s'est écarté pour me laisser toute la place de passer. Dès que je suis sortie sur sa véranda dans l'air froid de la nuit, j'ai eu l'impression de sortir de la piscine où j'avais disputé un concours de qui retiendrait le plus longtemps sa respiration. Je me suis sentie mieux instantanément. Domenic a remarqué le soulagement qui se peignait sur mon visage. Il a paru blessé.

Il m'a suivie jusqu'à mon motel, pour s'assurer que je rentrais saine et sauve, j'imagine. Je me suis arrêtée dans le hall principal, ne tenant pas à ce qu'il connaisse mon numéro de chambre.

— Merci, lui ai-je dit. Pour le burger et la compagnie.

— Qu'est-ce qui vient de se passer ?

— Rien. J'ai brusquement pris conscience que je ne devrais pas être seule avec un inconnu.

— Soit, a dit Domenic. Mais disons que si vous repassez par ici, nous ne serions plus des inconnus l'un pour l'autre, si ?

— Non, sans doute.

Il a pris son portefeuille et m'a tendu une carte de visite.

— Si jamais vous avez besoin de quelque chose, voilà mon numéro de portable.

— Merci.

— Faites bien attention à vous, a-t-il dit. Le monde est plein de drôles de gens.

— Ça, il y a longtemps que je l'ai compris.

11 mai 2011
Destinataire : Ryan
De : Jo

Tu croyais que je ne l'apprendrais pas ? Je suis le seul secret que les gens parviennent à garder par les temps qui courent, on dirait. Tout le reste est accessible au public. Une heure à l'ordinateur de la bibliothèque, à me renseigner sur les amis d'avant et je trouve l'info. Des photos de Logan et Edie en voyage d'amoureux à Big Sur. Ils ont l'air follement heureux. Comment as-tu pu laisser faire une chose pareille ?

Je me moque de ce que tu dois faire et de ce que tu es obligé de dire à Edie. Arrête ça !

Jo

10 juin 2011
Destinataire : Jo
De : Ryan

J'ai essayé. J'ai essayé avant que ça commence. J'ai essayé de l'empêcher quand j'ai vu Logan la regarder au Sundowners la première fois qu'elle est revenue après avoir terminé ses études à la fac. Depuis mon séjour à l'hôpital, les gens ne m'écoutent plus comme avant. Je suis le dingo. Logan est le grand frère solide, celui qui réussit, qui a la tête sur les épaules.

Si ça peut te consoler, je crois qu'il a changé. Non qu'il soit différent à l'intérieur, mais il ne laisse plus autant apparaître cette autre facette de lui-même. Peut-être sera-t-il gentil avec elle. Je sais que ce n'est pas ce que tu veux entendre, mais c'est tout ce que je peux dire.

Tu sembles croire que tu peux m'utiliser comme intermédiaire. Ceci n'est pas un jeu d'échecs où tu pourrais décider les coups et où je serais juste la main qui joue.

Quand quelqu'un est parti – et tu es comme morte ici – il ne peut influencer le cours des événements. Si/Quand Logan fait quelque chose de mal, j'essaierai d'intervenir.

15 juin 2011

Destinataire : Ryan

De : Jo

J'en conclus que la vie conjugale te réussit. J'ai compris : tu ne veux pas compromettre le statu quo. Oh, et félicitations pour la naissance.

Il y a toujours eu chez toi une tendance à la lâcheté. Je croyais que ça te passerait avec les années, au lieu de te vautrer dedans comme dans un fauteuil.

Je ne t'ai jamais rien demandé jusqu'ici. Règle le problème. Sépare-les. Si quelque chose arrive à Edie, je t'en tiendrai pour responsable. Et cette fois-ci, je ne me tairai pas.

Jo

10

Ma première sortie en Debra Maze m'a rappelé que ma vie ressemblait à un jeu de Lego : si un bloc n'était pas à sa place, tout mon univers risquait de s'écrouler. Le lendemain, j'ai chassé de mon esprit cet épisode où j'avais frôlé la police d'un peu trop près, et terminé la dernière portion de mon voyage.

Lorsque j'ai atterri enfin à Jackson, Wyoming, j'étais complètement raide. J'ai utilisé mon dernier plein d'essence pour faire le tour d'une demi-douzaine de motels et essayé de faire un marché : une chambre chauffée contre des services rendus. Je m'étais juré de ne jamais retoucher au ménage, mais on était à la mi-mai, l'année scolaire était presque terminée et j'avais besoin d'un peu de temps pour consolider mon identité de Debra Maze. Je me voyais mal faire tout cela en dormant dans ma Cadillac. J'ai passé un accord avec le propriétaire du Moose Lodge, tout près de Flat Creek Drive. J'ai même réussi à obtenir une petite rémunération pour compléter temporairement mes ressources.

Je n'avais qu'une seule certitude : si je voulais

que ce plan marche, il fallait que je trouve le moyen de ressembler moins à Blue et plus à moi-même. Chaque fois que je passais devant une glace, je voyais que mon reflet était du toc. Si je n'étais pas dupe du mensonge, je ne pouvais pas m'attendre à ce que les autres le soient.

Blue m'avait dit un jour que le meilleur moyen de se cacher en restant bien au vu de tous était de grossir. J'ai donc acheté trois paquets de six mini-doughnuts, comme ceux que je dévorais au petit déjeuner, quand j'étais au collège, jusqu'à ce que mon prof de natation me suggère de consommer des aliments plus nutritifs pour me fournir ma ration de calories.

Je n'ai pas touché à ma teinture blonde et j'ai éclairci mes racines dès qu'elles repoussaient. Pendant un mois, j'ai observé un régime strict de doughnuts, pizzas, frites et bière, mangeant jusqu'à ce que j'aie envie de vomir tous les soirs. J'ai pris dix kilos en trois semaines. En regardant ma figure bouffie dans la glace, j'avais envie de pleurer. Mon soudain embonpoint a fait passer au second plan la blondeur qui attirait les regards auparavant. Avec chaque kilo supplémentaire, je devenais plus invisible. Une fois franchi le cap des treize kilos pris, je suis allée au service des permis du Wyoming et j'en ai demandé un en me servant de la carte de Sécurité sociale et de l'acte de naissance de Debra Maze comme pièces d'identité. Une fois de plus, j'ai passé le code de justesse. Je suis revenue quelques jours plus tard pour passer la conduite et me suis mieux débrouillée, quoi que mon absence de réaction quand l'examinateur a appelé mon nouveau nom n'ait pas été de très bon augure.

Quand le dossier a été complet, le préposé m'a fait signe de prendre la queue pour être photographiée. Je suis allée aux toilettes, ai retiré mes lentilles de contact bleues et me suis installée dans la file. Le photographe n'a guère prêté attention à mes papiers. Il m'a dit de sourire, ce que je n'ai pas fait. Après quoi, on m'a informée que j'aurais à attendre de deux à quatre semaines.

Mon permis a mis deux semaines et demie à arriver. Entre mes heures à récurer la crasse des gens et la crainte qu'on ne découvre que j'étais une arnaqueuse doublée d'une meurtrière et de je ne sais quoi encore, mes journées se transformaient en une surveillance permanente de la grande aiguille de l'horloge, qui semblait tourner au ralenti. Quand l'enveloppe a atterri dans ma boîte postale, je m'attendais presque à trouver un mandat d'arrêt en l'ouvrant. Mais c'est moi que j'ai vue, Debra Maze, un mètre soixante-huit, soixante-huit kilos. Yeux bleus, cheveux blonds. Seulement, sur la photo, mes yeux étaient marron.

Il m'a fallu encore un mois pour continuer ma transition et devenir une Debra Maze avec laquelle je pouvais vivre. Je me suis teinte en brune – j'avais passé assez d'années de ma vie à décolorer mes racines tous les mois, et j'ai laissé les lentilles de contact dans leur petite boîte. J'espérais encore qu'un jour, quelqu'un me regarderait dans les yeux et verrait qui je suis en réalité. Ce qui ne pourrait pas se produire si j'avais des yeux aussi factices que ceux d'une poupée en porcelaine.

J'ai cessé mon régime de sumo juste après ma première visite au bureau des permis. J'ai perdu dix kilos très vite, mais eu du mal à me débarrasser des trois derniers. Le motel avait une enseigne lumineuse clignotante au néon pour indiquer qu'il était équipé d'une piscine. Elle était intérieure, surchauffée, et l'odeur de chlore en suspens dans l'air moite vous restait dans la gorge. En trois brasses, un demi-tour et un coup de pied, et encore trois brasses, on avait déjà fait deux longueurs. Après 23 heures, la piscine était fermée pour les clients de l'hôtel, mais j'avais la clé. Il me fallait vingt minutes pour faire deux cents longueurs.

Je me souvenais qu'à quatorze ans, je nageais dans le bassin Waki, croyant qu'il m'appartenait parce que personne ne le connaissait aussi bien que moi. Faire des longueurs tronquées dans cet espace turquoise confiné en ciment n'était pas, et de loin, aussi libérateur ni aussi jouissif. C'était un rappel de ce qu'était devenue ma vie : j'avais l'impression d'être assise dans un compacteur de déchets en train de se fermer. Quand j'étais jeune, je croyais que tout était possible. Le monde semblait si grand, si accessible. Je n'avais qu'à tendre la main pour le saisir. Je regrettais de ne pas avoir pris plus quand je le pouvais.

L'été à Jackson était chaud et ensoleillé, et les montagnes étincelaient. Quand j'avais fini mon travail, je me promenais dans la ville sous le franc soleil, essayant d'effacer le souvenir de toutes les chambres où je venais de faire le ménage. Certains jours, j'allais dans un bar ou un café et jouais la touriste de passage.

J'ai mis très peu d'argent de côté cet été-là, mais je me suis débrouillée pour vivre. J'ai claqué du fric en m'offrant une coupe de cheveux correcte pour une fois. La styliste m'a fait une couleur blond vénitien, une frange très droite et m'a coupé les cheveux juste au-dessus des épaules. Quand je me suis regardée dans la glace, je n'ai retrouvé aucune ressemblance avec Blue, mais je n'ai pas vu Tanya Pitts ni Amelia Keen non plus. J'ai vu quelqu'un de complètement nouveau. Cette fille porterait le nom de Debra Maze, mais je savais que je ne me sentirais jamais complètement à l'aise sous ce patronyme.

Je suis retournée au bureau des permis, en prétendant que j'avais perdu le mien. J'ai rempli les formulaires avec un changement mineur. J'ai coché la case marron au lieu de bleu pour les yeux. C'était agréable d'avoir un mensonge de moins à mon actif. Quinze jours plus tard, à l'arrivée de ma nouvelle pièce d'identité, ma transformation était terminée.

J'étais maintenant prête à franchir le pas séparant le ménage dans un motel et le domaine de l'éducation. Mais quand le mois d'août et le début de l'année scolaire sont arrivés, mes projets ont aussitôt buté sur un écueil : il faudrait que je passe l'examen constitutionnel, obligatoire pour travailler dans les écoles publiques. Et je devrais fournir la preuve d'une évaluation approuvée par l'État. Mes papiers avaient été établis dans l'Ohio, pas dans le Wyoming. À entendre Blue, c'était facile ; elle n'avait pris en considération que le problème des empreintes digitales, et non celui des références. Comme j'étais généreuse, j'ai attribué cela à la distraction. Mais au fond de moi-même, je me suis demandé si elle ne l'avait pas fait exprès.

Même en revoyant mes prétentions à la baisse, il était utopique de demander un poste de suppléante ou d'assistante pédagogique. J'ai donc élargi mes recherches et trouvé une petite école privée dans une ville appelée – je ne blague pas – Recluse, dans le Wyoming. Elle était financée par la succession de John Allen Campbell, le citoyen le plus distingué de Recluse. Dans une ville où il n'y a pas d'industrie, où rien ne se passe, la minuscule école cherchait désespérément un professeur pouvant assurer les cours de CE2 et de CM1. J'ai envoyé par e-mail le CV de Blue revu et j'ai été convoquée pour un entretien quelques jours plus tard seulement.

C'était le premier jour d'une vague de chaleur. J'ai mis une robe d'été très convenable et des chaussures confortables, la tenue que pourrait adopter une institutrice ayant à travailler avec de la gouache. Je me suis mise en route assez tôt pour faire bonne impression. J'ai eu beau mettre la ventilation à fond dans la Cadillac, c'était un vrai sauna ; j'ai vu le thermostat grimper vers des sommets dangereux et me suis arrêtée à plusieurs reprises pour laisser le moteur refroidir.

Je suis malgré tout arrivée une heure avant mon rendez-vous et suis sortie de l'autoroute pour gagner une ville qui semblait survivre péniblement, à deux doigts de la suffocation, prête à devenir une ville fantôme. J'ai trouvé une station-service avec un pompiste à qui j'ai parlé des problèmes de ma voiture. J'ai eu droit à une solide réprimande de Gil, le mécanicien, pour n'avoir pas vérifié mes niveaux. Il avait raison. Une fois la Cadillac réhydratée, il m'a indiqué le chemin de l'école primaire John Allen.

J'ai trouvé le directeur, Walt Collins, assis derrière son bureau dans une pièce guère plus grande qu'un placard, qui aurait peut-être servi de chambre à la bonne à une autre époque, celle où un richard avait pu vivre dans cette ville perdue. Bon Dieu, c'était peut-être sa maison de famille. M. Collins avait largement dépassé l'âge de la retraite et je me suis forcément demandé s'il continuait à travailler parce que personne ne voulait de ce boulot.

Ces six derniers mois, j'avais passé tant de temps à me préparer à toute éventualité que quand quelque chose allait bien j'avais du mal à percuter. J'aurais dû savoir dès la porte franchie que Collins était aux abois et prêt à embaucher n'importe qui. Si vous êtes en train de courir, votre vue est brouillée. Vos nerfs bourdonnent au point de couvrir les bruits du monde extérieur. Mais les gens croient ce qu'ils ont envie de croire. J'étais une jolie jeune femme qui candidatait pour un poste que M. Collins avait besoin de pourvoir. Tout ce qu'il a vu, c'était une enseignante honnête et sans travail, en quête d'une vie simple dans une petite ville.

— Qu'est-ce qui vous a poussée vers l'enseignement, miss Maze?

— Quand j'étais jeune, je détestais l'école.

Dire la vérité si possible.

— Alors vous avez voulu voir comment vous y prendre avec des enfants qui avaient la même résistance que vous ? a demandé le directeur.

— Oui, exactement.

— Je vois que vous avez enseigné cinq ans dans une école primaire d'Akron, dans l'Ohio.

— Oui.

— Et vous avez obtenu vos diplômes d'enseignement à l'université d'État de Cleveland ?

— Allez les Vikings ! ai-je dit.

Puis je me suis mordu la langue.

— Vous êtes fan de football ?

— Pas tant que ça.

— Je vois que dans votre CV, vous n'avez pas noté la liste de vos références. Il y a eu un problème dans votre dernier poste ?

— Ah, je vais devoir aborder un sujet délicat. J'espère qu'il ne sortira pas d'entre ces quatre murs, que vous décidiez de m'engager ou non. À Akron, j'avais un mari. Ce n'était pas – ce n'est pas – quelqu'un de gentil. Quand je suis partie, je n'ai laissé aucune information permettant de me retrouver. Je vis sur mes économies et j'ai évité d'utiliser une carte de crédit ou quoi que ce soit qui puisse lui permettre de découvrir où je me trouve actuellement.

Toujours sauvegarder un fond de vérité si l'on peut.

— Il était violent ? a demandé le directeur en plissant son front de façon à exprimer la sympathie requise.

Comme moi, il jouait la comédie.

J'ai hoché la tête, comme si un acquiescement verbal était trop douloureux.

— Je vois, a dit le directeur en réajustant discrètement les plis de son front.

— Mon mari peut être très persuasif, vous savez. J'ai peur que si quelqu'un demande des références, il arrive à remonter à l'origine de la demande. J'ai enseigné cinq ans dans cette école. En soi, c'est une garantie.

— Je suis désolé que vous ayez vécu une épreuve pareille.

— Elle fait partie du passé, ai-je répondu. Où elle restera, j'espère.

Il fallait que la conversation prenne une autre direction. Il était temps de jouer la seule carte dont je disposais. J'ai fouillé dans mon sac à dos et en ai sorti la fiche avec mes empreintes, que j'ai glissée sur la table vers le proviseur.

— Je crois que vous avez besoin de ceci pour vérifier mes antécédents.

— Eh bien je vois que vous êtes venue bien préparée.

— Histoire d'apporter le plus de précisions possible.

M. Collins a regardé la fiche comme s'il ne savait pas trop quoi en faire.

— Nous ne pourrons pas vous payer beaucoup, a-t-il dit.

— Je comprends.

— Et il n'y a pas beaucoup de choses à faire

pour une jeune femme, par ici. Vous en êtes bien consciente, hein ?

— Je n'ai jamais eu de grandes ambitions.

En disant cela, j'ai pris brusquement conscience de toutes les ambitions auxquelles j'avais dû renoncer chemin faisant. C'était l'un des plus gros mensonges que j'avais jamais dits.

— Vous êtes engagée. Vous pouvez commencer dès lundi.

Je lui ai adressé un grand sourire et j'ai pris l'air ému et frémissant qu'il attendait, j'en étais sûre, pour se sentir satisfait d'avoir pris cette décision. Tout cela donnait une impression de pur cinéma. Mieux je jouais et plus je méprisais le spectacle. Mais j'avais obtenu ce qu'il me fallait : un travail correct, de l'argent, une nouvelle vie.

— Vous avez un logement ? a demandé le directeur.

— Je vais tout de suite commencer à chercher.

— En attendant d'en trouver un permanent, ou même si vous ne trouvez rien, nous avons un petit appartement au sous-sol. Cent cinquante dollars par mois.

Je l'ai pris sans même le visiter. J'aurais besoin de dépenser le moins possible. Compte tenu de tout ce qui s'était passé depuis que Frank avait dégringolé l'escalier, c'était un grand jour. Et pourtant, j'aurais donné n'importe quoi pour être moi-même à nouveau, même si je ne savais plus trop qui j'étais.

11

— Réveille-toi. Réveille-toi, Andrew.

Andrew a levé la tête de son bureau et s'est frotté les yeux pour en chasser le sommeil.

— Bonjour, a-t-il articulé.

Ce qu'il disait toujours quand je le secouais.

— Tu as besoin d'un café ? ai-je demandé.

— Non, ça va.

— Ma maman me laisse boire du café, a dit Abby.

— Ma maman me laisse boire une gorgée de sa bière, des fois, a ajouté Cody.

Un chœur de confessions portant sur la consommation de liquides divers s'en est suivi et il a fallu rappeler les enfants à l'ordre.

— Vous pourrez tous discuter de ce que vous buvez à la récréation. On reprend la leçon.

J'ai reporté mon attention discrète sur Maggie. C'était la meilleure de ma classe de dix-huit enfants de CE2 et CM1.

— Maggie, tu peux me dire quelle est la capitale de la Georgie ?

Je lui ai délibérément posé une question facile pour flatter son ego.

— Atlanta.

— Très bien. Qui connaît la capitale de l'Oklahoma ?

— Oklahoma City ! a hurlé Martin avant de lever le doigt.

— Merci de te porter volontaire avant notre *road trip*, Martin.

C'était l'angle sous lequel j'abordais le cours de géographie. Devant moi s'étalaient des cartes régionales des USA collées comme un méchant puzzle ; j'avais demandé une très grande carte des routes nationales pour ma classe, mais comme la plupart des programmes ne prêtent aucune attention aux routes nationales, je ne l'ai pas obtenue. Il manquait l'essentiel du Dakota, nord et sud, une partie du Michigan et un petit morceau des deux Virginie.

— Martin, quelle est la capitale de l'Idaho ?

— Boise.

— Et celle de l'État de Washington ?

— Seattle ?

— Je ne pense pas. Abby, est-ce que tu sais ?

Abby connaissait toutes les capitales, ainsi que les dix premiers présidents et les trois derniers, et elle savait multiplier n'importe quel nombre à deux chiffres par un nombre à un chiffre. Mais elle ne levait jamais la main.

— Olympia, a-t-elle répondu.

— Merci. Alors voyons, Abby : nous sommes à Olympia, Washington, et nous voulons aller à Boise, dans l'Idaho. Par où passerais-tu ?

Abby s'est approchée timidement de la grande carte et a examiné notre collage en suivant de son doigt les grandes lignes bleues bien distinctes.

— Je prendrais la I-5 vers le sud et une fois à Portland, je prendrais la 84 en direction de l'est ou du sud. En fait, elle va dans les deux directions.

— Très bien. Certaines autoroutes vont dans des directions claires : nord, sud, est, ouest. Mais certaines vous emmènent dans des directions auxquelles on ne s'attend pas.

La cloche de la récréation a sonné. Je n'ai pas fait attendre mes élèves pour les libérer, à la différence de Mrs June, qui avait les CP et les CE1. Quand la cloche sonnait, ils pouvaient sortir. J'ai fait rouler mon tableau blanc devant notre mur à cartes. Le programme de mon cours n'était pas vraiment un secret, mais je ne l'étalais pas pour autant. Un jour où le directeur m'avait posé des questions sur mes méthodes pédagogiques très personnelles, je lui avais répondu qu'aujourd'hui, le monde était beaucoup trop tributaire des GPS. Comme personne à Recluse n'était trop tributaire des GPS, j'ai bien vu qu'il n'était pas convaincu – d'autant que mes cours s'adressaient à des enfants de huit à dix ans. Alors je lui ai dit que cela les entraînait à résoudre les problèmes. En mon for intérieur, je souhaitais que ces enfants qui vivaient dans une ville posée au milieu de nulle part regardent au-delà de ses limites et se mettent à imaginer tous les endroits où ils pourraient aller. Et je voulais apprendre moi-même une ou deux choses si je devais passer mes journées enfermée dans une classe.

Non que je n'aie rien appris de nouveau ou que je n'aie pas trouvé l'occasion de me rafraîchir la mémoire. Avant de prendre ce poste, jamais je n'avais mémorisé la série entière des présidents des États-Unis. Tous les soirs, je potassais pour les cours du lendemain, m'efforçant de créer un jeu de portraits pour faire découvrir le nom de chaque chef suprême. Mais il m'arrivait encore de sécher. Les élèves devaient venir en classe avec deux présentations biographiques de différents présidents. Ils étaient encouragés à éviter les plus connus – Washington, Jefferson, Lincoln, les deux Roosevelt. Chaque élève venait devant la classe et lisait son texte. Et la classe devait deviner de quel président il s'agissait.

— Mon président est né en Virginie en 1784. Il était membre du parti Whig, général de l'armée, et il est mort pendant son mandat, a dit Andrew.

Dans la classe, c'était lui l'expert en présidents. Non seulement il avait mémorisé les noms, mais il était capable de donner une biographie générale et parfois quelques anecdotes amusantes.

— Alors, vous tous, de quel président parle Andrew ? ai-je dit en improvisant.

Je n'avais aucune idée de qui Andrew parlait. Des noms de président ont jailli dans divers points de la classe, sans qu'aucun ne semble émerger plus que d'autres. Normalement, quand je tombais sur une lacune dans ma propre culture, je disais simplement : « Alors, quelle est la réponse ? » et je pouvais compter sur un consensus pour donner la bonne.

— Grover Cleveland !

— James Buchanan !

— Ulysse S. Grant !

À la façon dont Andrew regardait la classe, l'œil éteint, j'ai compris qu'aucun élève n'avait mis dans le mille et j'ai décidé de mettre fin au suspense.

— Bravo, Andrew, ai-je dit. Tu as collé la classe. Si tu disais maintenant à tes camarades quel président tu as choisi ?

— Zachary Taylor, douzième président des États-Unis.

— Très bien. Zachary Taylor. Au suivant.

Certains jours, j'avais l'impression que ma situation était aussi précaire en classe que sur la route avec Blue. Un faux pas, un fait rapporté de façon inexacte, un enfant qui raconte des choses à ses parents, des parents qui commencent à poser des questions, une mauvaise réponse et d'autres questions. Si quelqu'un me regardait avec une attention véritable, il s'apercevrait que j'étais une imposture ambulante.

Quand je montrais une de mes nouvelles pièces d'identité, j'avais toujours l'impression de marcher sous une rangée de stalactites, aussi étais-je soulagée de ne pas avoir à me livrer à une chasse périlleuse à l'appartement. Mais vivre dans une école avait aussi ses inconvénients. Mon niveau de vie avait sérieusement baissé au cours des derniers mois, mais quand on commence à regarder une situation sous un angle plus permanent, on réexamine aussi ses priorités. Dans les annonces d'un journal, l'appartement de l'école aurait été décrit comme un studio avec coin cuisine et salle de bains. Il était meublé d'un lit à deux places et d'une armoire. Le matelas devait dater des années soixante ou soixante-dix. Il avait une cuvette au milieu. J'avais beau essayer de dormir sur le bord, je me retrouvais toujours dans le creux. Il m'est arrivé de bien dormir par terre, et je me suis demandé si je n'allais pas le faire, mais quelque chose dans l'aspect du tapis qui avait beaucoup vécu m'a dissuadée. Le seul avantage de cet endroit était son entrée privée donnait sur le parking. L'autre porte, fermée uniquement par un crochet, menait à l'école par un escalier étroit.

Dans une petite ville, et une école encore plus petite, j'ai compris qu'il fallait être aimable mais maintenir une saine distance vis-à-vis de mes collègues. Ils n'étaient que quatre, en dehors du directeur, donc ce n'était pas trop difficile. Il y avait June, Cora, Collette (dont le vrai nom était Jane, mais qui trouvait *Collette* plus européen) et Joe, le seul homme. Joe avait quitté Recluse dix ans auparavant en se promettant solennellement de ne plus y remettre les pieds. Mais sa mère était tombée malade, puis son père, et il n'a pas tenu sa promesse, comme tant d'autres d'entre nous. Mon instinct me disait que Collette avait pour Joe un faible non payé de retour, et je m'efforçais de faire comme si ce collègue était invisible, puisque j'étais dans l'équipe la seule autre femme à n'avoir pas passé le seuil de la ménopause.

Une nouvelle venue dans une ville où rien ne

se passe est une aubaine. Collette m'a arrosée de questions comme une mitrailleuse. J'ai essayé de répondre brièvement. D'où viens-tu? *De l'Ohio*. Qu'est-ce qui t'amène à Recluse? *Recluse m'a embauchée.* Mais si je réorientais la conversation vers elle, elle était capable de se lancer dans une interminable discussion sur le copain de sa sœur qui était un bon à rien, ou ses grands projets de déménagement à Jackson pour acheter une de ces maisons qu'elle avait vues dans un magazine de déco. Les gens aux moyens modestes pensent qu'elles sont inaccessibles, disait-elle, parce que tout ce qu'ils voient, c'est le prix, mais si on en construit une soi-même, eh bien, tout ce dont on a besoin, c'est d'un terrain non réclamé, du bois de charpente et des clous. Du moins était-ce le point de vue de Collette. Elle n'a jamais dit qu'elle était douée pour la menuiserie.

Si j'avais découvert le biais pour déjouer les volées de questions de Collette, j'avais trouvé des adversaires un peu plus redoutables en Cora et en June. Je ne pense pas que l'une ou l'autre ait été motivée par autre chose que par la curiosité et le désir de mettre un peu de couleur dans la grisaille de la routine, mais j'ai préféré garder mes distances. Le personnel avait un tableau des tâches indiquant la répartition des surveillances pendant les récréations et dans la cour à l'heure du déjeuner. J'ai invoqué mon goût du plein air et me suis inscrite pour toutes les heures de déjeuner du lundi au vendredi. La plupart des enseignants, si on leur donnait le choix, étaient heureux d'être dispensés de contact avec les élèves. Je restais livrée à moi-même pendant un moment, à savourer la paix quand je l'avais ; j'ai arrêté quelques bagarres, mis des pansements sur quelques genoux, et consolé quelques larmes. Enfin, plus que quelques-unes. Mes souvenirs de mes propres années à l'école primaire étaient pour le moins flous. Je me rappelais les structures où l'on grimpait, les accidents, les alphabets et les punitions, mais non les larmes incessantes.

Je n'ai jamais été douée pour réconforter quelqu'un qui est en train de se noyer dans un océan de larmes. J'ai appris jeune que ma mère m'accorderait plus d'attention si je ne cédais pas à l'émotion. Un jour, je me suis ouvert le genou en tombant de mon vélo sur un morceau de verre. Je n'ai pas pris la peine d'essuyer le sang. Je suis retournée à la maison à pied en laissant le flot rouge couler le long de ma jambe. J'ai rassemblé mes esprits en arrivant sous la véranda et en frappant à la porte.

— Je crois que je me suis coupée.

J'ai annoncé cela avec un tel calme que même moi, j'ai cessé de sentir la douleur. Jamais de ma vie je n'ai vu ma mère plus attentive.

Avec ma classe, j'avais une façon d'acheter la tranquillité : j'avais toujours des bonbons dans mon sac, et les enfants qui réussissaient à tarir leurs larmes avaient droit à un pansement et un paquet de bonbons mous en forme de vers, de dinosaures ou d'ours, selon leurs préférences zoologiques. J'avais l'impression que mes collègues réprouvaient ma méthode de consolation par les sucreries.

Juste une semaine après que j'ai pris mon poste,

Cora a décidé que j'avais besoin de compagnie pendant mes pauses de récréation et de déjeuner. Cora avait entre cinquante-cinq et soixante-dix ans. Ses grands yeux marron avaient une vivacité juvénile et sa voix à la sonorité claire et unie n'était pas éraillée par l'âge. Mais sur sa peau se creusait un réseau de rides qui pouvaient venir de l'âge, des épreuves ou d'une longue histoire d'amour impénitente avec le soleil. Elle est venue s'asseoir à côté de moi sur le banc, après l'avoir débarrassé de la poussière, des fientes d'oiseaux et des coulées de yaourt à la fraise.

— Belle journée, hein ?

— Oui.

— Ma saison préférée.

Il faisait un temps clair et ensoleillé, ce qu'adorent la plupart des gens. Moi, j'aurais accueilli sans déplaisir un peu de vent, de pluie ou un fond d'air frais. Plus que toute autre saison, la fin de l'été évoque des images d'enfance. Mais je me suis bornée à répondre oui. Deux commentaires sur le temps sont classiquement suivis par des questions d'ordre personnel.

— Alors, vous vous plaisez ici ? a demandé Cora.

— Beaucoup.

— Pourquoi êtes-vous venue ?

C'est comme une cible aux fléchettes. La première question peut la rater complètement, mais celles qui suivent arrivent sur le premier cercle, et les dernières visent à mettre dans le mille. La seule chose que vous pouvez faire, c'est changer de cible.

— Pardon ?

— Vous êtes jeune, vous êtes jolie, vous avez une

longue vie devant vous. Pourquoi êtes-vous venue habiter dans une ville déjà morte ?

Cora était plus directe que je ne l'aurais cru. J'ai vu à la façon dont son front tanné par le soleil frémissait qu'elle attendait ma réaction, et j'ai eu envie de lui donner une réponse. Pas une réponse véridique, mais une qui lui donnerait l'impression que je lui avais fait confiance et que je m'étais épanchée. Dans une autre vie, je lui aurais fait confiance. Nous aurions même peut-être été amies. De vraies amies.

— J'ai été mariée. Mon mari me cherche. Je crois que moins je connais de gens, moins il a de chances de me trouver.

— Est-ce que… a demandé Cora, laissant la phrase en suspens de façon éloquente.

— Oui.

— Oh mon Dieu ! Je suis désolée.

— Ne le soyez pas. Je suis libre, maintenant. Et je pense pouvoir me plaire ici.

Cette fois-ci, je n'y croyais plus trop.

Les soirées étaient calmes. Trop calmes. L'école se vidait, les membres du personnel rentraient chacun chez eux. Garth, le concierge, faisait un ménage sommaire : la serpillière par terre et un petit coup dans les toilettes. Quand il partait, on se serait cru dans une tombe. Je tuais le temps en déambulant dans les couloirs, en allant voir les tableaux d'organisation pédagogique dans les autres salles de classe, et en visitant le « labo informatique ». C'était un ancien placard à linge qui contenait maintenant un ordinateur IBM vieux d'une décennie, avec une connexion Internet extrêmement lente. Il lui fallait parfois trois heures pour charger cinq ou six articles de journaux et les afficher. Mais je n'avais rien à faire et certaines informations méritaient mon attention.

D'après les derniers comptes rendus, la mort de Frank était toujours suspecte et je continuais à être « une personne potentiellement concernée ». Mais Dieu merci, on ne savait toujours pas où me trouver. Certaines personnes disaient avoir vu Tanya Dubois dans des endroits où il ne m'aurait pas déplu d'aller. J'ai toujours eu envie de visiter la ville de New York.

Le reportage sur lequel je suis tombée ensuite était un peu plus démoralisant. Le corps d'un homme âgé de trente à quarante ans avait été découvert dans le parc national de Lake Somerville. C'étaient des campeurs qui l'avaient trouvé. Ou plus exactement, leur chien, qui était devenu comme fou à l'endroit de la sépulture. Les campeurs – des gens trop curieux si vous voulez mon avis – avaient trouvé que le terrain à cet endroit était bizarre et quand ils s'étaient mis à creuser, ils avaient découvert le corps. Alors, ils avaient appelé la police. D'après les journaux, celle-ci n'avait aucune piste et les dossiers dentaires étaient inutilisables à cause du point d'impact de la balle. À la fin de l'article figurait un numéro de téléphone où les personnes susceptibles de donner des informations pouvaient joindre les autorités.

Je reconnais que j'ai été surprise. Je croyais que

Jack resterait tranquille et que je n'aurais plus jamais à penser à lui. Cela dit, sans identification du corps, il était difficile de battre le rappel d'éventuels suspects. Il me restait à souhaiter que Jack Reed ne soit jamais identifié.

J'ai aussi cherché à avoir des infos sur les deux voyous que M. Oliver avait envoyés à mes trousses. La police était persuadée que c'était un règlement de comptes du milieu car la façon dont ils avaient été abattus ressemblait à une exécution. Je me suis demandé si Blue avait envisagé ce cas de figure sur le moment, ou si elle les avait tués sur le rebond d'une décharge d'adrénaline. Je ne le saurai sans doute jamais.

Pendant mes premières semaines à l'école primaire John Allen Campbell, j'ai dû vérifier cinq ou six fois mes anciennes identités. Les informations étaient toujours les mêmes et je me suis rendu compte que la paranoïa dévorante qui accompagnait ces retours vers le passé ne me faisait aucun bien. Si je voulais vraiment essayer d'avoir une vie à moi, il fallait que je sois Debra Maze et personne d'autre. J'avais appris depuis un certain temps déjà qu'il n'est pas sain de revisiter le passé.

Après que j'ai fait valoir mes droits sur les bancs à l'heure du déjeuner, Cora s'est jointe à moi de temps à autre. Lorsque je la voyais approcher, je me mettais à compiler une série de questions pour orienter la conversation dans la bonne direction. Cora était une bonne personne, mais pas la plus fascinante qui soit. Malgré tout, je comptais sur elle comme alliée. J'étais douée pour suivre mon fil d'idées tout en murmurant des relances encourageantes – *oui, hmm-hmm, par exemple !* – et lui faire croire que son interlocutrice était toujours intéressée. Je ne pourrais pas vous dire grand-chose sur elle, même maintenant, mais quand un élément intéressant surgissait dans la conversation, je me réveillais toujours et j'embrayais.

Un an seulement avant mon arrivée, une institutrice de CE2, une fille jeune – mon âge ou peut-être un peu plus, d'après Cora – était morte. Elle était tombée d'une échelle en voulant changer une ampoule dans son garage. Elle s'était fracassé le crâne. Cora m'a fourni tous les détails dont j'avais besoin. La jeune femme était veuve, d'où le changement de l'ampoule en solitaire. Parents décédés. Une sœur. Elle s'appelait Emma Lark.

Ce soir-là, je me suis rendue dans le bureau des inscriptions, ai ouvert un classeur non fermé à clé et trouvé tous les papiers disponibles sur Emma Lark. Il y avait des photocopies de son permis de conduire, de son acte de naissance et de sa carte de Sécurité sociale. J'ai fait des copies, remis la seconde génération de papiers dans le dossier et glissé les miens dans la poche intérieure de ma valise.

Emma Lark ressemblait à un cadeau très tardif. Une femme, presque du même âge que moi, morte dans une ville qui n'avait même pas de cimetière. Emma Lark était certainement un nom avec lequel on pouvait vivre. C'était en tout cas une solide roue de secours. Si j'avais appris une chose au cours de ces six dernières années, c'était qu'un seul nom ne suffisait jamais.

9 février 2012
Destinataire : Ryan
De : Jo

J'ai une liaison. Je devrais sans doute éprouver de la culpabilité, mais cette émotion-là a été recalibrée il y a longtemps. Je ne crois pas qu'elle fonctionnera jamais normalement. Après six ans où je n'ai eu d'activité sexuelle qu'avec mon mari, j'ai eu l'impression de recevoir une décharge électrique. Je me sens vivante, enfin presque. Ce n'est assurément pas de l'amour, mais c'est quelque chose de plus réel que tout ce que j'ai éprouvé depuis que je suis devenue quelqu'un d'autre.

Il est chiropracteur. Depuis l'accident, j'ai des problèmes de dos et aucun médecin n'a pu poser de diagnostic. Les radios, les IRM ne décèlent rien, et pourtant, la douleur persiste. Parfois, je me dis que c'est ma conscience. Mais le Dr Mike la voit ou la sent comme un chaman. La première fois qu'il a mis les mains sur moi, il a su que j'avais eu un accident de voiture. Par les temps qui courent, je ne peux pas espérer une compréhension plus complète. Je ne sais pas pourquoi je te raconte tout ça. Peut-être que j'ai juste besoin de me confesser.

J'ai l'impression que le monde avance, que des vies sont vécues et que moi je suis coincée ici, dans une demi-vie qui ne sera jamais rien d'autre.

Je vois que tu n'as pas réglé le problème dont je

t'avais demandé de t'occuper. Tout ce que tu sais faire, c'est me briser le cœur.

Jo

10 mars 2012

Destinataire : Jo

De : Ryan

Nous vivons tous des demi-vies. Tu n'es pas la seule.

12

J'exerçais depuis un mois à l'école primaire Campbell, et déjà, entre ses murs, j'avais moins le sentiment d'être dans un abri sûr que dans une prison. Pendant la journée, j'étais maintenue sur la brèche par l'assaut de questions, les caprices, les bavardages et les cris qui, j'en suis certaine, lésaient de façon permanente mes tympans. La nuit, je déambulais comme un fantôme dans la vieille maison qui sentait le renfermé.

Les jours de pluie mettaient mon équilibre à rude épreuve, comme celui des enfants. Nous en avions tous assez de rester enfermés dans les limites étroites de la classe. Ils n'étaient pas censés être confinés toute la journée à l'intérieur d'une grande et vieille baraque comme celle de Campbell, si vaste soit-elle pour une seule famille : essayez donc de faire la classe à des enfants de huit, neuf et dix ans dans une antique chambre à coucher avec une profusion de papier mural doré et d'épais rideaux de velours. Au lieu d'être assis à leur bureau individuel, les élèves prenaient place le long de vieilles tables de salle à manger, probablement récupérées dans des maisons voisines tombées en ruines. On était obligés de mettre tous les gauchers aux extrémités pour éviter les coups de coude et les bousculades.

Les jours de mauvais temps, on rassemblait les élèves dans le grand salon qui avait été réaménagé en auditorium de fortune. Imaginez-vous n'importe quel salon, ajoutez quelques panneaux de contreplaqué assemblés avec des clous et posés sur des tréteaux, avec un rideau en velours de couleur vive devant. Trois douzaines de chaises pliantes fournissaient un nombre suffisant de places assises.

J'ai regardé Melissa, ma trop consciencieuse élève de CE2, jouer au jeu de cache-cache le plus désolant auquel j'ai assisté. Tous mes autres élèves semblaient avoir bien compris le principe. Nolan s'est caché en évidence, blotti dans un repli du rideau, son sweat aubergine lui servant de camouflage. La petite Lola a réussi à se caler sous un labyrinthe de chaises, cachée sous une pile de cirés. Andrea s'est enfermée dans le dressing – qui n'était qu'un placard –, et Martin le rouquin s'est endormi sous une bâche. Melissa, dont j'ai appris plus tard qu'elle était fille unique, s'est accroupie sous le devant de la scène en pouffant, et a été découverte quelques secondes plus tard par Andrew, qui a manifesté sa déception devant la facilité avec laquelle il l'avait repérée.

J'ai tué le reste de mon heure de déjeuner en montrant à Melissa toutes les bonnes cachettes de l'auditorium : sous la pile de sacs à dos, dans le cagibi du concierge, ou le petit espace sous la scène où l'on pouvait se glisser (encore que je ne pouvais garantir la solidité de l'assemblage), dans les toilettes des femmes (à condition de monter sur la cuvette et de laisser la porte du cabinet ouverte), et sous son manteau d'hiver, si elle le plaçait d'une certaine façon sur les sièges de l'auditorium. Lorsque j'ai été sûre que Melissa avait atteint son point de saturation après la leçon que je venais de lui donner, je me suis penchée à sa hauteur et l'ai regardée dans les yeux :

— Cache-cache est peut-être un jeu, mais c'en est un auquel tu dois savoir jouer.

Certains jours où, debout devant le tableau noir, je voyais face à moi toute cette innocence, j'essayais de me dire que ce que je vivais là ressemblait à une vie. Mais si elle devait tenir la longueur, il fallait que je sorte des murs de l'école primaire John Allen Campbell. Ma vie ressemblait bien assez à une prison ; je devais cultiver l'illusion d'être une femme libre. Il m'a cependant fallu quelques semaines avant d'oser m'aventurer dehors. Je me serrais la ceinture en attendant l'arrivée de mon premier salaire. Dès que j'ai eu mon chèque, j'ai pris la voiture et suis allée à la caisse d'épargne, non de la ville la plus proche mais de celle d'après, où j'ai encaissé le chèque. J'ai mis 700 dollars dans une enveloppe que j'ai glissée entre le vieux matelas et le sommier. Caché là, mon argent ne me rapporterait aucun intérêt, mais au moins, je ne serais pas coincée par les limitations des distributeurs automatiques si jamais je devais me retrouver en cavale.

Comme toutes les autres villes moribondes, Recluse ressemblait à une série de boîtes à chaussures collées, sur lesquelles on aurait peint des fenêtres. Il y avait une petite épicerie où l'on vendait beaucoup de produits en conserve et des légumes flétris, une cafétéria et deux bars. Les instituteurs allaient parfois prendre un verre après le travail dans l'un des deux, le Homestead. Je déclinais toujours leur invitation. C'était déjà bien assez risqué de passer environ six heures par jour à proximité des mêmes personnes, je n'allais certainement pas prendre part à une activité connue pour délier les langues et affaiblir les résolutions. J'ai donc trouvé un autre troquet en bordure de la ville, à l'extrémité opposée. Juste à un peu moins de deux kilomètres de l'école.

La première fois qu'on entre dans un bar, on peut être n'importe qui ; on donne le ton des visites ultérieures. Toute la journée, j'étais Mrs Maze, assaillie par des voix aiguës et des doigts collants levés pour attirer mon attention. Au Lantern, je trouvais finalement le calme que je n'obtenais jamais dans la journée.

Je me suis assise au bar et j'ai commandé une bière pression. J'avais déjà renoncé à donner à Debra Maze des goûts sophistiqués. Et puis, une bière semblait le choix parfait après une leçon de grammaire au-dessous de tout. Oui, un cheval est un nom ; une fourchette est un nom ; un pneu est un nom ; et pourtant, quand j'ai voulu expliquer comment *force, courage* et *obstination* étaient aussi des noms, j'ai senti la révolte couver.

— Je ne vous ai jamais vue par ici, a dit le barman.

Ce n'était pas une question.

— Première fois, ai-je répondu, essayant de prévoir la suite de la conversation sans savoir au juste quels virages soudains elle pourrait prendre.

— Et qu'est-ce qui a bien pu vous amener à Recluse ?

— Bonne question.

Certaines personnes se contentent de laisser leurs questions en suspens comme un participe (un chapitre que nous n'aborderions plus cette année).

— Je m'appelle Sean, si vous avez besoin de quelque chose.

Il devait être du genre à laisser les questions en suspens.

J'ai bu ma bière et me suis replongée dans *Fugue au Metropolitan de Konisburg*, le livre que j'avais mis au programme de la classe parce que c'était un de ceux que je me rappelais avoir bien aimés, enfant. C'est l'histoire d'un frère et d'une sœur qui s'enfuient de chez eux et vont se cacher au Metropolitan Museum of Arts. Nous n'avions pas de musée dans la ville où je suis née, mais j'ai réussi à m'introduire dans la bibliothèque municipale quand j'avais onze ans et à y passer la nuit. Ce n'était pas aussi excitant que je l'avais imaginé, et cela m'a valu beaucoup d'ennuis, mais le fait de savoir que j'avais réussi, que j'avais pu me glisser entre les rayons tandis que

Mrs Cragmire parcourait les lieux à la recherche de clients éventuels, a été pour moi source de fierté.

Tout en préparant des questions pour la compréhension et la discussion du texte – *Si vous pouviez vous introduire dans un établissement de Recluse, lequel choisiriez-vous?* –, j'ai examiné les autres clients du bar, histoire de me faire une idée sur ce qui pouvait pousser des gens à venir s'installer dans une ville dont le rapport était de deux bars pour une cafétéria. Apparemment, oublier était une priorité plus importante à Recluse que de se nourrir.

Sean m'a demandé si je voulais une autre bière. Quand il a glissé la chope devant mon livre, il semblait en être arrivé à certaines conclusions sur mon compte.

— Vous devez être la nouvelle instit, a-t-il laissé tomber.

La seconde fois qu'il est passé à côté de moi, je l'ai examiné. Difficile de lui donner un âge. Il pouvait avoir quarante-huit ans aussi bien que soixante-cinq. Il était maigre comme un coucou. Son visage creusé de rides profondes et parfaitement symétriques suggérait qu'il avait fait sa dose de sourires. Ses paupières lasses et tombantes masquaient en partie des yeux marron foncé. Ses cheveux, qui avaient besoin d'être coupés, lui retombaient sur les yeux et il les repoussait comme s'il chassait une mouche. Il avait toutes ses dents, ce qui n'était pas le cas de la plupart des autres clients de son établissement, et portait l'uniforme de la ville : chemise écossaise, jean usagé et des bottes de travail qui semblaient avoir fréquenté autre chose que le sol taché de bière d'un bar.

— Il paraît, ai-je dit.

— J'ai entendu parler de vous.

— Qu'est-ce qu'on vous a raconté ?

— Que vous aimiez les cartes routières.

— Votre source est fiable.

— Oui, a dit Sean avec un petit sourire en coin.

— J'imagine que les gens parlent dans une ville de cette taille.

— Ma source est plus fiable que les commérages de la ville.

— Vous m'intriguez.

Il y avait peut-être une pointe de nervosité dans ma voix. Peut-être pas. J'ai essayé de garder un visage calme et ouvert, mais je n'aimais guère l'idée que les gens parlent de moi et tirent des conclusions.

— Mon petit-fils est dans votre classe.

Les picotements à la base de mon cou ont cessé.

— Ah oui ? Il a un nom, votre petit-fils ?

— Andrew.

— Andrew, ai-je répété.

Une fois le lien établi, j'ai vu la ressemblance. C'est d'ailleurs souvent seulement alors qu'on la remarque. Ils avaient les mêmes lèvres rouges et, quand on y pensait, Andrew avait des paupières bien lourdes pour un enfant de huit ans.

— Vous l'avez remarqué ? a demandé Sean.

La réponse était oui. La mère d'Andrew était toujours en retard pour venir le chercher. Comme je n'avais nulle part où aller, je m'asseyais avec lui sous la véranda. En attendant, nous parlions des présidents. Enfin, c'était Andrew qui en parlait. Apparemment, Franklin Roosevelt portait des robes, enfant ; Abraham Lincoln tenait un débit de boisson et avait une licence ; Grover Cleveland était bourreau, et Andrew Johnson, tailleur. Il est très possible qu'Andrew m'ait appris plus de choses que je ne lui en ai apprises. Pas vraiment une recommandation vibrante pour notre système éducatif, mais espérons que les enseignants non qualifiés exerçant sous un faux nom sont une exception.

Je me suis penchée vers lui et j'ai soufflé :

— Je vais vous faire une confidence : c'est mon chouchou.

— Le mien aussi, a dit Sean. Vous lui avez fait découvrir que le monde ne se limite pas au Wyoming, et qu'il existe des endroits où il a envie d'aller. Ma fille ne connaît que cette ville, alors elle ne peut pas lui donner de conseils sur le monde extérieur, mais je compte bien qu'il ira voir. Je crois que vous lui indiquez comment se repérer quand on sort d'ici. J'espère qu'il s'en souviendra le moment venu.

— Moi aussi.

Un client nommé Dave, couvert de poussière après son travail, s'est approché du bar. Sean lui a servi un verre avant même qu'il arrive.

— Tu es extralucide, a dit Dave.

— Santé, a répondu Sean.

Il n'y a pas eu d'échange d'argent, mais un geste discret a enregistré la transaction. Dave est retourné à sa table. Sean a essuyé le comptoir déjà luisant avec un chiffon. Ou c'était son habitude, ou alors un prétexte pour ne pas s'éloigner. Il a entrepris d'effacer une marque, en réalité une rayure qui ne partirait qu'avec du papier de verre.

— Qu'est-ce que vous faites ici, sans blague ?

— Je prends une bière. Enfin, deux bières, et pour être tout à fait honnête, peut-être trois.

— Non. Ici, à Recluse.

— Que font les gens, où que ce soit ? Il faut bien qu'on soit tous quelque part ?

— Regardez autour de vous, a dit Sean. Dans ce bar, tout le monde est né ici. Presque tous ont voulu partir à un moment ou à un autre, mais entretemps, ils se sont fait prendre au piège et, comme les animaux, ils ont manqué d'adresse pour en défaire les ressorts.

— Quel a été votre piège ?

— Ce bar. J'ai travaillé quelques années ici avant mes dix-huit ans. Je mettais de l'argent de côté pour partir en Alaska, où j'avais entendu dire qu'il y avait pas mal de blé à se faire. Homer, le patron, n'avait pas de famille, et quand il a eu un cancer du poumon, il m'a tout laissé.

— Un geste généreux.

Sean a finalement posé son chiffon, mis deux petits verres sur la table et y a versé du sérieux.

— Ah, vous croyez ? Parce que ces derniers temps, je me suis dit que Homer savait ce qu'il faisait. À l'époque, quand je parlais de partir, de me libérer de Recluse, Homer aimait bien casser mes rêves, saper mes projets. Je crois qu'il aimait l'idée que les autres aient une vie aussi affligeante que la sienne. Du coup, il ne se sentait pas aussi seul qu'il l'avait toujours été. Je crois que son cadeau « généreux» était une malédiction et qu'il le savait. La dernière chose qu'il a faite avant de mourir, c'était s'assurer que quelqu'un suivrait son chemin lamentable.

— Démoralisant, comme hypothèse! ai-je dit.

Sean a haussé les épaules et fait glisser le petit verre devant moi. Il a levé le sien

— À quoi on boit? ai-je demandé.

— Aux plans d'évasion.

— De qui?

— De tous ceux qui ont le cran de passer à l'acte.

Nous avons trinqué. J'ai vidé mon verre, mis quelques billets sur le bar et me suis laissée glisser de mon tabouret. Sean a fait un signe de tête si léger qu'il était à peine perceptible.

— Revenez, a-t-il dit.

— J'y songerai.

Mais je savais que je reviendrais. Je ne pouvais aller nulle part ailleurs.

Le lendemain, Andrew et moi étions assis sous la véranda quand Cora est sortie et a passé la tête dans la rue pour en observer toute la longueur.

— Tu as remarqué ce type?

— Quel type?

— Tout à l'heure, il y avait un type qui surveillait l'école. Il était débout de l'autre côté de la clôture pendant que les enfants déjeunaient. Et puis je l'ai revu par la fenêtre de mon bureau.

— Il a essayé de leur parler?

— Non. Il est resté planté là, comme s'il cherchait quelqu'un.

— C'est peut-être un parent de l'un des enfants.

— Je connais toutes les familles, a dit Cora.

— Vraiment ?

— Oui. Dans une ville comme celle-ci… a-t-elle répondu avec tristesse.

— Je vais ouvrir l'œil. Ce n'est sans doute rien.

En fait, je me doutais bien que ça n'était pas rien. Vous voyez le genre de démarche titubante que vous avez après avoir trébuché ? Eh bien j'avais l'impression que mon cerveau titubait ainsi.

— Vous êtes déjà allée au Metropolitan Museum of Art ? a demandé Andrew.

Nous parlions du livre que nous étudiions en classe, et Andrew faisait une fixation non seulement sur l'idée d'entrer par effraction dans un lieu public pour y passer la nuit, mais aussi sur les musées et les lieux où l'on ne peut aller que dans les grandes villes. Certes, il avait vu des endroits intéressants – le parc de Grand Teton, des musées de cow-boys – mais il découvrait qu'il y avait ailleurs un monde qui dépassait son imagination. Comme je faisais profil bas depuis un bon moment, je n'avais pas vu grand-chose du monde moi non plus.

— Hélas non, ai-je répondu.

— Vous êtes allée à New York ?

— Non plus.

— Hmm.

Il a paru déçu, comme si mon image s'était ternie à ses yeux.

S'il savait !

Avant qu'Andrew ait pu me cuisiner davantage sur ma connaissance restreinte du monde, j'ai été sauvée par l'arrivée de sa mère.

Recluse n'offrait pas le choix de trente-six modes de vie.

Je ne m'y trouvais que depuis un mois et j'étais déjà installée dans une routine. Il y avait des cours toute la journée, et l'après-midi, il fallait ranger la classe et la nettoyer. Plusieurs soirs par semaine, je restais dans mon appartement du sous-sol, je me faisais des pâtes sur un réchaud et préparais mes cours du lendemain. Les autres soirs, et toujours au moins un soir du week-end, je me risquais à aller au Lantern. Je prenais un verre ou deux, parfois trois, mais je me gardais bien de dépasser la dose.

Un jour où j'avais bu trois verres, Sean m'a invitée à l'anniversaire d'Andrew le week-end suivant, au Dead Horse Lake, un autre nom qui n'inspirait pas exactement la confiance. Sean emmenait son petit-fils à la pêche avec quelques amis de la famille sur le bateau d'un copain. Il y aurait peut-être aussi un camarade de classe, mais jusqu'à présent, personne n'avait accepté l'invitation.

Le week-end suivant, je suis montée sur un bateau, ai mis un appât au bout d'une ligne que Sean avait apportée exprès pour moi, me suis assise sous un ciel nuageux et froid et j'ai attendu une touche. Andrew s'est plaint qu'il faisait glacial. Il avait réussi à avoir un invité qui s'appelait Clark. Il était dans la classe au-dessous, avait une cloison nasale déviée et un zozotement prononcé.

Il était clair qu'Andrew n'avait pas de sympathie particulière pour Clark, mais c'était toujours mieux que rien. Une idée que je ne connaissais que trop bien. Et à bord du *Royal Fortune* – le propriétaire du bateau affectionnait les histoires de pirates – il y avait aussi la mère perpétuellement en retard d'Andrew, Shawna, ainsi que son copain, Cal. D'après ce que j'ai pu voir, celui-ci semblait avoir un quota de mots très restreint pour la journée. Il répondait aux questions avec un minimalisme qui aurait impressionné un moine ayant fait vœu de silence. Si un hochement de tête pouvait remplacer un oui ou un non, Cal choisissait cette option. Sean avait aussi invité quelques-uns de ses copains pêcheurs, tous d'aimables lascars cuits par le soleil et beaucoup plus intéressés par la glacière pleine de Bud Light que par les éventuels trophées à tirer du lac.

Vers midi, le vent s'est levé et le ciel s'est mis à brasser le bleu avec le gris dans une atmosphère froide et humide, qui annonçait une pluie imminente. Nous n'étions pas loin de la rive et Sean a suggéré que nous attendions que ça se calme malgré la gîte du bateau et les demandes réitérées d'Andrew qui voulait retourner à terre. Personne n'a rien attrapé et Clark, penché sur le bastingage, essayait de retenir le contenu de son estomac qui menaçait de se répandre dans les eaux agitées.

J'ai pris une bière et venais de la décapsuler quand un remous m'a envoyée valser sur le pont à l'avant, ma chemise se trouvant tout éclaboussée par le liquide. J'ai entendu un hurlement alors que, et lorsque j'ai reporté mon regard vers l'endroit où Clark était plié en deux sur le garde-corps, il n'y avait plus personne.

Mes compagnons regardaient fixement l'abîme bleu, étreints par la panique, les pieds paralysés. Je me suis débarrassée en vitesse de mes chaussures et de ma veste et j'ai sauté par-dessus bord.

Mon plongeon dans le lac glacé m'a coupé le souffle. J'ai refait surface dans les vagues, ai pris une grande inspiration et replongé, les yeux ouverts dans l'eau trouble. *Il n'y a pas la queue d'un poisson dans ce fichu lac*, ai-je pensé. Il n'y avait pas non plus le moindre signe de Clark.

Je suis remontée à la surface d'un coup de talon pour essayer de le repérer. Sur le pont, tout le monde me faisait signe de me diriger vers la poupe. J'ai nagé le crawl contre le courant, replongé et aperçu le coupe-vent orange de Clark, une couleur providentielle. J'ai réussi à attraper un bout de sa manche, et l'ai attiré à moi en resserrant ma prise jusqu'à ce que je puisse passer mon autre bras autour de lui pour le soulever au-dessus du clapot. Il a gargouillé, toussé et j'ai repéré la bouée que Sean avait jetée par-dessus bord. J'ai nagé sur le dos, puis coincé celle-ci sous mon bras libre.

Clark se débattait dans mon étreinte, toujours en proie à la panique. Je me demandais comment nous pourrions le faire remonter sur le bateau. Mais Sean a réagi très vite et m'a envoyé une corde. Je l'ai nouée sous les bras de Clark et l'équipage l'a hissé sur le plat-bord. Quand il a été en sécurité à bord, j'ai fait un battement de dauphin pour regagner l'échelle du ponton et suis remontée sur le pont.

Clark et moi nous sommes blottis sous une couverture pendant que Sean reprenait le chemin du hangar avec une précipitation telle qu'il en a oublié de relâcher l'accélérateur et a échoué avec un bruit qui aurait fait pleurer des dollars au propriétaire du bateau.

Andrew, Clark et moi sommes rentrés à Recluse dans le pick-up de Sean. Il avait mis le chauffage à fond, et j'ai vu des gouttes de sueur rouler sur les joues d'Andrew. Il n'a pas dit un mot. Il s'est borné à jeter des regards prudents à Clark et à moi.

— Ça va, jeune homme? a demandé Sean au gamin trempé.

— J-j-j-j'ai plus envie de vomir, a fini par bégayer Clark.

Nous l'avons déposé en premier chez ses parents. C'était une maisonnette si petite qu'on avait du mal à imaginer qu'elle comprenne plus d'une pièce. J'ai observé l'échange par la fenêtre embuée de la voiture. Les parents ont pris la situation en main sans broncher: la mère a fait entrer son fils dans la maison pour lui ôter ses vêtements mouillés, le père a tapoté l'épaule de Sean pour indiquer qu'il ne lui en voulait pas. J'ai vu ce dernier faire un geste en direction du pick-up et le père m'a adressé un salut, en signe de remerciement, je suppose.

Andrew a crapahuté pour venir s'installer à l'avant sur le siège du milieu à côté de moi.

— J'ai hâte de raconter ça à tout le monde à l'école.

J'ai compris alors que mes jours à Recluse étaient comptés. Je n'avais pas encore commencé le compte à rebours, voilà tout.

13

J'ai été surnommée Nemo parce que Andrew a dit à la classe que je nageais comme un dauphin. Du fait qu'ils étaient coincés au milieu des terres, les gamins ne connaissaient aucune des stars du monde marin, aussi m'ont-ils donné le nom du seul poisson célèbre qui leur est venu en tête. Il battait l'orque Shamu. La feuille de chou locale a donné un petit compte rendu de l'événement. J'évitais en général d'être photographiée, mais l'une de mes collègues avait réussi à prendre de loin un cliché granuleux de moi en train d'arbitrer un jeu de balle au prisonnier. Comme le petit journal était dirigé par un journaliste à la retraite qui n'était guère branché sur les technologies modernes, l'article en question n'a jamais été mis en ligne. J'ai fait une série de recherches sur « Debra Maze » pour m'en assurer. J'ai trouvé d'autres personnes sous ce nom et je crois avoir trouvé une référence à la vraie Debra, une « personne disparue de l'Ohio ». Mais je me figurais que, pour l'instant, je ne risquais rien.

Erreur grossière.

Contrairement à ce que je pensais, Clark ne s'est pas montré plus aimable avec moi après que je l'ai sorti du lac. Je l'ai souvent surpris en train de me jeter des regards obliques chaque fois qu'il était à proximité. Quand il tournait les yeux dans ma direction, j'avais l'impression qu'un cactus se posait doucement sur ma nuque. Si j'essayais de croiser son regard, il détournait les yeux. Si je lui adressais un salut chaleureux et gentil, il me le rendait par un signe de tête imperceptible et quelques mots marmonnés.

Andrew, qui avait remarqué la gêne de Clark, a fait un commentaire à ce sujet un après-midi où nous étions en faction sous la véranda, à attendre sa mère.

— Je crois qu'il y a des garçons qui n'aiment pas être secourus par des filles, a-t-il dit.

Bien que nous ayons juste discuté de la Boston Tea Party en nous demandant si elle avait provoqué pendant un moment une overdose de caféine chez les poissons du port de Boston, cette remarque sans transition ne m'a pas surprise. Je voyais très exactement ce qu'Andrew voulait dire.

— Pourquoi me parles-tu de ça? ai-je demandé.

— On dirait que Clark a peur de vous maintenant, non?

— Je l'ai remarqué aussi.

— C'est drôle quand même, vu que vous lui avez sauvé la vie. Il devrait être reconnaissant.

— Tu ne sauves pas quelqu'un pour avoir sa reconnaissance.

— Ça vous est déjà arrivé ? a demandé Andrew. Vous avez déjà sauvé une vie ?

— Eh bien oui.

— Comment ça s'est passé ?

Cela faisait longtemps que je n'avais rien dit de vrai sur mon passé. J'aurais pu éluder la question, mais c'est plus facile d'être soi-même face à un enfant. Et puis il me semblait que si quelqu'un méritait la vérité, c'était Andrew.

— J'ai sorti de l'eau quelqu'un qui se serait sans doute noyé sinon.

— Ce quelqu'un était tombé d'un bateau ?

— Non. La personne était coincée dans une voiture après que nous étions tombés d'un pont.

— Pourquoi ça ?

— Très bonne question, ai-je répondu, me rendant compte que j'en disais trop.

— Vous voyez ! Je le savais, que ce n'était pas la première fois.

— Il n'y en a pas eu d'autre.

— C'est un garçon ou une fille que vous avez sauvé ?

— Un garçon.

— Il a été reconnaissant ?

J'ai senti ma gorge se nouer. Pendant quelques instants, j'ai cru que je n'allais pas pouvoir retenir mes larmes.

— Non, pas du tout.

J'ai deviné qu'Andrew avait une autre question sur le bout de la langue, mais à ce moment-là, la voiture de sa mère s'est arrêtée devant l'école et il a rassemblé ses livres.

— À demain, miss Maze.
— À demain, Andrew.

*

Je n'ai vu l'homme que longtemps après le départ de Shawna dans sa Pontiac. Il était debout de l'autre côté de la rue vide et m'observait. Ou peut-être avait-il observé Andrew. Quand nos regards se sont croisés, il aurait dû s'en aller. Aujourd'hui, n'importe quel homme sait que traîner devant une école le rend suspect, quelles que soient ses intentions. Mais il est resté planté là, me laissant mémoriser son visage comme si je voulais faire son portrait.

Tout avait l'air parfaitement ordinaire chez lui, en dehors de son regard fixe. Un pantalon marron clair peu flatteur et une chemise à col fermé sous un cardigan froissé. Des sneakers éraflés, parfaits pour filer sans demander son reste. Des yeux bruns et froids avec un strabisme. Nous nous sommes fixés de part et d'autre de la frontière d'asphalte. Je me suis levée, j'ai descendu les marches et attendu qu'il dise quelque chose.

— Bel après-midi, hein, madame, a-t-il dit d'une voix lente et paresseuse.

— Qui êtes-vous ?

J'aurais cru qu'il filerait, mais non.

— Je crois que la vraie question, c'est plutôt qui êtes-vous, *vous* ?

Puis l'homme au physique ordinaire a hoché la tête en guise d'adieu et s'est éloigné.

Je suis allée au Lantern pour me calmer les nerfs. Je n'avais pas encore mes habitudes au bar, mais Sean m'a versé un whisky avant même que je ne prenne un siège. En fait, c'était ce que j'avais envie de boire. Je l'ai descendu aussi vite que si c'était de l'eau après une journée passée à rôtir au soleil. Sean m'en a servi un second. Nous avons eu un échange silencieux de regards et de mouvements de sourcils. Sean a trouvé que j'avais l'air fatiguée. J'ai acquiescé. Une vie d'imposture vous oblige à une vigilance constante, et cela finit par se payer. Quand on monte la garde même dans son sommeil, on ne peut tenir qu'un certain temps.

La porte du bar s'est ouverte et refermée avec un gémissement, et j'ai perçu le clignement éphémère de la lumière du jour. J'ai entendu le lent clip-clop de grosses chaussures à semelles de bois sur le ciment, avançant au rythme de la chanson de John Fogerty diffusée en fond sonore. L'homme aux godillots s'est installé au bar, laissant un tabouret entre lui et moi. Avant qu'il parle, avant que je reconnaisse sa voix, avant que je voie un visage que j'avais déjà vu, j'ai senti que c'était lui. Et j'ai su aussi qu'il était venu pour moi, même s'il gardait l'œil fixé sur les bouteilles d'alcool alignées qui se reflétaient dans le miroir mural derrière le bar. S'il avait essayé de croiser mon regard dans le reflet, je ne l'aurais pas vu. Je regardais fixement mon verre en essayant de me faire aussi petite que possible.

Sean s'est approché du nouveau client.

— Qu'est-ce que je vous sers ?

— La même chose qu'à elle, en double, a-t-il répondu.

Sa voix m'a fait peur, même si le timbre ne me déplaisait pas. Une voix profonde et solide, dépourvue de l'accent nasillard si fréquent dans ces régions rurales. Je suis restée muette, m'imaginant bêtement qu'ainsi je pourrais m'esquiver sans me faire remarquer. Sean a versé à l'homme deux whiskys. J'ai terminé le mien et commencé à me laisser glisser lentement de mon tabouret. Juste au moment où je pensais pouvoir filer sans encombre, il a poussé son second whisky en face de moi.

— Prenez un verre avec moi, Debra.

Cela a retenu l'attention de Sean, car je n'étais encore jamais arrivée ou partie avec quelqu'un, ni n'avais manifesté le désir de faire connaissance avec qui que ce soit, hormis Sean et divers élèves.

— C'est un ami à vous, Debra ?

— On ne s'est pas connus très longtemps, a dit l'homme, mais on n'oublie pas Debra.

— Ça c'est vrai, a dit Sean.

L'homme a dû lui paraître plus amical qu'inquiétant. J'ai remarqué que les hommes ne sont pas toujours sensibles à ce qu'il y a de ténébreux derrière les apparences.

Il a tendu la main à l'homme en disant :

— Sean. Propriétaire.

— Domenic. Client, a répondu l'homme.

— Content de vous connaître. Alors, comment avez-vous rencontré cette chère Debra ?

Cette fois, je ne pouvais m'en prendre qu'à Sean d'avoir encouragé la conversation. D'après ce que je voyais, son amabilité était un prétexte pour satisfaire sa curiosité frustrée à mon sujet.

— C'est une longue histoire, a dit Domenic.

— Alors je vous laisse vous mettre à jour.

J'ai finalement regardé Domenic en face, ce qui a dû lui donner un choc, et j'ai essayé de deviner ses intentions. Il n'a rien laissé transparaître.

Pas un pour racheter l'autre.

Domenic a enregistré mon nouveau look avec une lueur d'amusement. La dernière fois que nous nous étions rencontrés, j'étais blonde aux yeux bleus, je ne portais pas de robes d'été, et je n'avais pas de tennis couvertes de gouache. À vrai dire, je n'ai remarqué la gouache que lorsque j'ai posé les yeux sur mes genoux pour éviter de croiser le regard de Domenic.

— Vous avez changé de look, Debra. C'est dû à quoi ?

— Ma coupe de cheveux.

— J'aime bien. Qu'est-ce qu'il y a d'autre de changé ? Vous avez l'air plus *naturel*, c'est ça ?

Fuis ! C'était le message que tout mon corps m'envoyait. Mais je savais que fuir revenait à balancer la vie que j'avais à la poubelle. Une nouvelle vie serait une bascule dans l'inconnu et j'avais vu où l'inconnu pouvait me conduire. Cela ne me séduisait pas tant que ça.

Domenic a posé sa main sur la mienne.

— Ne partez pas, a-t-il dit. Buvez votre verre.

J'ai avalé mon whisky en espérant qu'il me calmerait, mais j'ai eu l'impression qu'au contraire, j'avais mis le pied sur des sables mouvants. Je me suis évertuée à me rappeler qu'il ne fallait pas se débattre en pareil cas.

— Qu'est-ce que vous faites ici ? ai-je demandé.

— Je suis de passage.

Domenic a fait signe à Sean de verser deux autres verres.

— Qu'est-ce que vous voulez ? ai-je lancé en le regardant bien en face.

— Pas simple, comme question. Je ne pense pas pouvoir y répondre en un seul jour.

— Pourquoi êtes-vous ici ?

— Je dois dire que vous avez les plus beaux yeux b – bruns ? – que j'ai jamais vus. Bruns. Hum, je dois reconnaître qu'ils ne sont pas comme dans mon souvenir. Mais ils vous vont bien.

Ça s'annonçait mal. Voilà un flic qui avait suivi ma trace jusqu'à une autre ville où j'avais opéré une transformation ressemblant beaucoup plus à un déguisement qu'à un changement de look. Bon Dieu, était-il possible qu'il ait découvert qui j'étais réellement, ou du moins qui j'étais autrefois ? Je n'avais aucune idée de ce que Domenic savait ou ne savait pas, et j'étais pratiquement sûre que, pour l'heure, c'était la fin de la partie. J'ai donc vidé mon verre parce que d'après ce que je savais, on ne pouvait pas se procurer de whisky derrière les barreaux, du moins celui qui est vieilli dans un fût, et non un liquide bidouillé dans des toilettes.

— À la bonne heure ! a approuvé Domenic.

Quelques autres clients sont arrivés au bar – Glen, un des mécaniciens de la station-service locale, et son copain George, l'électricien de la ville, dont l'essentiel de la clientèle habitait Jackson. Les deux hommes avaient leurs enfants à l'école primaire JAC.

— Miss Maze, a dit Glen en touchant un chapeau imaginaire.

— Messieurs, ai-je répondu avec un signe de tête en retour.

Domenic a observé l'échange et a souri. Il a profité de l'arrivée des nouveaux clients pour venir s'installer sur le siège voisin du mien. Ce qui nous a permis de converser à voix si basse que Sean ne pouvait nous entendre, même en se penchant sur le bar pour effacer une tache imaginaire.

— Comment Recluse vous traite-t-il ? a demandé Domenic.

— Bien, merci. Recluse s'occupe de ses affaires. Que peut-on demander de plus à une ville ?

— Un cinéma, peut-être ?

— Nous avons l'essentiel ici.

— Ça vous suffit ?

— Qu'est-ce que vous voulez ? ai-je répété

Nous allions bien finir par y arriver et j'avais l'impression de me désintégrer à l'intérieur.

— Je veux connaître votre secret, m'a chuchoté Domenic à l'oreille.

J'en ai eu des frissons dans le dos. Des frissons agréables, je regrette de l'avouer.

— J'en ai peut-être plus d'un.

— Je *sais* que vous en avez plus d'un.

— Est-ce qu'il y a un moyen de vous convaincre de partir ? ai-je demandé.

— Oui. Si vous partez avec moi.

— C'est une petite ville ici, au cas où vous ne l'auriez pas remarqué. J'ai une réputation à tenir.

— Ah, je ne voudrais pas compromettre votre réputation, miss Maze. Si je vous retrouvais devant l'école dans une heure ?

— L'école ?

— C'est là que vous habitez, non ?

Et hop, retour sur les sables mouvants. Mais cette fois-ci, je commençais à me débattre et à m'enfoncer.

— Une demi-heure, a-t-il dit en partant.

J'aurais dû m'isoler dans l'intervalle. Il est en général sage d'avoir la tête claire – ou du moins la tête aussi claire que l'était la mienne deux whiskys plus tôt – quand on doit faire face à une variante humaine inconnue, mais j'avais les nerfs qui s'entrechoquaient comme le trousseau de clés d'un concierge. Sean a dû percevoir les vibrations qui se dégageaient de ma personne.

— Ça va ? m'a-t-il demandé en me versant une autre dose de retard à l'allumage.

— Nickel.

— Un ex ?

— Qu'est-ce qui vous fait dire ça ?

— Parce qu'on dirait que vous essayez de faire entrer un ours dans un trou d'écureuil.

— C'est une comparaison peu banale.

— Je ne suis pas sûr que quelqu'un d'autre la comprenne, si ça peut vous consoler.

— Un peu, ai-je dit en posant quelques billets sur le bar.

— Vous partez?

— J'ai dépassé ma dose habituelle, je travaille demain matin et j'ai un cours important sur l'achat de la Louisiane, alors j'ai intérêt à ne pas faire d'erreur sur les chiffres parce que s'il y a une chose que j'ai apprise en faisant la classe à des gamins de cet âge-là, c'est qu'ils aiment savoir combien coûtent les choses. Même des choses qu'ils ne pourront jamais acheter, comme le tiers des États-Unis.

Je me suis laissée glisser du tabouret et j'ai constaté que mes jambes étaient beaucoup moins fiables que lorsque j'étais arrivée au Lantern.

— Soyez sage, a dit Sean d'un ton plus appuyé que je ne l'aurais souhaité.

— Trop tard!

Je suis retournée à l'école en marchant à peu près droit. En approchant des marches de pierre de la bâtisse victorienne, j'ai commencé à chercher Domenic. J'ai fait le tour complet de la maison. Revenue devant, je me suis assise sous la véranda comme je le faisais avec Andrew presque tous les après-midi et j'ai attendu quelques minutes. Peut-être Domenic avait-il du retard. J'ai nourri l'espoir idiot qu'il avait finalement renoncé à faire ce qu'il avait prévu. Ou que peut-être, en tant qu'officier de police, il avait été appelé pour s'occuper d'un crime. Il devait avoir des obligations civiques plus pressantes qu'une instit cachotière avec une nouvelle coiffure.

Au bout d'un quart d'heure, je me suis levée, ai épousseté ma robe et suis allée jusqu'à l'entrée sur le côté qui menait à mon humble demeure. J'ai mis ma clé dans la serrure, mais la porte était déjà ouverte.

Ma lampe de chevet était allumée et Domenic était allongé sur mon lit, en train de lire mon exemplaire broché et fatigué de *Fugue au Metropolitan.*

C'est à peine s'il a levé les yeux quand je suis entrée.

— Qu'est-ce qui vous a pris si longtemps ? a-t-il demandé.

— Je suis restée boire un autre verre.

L'œil toujours fixé sur sa page, il a dit :

— Je me souviens de ce livre. Quand même, c'est vrai qu'enfant, on s'imagine pouvoir tout faire. Vivre dans un musée, devenir président, pénétrer dans un garage de voitures d'occasion et aller faire un tour en Corvette, voler dans les airs.

— Vous avez cru pouvoir voler ?

— Brièvement. J'étais peut-être un peu défoncé sur le moment.

— Ça explique tout.

— Oui, mais en devenant adulte, on se rend compte qu'on est tenu par les lois de la nature et de la société. Ce qui restreint le champ d'action de certains, j'imagine.

Domenic a fermé le livre et l'a reposé sur ma table de nuit.

— Il faut qu'on parle, a-t-il dit.

30 juillet 2013
Destinataire : Jo
De : Ryan
Il y a une chose qu'il faut que tu saches et je ne voulais pas que tu l'apprennes lors d'une de tes plongées de routine dans ton passé. Tu as été offi-

ciellement déclarée morte. Ta mère a fait les démarches juste après le septième anniversaire de ta disparition.

On ne te recherche plus. J'espère que ça t'aidera à faire ta vie. Les gens parlent encore de toi, mais personne ne croit qu'on te retrouvera un jour. Peut-être que tu pourras trouver une certaine paix en coupant les liens avec le passé. Peut-être qu'il est temps pour nous de couper les ponts.

Fidèlement, R

15 août 2013
Destinataire : Ryan
De : Jo
Je suis morte il y a sept ans. Le temps officiel ne m'intéresse pas. Par curiosité : que disent les gens à mon sujet ? Comment suis-je morte ?

1er septembre 2013
Destinataire : Jo
De : Ryan
Tu veux vraiment savoir tout ça ? N'oublie pas que la plupart des rumeurs ont été répandues par des gens avec qui tu étais au lycée. Tu connais le genre de mensonges que les gens racontent.

13 septembre 2013
Destinataire : Ryan
De : Jo
Ryan, s'il y a une chose que tu sais mieux que personne, c'est raconter un mensonge. Allez, lâche le morceau. Je veux tout savoir. Je veux aussi que

tu me parles de ton bonheur domestique. Je vois les photos que ta femme diffuse pour que tout le monde en profite. Tu as l'air beaucoup plus heureux que tes e-mails pleins de mauvaise conscience ne le laissent supposer. Si pour une fois tu me disais la vérité. Même si elle est cruelle.

25 septembre 2013
Destinataire : Jo
De : Ryan

Eh bien voilà. Comme tu n'as jamais été retrouvée, il est communément admis que tu t'es suicidée en te noyant dans Moses Lake après avoir quitté l'hôpital. Tu as accroché quelque chose à ta cheville et tu t'es jetée dans l'eau. D'après certaines versions, c'était une vieille ancre, d'après d'autres, c'était la base du panneau de stop que tu as piqué pendant cette fameuse chasse au trésor. Roger Bly (ce dingue des Sudistes en classe d'histoire des États-Unis) est persuadé qu'il s'agissait d'un simple sac plein de grosses pierres. Edie pense que tu t'es finalement rendue à San Francisco et que tu as sauté du Golden Gate. J'ai entendu quelques histoires plus fantaisistes. Tu as fait du stop et été assassinée sur la route – l'une des milliers de disparues qui sont les victimes d'un agresseur inconnu. Et puis, il y a Eunice qui, tu t'en souviens, a une imagination très noire. Eunice croit que ta mère t'a assassinée parce qu'elle avait honte, et qu'elle t'a ensevelie très profond dans les bois derrière chez vous.

Ça te suffit ?

11 novembre 2013
Destinataire : Ryan
De : Jo

Tu te souviens de la sensation qu'on a quand on se noie ? Tu n'en connais que la première phase. Cet étau qui t'enserre la poitrine. Ça fait mal. Ça fait probablement plus mal que ce que tu as ressenti. Mais ensuite, ça s'atténue, et quand tu es sur le point de perdre conscience, ça ne fait plus mal du tout. C'est même assez agréable. C'est pourquoi les gens disent que se noyer n'est pas une si mauvaise façon de mourir. Parce que la fin est paisible. J'aurais dû te donner cette paix. Mais comment aurais-je pu savoir qu'en te sauvant la vie, je bousillais la mienne ?

La noyade me conviendrait tout à fait. Faisons comme si j'étais morte de cette façon-là. Quand tu penses à moi, imagine-moi avec une magnifique vieille ancre accrochée à ma cheville, au fond de la baie de San Francisco.

Puisque je suis morte, tu n'entendras plus parler de moi. Adieu, Ryan.

Jo

14

— Faites comme chez vous, ai-je dit assez sèchement. Mais pas trop.

— Vous avez laissé les clés sous la plante crevée, a dit Domenic.

— Ce n'était pas exactement une invitation à entrer.

— Ce que je voulais dire, c'est que vous n'avez pas l'air d'être ce genre de fille.

— Le genre à laisser ses clés sous des plantes crevées ?

— Non, le genre confiant.

— En effet.

— Et pourtant, vous avez laissé les clés de votre logement dans la cachette la plus classique après le paillasson.

— Je n'ai pas de paillasson.

— Ce qui m'a facilité la tâche pour trouver la clé.

— Qu'est-ce que vous voulez, Domenic ?

— Vous comprendre.

— Il y a peu de chances.

— Chiche !

Je ne parvenais toujours pas à déchiffrer cet homme. Pourtant, avec les années, j'avais appris à déchiffrer les hommes après m'être plantée si superbement sur quelques-uns que j'avais tout perdu. J'ai remarqué que Domenic avait ôté bien proprement ses chaussures à la porte, obéissant à un règlement intérieur tacite. Il s'était également abstenu de fouiller dans mes affaires, ce qui aurait été l'étape suivante pour quelqu'un qui voulait me comprendre. J'ai apprécié ces petits témoignages de courtoisie et me suis dit que mieux valait tenter une approche hospitalière.

— J'ai faim, ai-je annoncé. Je vais me faire un sandwich au beurre de cacahuète et à la confiture. Vous en voulez un ?

— Je suis allergique aux cacahuètes.

— Vraiment ?

— Que ça ne vous donne pas des idées.

— Je ne pensais pas à mal. Je peux vous proposer autre chose ?

— Je ne dirais pas non à un sandwich à la confiture.

J'ai fait son sandwich en premier. Domenic l'a dévoré comme un garçon de douze ans après un match de ligue des juniors. Le temps que je tourne la tête, le sandwich avait disparu.

— Je dois avoir du saucisson italien dans le frigo. Vous aimeriez peut-être quelque chose de plus consistant ?

— Je ne m'attendais pas à ce que vous soyez si hospitalière.

— Et moi, je ne m'attendais pas à vous voir ici. Comment m'avez-vous trouvée ?

— Ça n'a pas été facile. Mais vous aviez dit que vous étiez dans l'enseignement. Tous ceux qui enseignent dans le public sont déclarés à la police, mais vous n'étiez pas sur cette liste. Alors, après le début de l'année scolaire, j'ai simplement commencé à téléphoner aux écoles privées qui, en général, ne respectent pas le protocole officiel.

— Quel travail ! Pour une fille avec qui vous aviez juste pris un hamburger.

— Peut-être. Mais j'ai pensé que ça en valait sans doute la peine.

J'ai préparé à Domenic un sandwich au saucisson et au fromage. Nous nous sommes assis à ma table de bridge et avons mangé en silence. J'avais une bouteille de bourbon correct offerte par Sean pour me remercier d'avoir sauvé l'enfant, alors je l'ai entamée. Vu le nombre de mes visiteurs…

Malgré la menace imminente d'être démasquée, j'ai pris plaisir à la compagnie de Domenic. En un sens, j'avais l'impression de vivre un moment parfaitement ordinaire, et l'ordinaire m'avait manqué. C'est vrai, je mentais à Domenic et lui avais menti depuis le début, mais il savait que j'étais une menteuse et je n'avais pas besoin de chercher à donner le change sur ce point. Vous n'imaginez pas à quel point c'est pénible de passer sa vie à jouer la comédie.

Domenic a avalé sa dernière bouchée de sandwich, s'est appuyé au dossier de ma chaise branlante et a soupiré d'aise comme s'il venait de terminer un festin de Thanksgiving.

— Ça n'était pas du luxe. Merci.

— Je vous en prie.

Il allait bientôt se mettre à parler et le charme de ce moment de bien-être serait rompu, mais je me suis efforcée de jouir de sa seule compagnie quelques instants encore. Domenic a fini son bourbon et je lui en ai servi un autre. Je me suis fortifiée aussi, tandis que dans mon esprit imbibé d'alcool se bousculaient variantes, échappatoires et ajouts de dernière minute pour combler les failles de mon histoire bidon.

— Qu'est-ce que vous fuyez ? a demandé Domenic.

— Qui dit que je fuis ?

— Moi.

— Ah, alors ça doit être vrai.

— Les femmes changent de coiffure, de vêtements, de couleur de rouge à lèvres, mais en général, elles n'essaient pas de ressembler à quelqu'un de complètement différent.

— Si, quand elles veulent que personne ne les trouve.

La vérité quand c'est possible.

— Vous avez décidé d'être honnête avec moi ?

— Faut voir.

— Je crois que vous êtes dans le pétrin. J'aimerais savoir si c'est vous qui êtes la cause des préjudices ou si vous faites partie des dommages collatéraux.

— Le second cas.

— Vous voulez bien me raconter l'histoire ?

— Pas vraiment.

— Plus tard, peut-être ?

— Vous avez l'intention de rester ?

— Combien de temps faut-il pour aller de Cleveland à Chicago en voiture ? a demandé Domenic.

Je ne savais pas où il voulait en venir, mais il demandait son chemin à la bonne personne.

— Environ cinq heures sur l'I-90. Pourquoi ? Vous voulez faire une excursion ?

— Et combien prend le voyage de Cleveland à Akron ?

— Je ne sais pas. Deux heures, peut-être.

Je n'étais pas particulièrement captivée par les sauts de puce entre États.

— Moins d'une heure, même avec de la circulation, a dit Domenic.

J'avais fait une boulette. Je ne savais pas comment au juste, mais je sentais que Domenic avait fait une déduction à mon sujet. Et défavorable. Il s'est levé comme s'il voulait partir, mais il titubait un peu. Il avait pris quelques verres au bar et nous avions sérieusement entamé mon bourbon salvateur.

— Vous n'êtes pas Debra Maze, a-t-il dit. Debra Maze était de Cleveland, dans l'Ohio. Elle est allée à l'école à Akron, Ohio. Elle saurait combien de temps il faut pour aller de Cleveland à Akron. Elle aurait probablement fait le trajet au moins vingt fois dans sa vie.

— Qu'est-ce que vous voulez ?

— Savoir qui vous êtes *vraiment*.

— Je ne suis plus personne.

Domenic a enfilé sa veste et glissé les pieds dans ses chaussures. Je me suis levée, j'ai pris ma clé, fermé le verrou et bloqué ma porte.

— Qu'est-ce que vous faites ? a demandé Domenic en s'approchant.

Il s'est arrêté à une dizaine de centimètres. Il avait une tête de plus que moi, et j'étais obligée de lever les yeux vers lui. Pourtant, à cet instant, je conservais un certain pouvoir. Il ne paraissait pas si sûr de lui que ça. Je le voyais à son regard circonspect.

— Vous avez trop bu, ai-je dit. Je dois vous empêcher de prendre la route : c'est ma responsabilité civique.

— Une hors-la-loi qui a le sens civique. Par exemple !

— On m'a traitée de bien pire. N'empêche, je ne peux pas vous laisser prendre la route dans votre état.

— Écartez-vous de cette porte. Je vous promets que je ne conduirai pas.

— Il n'y a pas de motels à Recluse. Vous le savez, ça ?

— Je dormirai dans ma voiture.

— Vous pouvez dormir ici par terre.

— Ma voiture est plus confortable.

— Alors, prenez le lit.

Domenic a retourné ma proposition dans sa tête un moment, puis s'est décidé. Il a ôté sa veste et ses chaussures. Puis il s'est penché vers moi et a chuchoté dans mon oreille. Il sentait le whisky et l'homme. Cette odeur musquée qui peut être écœurante ou enivrante selon la source.

— Vous avez peur de moi ? a-t-il demandé.

— Non.

Et en cet instant précis, c'était vrai. La peur n'avait rien à voir avec ce que j'éprouvais.

Il a posé la main sur ma nuque. Il avait des doigts chauds et fermes et il m'a embrassée. C'était comme la fois précédente, à cela près que le baiser était plus intime, parce que je connaissais un peu mieux Domenic maintenant. Il s'est écarté, indécis, comme s'il avait un dilemme moral. Parfois, il fallait que je me rappelle que certaines personnes me considéraient comme authentiquement mauvaise, ou à tout le moins suspecte.

Je l'ai poussé sur le lit et me suis mise à califourchon sur lui. Je l'ai embrassé, espérant lui faire oublier quelques instants celle qu'il me croyait être. Je me suis demandé combien de temps nous pourrions faire comme si nous étions un couple normal en train de baiser dans le sous-sol d'une école.

Nos vêtements sont tombés si vite que j'ai eu l'impression d'avoir eu une minute d'amnésie quand j'ai remarqué leur disparition. Être avec lui m'a paru aussi naturel que respirer. Il m'était aussi familier que les hommes que j'avais connus. Il a presque réussi à me faire oublier celui que j'essayais toujours de chasser de ma mémoire.

Après, Domenic m'a embrassée sur le front et regardée dans les yeux, l'air scrutateur, mais encore tendre ; une tendresse louche.

— Je t'en prie, dis-moi que tu n'as tué personne.

Ah, pour casser l'ambiance, difficile de faire mieux. Je suis sûre qu'il a vu l'éclair de souffrance suivie de colère qui m'a envahie. Rétrospectivement, c'était une question légitime.

— Je n'ai jamais tué personne, ai-je dit.

C'était un motif de fierté chez moi. Je n'étais jamais allée à la fac, n'avais jamais rien fait dans la vie. Mais je n'avais jamais tué un autre être humain. Et compte tenu des vies que j'avais menées jusque-là, ce n'était pas peu dire.

Domenic aurait sûrement pu continuer à dormir si un train avait déraillé devant la fenêtre. J'ai un réveille-matin dont la sonnerie ressemble à une corne de brume : un cadeau intéressé du directeur après que j'avais été plusieurs fois en retard pour la classe. Si vous viviez pendant sept ans au rythme des horaires des bars, vous auriez sans aucun doute l'impression d'avoir un *jet lag* permanent si vous deviez vous réveiller à sept heures pile cinq matins par semaine. En fait, je me suis parfois dit que mon rythme circadien me trahissait plus sûrement que ma façon peu conventionnelle d'aborder le programme scolaire.

J'ai pris une douche et passé une robe d'été à fleurs avec un cardigan, tenue que je revêtais les jours où je tenais à jouer mon rôle de prof de façon convaincante. Domenic continuait à ronfler tranquillement. Je me suis assise sur le lit à côté de lui pour écouter ce son réconfortant : celui d'un autre être humain en paix. J'ai pris le revolver de Blue dans la table de nuit, l'ai mis dans une pochette en papier que j'ai glissée dans mon sac. J'ai laissé un verre d'eau sur la table de nuit et suis sortie par la porte de derrière. J'ai fait un saut jusqu'à ma Cadillac pour cacher l'arme dans la boîte à gants. Puis j'ai monté les marches de l'école primaire John Allen Campbell pour aller trimer une nouvelle journée.

La division posée a occupé la matinée. Je me débarrassais toujours en premier des matières les plus fastidieuses. Lorsque la cloche de la récréation a sonné, mes élèves ressemblaient à des condamnés à mort à qui l'on aurait juste accordé un sursis. Je me suis assise sur le banc, mon poste habituel, la tête penchée en avant tant j'étais épuisée. J'ai entendu un sifflement et levé les yeux.

— Maîtresse ! a dit Domenic en me faisant signe de venir jusqu'à la grille.

Je me suis approchée, essayant de percer à jour son expression. Ce n'était pas comme si la nuit avait tout changé. Il était flic ; j'étais en cavale. Il n'avait pas deviné tous les détails, mais il s'était fait une idée.

— Salut, marmotte, ai-je lancé.

— Merci pour ton hospitalité.

— C'est comme ça que ça s'appelle, maintenant ?

— J'ai une question à te poser : c'est ta Cadillac qui est garée à l'arrière ?

— Oui, ai-je dit.

La voiture était immatriculée au nom de Debra Maze, alors cela devait être sans risque de l'admettre.

— Sacrée voiture pour une cavale.

— Cadeau d'une vieille amie.

— Tu as prévu de rester dans le secteur un moment ? a demandé Domenic.

Bonne question. Et je n'avais pas la réponse. J'ai haussé les épaules.

— Si jamais tu as envie de parler ou de te confesser… ou autre chose, tu as mon numéro, a-t-il dit.

— Quelle conscience professionnelle !

Domenic a refermé les mains sur le grillage. Ses doigts ont effleuré les miens.

— À bientôt, Debra.

J'ai entendu Margo pleurer à l'autre bout de la cour. Elle était en train de jouer au foot, et après avoir passé un long week-end à regarder des matchs de ligue 1 sur ESPN, elle s'était mise en tête de faire des plongeons. Mais l'asphalte et le plongeon font très mauvais ménage.

— Il faut que j'y aille. Je dois m'occuper d'une blessure simulée.

— Ne fais pas de bêtise, a dit Domenic.

— Comme quoi, par exemple ?

— T'enfuir.

15

— Qui c'était, ce mec canon ? a demandé Cora quand je suis retournée vers le banc.

— Un vieil ami, c'est tout.

— Un ami d'où ?

La cloche a sonné. Jamais je n'avais été aussi contente de retourner en classe. La deuxième leçon du jour portait sur les thermomètres à faire à la maison avec des bocaux, des pailles, de la pâte à modeler et de l'alcool à 90°. Ce n'était pas aussi amusant que je l'avais espéré, car nous n'avions aucune source de chaleur dans la pièce pour illustrer la montée de la température. Billy Peters était si impatient de tester son produit bricolé qu'il a sorti un briquet de sa poche et l'a allumé sous le verre.

Les briquets ne sont en général pas admis à l'école, et j'ai dû le confisquer. C'était l'un de ces objets en métal chichiteux, sur le dos duquel étaient inscrites les initiales JP. J'ai lancé à Billy un regard qui lui montrait bien que je savais qu'il l'avait piqué. Je lui ai adressé un autre regard pour lui faire savoir que je ne le dénoncerais pas. Je ne suis pas une balance, ce que certains considèrent peut-être comme une qualité, mais qui, je le sais, est mon talon d'Achille.

Je ne me souviens pas à quelle heure j'ai entendu frapper à la porte extérieure. Longtemps après l'heure où je m'étais couchée, en tout cas. Les coups m'ont tirée d'un sommeil profond. Le cœur battant, je me suis redressée dans mon lit, cherchant ma respiration et désorientée par un cadre qui ne m'était toujours pas familier.

Trois autres coups réguliers m'ont fait passer de l'état comateux à une vigilance totale. J'ai supposé que Domenic était revenu pour poursuivre notre conversation ou en entamer une autre. Il n'y avait pas d'œilleton à la porte latérale. J'ai ouvert comme si j'attendais une visite. Ce n'était pas celle que j'escomptais.

Le type était devant moi. Toujours le même ensemble pantalon beige et chemise bleue moches qu'il portait quand je l'avais vu traîner devant la cour de l'école. Il avait un aspect si terne que je n'ai pas eu peur, ce qui était une erreur. J'étais seule dans l'école pendant les sept prochaines heures. Si je hurlais, personne ne m'entendrait.

— Bonsoir, madame, a-t-il dit.

— Ce serait plutôt bonjour. Un peu tard pour une visite, vous ne croyez pas ?

— Je vous prie de m'excuser de passer à une heure pareille, mais je voulais être sûr de vous trouver toute seule. J'avais l'intention de venir hier soir, mais vous étiez occupée.

— Je ne crois pas que les présentations aient été faites.

L'homme à l'aspect ordinaire a tendu la main d'une façon parfaitement ordinaire, comme si nous avions un rendez-vous professionnel.

— Jack Reed. Enchanté, a-t-il dit.

J'étais persuadée d'avoir enterré Jack Reed dans un parc d'État quelques mois auparavant. Mais ce n'est pas le genre de choses que vous dites à quelqu'un que vous rencontrez pour la première fois.

— Je vous écoute, monsieur Reed, ai-je dit en lui serrant la main.

— Vous ne seriez pas par hasard Debra Maze, de Cleveland dans l'Ohio ?

— La plupart des gens ici m'appelle juste miss Maze.

— Eh bien, miss Maze, si vous me disiez où se trouve ma femme sur cette planète perdue ?

— C'est la première fois que je vous vois. Pourquoi saurais-je où se trouve votre femme ?

Jack a fait quelques pas vers moi. Il me soufflait dessus à présent. Il sentait l'Old Spice, la sueur et le pourri. Ce n'était pas une bonne odeur virile.

— Blue vous a peut-être raconté deux ou trois histoires sur mon compte. Dites-moi la vérité : elle vous a dit des choses ?

Il avait les yeux si foncés que je voyais à peine ses pupilles. Il ne semblait plus aussi ordinaire. J'aurais pu faire l'idiote un peu plus longtemps, mais je n'en voyais pas l'intérêt.

— Peut-être, ai-je dit.

— Alors, je vous repose la question, madame. Où est ma femme ?

— Je-ne-sais-pas, ai-je martelé.

Ses mains se sont refermées sur mon cou, et ont serré lentement. Une étreinte de boa constrictor. Cela m'a donné amplement le temps de penser à ce qui m'arrivait, d'avoir conscience de chaque respiration manquée, de me sentir lentement sombrer dans l'inconscience. Il a relâché son étreinte juste avant que je ne perde pied. J'ai hoqueté et inspiré, comme en remontant d'une plongée profonde. Il m'a giflée d'un revers de main avant que j'aie pris mon plein d'oxygène.

— Où est ma femme ? a-t-il redemandé.

Avant que j'aie pu répondre, il m'a donné un coup de pied dans le ventre. Je me suis alors demandé quels traits de caractère chez lui avaient pu attirer Blue au départ.

— Vous êtes riche ? ai-je demandé.

— Pardon ? a dit Jack, visiblement désarçonné par la question. Vous n'êtes pas en train de songer à m'extorquer du fric ?

— Oh là non ! ai-je dit, toujours hors d'haleine. J'essaie juste de comprendre pourquoi Blue vous a épousé. Parce que vous n'avez pas une seule des qualités qu'on attend chez un mari.

Il m'a envoyé un autre coup de pied.

— Vous vous croyez maligne ?

— Je ne dois pas l'être. Sinon, j'aurais anticipé cette visite.

— Où est ma femme ?

J'ai rampé jusqu'au coin de la pièce pour mettre

de la distance entre lui et moi, espérant éviter un autre coup. Privé d'oxygène, mon cerveau moulinait pour trouver une issue et sortir de ce labyrinthe infernal.

— Nous avons échangé, ai-je dit. Elle a pris mon ancienne identité et moi, j'ai la sienne à présent.

Les mains de Jack se sont détendues. Je lui avais enfin donné le genre d'information dont il pourrait se servir.

— Continuez.

— Elle s'appelle désormais Amelia Keen. Née en 1986 à Tacoma, État de Washington. Je crois que j'ai de vieilles pièces d'identité dans ma voiture. Je vous donnerai tout ce dont vous avez besoin, y compris son numéro de Sécurité sociale – à cela près qu'elle fait peut-être profil bas, et qu'elle peut avoir changé son nom de famille en Lightfoot. Je n'en sais rien. Je n'ai eu aucun contact avec elle depuis que nous nous sommes séparées à Austin.

Jack a reculé et m'a laissé la place de me relever. Il m'a galamment ouvert la porte. J'ai ramassé au passage mes clés de voiture sur le bureau et suis sortie. Le contact brutal de l'air froid a renforcé mon niveau de vigilance. Ma voiture était garée à vingt mètres seulement, mais j'ai eu l'impression de faire trois kilomètres.

J'ai ouvert la portière du passager, me suis assise sur le siège et j'ai ouvert la boîte à gants. J'y ai plongé la main, ai saisi le revolver et l'ai braqué sur le front de Jack.

Il n'a pas reculé. J'ai vu qu'il cherchait une façon de se tirer d'affaire et je n'avais pas besoin de ça. Je lui ai donc tiré une balle dans l'épaule. Alors, il a reculé. Enfin, titubé, plutôt. J'ai quitté le siège du passager, fait le tour de la voiture et suivi l'exemple de Blue.

— Montez dans le coffre, Jack.

— Maintenant, je vais devoir vous tuer, a-t-il répondu.

— Ça me paraît peu probable dans l'immédiat, parce que c'est moi qui ai une arme, mais je ne peux pas vous blâmer d'avoir des rêves. Maintenant voulez-vous grimper dans ce coffre avant d'avoir mis du sang sur tout le parking. Vous faites des saletés partout.

Jack a ronchonné, marmonnant des insultes et cherchant une façon de se tirer du pétrin où, reconnaissons-le, il s'était mis lui-même.

— Jack, je vais vous coller une balle dans un endroit moins agréable si vous ne montez pas dans le coffre tout de suite.

Il a réfléchi et en est arrivé à la conclusion qu'il y avait des endroits pires que l'épaule pour recevoir une balle. Il est monté dans le coffre. J'ai rabattu le hayon, jeté un coup d'œil dans le parking pour m'assurer que personne n'observait la scène. Puis je suis montée dans ma Cadillac et j'ai démarré. Je n'avais pas de destination particulière en tête. J'avais besoin de temps pour réfléchir aux options que j'avais et décider le genre de personne que j'étais, celle que j'étais devenue et celle que j'allais être.

J'ai roulé au hasard pendant deux heures. Jack s'est mis à envoyer des coups de pied pendant les vingt dernières minutes. J'ai eu peur qu'il ne décroche le feu arrière, ce qui risquerait d'attirer l'attention de la police de la route. J'étais devenue très bonne pour réfléchir rapidement, mais expliquer la présence dans son coffre d'un homme blessé par balle est une entreprise ambitieuse.

Je suis arrivée à Bitter Creek Road et me suis souvenue de l'avoir empruntée lors de notre expédition de pêche malencontreuse. Dead Horse Lake serait désert à cette heure de la nuit et j'ai refait le trajet de mémoire. Les pleins phares de ma voiture parvenaient à peine à percer l'obscurité, mais j'ai fini par trouver le lac et ai arrêté la voiture dans la clairière. Les ruades de Jack dans le coffre se sont calmées quand la voiture s'est mise à cahoter sur le chemin raboteux. J'ai passé la marche arrière, reculé le plus près possible du bord de l'eau et coupé le contact. J'ai pris le revolver, fait le tour de la voiture et ouvert le coffre.

J'ai tiré une balle dans la tête de Jack et une autre dans son cœur. Je me suis dit que ce serait plus humain qu'il n'ait pas le temps de penser à sa mort, bien qu'il y ait probablement beaucoup pensé pendant les deux heures de notre trajet. J'avais envisagé la situation sous tous les angles pendant que je roulais sans but précis et un fait très simple s'était imposé : c'était Jack ou moi. Si je ne le tuais pas tout de suite, je passerais le reste de ma vie à me sentir menacée. Ce n'est pas une décision que j'ai prise à la légère.

Il y avait un vieux bateau à rames sur la rive. Je l'ai traîné jusqu'au pare-chocs de ma voiture, ai transféré Jack dans le fond de l'embarcation et jeté l'arme à côté de lui. Rassemblant toutes mes forces, j'ai tiré, poussé, traîné le bateau jusqu'à la rive et l'ai mis à l'eau. Je suis montée dedans, les pieds de part et d'autre du corps et j'ai ramé jusqu'au milieu du lac. Avec tous ces efforts, je transpirais, mais l'air froid me faisait frissonner. La sueur est devenue glacée dans mon dos. J'ai jeté le revolver dans l'eau.

Mon plan de larguer Jack dans le lac était un peu foireux. Je ne pouvais pas lui faire quitter le bateau sans aller à l'eau moi-même. Je me suis levée, ai mis le pied sur le rebord et renversé le bateau. Jack et moi sommes tombés ensemble dans le lac glacé. Je l'ai regardé s'enfoncer sous l'eau avec l'arme. Les deux semblaient devoir être ensevelis ensemble. Pendant que je faisais du sur-place en disant une prière silencieuse pour Jack, j'ai perdu de vue les rames.

J'avais le cerveau embrumé par le froid et étais engagée dans une course contre la montre avec l'hypothermie. Renonçant à retrouver les rames et à remettre le bateau d'aplomb, je suis repartie vers la rive. J'ai nagé tête baissée, me battant contre le vent qui m'arrivait de face, ignorant la douleur lancinante qui me transperçait du bout des doigts jusqu'aux orteils.

Une fois arrivée à terre, j'ai rampé jusqu'à ma voiture, ôté les clés du coffre, suis montée sur mon siège, ai mis le contact et le chauffage, que j'ai monté à fond, et je suis rentrée à la maison avec mon pyjama trempé.

Tout était calme et silencieux à l'école primaire

JAC. Les phares ont illuminé les taches de sang de la blessure de Jack, aussi me suis-je garée par-dessus en attendant d'avoir imaginé une solution. Je me suis précipitée à l'intérieur et j'ai foncé sous la douche, dont j'ai laissé l'eau brûlante me ramener à la vie.

C'est alors que j'ai pris conscience de ce que j'avais fait. En un sens, j'avais agi en légitime défense, et peut-être cela entrait-il en ligne de compte que Jack Reed soit un vrai salaud. Mais toujours est-il que j'avais tué un homme. Quand vous mettez fin à une vie humaine, cela vous change. Cela ne change pas seulement la façon dont vous voyez le monde ou vous-même. Cela vous transforme jusqu'à la moelle, et altère votre ADN. Toutes les idées que j'avais eues sur moi-même, sur mon honnêteté foncière, ne m'offraient plus un point d'appui aussi solide désormais.

Je suis sortie de la douche quand j'ai compris que rien ne me rendrait plus jamais propre. J'ai bu le reste du bourbon et essayé de dormir.

Tandis que le sommeil me gagnait, je me suis demandé si tout cela faisait partie du plan de Blue depuis le début. Le revolver, l'échange d'identités, l'enterrement du pauvre bougre que j'avais pris pour Jack. Blue se doutait-elle que Jack me retrouverait ? Si elle avait soigneusement préparé tout ce plan, une partie ne collait pas : comment pouvait-elle savoir que je serais capable de le tuer ?

Mon sommeil alcoolisé a été peuplé de rêves dont le détail n'intéresse que moi. Au moment où je me suis réveillée, j'ai cru être encore dans le cauchemar original, pas dans ce nouveau. Ce n'est que lorsque mes pieds nus ont touché le tapis fatigué que je me suis souvenue de ce que j'avais fait.

J'avais travaillé dur pour devenir Debra Maze, et je n'étais pas vraiment prête à renoncer à elle. Jack Reed était parti et ne reviendrait pas. D'après ce que j'avais vu, il n'y avait pas de témoins. Alors, je me suis brossé les dents, lavé le visage, j'ai passé une robe d'été bleue et primesautière, vérifié qu'il n'y avait pas de sang sous mes ongles et suis arrivée avec un quart d'heure d'avance pour les cours.

Étant donné que j'avais eu d'autres occupations la veille, je n'avais pas préparé mes cours. Tandis que mes élèves entraient en rang, j'ai regardé leurs visages innocents et compris que je n'étais plus digne de faire ce travail. J'avais l'impression de souiller leur âme rien qu'en étant dans la même pièce qu'eux.

— Miss Maze ! Miss Maze !

Je ne sais pas combien de fois Andrew a répété mon nom avant que je sorte de mon hébétude.

— Oui ?

— Ça va ? Vous avez l'air malade.

— Tout le monde prend son cahier. Je veux que vous écriviez une page sur ce que vous voulez être quand vous serez grands, une page sur ce que vous voulez être si ce premier choix ne se réalise pas, parce que parfois, les choses ne vont pas comme on le souhaiterait. Et une page sur ce que vous feriez si vos deux premiers souhaits ne se réalisaient pas. Et puis vous m'écrirez deux pages sur LA chose que vous ne voulez être en aucun cas. Il ne faut surtout pas laisser votre vie partir en vrille.

Il était temps que je pose ma craie et ma règle, à en croire les regards de détresse qui convergeaient vers moi. Le seul élève qui ne me regardait pas comme si je portais une camisole était Andrew. Il a sorti son cahier et son stylo et s'est ostensiblement mis au travail.

— Je peux faire le devoir à l'envers ? Commencer par ce que je ne veux absolument pas faire ? a-t-il demandé.

— Pas de problème.

La classe s'est mise au travail. J'ai tourné le dos à mes élèves et étudié les cartes routières des États-Unis, pour réfléchir au trajet vers ma prochaine destination.

Fin des cours. J'ai commencé à préparer mes bagages. Il faudrait que je me débarrasse de ma voiture au plus vite, ce qui voulait dire laisser l'essentiel de ce que j'avais. J'ai compté l'argent gagné après trois mois de salaire. Je ne pouvais pas rester pour attendre le quatrième. Déduction faite de mon loyer, de ma nourriture et de mes consommations au Lantern, il me restait juste un peu plus de 1 800 dollars. Ce n'est pas grand-chose quand on est en cavale. Avec la bière et les taxes, ça va vite. J'ai écrit un message au directeur en disant que j'avais un imprévu et devais aller voir un de mes proches malade, et que je serai de retour dès que possible. Personne ne me croirait, mais je me suis dit que ça me laisserait un ou deux jours de répit.

J'aurais voulu remercier M. Collins de m'avoir donné une chance, j'aurais voulu dire au revoir à Cora, aller prendre un dernier verre au Lantern et embrasser Sean. J'aurais voulu lui dire qu'il était un type bien et que s'il voulait quitter Recluse, il était encore temps. Je n'ai rien pu faire de tout cela. Assurément, tout le monde se passerait sans dommage d'un au revoir en bonne et due forme de ma part.

Mais Andrew était différent. Je ne pouvais pas disparaître sans un mot pour lui. Je suis retournée dans la salle de classe, j'ai détaché les cartes routières du tableau, les ai bien proprement pliées une par une et les ai mises dans une enveloppe. Il y avait tant de choses que j'aurais voulu lui dire, mais je ne pouvais pas outrepasser les limites de mon rôle. Je me suis contentée d'écrire sur l'enveloppe : *Cher Andrew, Tu auras peut-être besoin de ces cartes un jour.* Et j'espérais que ce serait le cas.

J'ai tiré la fermeture Éclair de ma valise, mis celle-ci dans le coffre de ma voiture et suis retournée dans l'appartement que j'avais appelé mon chez-moi pendant près de trois mois pour le passer une dernière fois en revue. C'est alors que j'ai eu l'idée d'effacer mes empreintes. J'ai ôté la taie d'oreiller de mon lit et entrepris de frotter toutes les surfaces brillantes que je voyais.

Rétrospectivement, j'aurais mieux fait de partir tout de suite. Je pouvais faire disparaître toutes mes empreintes, mais ça ne rimait pas à grand-chose puisque mon ADN était partout.

On a frappé à la porte. J'ai mis l'argent dans mon

sac et jeté un regard circulaire dans la pièce pour voir si j'avais oublié quelque chose que je pouvais emporter. Je me suis assise par terre à côté du lit en espérant que mon visiteur inattendu finirait par renoncer, mais les coups ont continué.

— Je sais que tu es là, Debra. Ouvre.

C'était Domenic. J'ai saisi mon sac et ma veste et quitté mon appartement par l'accès à l'école, puis j'ai pris le couloir menant à la cuisine, où il y avait une porte de service à côté de l'office. J'ai ouvert la porte, me suis glissée dehors et j'ai traversé le massif d'arbustes courbée en deux. J'ai vu la voiture de Domenic garée à côté de la mienne, mais il n'était plus devant la porte de mon appartement.

J'ai longé la vieille demeure en marchant en crabe, essayant de repérer où il se trouvait. Peut-être était-il allé devant l'école en s'attendant à ce que je cherche à m'échapper par là. Peu de gens connaissaient la sortie de service. L'espace me séparant de la Cadillac était dégagé. Si je réussissais à partir maintenant, j'aurais assez d'avance pour qu'il ne puisse pas me rattraper, même avec le moteur V-8 de son pick-up. Toute ma vie j'avais pris des décisions au quart de seconde. Je ne peux évaluer la qualité d'aucune d'entre elles puisque je ne peux pas retourner en arrière et voir où m'aurait conduite l'autre terme de l'alternative. En tout cas, rester debout toute la nuit dans les massifs de l'école primaire John Allen Campbell ne m'avancerait à rien. Alors, j'ai foncé. J'ai couru droit à ma voiture. Me suis assise, ai emballé le moteur, reculé à fond la caisse pour dégager la Cadillac et suis sortie du parking. J'ai traversé Recluse et pris la direction de Greenborough, puis celle de Moorcroft. Quand j'ai vu les panneaux indiquant l'Interstate, j'ai cru que j'étais libre, ou libre à la façon dont je concevais la liberté désormais, et qui n'a pas grand-chose à voir avec celle-ci.

Juste au moment où je respirais à nouveau, j'ai eu le souffle coupé. Mon passager s'est penché sur la banquette et m'a chuchoté à l'oreille :

— Où va-t-on, Debra ?

J'ai zigzagué comme un serpent shooté à l'alcool sur la double ligne jaune. Des coups de klaxon ont retenti et on m'a fait des appels de phares tandis que je redressais la voiture et écrasais le frein.

— Ça n'est pas vraiment le véhicule idéal pour une grande virée à l'arrache. Mais cette Cadillac est superbe, je te l'accorde, a dit Domenic. Elle fait quel genre de kilométrage ?

— Médiocre.

— Je peux te demander d'où vient tout ce sang ?

L'espace d'une seconde, j'ai eu un blanc et me suis demandé de quoi il parlait, ce qui était mauvais signe.

— Quel sang ?

— J'ai remarqué une certaine quantité de sang sous ta Cadillac et à côté d'elle. Tu as une idée de ce dont il s'agit ?

— Non.

— Pourquoi le siège avant est-il tout mouillé ?

J'ai senti les mains de Domenic tâter l'arrière de mon siège.

— J'ai renversé du café, ai-je dit.

— Par-dessus ton épaule ?

Nous avons fini sur une route de campagne que je n'avais étudiée sur aucune de mes cartes. Je ne savais pas où elle nous mènerait, mais nous n'irions pas loin.

— Je sais que tu n'es pas Debra Maze, alors qui es-tu ?

— Personne.

— Qui est Debra Maze ?

— C'est juste une femme que j'ai croisée en chemin.

— Une femme disparue depuis plus d'un an. Pratique, non ?

— Tout le contraire, si tu réfléchis bien, ai-je rétorqué.

Domenic a poussé un grand soupir.

— Qu'est-ce que je vais faire de toi, maîtresse ? a-t-il dit du ton avec lequel un adulte s'adresse à un adolescent délinquant.

Mais il voyait bien que la situation était un peu plus inquiétante, je le savais.

— Et moi, qu'est-ce que je vais faire de toi ? ai-je demandé aussi.

Mais j'avais déjà pris ma décision.

Nous roulions à quatre-vingts kilomètres à l'heure environ. J'avais ma ceinture, mais Domenic, non. Il était toujours penché au-dessus du siège du passager, oublieux de tous les risques que comporte un trajet en voiture. J'ai écrasé le frein et dirigé le capot de la voiture vers la glissière de sécurité en béton. Le pare-chocs avant droit de cette merveille classique s'est gondolé comme une boîte de conserve en alu.

Domenic a voltigé par-dessus le siège avant et sa tête a heurté le tableau de bord, puis il a rebondi en arrière et est allé se coincer sur le sol, entre la banquette arrière et les sièges avant. Ses pieds se sont accrochés au volant. Il a gémi, ce que j'ai pris pour un signe encourageant. J'avais espéré ne lui infliger que des blessures minimes. Je ne suis pas exactement une reine de la cascade, mais j'ai fait de mon mieux. J'ai ôté ses pieds du volant, reculé pour dégager la voiture et me suis arrêtée sur la route un kilomètre et demi plus loin environ. J'ai trouvé une route transversale où les arbres formaient une arche compacte, et me suis garée sur le bas-côté.

Je suis sortie de la voiture, j'ai ouvert la portière du passager et déposé Domenic sur un coin de terre rocailleuse. Son front saignait légèrement, mais j'ai pensé que s'il voyait un médecin sans tarder, il n'aurait pas de problème. J'ai mis une vieille couverture sous sa tête, trouvé son téléphone portable dans sa poche et appelé le numéro d'urgence en me servant de mon index plié. J'ai donné ses coordonnées et décrit son état de mon mieux. J'allais partir quand Domenic a commencé à marmonner quelques paroles. Je me suis penchée et lui ai demandé s'il avait besoin de quelque chose.

— Soif, a-t-il dit.

J'ai trouvé une bouteille d'eau dans la voiture et la lui ai donnée.

— Je suis désolée pour tout ça, Domenic. Tu n'y

es pour rien. Quand on est en mode survie, on fait des choses dont on ne se serait jamais cru capable.

— Ne pars pas.

— L'ambulance ne devrait pas tarder. Essaie de ne pas t'endormir.

J'ai voulu me lever, mais Domenic a refermé la main comme un étau sur mon poignet.

— Qui es-tu ? Qui es-tu vraiment ?

— Je ne sais plus.

30 mars 2014
Destinataire : Jo
De : Ryan
Où es-tu ? Toujours en vie ?

19 juillet 2014
Destinataire : Jo
De : Ryan
Je sais que tu es en cavale. Je consulterai cette boîte mail de temps en temps, aussi longtemps que je pourrai. Si tu as besoin de quelque chose que je peux te donner, je ferai mon possible.
Pardon.
R

EMMA LARK

16

D'après mes calculs, il fallait compter une heure environ pour que Domenic soit retrouvé par les ambulanciers et ait assez récupéré pour leur fournir mon numéro d'immatriculation ou d'autres informations permettant de m'identifier. Ça devait me laisser deux heures environ pour me débarrasser de la voiture. J'ai pris l'autoroute 16 en direction de l'ouest et roulé cinquante minutes en veillant à ne pas dépasser les limitations de vitesse. J'ai regardé, envieuse, les autres voitures qui me laissaient loin derrière. Puis je suis sortie sur la I-25 en direction de Casper, Wyoming. J'avais cent quatre-vingts kilomètres et cent dix minutes pour réfléchir à ma destination suivante. Comme je n'avais pas d'identité solide en poche, il faudrait que je fasse profil bas. Je savais aussi que je devais mettre autant de kilomètres que possible entre moi et le corps du véritable Jack Reed, ainsi qu'avec Domenic et tous ceux qui m'avaient connue sous le nom de Debra Maze. J'ai trouvé la gare des Greyhounds à Casper, roulé encore un kilomètre et demi jusqu'au parking d'un centre commercial où j'ai garé la voiture avant de retourner au dépôt des autocars à pied. Je suis allée au guichet et j'ai acheté un billet pour Denver, Colorado. Je suis montée dans l'autocar à 1 h 05 du matin. Je n'ai pas dormi, ne perdant aucun des cahots, vibrations, ornières, arrêts techniques, bruits de chasse d'eau et annonces d'arrêt pendant les six heures qu'a duré le voyage. À dix heures du matin, l'œil battu, je regardais le tableau en noir et blanc des départs à la gare Amtrak de Denver. Il n'y a que deux voies pour sortir de Denver. Si vous allez à l'ouest, votre destination finale est soit Los Angeles, soit San Francisco. Si vous allez vers l'est, vous finissez à Chicago. Mon choix était simple : est ou ouest ?

J'avais une politique très stricte : éviter la côte Ouest. Aussi n'y avait-il pas à hésiter. Malheureusement, le California Zephyr m'amenait dans le voisinage du Wisconsin, l'ancien terrain de jeu de Tanya Dubois. Il faudrait que je sois très prudente pendant la halte.

Le Zéphyr ne partait que quatre heures plus tard, ce qui me laissait amplement le temps de trouver une autre voyageuse à qui je pourrais emprunter sa carte de crédit. J'avais le choix entre plusieurs femmes, dont le sac était en évidence. J'ai choisi celle qui avait les plus jolies chaussures, des escarpins à lanières qui pendaient de son talon pendant qu'elle somnolait sur un banc. Elle n'a pas bronché quand je suis passée à côté d'elle. Son sac était grand ouvert : j'aurais pu prendre directement son portefeuille. J'ai examiné les alentours : personne ne s'occupait de ses voisins. J'ai ôté ma veste et l'ai mise sur mon bras droit. Je suis repassée devant la femme, ai fait tomber mon téléphone devant son banc et en le ramassant, j'ai piqué son portefeuille dans son sac. Une fois hors de vue, j'ai pris sa carte de crédit et acheté un billet pour Chicago. Je me suis offert le luxe d'une cabine de wagon-lit. J'avais besoin de me reposer, et moins de gens me verraient tant que je ressemblais encore à la seconde Debra Maze, mieux cela valait. Ma bienfaitrice, Virginia White, avait aussi 182 dollars dans son sac. J'ai gardé une carte de crédit et le liquide, mais je ne voulais pas la laisser plantée là sans pièce d'identité.

Je me suis dirigée vers elle d'un air dégagé, projetant de laisser tomber le portefeuille dans son sac. Mais elle fouillait déjà dedans, paniquée. Je me suis dirigée vers l'autre bout de la gare et ai lâché le portefeuille, qui est tombé par terre. Peut-être qu'un bon Samaritain le trouverait et le lui rendrait. Pendant les quatre heures dont je disposais avant le départ du train, j'ai trouvé une friperie où j'ai acheté des vêtements de rechange et un petit sac à dos. Puis je suis allée dans un drugstore pour prendre de l'eau, des barres énergétiques et un téléphone jetable.

Je suis montée dans le train sans incident et j'ai dormi pendant les dix premières heures du trajet, ouvrant un œil de temps en temps pour boire de l'eau et refaire surface dans le cauchemar qu'était devenue ma vie. Quand j'ai eu assez dormi pour me remettre un peu des dernières quarante-huit heures, je me suis réveillée avec une faim si paralysante que le parcours jusqu'à la voiture-bar m'est apparu aussi ardu qu'une expédition de deux jours à travers le désert. Je me suis faufilée dans l'étroit couloir en titubant et en m'appuyant aux dossiers des sièges comme si je sortais d'une fiesta d'étudiants. Quand je suis finalement arrivée à la voiture désirée et me suis assise au bar, j'ai eu l'impression que le menu était écrit en langue étrangère.

La serveuse – je crois qu'elle a dit s'appeler Grace, à moins que ce ne soit moi qui me fasse un film avec les noms dans ma tête – a demandé si j'avais besoin d'aide. Je devais vraiment avoir l'air à côté de mes pompes. Je me suis avisée que je devais veiller à ne pas me conduire de façon à éveiller les soupçons, car les gens se rappellent mieux une personne au comportement bizarre qu'une autre. Je me suis fermement exhortée à me tenir normalement désormais.

— Qu'est-ce qu'il y a de bon? ai-je demandé.

— Tout.

J'ai admiré sa foi dans ce qu'elle vendait, mais ces deux derniers jours, j'avais pris tant de décisions complexes, difficiles et qui avaient changé ma vie que j'avais besoin qu'on me décharge de celle-ci.

— Je vais le formuler autrement, ai-je dit. Qu'est-ce que vous prendriez si vous veniez manger ici?

— Un burger. C'est ce que je commande toujours, a dit la Supposée Grace.

— Alors, un burger.

Il était correct, mais pas excellent. La vitesse à

laquelle je l'ai englouti allait conforter la Supposée Grace dans son opinion sur son plat préféré.

Quand elle m'a débarrassée de mon assiette, elle m'a demandé où j'allais. Comme je n'avais pas encore choisi ma destination finale, j'ai répondu :

— Chicago.

— Vous avez de la famille là-bas ?

— Dans le coin, oui.

J'ai pris un paquet de chips, des amandes, une pomme, et assez d'eau pour terminer le voyage. Les questions anodines mènent toujours à d'autres, plus personnelles, et pour l'instant, je n'avais pas de réponses. Je suis retournée à ma cabine. Assise à côté de la fenêtre panoramique, j'ai regardé le paysage défiler si vite que j'avais perpétuellement l'impression d'avoir raté quelque chose d'important.

Lorsque nous sommes arrivés dans le Nebraska, je m'ennuyais ferme. Tout commençait à se ressembler et je n'éprouvais plus de nostalgie pour le paysage que nous avions laissé derrière nous. J'ai commencé à regarder ma montre de façon compulsive tandis que la première partie de mon voyage touchait à sa fin. Les wagons-lits sont une bonne idée, mais chaque cabine est plus petite qu'une cellule et, à moins d'être habitué à un style de vie minimaliste, on s'en lasse très vite.

L'escale à Chicago m'a donné le sentiment éphémère d'une liberté jubilatoire. Mais je n'ai pas tardé à arriver à la conclusion réaliste que je ferais sans doute mieux de quitter le Middle West au plus vite. Si j'entrais dans un bureau de poste de Chicago, j'avais toutes les chances de me trouver nez à nez avec une photocopie un peu floue de mon visage punaisée à côté de la personne la plus recherchée par le FBI.

Il y avait plus de monde à la Union Station que dans l'intégralité de Recluse, Wyoming. Voyageurs, banlieusards et badauds se bousculaient autour de moi. J'avais l'impression de me trouver au milieu d'un essaim d'abeilles tant ce mouvement alarmait mes sens habitués au calme. Cela faisait longtemps que je ne m'étais trouvée dans l'agitation d'une grande ville. Je dois avouer que j'en avais la nostalgie. Cela m'avait manqué d'être invisible dans une pièce pleine de gens ou de me perdre dans une foule.

Dès que ce rêve optimiste a surgi, je l'ai piétiné. Qui dit grande ville dit appartement coûteux, supposant un boulot bien payé et officiel, deux choses qui demandent des références, un CV et surtout l'éternelle et maudite pièce d'identité, ce que je n'avais pas pour l'instant.

J'ai examiné le panneau des départs. La seule décision claire que j'avais déjà prise était de mettre autant de distance que possible entre le Middle West et moi. Il ne fallait que deux heures et demie en voiture pour aller à Waterloo, dans le Wisconsin, presque sans quitter l'I-94 si ma mémoire était bonne.

L'argent de Virginia White m'a permis d'acheter un billet à bord du Lake Shore Limited pour Albany, dans l'État de New York. J'avais six heures d'attente avant le prochain train, aussi ai-je mis mon sac à dos dans un casier et acheté deux journaux locaux en espérant ne pas découvrir un portrait-robot de moi à l'intérieur. J'ai trouvé un bar peu éclairé et peu fréquenté où la télévision ne diffusait pas une émission de sport plein pot et me suis assise en laissant quatre tabourets entre le seul autre client et moi.

— Qu'est-ce que je vous sers ? a demandé le barman.

J'ai commandé une bière, ouvert un journal et me suis rendu compte que la lumière ne me permettait pas de lire. Seulement voilà, pour une femme seule assise dans un bar, mieux vaut paraître occupée, même si c'est une occupation bidon. La plupart des hommes pensent vous faire une faveur en vous tenant compagnie, pour vous éviter la honte d'être seule en public.

Il n'a pas fallu longtemps pour qu'un autre voyageur vienne s'asseoir à côté de moi. J'ai crispé les épaules et levé mon journal dans une attitude défensive. Il y a des hommes qui auraient compris que mon langage corporel signifiait de façon très nette : NE PAS DÉRANGER. Mais certains ne savent lire que leur météo personnelle et ne se doutent même pas qu'un autre être humain puisse ne pas vouloir la même chose qu'eux.

Du coin de l'œil, j'ai vu qu'il portait une chemise froissée, que sa cravate était desserrée, son col élimé et jauni comme le deviennent les cols de chemise quand il n'y a pas de femme dans les parages pour dire qu'il faut en acheter une neuve. J'ai décidé qu'il était représentant de commerce. Ils sont obligés de travailler en costume et ils ont le chic pour poursuivre une conversation jusqu'à ce qu'ils n'aient plus de batterie. Mon coup d'œil rapide m'a donné tous les renseignements dont j'avais besoin. Le Représentant rangeait son argent près du corps – dans sa poche de poitrine pour être précise. S'il avait été dans un endroit plus accessible, j'aurais peut-être engagé la conversation. Mais en l'occurrence, ce type n'avait aucun intérêt pour moi.

Le Représentant n'avait pas encore commandé à boire qu'il m'avait déjà posé sa première question.

— Qu'est-ce que vous lisez ?

J'ai essayé de l'ignorer et gardé mon journal à la verticale devant moi comme un bouclier.

Il s'est éclairci la voix et a répété :

— Qu'est-ce que vous lisez ?

— Journal, ai-je répondu.

Parfois, si vous êtes laconique, votre interlocuteur adopte le même style de communication.

— Je m'appelle Howard.

— Mmm, ai-je marmonné.

Quand on ignore les gens, la plupart du temps ils ne vont pas plus loin.

— Vous avez un nom ?

J'ai abaissé mon journal et l'ai regardé droit dans les yeux.

— En fait, je n'en ai pas.

À coup sûr, pour arrêter la conversation, on pouvait difficilement trouver mieux.

Mais Howard refusait de se laisser décourager.

— C'est intéressant, ce que vous lisez ?

— Non.

Le barman s'est approché du représentant et a

pris sa commande. Du whisky de la maison. Le Représentant a liquidé son shot et tapé sur le bar avec son verre, qui a été aussitôt rempli. Il a de nouveau toussoté et s'est tourné vers moi.

— Vous avez un journal entier, non, deux journaux, et vous allez me dire qu'il n'y a rien d'intéressant dans les deux ?

La méthode laconique ne marchait pas, à l'évidence.

— Si vous en preniez un vous-même, vous pourriez trouver ce qui vous intéresse, ai-je dit en fixant les caractères noirs indistincts sur leur fond blanc.

— Ce que je disais, c'était juste pour causer, ma jolie, a dit le Représentant.

— Mais ça ne m'intéresse pas de causer, ai-je répliqué. Alors c'est bien simple. Vous voulez parler. Je ne veux pas. Je gagne.

— Les bonnes femmes, de nos jours ! a dit le Représentant. Aucune éducation.

— Non, en effet. C'était ça le sujet du mouvement de libération des femmes. Pas des droits égaux, mais le droit d'être mal élevée. Nous ne sommes plus obligées de faire la conversation par politesse. Alors trouvez-vous donc un autre moyen de vous occuper.

J'ai laissé tomber mon journal devant lui. Et j'ai quitté le bar.

Pendant ma brève lecture, je n'avais trouvé aucune allusion à moi, mais les journaux ne consacrent de la place aux drames familiaux que lorsque apparaissent de nouveaux développements. Il faudrait que j'aille dans une bibliothèque un jour prochain afin de me renseigner sur l'enquête concernant la mort de Frank.

J'ai déambulé sous les arches d'Union Station pendant une heure environ et me suis dégourdi les jambes en prévision du voyage à l'étroit qui m'attendait. Finalement, j'ai trouvé une place sur un banc à côté d'un ado dont la tête montait et descendait au rythme de la musique que ses écouteurs diffusaient à plein volume. On peut toujours compter sur les jeunes d'aujourd'hui pour s'occuper de leurs affaires.

17

Voyager à cent trente à l'heure me donnait l'impression que c'était le train qui fuyait à ma place. Comme je ne pouvais pas courir le risque de me servir encore de la carte de crédit de Virginia, j'avais pris un siège ordinaire à bord du Lake Shore Limited.

Je me suis rendue au wagon-bar après l'affluence du déjeuner. J'ai commandé un sandwich à la dinde et trouvé une table près de la fenêtre d'où j'apercevais l'essentiel du compartiment. Un coup d'œil circulaire m'a permis de repérer les enquiquineurs potentiels. Il y avait une ado, l'œil rivé sur son portable ; une petite famille avec des enfants qu'on essayait de faire tenir tranquilles ; et un vieux monsieur imposant et volumineux, vêtu d'un impeccable costume de tweed et qui ronflait si fort que la femme assise en face de lui a commencé à rassembler ses affaires. C'était une vieille dame, soixante-quinze ans peut-être, grande et mince, et qui avait probablement été une beauté dans sa jeunesse, à en juger d'après ses yeux bleus et vifs et ses pommettes saillantes. Elle avait les cheveux tout blancs, et une coupe courte et simple, sans doute faite de sa main. Quant aux rides profondes qui entouraient sa bouche et ses yeux, elles semblaient venir de l'habitude de sourire.

Elle a regardé dans ma direction et levé les yeux au ciel en désignant le ronfleur. J'ai souri, elle a souri et s'est approchée de ma table.

— Cela vous ennuie si je m'assois ? a-t-elle demandé.

Il y avait d'autres tables libres dans le voisinage, mais les voyageurs commençaient à arriver dans le wagon. À première vue, sa compagnie m'a semblé préférable à celle de pratiquement tous les voyageurs du train, et je ne pouvais guère me permettre de courir de risques. Il me restait encore dix heures de voyage.

— Je vous en prie, ai-je dit.

Elle s'est glissée dans le box face à moi et m'a adressé un clin d'œil. Chez elle, ça ne choquait pas.

— Pendant quarante ans, j'ai écouté mon mari scier du bois huit heures par nuit, sept jours sur sept. Quand il est mort, il m'a manqué, mais ce bruit-là, non, a-t-elle dit.

— Où allez-vous ? ai-je demandé.

— À Érié. Et vous ?

— Buffalo.

C'était l'arrêt d'après. Je lui avais posé la question la première pour ne pas avoir à donner ma destination finale. Et puis, si quelqu'un avait le signalement de Tanya Dubois ou de Debra Maze et disait que j'étais descendue à Buffalo, tout le monde penserait que j'avais filé au Canada. Ce qui ne serait pas une si mauvaise idée, pourvu que je puisse trouver une voiture avec quelqu'un qui accepte de me prendre dans son coffre.

— Vous allez en vacances ou vous rentrez chez vous ? ai-je demandé.

— Ni l'un ni l'autre, a-t-elle répondu plaisamment. Je vais garder mes petits-enfants pendant le week-end. Mon fils et ma belle-fille me présentent ça comme des vacances. Mais moi qui suis allée à Paris, il ne faut pas me la faire. Et vous ?

— Je vais voir une amie.

— Ce sont des vacances alors ?

— Si vous voulez, ai-je répondu.

Parfois je regardais le paysage et j'essayais de me persuader que j'étais en congé. Ça ne marchait jamais.

— Je m'appelle Dolores, a-t-elle annoncé. Dolores Markham.

En donnant son nom de famille, Dolores laissait entendre que moi aussi je devais donner le mien. Sinon, cela semblerait peu courtois, voire suspect ; mais peut-être ma paranoïa exacerbée jouait-elle des tours à mon sens du savoir-vivre.

— Enchantée, Dolores. Moi, c'est Emma Lark.

J'avais ce nom dans ma manche au cas où j'en aurais besoin d'un, mais je m'étais efforcée de rester aussi anonyme que possible pendant ce voyage. Je ne m'étais jamais entraînée à le mettre en bouche, aussi ai-je marqué une pause avant de le dire. Une pause très brève, une fraction de seconde, mais j'ai vu, à la façon dont le regard de Dolores a changé, qu'elle l'avait remarquée.

— Vous avez un visage très familier, Emma.

— Il y a des visages comme ça.

— Peut-être. D'où venez-vous ?

Son regard s'est rivé au mien, scrutateur mais bienveillant. Son sourire franc ne s'est pas démenti, mais elle me jaugeait en m'écoutant répondre à ses questions.

— Des environs de Seattle. Et vous ?

— De Madison.

C'était bien ma veine. Madison était juste à trente minutes de Waterloo, où Tanya Dubois était recherchée par la police. Ma tête avait dû s'étaler dans tous les journaux du coin. À mon avis, Dolores Markham savait exactement qui j'étais. Traverser le Middle West avait manifestement été une erreur de jugement. Depuis que j'avais tué Jack, mon cerveau avait des ratés.

— Madison, ai-je dit comme si c'était la première fois que j'articulais ce mot. J'en ai entendu grand bien.

— Vous n'y êtes jamais allée ?

— Non, jamais.

Je pouvais changer ma coiffure et mes yeux, mais pas l'ossature de mon visage. N'importe qui ayant une bonne mémoire des visages pouvait me reconnaître dans une parade d'identification. J'ai soutenu le regard de Dolores malgré mon cœur, qui me forait un trou dans la poitrine à force d'y cogner. J'ai gardé mon air calme et chaleureux tout en m'efforçant d'imaginer un plan.

— Un jour, peut-être, ai-je ajouté.

— Ce ne serait sans doute pas une bonne idée, a dit Dolores.

— Pourquoi ?

— Vous ressemblez comme deux gouttes d'eau à une femme recherchée pour meurtre là-bas.

La température du wagon a paru grimper de plus de dix degrés en cinq secondes. Mon esprit s'est transformé en labyrinthe : chaque coin débouchait sur un nouveau cul-de-sac.

Dolores me forçait à réviser tous mes plans. En ce moment, elle me paraissait fort peu sympathique. Mais il était hors de question de la tuer.

— Ça alors ! ai-je répondu.

— Oui, elle est recherchée par la police. Son mari a été découvert au bas de l'escalier, et elle a disparu. Pourquoi se serait-elle enfuie si elle était innocente ?

— Le vrai assassin l'a peut-être enlevée.

— Il n'y avait aucune trace de lutte et elle a pris son sac et au moins une valise.

Pour autant que j'ai pu en juger, Dolores prenait son pied à bavarder avec une meurtrière potentielle. Enfin, bien réelle maintenant. Mais Jack comptait-il vraiment ?

Si je m'étais levée et étais partie, cela aurait semblé suspect, alors j'ai laissé la conversation suivre son cours.

— C'est louche, en effet, ai-je dit.

— C'est intéressant, votre ressemblance avec elle.

— Il paraît que chaque personne a son sosie.

— Je ne suis pas convaincue que cette femme était coupable. Peut-être est-il mort de mort naturelle.

— Ou peut-être est-il tombé dans l'escalier.

Le haut-parleur a nasillé avant que la voix du contrôleur ne mette un terme à l'interrogatoire perspicace de Dolores.

Prochain arrêt : Érié.

Dolores est restée parfaitement immobile.

— C'est votre arrêt, non ? ai-je dit.

— En effet, a-t-elle répondu en rassemblant lentement son manteau et son sac. J'ai eu plaisir à bavarder avec vous, Tanya.

Si j'avais été debout, mes genoux auraient flanché. « Emma » ai-je soufflé sans conviction. À quoi bon ?

Dolores est descendue, mais d'ici à quelques minutes, elle aura alerté la police en signalant qu'elle avait vu Tanya Dubois. Je l'ai regardée marcher sur le quai et entrer dans la gare. Je me suis précipitée dans le couloir et j'ai sauté du train avant que les portières ne se ferment.

Je n'ai pas osé entrer dans la gare avant d'être sûre que Dolores était partie. Je suis allée au bout du quai et me suis assise sur un banc pendant une demi-heure, en contrôlant ma respiration et en essayant de calmer mes nerfs. Puis je suis entrée dans la gare d'Érié, j'ai acheté une casquette de base-ball et une paire de grosses lunettes de soleil noires avant de ressortir. J'ai descendu Peach Street jusqu'à ce que je voie le panneau d'un motel qui semblait susceptible d'accepter du liquide et de faire l'impasse sur cette fichue vérification d'identité.

La chambre 309 du Dragonslayer Inn était aussi datée que la chambre de ma mère vers 1985. Si j'avais dû deviner l'âge du tapis et du dessus-de-lit, j'aurais dit dix à quinze ans. Les murs portaient une couche de crasse que je supposais due à une politique d'« espace réservé aux fumeurs », et le robinet de la salle de bains était tellement rouillé que je me suis demandé à quand remontait ma dernière piqûre antitétanique.

Malgré tout, c'était bon d'être seule pour la nuit, d'avoir le temps de réfléchir. Quand j'ai essayé de faire un compte à rebours, je me suis rendu compte que je n'étais une meurtrière que depuis quatre jours, mais j'avais l'impression que ça faisait une éternité. Je me suis déshabillée, j'ai ôté l'antique courtepointe du lit et me suis glissée entre les draps râpeux. J'ai dormi aussi longtemps que mon esprit m'en a laissé le loisir.

Ma conscience ne m'a accordé qu'un répit de trois heures. Quand je me suis réveillée, le réveil automatique indiquait 21 h 09. Je me suis dit qu'il était encore temps de trouver un drugstore ouvert, aussi, je me suis habillée et suis sortie.

Certains achats peuvent sembler hautement suspects. Par exemple, si je travaillais dans une quincaillerie, je serais tentée d'appeler les flics après un client qui m'aurait acheté une corde et du ruban adhésif. Mais si ce même client achetait de la corde, de la colle à bois, du bois, des gonds, un niveau à eau et de l'adhésif, je n'y prêterais guère attention. Au magasin, j'ai pris des ciseaux, de la teinture pour les cheveux, un téléphone portable jetable, un assortiment de produits de maquillage et un foulard. J'ai ajouté à mon panier un mélange de noix, une brosse à dents, du dentifrice, du shampooing et un flacon de multivitamines pour détourner l'attention de la caissière. J'ai peut-être fait preuve d'une méfiance exagérée car celle-ci m'a à peine regardée.

De retour au motel, je me suis regardée dans la glace et j'ai réfléchi à ce que je pourrais faire pour me rendre méconnaissable. J'ai sorti les ciseaux du sac en plastique, saisi une poignée de cheveux et l'ai coupée au ras du cuir chevelu. J'ai répété l'opération jusqu'à ce que ma tête ressemble à une pelouse mal tondue. J'avais gardé les lentilles de contact bleues juste au cas où, et je les ai remises. Je n'ai pas touché à la teinture. On ne sait jamais quand on peut avoir besoin d'un camouflage supplémentaire. Le miroir m'a renvoyé l'image d'une patiente atteinte d'un cancer, une femme à qui on n'avait guère envie de se frotter. Je me suis dit qu'avec cette tête-là, je pourrais circuler tranquillement en attendant d'avoir trouvé un autre point de chute.

J'ai ôté du mieux que j'ai pu mes boucles coupées sur le lino, ayant plus d'égards pour la femme de ménage du motel que le client moyen. J'ai mis la sonnerie du réveil et me suis couchée.

Je me suis réveillée une heure plus tard, la conscience oppressée. Domenic avait paru dans un état normal quand je l'avais laissé, mais les blessures à la tête sont imprévisibles. J'ai commencé à avoir peur d'avoir fait plus que simplement mettre hors d'état de nuire quelqu'un qui était sans doute un brave type.

J'ai trouvé sa carte dans mon portefeuille, sorti le téléphone que j'avais acheté à Denver et appelé son numéro. Il a répondu à la troisième sonnerie. Du moins, j'étais à peu près sûre que c'était lui. J'aurais sans doute dû raccrocher, mais je n'ai pas pu.

— Domenic ?

— Oui, qui est à l'appareil ?

— Comment va ta tête ?

— Debra ?

— Ne m'appelle plus comme ça.

— Ok, ma belle. Dis-moi seulement où tu es ? À Denver ?

— Je ne suis pas à Denver. Comment te sens-tu ?

— Commotion cérébrale. Tu as appelé pour avoir de mes nouvelles ?

— Oui.

— Je suis touché. Où es-tu ?

— Tu as d'autres blessures ?

— Quelques points de suture. Dis-moi où tu es, ma belle.

— Du moment que tu vas bien. Au revoir, Domenic.

Il était 3 heures du matin quand j'ai quitté le motel. J'ai jeté le téléphone dans la poubelle et les clés dans la boîte aux lettres de l'accueil, pour que personne ne me voie. Je suis retournée à la gare et j'ai pris un autre billet avec mon argent, cette fois-ci, à destination d'Albany, sur le Lakeshore Limited. Je suis montée dans le train à 7 h 15.

En matière d'identité, celle d'Emma Lark était un dépannage. Même avec la photocopie de sa carte d'identité et de son passeport volés dans les archives de l'école primaire JAC, j'avais réussi à la griller en moins de trois jours grâce à une vieille dame perspicace nommée Dolores Markham. Je ne ferais pas long feu sans nom, aussi me suis-je mise en quête d'un autre patronyme sans attendre.

Sitôt dans le train, je suis allée me dégourdir les jambes dans les wagons, notant toutes les passagères de ma classe d'âge. Puis j'ai réduit ma sélection à celles auxquelles je ressemblais un peu. J'avais trois choix prometteurs. Il aurait été agréable de prendre mon temps, d'étudier soigneusement l'ossature de leur visage, de vérifier leur taille, et peut-être d'avoir le culot de lier brièvement la conversation pour apprendre leurs âge, lieu de naissance, point de départ et destination avant de poursuivre et de prendre d'autres décisions. Mais l'occasion s'est présentée et je l'ai saisie.

Une femme aux longs cheveux bruns, pour laquelle j'aurais tout à fait pu passer après une alerte au cancer, a laissé son sac dans un compartiment presque vide quand elle est partie aux toilettes. J'ai prestement passé le bras à l'intérieur, piqué son portefeuille et l'ai fourré dans mon sac. Je me suis dirigée vers les toilettes d'une autre voiture et j'ai retiré du portefeuille son permis de conduire, plusieurs billets et une carte de crédit sans m'attarder à les examiner. Puis j'ai retraversé sa voiture. Elle n'avait pas regagné son siège, et il y aurait moins de chances qu'elle s'aperçoive du vol si son portefeuille était toujours en place dans son sac, aussi ai-je restitué l'essentiel des biens volés avant de passer dans la voiture suivante. Tout était allé si vite que je n'avais même pas vu le nom sur sa carte d'identité.

Mon presque sosie imprudent est descendu à Syracuse, dans l'État de New York. C'est seulement alors que je me suis risquée à examiner ma nouvelle identité. Je tremblais d'impatience en sortant le permis de conduire de mon sac.

Sonia Lubovich de Bloomington, Indiana. Lubovich. C'était polonais, russe ? Cela pouvait être un nom que j'avais acquis au cours d'un bref mariage avec un homme qui ne parlait guère de sa famille. Le manque de communication était à coup sûr un ingrédient clé dans un échec conjugal. À moins que ce soit justement ce qui nous avait permis de rester si longtemps ensemble, Frank et moi.

J'ai décidé que cette identité pourrait me convenir. La femme n'avait que deux ans et deux centimètres et demi de plus que moi, et nous nous ressemblions assez. La photo datait de quelques années, et mon aspect actuel pouvait s'expliquer par les ravages de la maladie et de la vie. Je n'attendais plus grand-chose de mes vies, mais j'estimais que la longévité de Sonia Lubovich serait supérieure à celle d'Emma Lark.

17 avril 2015
Destinataire : Jo
De : Ryan
Jo,
Pourquoi l'avoir appelé, avoir demandé son aide ? Tu aurais pu m'appeler moi. Je t'aurais aidée.
R

22 juin 2015

Destinataire : Jo

De : Ryan

Jo,

Ça fait dix ans que tu es partie. Les gens reparlent de toi. Ton visage – oh, ce que j'aimerais savoir à quoi tu ressembles aujourd'hui – a été dans les journaux. Du coup, tu m'as manqué à nouveau.

Méfie-toi. Jason Lyons est revenu ici. Il est procureur à présent. Peu lui importe que tu aies été déclarée morte. Il te croit toujours vivante et dans la nature.

R

SONIA LUBOVICH

18

En quittant Recluse, je ne savais pas où j'allais. J'ignore à quel moment le plan a pris forme au juste. Peut-être était-il là depuis le début, épars au fond de mon bagage comme un puzzle qui attend d'être assemblé. Enfant, ma mère vivait à Manhattan, dans un deux pièces avec sa mère. Elle avait une grand-mère paternelle qui ne participait guère aux dépenses essentielles, mais qui chaque année lui payait un séjour dans un camp au fin fond de l'État de New York. Pendant huit semaines, ma mère était expédiée loin de l'étuve bétonnée de cette île citadine et pouvait galoper librement dans les pins, les érables, les chênes, les cyprès et les saules. Elle nageait dans des lacs, faisait du canoé sur des rivières et pratiquait des activités de plein air auxquelles peu de ses camarades de classe avaient accès.

Quand j'entendais parler de ces vacances, les lieux rimaient pour moi avec aventure, et j'avais demandé à ma mère pourquoi elle ne m'envoyait pas dans un camp. Elle pointait le doigt vers le réservoir Waki, où je nageais toute l'année sauf l'hiver, et me suggérait de planter une tente au bord. Ce n'était qu'en partie une plaisanterie. Notre maison était si petite que je suis sûre qu'elle aurait apprécié l'espace ainsi libéré.

Quoi qu'il en soit, ces camps majestueux de ses souvenirs m'habitaient l'esprit et, à l'occasion, je lui posais des questions sur les séjours qu'elle y avait faits. Avait-elle son propre canoë? Combien d'heures par jour avait-elle la permission de nager? Quelqu'un s'était-il fait attaquer par un ours? Était-elle restée en contact avec les camarades qui partageaient sa cabane?

— Non. Nous nous sommes perdus de vue, a dit ma mère, prenant une gorgée de son troisième gin tonic de l'après-midi.

— Quelqu'un s'est-il noyé dans le lac?

— Pourquoi cette obsession de la noyade?

Je ne crois pas avoir jamais répondu à cette question. Rétrospectivement, c'était juste quelque chose qui me préoccupait, sans plus, avant de devenir une obsession.

— Tu as eu des petits copains pendant que tu étais là-bas? lui ai-je demandé.

— Bien sûr.

Il était facile de voir quand ma mère avait décidé qu'elle en avait assez dit. Elle tournait les yeux vers le ciel, même si le ciel n'avait vraiment rien de remarquable. J'essayais toujours d'obtenir encore une bribe d'information.

— Qu'est-ce qui se passait au camp une fois que l'été était fini?

— Rien. C'était comme dans la comédie musicale *Brigadoon*, on attendait que les enfants reviennent l'été suivant.

Il ne me restait plus que deux heures de voyage quand je me suis assise et, regardant par la fenêtre, j'ai vu un monde magnifique défiler devant mes yeux. Je me suis rendu compte que j'avais trouvé la métaphore parfaite pour ma vie. La couleur des arbres m'a rappelé que c'était l'automne, mi-octobre. Les feuilles avaient changé de couleur et commençaient à mourir, mais les couleurs du paysage étaient l'un des spectacles les plus extraordinaires que j'ai vus. Pendant un petit moment, j'ai pu oublier toutes les vies que je fuyais et contempler avec une admiration mêlée de crainte la beauté de ce monde incroyablement cruel.

Les larmes se sont mises à rouler le long de mes joues, me prenant au dépourvu. J'ai vite mis mes lunettes de soleil, espérant que personne n'avait rien vu. Mais les lunettes ont assombri les couleurs magiques et je me suis dit *Tant pis, je veux voir ça*, parce que je ne savais pas combien d'automnes il me restait à vivre, ni combien je pourrais en voir en liberté. J'ai ôté les lunettes. Je me moquais qu'on me voie pleurer.

Je suis descendue du train à Albany à 15 heures et j'ai acheté un billet pour Hudson, à un arrêt sur la ligne rapide Albany-New York. J'ai descendu Warren Street jusqu'à ce que je repère du coin de l'œil le genre de motel auquel je m'étais habituée. J'ai fait un détour et pris une chambre au Roosevelt Inn. J'avais besoin de faire ma toilette et de me changer après mon voyage, mais je savais que c'était un luxe que je ne pourrais plus m'offrir pendant longtemps.

J'ai payé cash pour que rien n'apparaisse sur la carte de crédit de Sonia Lubovich, mais j'ai utilisé son nom pour m'habituer à lui. La facilité avec laquelle ma langue articulait les consonnes d'Europe de l'Est m'a surprise. Le préposé à l'accueil n'a pas bronché en entendant ma prononciation. Sonia et moi allions très bien nous entendre.

— Vous comptez rester combien de temps ? a-t-il demandé.

Il était copieusement tatoué et, à le voir, il semblait que sa situation actuelle était à mille lieues de ses ambitions. Devoir me parler l'ennuyait considérablement.

— Juste la nuit.

J'ai pénétré dans l'espace de quinze mètres carrés où je faisais escale, j'ai ôté ces lentilles de contact bleues qui me piquaient les yeux et pris une longue douche très chaude. Après quoi j'ai changé de tenue et quitté le Roosevelt pour me dégourdir les jambes, et jouir d'un sentiment que je peux seulement décrire comme une impression de liberté. Je suis allée dans une friperie acheter deux ou trois choses, puis dans une laverie automatique pour laver mon linge sale et mes nouvelles fringues d'occasion. J'ai acheté deux portables jetables et fait les poches de mon nouveau manteau de laine à dix dollars, un modèle à carreaux très usagé, trop grand d'une ou deux tailles, mais du genre à vous rendre invisible.

Dans la poche, j'ai trouvé une pièce d'un quart de dollar.

J'ai localisé la bibliothèque, mais elle était fermée pour la journée. Je me suis arrêtée dans une cafétéria à l'ancienne, ai commandé un burger et suis retournée au Roosevelt pour ma dernière nuit dans un vrai lit.

Le lendemain matin, j'ai pris une douche chaude et quitté le motel, emportant toutes mes biens matériels sur mon épaule, et je suis retournée à la bibliothèque, l'Hudson Area Library. Malgré la curiosité qui me tenaillait, je n'ai pas cherché à m'informer sur mes vies passées. J'ai dressé une liste de camps d'été dans un rayon de cinquante kilomètres et consulté les petites annonces de voitures d'occasion.

Au bout de trois heures, j'avais sélectionné cinq camps et trois voitures possibles et accessibles à pied ou en taxi. Après quelques coups de téléphone, j'ai trouvé une vieille dame qui vendait 1 000 dollars sa Jeep Wagoner de 1982. Le prix était élevé compte tenu de mes finances, mais très avantageux sinon. Il me fallait un véhicule à quatre roues motrices et une bonne garde au sol sur ces routes de campagne.

J'ai pris rendez-vous avec Mrs Mildred Hensen à 11 heures. J'ai revérifié l'état de mes finances, espérant que de l'argent serait apparu mystérieusement dans mon portefeuille, mais la situation était toujours aussi peu reluisante. Après l'achat de la voiture, il me resterait juste un peu plus de 500 dollars, ce qui n'était pas grand-chose pour subsister sans source de revenus. J'ai pris un taxi pour me rendre à Red Hook, chez la propriétaire du véhicule à vendre.

Mrs Hensen était une charmante vieille dame. Dure d'oreille, ce qui a parfois facilité notre échange. Elle n'a pas bronché en voyant le permis de Sonia Lubovich, délivré en Pennsylvanie et a agité la main pour marquer son désintérêt quand j'ai voulu lui expliquer que j'avais besoin de prendre les papiers d'immatriculation de la voiture et de les remplir *après* avoir fait les démarches pour que mon permis soit validé dans l'État de New York[1]. J'avais préparé une histoire compliquée à propos d'un ex qui se cramponnait à mon passeport, mais tout cela n'a pas été nécessaire.

Je suis allée essayer la Wagoner. L'embrayage avait besoin d'une révision : on se serait cru à dos de cheval tant la voiture était dure. Le moteur cliquetait plus qu'il ne ronronnait. Mais la voiture roulait, elle était au juste prix, et sans moyen de transport, je ne durerais pas longtemps. Nous avons donc conclu le marché en prenant un thé bien fort avec des cookies à la confiture faits maison.

En partant de chez Mrs Hensen, j'ai roulé sur les routes sinueuses et bordées d'arbres pour essayer de me rendre jusqu'à ces camps pour lesquels il n'y avait pas de repères ni d'adresse, que l'on pouvait apercevoir à travers les épaisseurs de feuillages. Finalement, j'ai vu un panneau en érable sur lequel figurait le nom très banal de Camp Rodney et, sans

1. Pour avoir un véhicule en son nom, il est nécessaire d'obtenir le permis de conduire de l'État où l'on réside.

m'arrêter au panneau « Interdit d'entrer », je me suis engagée dans une allée privée envahie par la végétation. Elle m'a conduite jusqu'à une clairière où se trouvaient plusieurs cabanes peintes en blanc, espacées de façon régulière. Il y avait un bâtiment principal, blanc avec des encadrements bleus, de style colonial mais de facture récente, apparemment.

Je suis sortie de la voiture, j'ai monté les marches du perron et posé la main sur la massive porte en chêne. Elle était fermée avec un verrou qui ne bougerait pas. On ne pouvait voir à travers les fenêtres car les rideaux étaient tirés. J'ai fait le tour du bâtiment et jeté un coup d'œil à l'intérieur par le côté. J'ai vu une pièce équipée de plusieurs bureaux, comme dans une école, et de grands placards métalliques au fond, fermés eux aussi par des verrous. Au fond de la pièce, j'ai remarqué un tableau en code binaire.

J'ai pris note du reste du camp. Un petit court de badminton, un minuscule lac pour quelques canots, un foyer et un réfectoire. Mes talents de déduction m'ont conduite à la conclusion que je me trouvais dans un camp d'informatique. Avec ce genre d'équipements à disposition, je ne pouvais pas être sûre qu'il n'y avait pas un système de sécurité de routine. Je suis repartie.

Quelques kilomètres plus loin se trouvait Camp Horizon. J'ai exploré les lieux, qui comportaient un très joli lac avec des canots, et des cabanes faciles à ouvrir, qui semblaient assez bien isolées pour me permettre de survivre au début de l'hiver. Seulement voilà, un gardien est tout de suite venu à ma rencontre et il a fallu que j'invente un bobard, comme quoi je visitais des camps de vacances en prévision de l'été prochain pour y envoyer mon fils, un garçon très exigeant.

Camp Weezil avait tous les équipements que je recherchais, mais il était trop visible des routes principales et je pourrais facilement être repérée.

Ce n'est qu'en fin d'après-midi que j'ai trouvé Camp Wildacre, juste au nord de Dutchess County. Le terrain était traversé par la Wildacre River. Le camp était blotti au bas d'une allée privée de plus d'un kilomètre et demi. Je n'ai remarqué aucune trace de pneus ni de signes de vie. Il y avait une courte clôture grillagée avec un solide cadenas. J'ai sauté par-dessus ladite clôture et suis allée explorer les lieux. Je m'y suis tout de suite sentie à l'aise. J'avais juste besoin d'une pince coupante et d'un nouveau cadenas. J'ai franchi la clôture dans l'autre sens, suis remontée dans la Jeep, et j'ai regagné la grand-route. Je me suis arrêtée dans une station-service pour demander où trouver le centre commercial le plus proche et j'ai suivi les panneaux indiquant le pont Rip Van Winkle. En règle générale, j'évitais d'emprunter les artères principales. Chaque fois que je voyais un véhicule de police, le cœur me manquait. C'est à peine si j'arrivais à fixer la route devant moi tant mes yeux étaient rivés sur le compteur. J'essayais de maintenir la Jeep dans le bon créneau de vitesse autorisée. Dès l'instant où je verrais le gyrophare d'une voiture de police dans mon rétroviseur, ma vie serait terminée.

Les périls de la conduite mis à part, j'ai traversé

le pont sans interférence de la police. Je me suis arrêtée dans une station-service pour faire le plein et voir si la carte de crédit de Sonia avait fait l'objet d'une déclaration de vol. Je me suis dit que je pourrais risquer une razzia de courses avant d'en être réduite à vivre sur mon minuscule bas de laine. J'ai trouvé une série de centres commerciaux près de la sortie de Kingston. J'ai acheté pour 100 dollars d'objets de première nécessité : réchaud de camping, couteau à découper, corde, ouvre-boîte, cadenas, cisailles, sac de couchage, denrées non périssables et assez de café pour tenir les prochains mois. J'ai jeté la carte de Sonia dans une poubelle en sortant des magasins. Je lui enverrais peut-être un mot de remerciement un jour.

J'ai fait le trajet de retour en flippant comme à l'aller ; mes nerfs se sont très légèrement calmés quand j'ai quitté la route pour m'engager dans l'allée menant à mon nouveau chez-moi. J'avais l'impression d'être un aigle à force de balayer du regard tout mon champ de vision. À la quincaillerie, j'avais choisi les cisailles les plus grandes que j'avais trouvées, quatre-vingt-dix centimètres. Je me souviens que M. Parsons, le plombier, répétait toujours *Ce qui compte, c'est l'effet de levier* quand il se servait d'une clé anglaise grande comme moi à six ans pour remplacer une valve rouillée sous son évier de cuisine.

En fait, des cisailles de trente-cinq centimètres auraient probablement fait l'affaire. Il ne m'a pas fallu cinq minutes pour ouvrir le grillage et changer le verrou. J'ai roulé jusqu'au camp, et me suis offert un bref tour des lieux au crépuscule. J'ai trouvé un abri à voitures ouvert pour y garer ma Jeep et entrepris d'explorer les cabanes pour élire domicile.

En dehors du bâtiment principal, Wildacre comptait douze petites structures satellites. D'après ce que je voyais, dix étaient prévues pour les campeurs et deux pour les moniteurs. Le bâtiment principal comportait sans doute des équipements plus confortables pour les adultes, mais je ne voyais pas l'intérêt de violer la sécurité plus que je ne l'avais déjà fait.

Ce qui me plaisait dans l'idée de séjourner dans ces camps, c'était de loger dans un endroit disponible. Les portes des cabanes ne fermaient pas à clé. Je ne lésais personne. Je me servais de quelque chose qui n'était pas utilisé. Une forme de recyclage.

Les cabanes étaient toutes exactement identiques. Un toit à deux pentes en panneaux de bois et des murs peints en vert. Chacune abritait douze couchettes aux matelas emballés dans du plastique. Sous les lits, des compartiments de rangement offraient toute la place nécessaire pour entreposer des objets. La seule chose qui différenciait les cabanes était la série de noms inscrits au canif sur les poutres. J'ai choisi une cabane où il y avait des noms de filles et posé mon sac de couchage sur le lit le plus éloigné de la porte. J'ai déballé une partie de mes affaires et les ai rangées dans un des modestes placards, puis je suis sortie pour aller voir les autres équipements. Il y avait deux salles de bains séparées pour les filles et les garçons et des douches avec l'eau courante, mais froide seulement. Je regrettais de ne pas avoir su que ma douche chaude du matin serait la dernière pendant un certain temps.

Cette première nuit au Camp Wildacre, je n'ai pas fermé l'œil. Pendant la journée, j'avais réussi à vaquer à mes affaires sans me transformer en boule de nerfs tétanisée, mais la nuit était une toute autre affaire. S'il semblait peu probable que j'aie des visites, on est plus vulnérable au repos et il fallait que je prenne des mesures contre les intrus indésirables. J'ai trouvé une pelle dans la cabane du jardinier et creusé quelques trous espacés de façon stratégique au voisinage de mon nouveau domicile. Il m'a fallu quelques après-midi pour tailler des branches en pointe. J'ai fini par en avoir une vingtaine, et j'ai fabriqué quatre pièges apaches.

Les chausse-trapes ne sont pas vraiment mon domaine d'expertise et j'ai été la première surprise d'avoir trouvé l'occasion d'utiliser ce talent. J'avais fait mon premier piège apache plus de quinze ans auparavant. C'était Logan qui m'avait appris la technique, à une époque où je ne le connaissais pas encore bien. Il faut creuser un trou d'au moins soixante centimètres de largeur et de profondeur, puis fixer des morceaux de bois aiguisés aux parois du trou de façon à ce que les bouts pointus sortent de terre et convergent vers le centre, orientés selon un angle descendant. Si un animal ou un humain marche sur le piège, et essaie de retirer sa jambe ou sa patte, elle reste embrochée sur ces poignards de bois.

Le jour où j'ai aidé Logan à fabriquer son piège

apache il m'a dit qu'il essayait de réduire la prolifération des chevreuils, qui devenaient une plaie pour la communauté. Il y avait eu trois accidents de voiture mortels provoqués par ces animaux. J'avais moi-même lu ces articles. Quelques jours plus tard, un des membres de l'équipe de foot s'en était pris à Logan après que celui-ci avait fait des commentaires désobligeants sur sa petite amie. Le footballeur pesait vingt kilos de plus que Logan et semblait prêt à passer à l'action. Logan a pris ses jambes à son cou et a filé vers les bois. Le footballeur l'a poursuivi et Logan l'a conduit droit au piège. Il a sauté par-dessus. Mais le footballeur non. Il a été hors circuit pendant toute la saison.

À Wildacre, les cabanes étaient disposées un peu comme les lunes autour de Saturne. La mienne était à deux heures. J'ai creusé quatre pièges en demi-cercle à environ dix mètres de ma porte. Une précaution peut-être exagérée, mais j'avais tout mon temps et je me suis dit que j'aurais l'esprit plus tranquille ainsi. J'aimais bien l'idée de pouvoir dormir paisiblement toute la nuit. Quand je serais prête à repartir, je comblerais ces trous.

La deuxième nuit que j'ai passée dans mon nouveau domicile était le 19 octobre. L'air avait une odeur si pure que je ne pouvais pas m'empêcher de respirer plus qu'il n'était nécessaire. La lune était à son premier quartier, je n'arrivais pas à distinguer tous les visages que je voyais, enfant, dans les cratères. Je me suis couchée par terre dehors et j'ai contemplé le ciel jusqu'à ne plus pouvoir garder les yeux ouverts. Le bruit des grillons était assourdissant. J'ai essayé de ne pas penser à toutes les piqûres de moustique que je découvrirais le matin venu. Bien après minuit, je suis rentrée dans ma cabane et j'ai dormi du sommeil du juste. Le matin, j'ai eu l'impression d'avoir rattrapé des années de sommeil.

Jamais je n'oublierai ce que j'avais fait, les erreurs que j'avais commises, les innocents et les coupables que j'avais laissés dans mon sillage. Mais si je mettais en balance mes fautes avec les lois du monde, je continuais à croire que je méritais une existence correcte. Je croyais pouvoir être autorisée à prendre un peu de plaisir à la vie. Et c'est ce que j'ai essayé de faire pendant ces semaines à Camp Wildacre.

Le matin au réveil, je me faisais du café et du porridge sur mon réchaud. Je prenais mon petit déjeuner sur le ponton du lac, au milieu des va-et-vient des canards sauvages qui ne me prêtaient aucune attention. Parfois, dans l'après-midi, je me promenais dans le camp, trouvais un chemin de randonnée et faisais une grande promenade pour me remettre les idées en place. Si le temps se réchauffait un peu dans la journée, je piquais une tête dans le lac. Je nageais tous les jours où c'était possible, même si je restais avec les doigts gourds et les lèvres bleues pendant une bonne heure après coup. Je me sentais vivante. Et libre.

Mon premier orage à Wildacre m'a rappelé que ce séjour n'offrait pas de solution à long terme à mon problème de logement. La température a baissé de six degrés et j'étais là, à serrer mon sac de couchage autour de moi dans une cabane à peine étanche. Le tonnerre faisait trembler toutes les couchettes. J'avais l'impression que la foudre pourrait couper le toit en deux.

Parfois, je m'aventurais à l'extérieur pour me ravitailler, mais c'était tout. J'aurais dû faire profil bas, mais au bout de deux semaines d'affilée à contempler le paysage magnifique, j'avais envie de voir autre chose.

Un jour, au début du mois de novembre, je suis sortie du camp et j'ai marché jusqu'à ce hameau que j'avais repéré la dernière fois que j'étais sortie. Three Corners était au départ un centre commercial bas de gamme. On y trouvait une petite épicerie, une poste et un bar sans nom, d'après ce que j'ai pu voir, mais qui me semblait aussi tentant que l'eau cristalline du lac lors de ma première visite au camp.

J'ai ramassé un journal d'annonces local et me suis assise au bar. Je portais un vieux jean, une chemise en flanelle et un manteau chaud. Avec mon bonnet de laine qui couvrait mes cheveux tondus, je n'attirais pas les regards. Je me suis souvenue de cette soirée à Casper où j'avais rencontré Domenic – de la façon dont les têtes se retournaient sur Debra Maze qui s'efforçait d'imiter Blue. Maintenant, j'étais pratiquement invisible. Il y a une époque où je n'aurais pris aucun plaisir à ne pas être désirable, mais maintenant, je voyais cela comme un superpouvoir.

— Qu'est-ce que je vous sers ? a demandé le barman.

J'ai commandé une bière blonde parce que j'avais

une bouteille de bourbon au camp. J'ai lu un article sur un pépiniériste local qui détaillait les différentes pourritures des racines et recommandait des mesures préventives à appliquer aux bois et forêts autour de votre maison. L'article ressemblait plus à une publicité pour ses services qu'à de l'information, mais il a occupé mon attention jusqu'à l'arrivée du groupe de clients suivants.

Quand la porte s'est ouverte, j'ai entendu une femme rire en réponse à une voix d'homme profonde et bien modulée en train de terminer une histoire qui devait être hilarante.

— Alors, je lui ai donné l'argent et je lui ai dit « Et merde, on n'a qu'une vie ! »

J'aurais pu lui offrir de sérieux arguments contre son dernier énoncé, mais je m'en suis abstenue. Le citadin portait un jean griffé, un pull torsadé marron et d'élégantes chaussures de marche en cuir qui n'avaient pas vu beaucoup de chemins de randonnée. La femme avait la peau sur les os, seuls ses seins faisaient relief. Elle avait le même type de tenue, un jean et un cardigan gris, mais le couple avait l'air de venir d'un pays étranger.

Un silence a plané sur le troquet dès que ces deux-là sont entrés. On aurait dit que leur présence absorbait toute la vie de la salle. En regardant les autres clients, j'ai observé abondance d'échanges silencieux suivis de regards en biais hostiles en direction des nouveaux venus. Cela n'a pas échappé aux deux citadins, qui ont cessé de parler dès qu'ils ont vu tous ces yeux réprobateurs braqués sur eux.

Ils se sont assis sur leurs tabourets et à les voir, on aurait dit qu'ils souhaitaient rentrer sous terre.

— Qu'est-ce que je vous sers ? a demandé le barman aux citadins.

L'homme au pull a demandé une bière pression et le sac d'os une vodka soda. Ils ont tous deux dit merci en souriant et sont restés assis en essayant d'ignorer les regards qui leur vrillaient le dos.

— Tu veux partir ce soir ou demain ? a demandé l'homme au pull.

Il a parlé à voix basse, comme si faire la conversation dans un bar était une incivilité.

— Ce soir, a répondu le sac d'os. Il y aura moins de circulation.

Il était facile de me sentir plutôt du côté des indigènes, puisque je me fondais si bien au milieu d'eux. Mais le couple de la ville m'avait fait sans le vouloir un cadeau si précieux que je n'ai pu m'empêcher d'éprouver envers lui une immense gratitude. Il y avait d'autres couples semblables dans les environs – beaucoup, pour autant que je puisse en juger. Les rares fois où je m'étais aventurée hors du camp le week-end, la bourgade semblait avoir doublé de volume à cause des gens aisés de la ville qui venaient se mettre au vert. Lundi, ils seraient repartis. Et en hiver, ils viendraient de moins en moins à mesure que la neige se ferait plus épaisse. Mais leurs résidences inoccupées seraient disponibles. Il était fort possible que je me retrouve en train de baigner dans le luxe au moins cinq jours par semaine.

Le couple de la ville est parti, sans doute pour regagner sa résidence secondaire qui serait bientôt vide. J'ai attendu un moment et entendu certains clients grommeler, disant que ces gens-là faisaient grimper les impôts et ruinaient l'économie locale. Je suis sortie au moment où ils s'éloignaient dans la Mini Cooper de l'Homme au Pull.

Je suis montée dans ma Jeep, les ai suivis sur trois kilomètres avant de voir leur Mini tourner dans une allée privée. De la route, on ne voyait pas la maison, cachée par le feuillage. S'ils partaient ce soir, je pourrais visiter leur maison lundi. Je suis retournée à Wildacre, et me suis fait chauffer une boîte de bœuf en ragout sur mon réchaud au propane. Puis je suis allée m'asseoir sur le ponton, emmitouflée dans mon bonnet et une écharpe, et j'ai contemplé les étoiles.

Le lendemain matin, je me suis réveillée au son de coups de fusil. Les détonations semblaient venir d'une certaine distance et je n'ai pas entendu de voix, aussi me suis-je rendormie. C'était la saison de la chasse et il faudrait que je m'habitue au bruit des tirs de chevrotine. Je pouvais apprendre à dormir malgré des bruits de tirs, mais les sons humains me réveilleraient toujours en sursaut.

C'est un son humain qui m'est parvenu ensuite. Un hurlement, le cri de douleur brute d'un homme juste devant la porte de ma cabane. J'ai entendu des pas approcher et d'autres voix d'hommes essayant de deviner ce que j'avais déjà compris. L'un des chasseurs était tombé dans un de mes pièges. Rétrospectivement, les pièges apaches n'étaient peut-être pas une idée géniale. Ils étaient conçus pour m'alerter la nuit si quelqu'un était sur mes traces, et non pour capturer un badaud innocent et lui faire soupçonner ma présence.

J'ai jeté un coup d'œil par la fenêtre et vu trois hommes entourant le malheureux qui avait été pris au piège. Un des chasseurs a commencé à remarquer les branches placées de façon stratégiques sur le sol devant ma cabane, et il les a écartées avec le canon de son fusil. Je l'ai observé pendant qu'il découvrait les trous géants et dentés dans le sol.

— J'en ai trouvé un autre, a-t-il crié. Qu'est-ce qui se passe ici, bordel ! C'est un camp pour les enfants, non ?

Pendant que les deux autres aidaient leur camarade à dégager sa jambe de mon piège, le quatrième type a découvert mes troisième et quatrième pièges et a commencé à sillonner les alentours en quête de leur auteur, autrement dit, moi.

— Quelqu'un loge ici, a dit le chasseur le plus curieux en pénétrant dans la cabane juste en face de la mienne.

La sortie de ma cabane était juste en dehors de leur champ de vision, mais pour gagner ma Jeep, il aurait fallu que je me mette à courir en face de trois hommes armés – quatre si l'on comptait celui qui venait de tomber dans le trou. J'ai ôté le sac de couchage du lit et l'ai fourré dans un cagibi hors de vue, enfilé mes chaussures et mon manteau, et saisi un briquet et les clés de mon véhicule. J'ai couru le plus vite que je pouvais derrière le bâtiment de la cantine pendant que le chasseur curieux était toujours dans la première cabane. J'ai trouvé une clairière juste derrière la cantine, hors de leur champ de vision et j'ai commencé à ramasser du petit bois. J'ai allumé un petit feu, ajouté des branches, j'ai attendu qu'il prenne, puis disposé trois bûches en triangle.

Par la fenêtre de la cantine, je voyais les chasseurs, le fusil à l'épaule, en train de fouiller les cabanes.

Une fois que le feu a bien pris, j'ai couru dans le bois et suivi un sentier d'environ trois kilomètres, en forme de croissant irrégulier. Il devait me conduire à quelques centaines de mètres de ma cabane, mais du côté du camp où ma Jeep était cachée sous l'abri à voitures. J'ai fait le trajet au galop.

Vingt minutes plus tard, j'étais au bord de la clairière, rampant à l'orée du bois, cherchant des signes des chasseurs. En m'approchant du camp, j'ai vu le blessé assis sur une bûche. J'ai entendu un brouhaha du côté du feu et encore vu un panache de fumée. Je suis montée dans ma Jeep sans demander mon reste.

J'ai emballé le moteur, quitté l'abri, suis passée devant le nez du blessé et j'ai descendu le chemin de terre menant à la route. Il y avait toujours mon cadenas sur la clôture métallique; devant celle-ci se trouvait leur fourgon Ford, qui me bloquait le passage.

J'ai détaché le cadenas et suis allée inspecter le fourgon. Les clés étaient dessus. Trois coups de feu ont été tirés en l'air. J'ai pensé que ce devait être le blessé qui appelait ses amis. Je n'avais pas le temps d'aller en marche arrière jusqu'à la route au volant de leur véhicule, puis de revenir à la course chercher le mien. Alors je me suis contentée de faire reculer leur Ford d'une cinquantaine de mètres sur la route pleine d'ornières jusqu'à ce que je trouve une petite clairière. J'ai remis la Ford en marche avant et l'ai garée au bord de la clairière. Il y avait une petite dénivellation, et une rivière en contrebas. Je ne voulais pas gêner les chasseurs en leur bousillant leur véhicule, mais j'avais besoin de m'assurer qu'ils ne pourraient se jeter à mes trousses. Ce fourgon avait beaucoup plus de reprise que ma vieille Jeep Wagoner. J'ai appuyé sur l'accélérateur et foncé en avant, ce qui a fait basculer le nez de la Ford dans la rivière. Le pare-chocs s'est plié et enfoncé sous le poids du véhicule.

Je suis descendue de leur fourgon et j'ai remonté la pente rocailleuse. J'ai regagné ma Jeep en quatrième vitesse, grimpé dedans et appuyé sur le champignon.

Dans mon rétro, j'apercevais les chasseurs. J'ai mis le pied au plancher et me suis baissée alors que les balles martelaient le métal à l'arrière. J'ai tourné à angle droit sur la nationale, coupant la route à une Subaru dont le conducteur a klaxonné comme un malade derrière moi. Je me suis dépêchée de tourner à gauche sur une petite route afin d'échapper à la Subaru et de mettre autant de distance que possible entre ces chasseurs, mon domicile éphémère de Camp Wildacre, et moi.

23 août 2015
Destinataire : Jo
De : Ryan.

Je vais continuer à t'écrire, même si tu ne lis jamais un seul mot de mes messages. Je viens d'ap-

prendre ce qui t'est arrivé, qui tu es devenue, qui tu as épousé. C'est dans les journaux. Tout le monde sait que tu es en vie.

Il y a une chose que j'ai besoin de savoir.

C'est toi qui l'as tué ?

R

19

Les chasseurs ne m'avaient privée que de quelques semaines de vie au camp. Je n'allais pas leur en garder rancune. J'aurais probablement pu supporter des nuits plus froides avec un meilleur sac de couchage et un stock de provisions supplémentaire, mais après la première tempête de l'hiver, jamais je n'aurais pu descendre l'allée sans chasse-neige. J'étais juste partie un peu plus tôt que prévu. Pendant les trois premières nuits après mon accrochage avec les chasseurs, j'ai dormi sur le lit ménagé, à l'intérieur de ma Jeep, sur une halte de la Taconic State Parkway.

Ce dimanche-là, j'ai commencé à chercher un point de chute. J'ai fréquenté tous les établissements locaux : cafétérias, supermarchés – et surtout les marchés fermiers, les plus appropriés. Ils se distinguaient toujours, les visiteurs du week-end, même sans le faire exprès. J'ai remarqué leur préférence pour les pulls, les cols roulés, le velours côtelé et le jean qu'un ouvrier chinois avait porté jusqu'à ce qu'il ait le degré d'usure voulu.

C'étaient en majorité des couples, ceux que je suivais. Ils posaient leurs courses dans le coffre de leur voiture flambant neuf – Jeep, Mercedes ou Range Rover – et roulaient sur les routes de campagne qui serpentaient entre les couches de feuilles mortes et les arbres dénudés. J'avais un carnet sur lequel je notais le trajet une fois que nous étions arrivés à destination : route départementale 7, tourner à droite à Jackson Manor, à gauche dans Cyril Lane, continuer sur trois kilomètres, puis tourner sur un chemin en terre menant à une maison le plus souvent cachée par des arbres à feuilles persistantes.

Le lundi matin, je me suis rendue à la résidence secondaire du couple que j'avais croisé à Three Corners, puisque c'étaient eux qui m'avaient fourni l'inspiration pour cette aventure. J'ai ralenti en m'approchant de leur allée et tenté d'apercevoir leur maison. Il n'y avait pas d'accès à moins de marcher ou de prendre la voiture et peu de gens circulaient sur ces longues routes sinueuses, sauf s'ils s'étaient perdus ou avaient besoin d'exercice.

J'ai roulé sur l'allée de quatre cents mètres environ et me suis garée sur un rond-point marqué par des traces de pneus devant la maison. Vu de devant, le chalet au toit à double pente était modeste et accueillant. Deux fauteuils de jardin en bois étaient posés sous une véranda qui avait besoin d'être réparée… Une plante crevée était posée à côté de la porte. J'ai regardé sous le pot. Au moins, ils n'étaient pas si bêtes ! J'ai soulevé le paillasson de bienvenue : pas de clé. J'ai suivi la ligne de buissons allant de la maison à l'allée pour les voitures.

De grosses pierres bordaient le jardin et l'allée de gravier. J'ai retourné toutes celles qui étaient plus luisantes ou plus ternes que les autres et donné des coups de pied à quelques-unes pour en évaluer le poids.

Quand j'ai refait le tour de la maison, j'ai vu une autre plante qui s'accrochait à la vie. Une clé sortait de la terre du pot. Comme il n'y avait aucun signe d'une compagnie d'alarme, je l'ai essuyée sur mon jean et l'ai mise dans la serrure. Elle a tourné.

J'ai ouvert la porte et suis entrée. Il y avait des poutres au plafond, qui était assez bas pour estourbir un homme d'un mètre quatre-vingts. Un détail architectural qui pourrait s'avérer providentiel. Les rares meubles étaient disparates. Un canapé au châssis de bois et la causeuse assortie occupaient la place d'honneur au salon. Des chaises pliantes vertes en métal entouraient une table en Formica rouge vif. Un tapis d'Orient élimé couvrait le centre du living, jurant violemment avec le motif fleuri des coussins du canapé. La déco de l'ensemble donnait l'impression que les meubles avaient été achetés au hasard d'une série de vide-greniers. Mes deux premiers citadins étaient juste des visiteurs qui essayaient de se mettre au vert. Il était tout à fait impensable que la déco plus qu'ordinaire de ce chalet ait été choisie par ce couple-là.

Malgré tout, c'était une maison avec un toit, un poêle à bois et une cuisine en état de marche. En continuant mon inspection, je suis tombée sur un papier plastifié sur lequel s'étalait une liste d'instructions calligraphiées.

Règlement de la maison

Installez-vous.

Merci de ne pas laisser de miettes ou de restes de nourriture susceptibles d'attirer les souris.

Si vous laissez de la nourriture, placez-la dans le réfrigérateur.

Servez-vous de tout ce qu'il y a dans la maison.

Merci de ne pas jeter de tampons hygiéniques ni de préservatifs dans les toilettes. C'est une fosse septique.

Quand vous êtes prêts à partir, merci d'ôter vos draps et de les mettre dans la machine à laver. La femme de ménage s'occupera du reste.

J'ai aussitôt conclu que cette maison n'était pas un choix viable pour moi. Des visiteurs inconnus et une femme de ménage imprévisible ne constituaient pas la recette propice pour un squat détendu. Je suis sortie discrètement par l'arrière, ai refermé la porte à clé et replanté celle-ci dans le pot de fleurs. J'ai regagné ma voiture et suis allée voir la deuxième maison sur ma liste.

La route qui montait jusqu'à elle mesurait environ quatre cents mètres. Quand je suis arrivée au sommet de la colline, je suis pratiquement entrée en collision avec un vieux monsieur assis sur une tondeuse John Deere. J'ai pilé et baissé ma vitre. Il s'est approché de ma Jeep et a éteint son moteur.

— Je peux vous aider ? a-t-il demandé.

— Je cherche la maison des Bigelow.

— Qui ça ?

— Les Bigelow n'habitent donc pas ici ?

— Je ne connais pas ce nom. Vous avez leur adresse ?

— Je ne l'ai pas notée. Je suis venue de mémoire.

— Ce que les femmes ne devraient jamais faire.

La réflexion m'a agacée parce que j'avais une connaissance très précise du système autoroutier des États-Unis, et une boussole interne qui ne me faisait défaut que les nuits sans lune. J'aurais sans doute dû m'abstenir de poursuivre la conversation, mais ça a été plus fort que moi.

— Vous savez, en général, j'ai un bon sens de l'orientation. Mais toutes ces allées d'accès se ressemblent. Je dois avoir dépassé la leur.

— Ils sont de quelle ville, ces Bigelow ? a demandé le vieux.

Il n'allait pas lâcher l'affaire et c'était une imprudence que de répondre à d'autres questions.

— Désolée de vous avoir dérangé, ai-je dit. Il faut que j'y aille.

L'homme sur la tondeuse est resté planté là sans bouger, m'empêchant de tourner en marche avant. J'ai passé la marche arrière et redescendu les quatre cents mètres de chemin sinueux aussi vite que j'ai pu.

Chacune des maisons que j'ai visitées ce jour-là présentait ses propres inconvénients. La troisième n'était séparée que par une maigre clôture de ses voisins, qui semblaient habiter là à l'année à en juger d'après le nombre de voitures et de bicyclettes dans leur allée. Il était impossible que je puisse aller et venir sans me faire remarquer. La quatrième avait dans sa cour plusieurs notifications signalant qu'elle était couverte par une société de surveillance locale. C'était peut-être du bluff, mais je ne voyais pas l'intérêt de jouer à la roulette russe.

J'étais comme Boucle d'or qui cherchait le lit à sa convenance. La nuit était tombée depuis longtemps quand j'ai trouvé l'endroit adéquat : une maison de pierre, petite mais accueillante, au bout d'une longue allée privée entièrement occultée par les branches de conifères. Après une demi-heure de recherches à la lueur de ma lampe de poche, j'ai trouvé la clé nichée entre deux pierres descellées sous la fenêtre de la cuisine.

En ouvrant la porte, j'ai mis le doigt sur un interrupteur dans le vestibule. La maison était propre, simple et dépouillée. Dans la plupart de ces maisons de campagne se trouvait une accumulation d'objets de bric et de broc que l'espace restreint des appartements en ville ne permet pas de conserver. J'ai essayé de me rappeler quelle voiture et quelles personnes j'avais suivies pour venir ici, mais mes souvenirs s'embrouillaient ; ces gens n'étaient pas associés à un nom, juste à une série de notations sur un bloc bon marché que j'avais piqué dans un quelconque motel.

Je me suis sentie bien dès que j'ai allumé les lumières. L'air avait cette humidité et cette odeur propres aux lieux peu ventilés, ce qui voulait dire que les propriétaires n'y venaient pas très souvent. J'ai commencé à passer en revue penderies et placards. Ils ne renfermaient pas grand-chose, hormis quelques manteaux d'hiver et des boîtes de conserve. Certains des manteaux avaient une taille qui pouvait m'aller. Il y avait une télévision, mais pas de câble, et pas de connexion Internet. J'ai soulevé le téléphone et obtenu une tonalité, mais c'était la seule chose qui reliait cette maison au monde extérieur.

Je suis allée voir la buanderie. Elle était propre. Il ne restait rien dans la machine à laver ni dans le sèche-linge. Les lits étaient faits au carré ; il n'y avait même pas trace d'un feu dans le poêle à bois ; l'égouttoir était vide et le réfrigérateur ne contenait que des condiments et du bicarbonate de soude. J'étais peut-être optimiste, mais j'avais l'impression que ces gens ne reviendraient pas de très longtemps. Le thermostat était mis sur hors gel, ce qui convient quand on veut protéger les tuyaux mais qu'on ne se soucie pas de confort. En ce début novembre, les canalisations n'avaient guère de chance de geler pendant encore au moins six semaines. S'ils avaient prévu de revenir avant, je ne voyais pas pourquoi ils n'auraient pas carrément éteint la chaudière.

J'ai continué mon examen de l'arrière-cuisine jusqu'à ce que je trouve une bouteille de bourbon ouverte sur une des étagères du fond. J'ai pris un verre dans le placard, je me le suis rempli.

J'ai circulé dans la maison, essayant d'en apprendre davantage sur ce que je commençais à considérer comme ma nouvelle résidence. Malgré le peu de meubles et l'absence générale de parti pris décoratif, il y avait ici et là quelques touches personnelles. Un modeste portrait de famille, pris sous la véranda, était posé sur le manteau de la cheminée. Un homme et une femme d'une petite cinquantaine, minces et vigoureux, mais sans cette touche de vanité qui transparaît souvent chez les obsédés du vivre sain. Ils étaient tous deux grisonnants, avec des visages ridés par le soleil et un sourire chaleureux. Ils encadraient deux garçons d'une vingtaine d'années assis entre eux. L'un était le portrait craché de son père et l'autre, qui avait l'air d'avoir le même âge, tenait de ses deux parents. Il avait le front haut du père et sa mâchoire carrée, et les grands yeux bruns de sa mère ainsi que ses dents de la chance. Ils s'enlaçaient tous et faisaient de vrais sourires, comme s'ils venaient juste de rire.

Ils paraissaient heureux d'une façon que je ne connaîtrais sans doute jamais. Les rares fois où ma mère et moi (et son mec du jour) étions photographiés ensemble, nous faisions tous un sourire pour la photo, mais quand on regardait celle-ci plus tard, on voyait bien qu'il était fabriqué. Même quand j'étais jeune et n'avais aucune idée des limitations que comporterait ma vie future, chaque fois que je voyais une famille heureuse, j'étais envahie par une jalousie si moche que j'avais l'impression que mon âme pourrissait. Je devais m'entraîner à éviter de les regarder. Dans les magasins, au cinéma, devant les écoles, je détournais mon regard.

J'ai posé la photo de mes hôtes face vers le bas sur le manteau de la cheminée pour ne pas avoir le cœur brisé chaque fois que je poserais l'œil sur elle.

Dans le vestibule, près de la porte d'entrée, il y avait un vieux bureau en bois. Un téléphone à touches marron clair, dont on aurait dit qu'il avait été volé dans un secrétariat, était posé sur le plateau du meuble à côté d'un calendrier et d'un mug empli d'un assortiment de stylos. J'ai regardé le calendrier pour voir si quelqu'un avait noté la dernière visite du week-end. J'ai vu deux rangées de X sur samedi et dimanche. J'ai regardé les semaines à venir et vu un point d'interrogation pour Thanksgiving et une autre série de X sur Noël. J'ai fini mon verre, l'ai rempli à nouveau. J'allais passer la nuit là.

Dans le bureau, j'ai trouvé quelques dossiers sur lesquels étaient marqués les numéros de certains services publics, et de vieilles factures. J'ai regardé le nom sur la facture de téléphone : Leonard Frazier. Je me suis demandé si on l'appelait Len ou Lenny. Ce détail pourrait être important si un voisin se pointait. J'ai continué à fouiller le bureau pour voir si je trouvais un nom pour la femme. Dans le tiroir du bas, j'ai trouvé une petite boîte en carton contenant une série de lettres et de cartes. La plupart d'entre elles étaient des cartes de Noël. La plupart étaient adressées soit à « la famille Frazier », soit à « Mr et Mrs Frazier ». Une ou deux étaient adressées à Gina Frazier seule.

Curieusement, plusieurs – une dizaine peut-être – n'avaient pas été ouvertes. À en juger par l'aspect des enveloppes, il semblait s'agir de messages personnels. J'ai fini par trouver une lettre ouverte proprement au coupe-papier. Comme j'avais déjà fait intrusion chez ces gens, le fait de m'immiscer dans leur vie privée ne m'a pas paru beaucoup aggraver mon cas.

J'ai sorti la feuille de papier de riz soigneusement pliée dans son enveloppe bleu pâle et lu :

Chers Len et Gina,

Nous ne savions pas quoi écrire, ni si nous devions écrire, ni même s'il existe des mots susceptibles de vous apporter du réconfort. Cela fait des jours que nous essayons de rédiger cette lettre. Je suis désolée à propos de Toby. C'était une belle âme et il nous manquera.

Je ne peux même pas imaginer ce que vous vivez en ce moment, mais si nous pouvons faire quelque chose, dites-le-nous. Cela paraît si bête, écrit noir sur blanc, mais c'est une offre sincère.

Nous vous embrassons.

Tricia et Robb

J'ai remis la lettre dans son enveloppe et examiné le reste de la pile. J'ai trouvé une autre enveloppe ouverte. Une carte Hallmark. *Toutes nos condoléances pour la perte de votre enfant.* La carte comportait une formule disant qu'on partageait le deuil des destinataires et qu'on espérait qu'ils trouveraient force et réconfort l'un dans l'autre. La femme qui avait envoyé la carte s'était contentée de griffonner au bas de la carte *Mes pensées sont avec vous, Diane.*

Je ne m'étais jamais doutée qu'on faisait des cartes de vœux pour des événements aussi précis et tragiques. Cela me paraissait vraiment malvenu, et Diane, une personne particulièrement dépourvue de tact. Il y avait d'autres lettres qui n'avaient pas été ouvertes. Peut-être qu'après avoir reçu les premiers messages, Leonard et Gina n'avaient pas vu l'intérêt de continuer à les lire. Mais moi si. J'ai trouvé le coupe-papier dans le tiroir du milieu du bureau. J'ai pris une enveloppe au hasard et l'ai ouverte.

Chers Len et Gina,

J'espère que vous me pardonnerez d'avoir mis si longtemps à vous écrire. J'étais moi-même sous le choc et je ne savais pas quoi dire. Toutes mes condoléances. Toby était un être sensible, fragile. Il nous manquera à tous.

Bien entendu, si vous avez besoin de quoi que ce soit, je suis là. Toujours.

Je vous embrasse,

Lynette

C'était étrange, le glissement qui s'était opéré dans mes émotions entre le moment où j'avais mis le pied chez les Frazier et le point où je me trouvais maintenant. Après avoir aperçu la photo de la famille parfaite avec leur pittoresque petite maison de vacances, je m'étais autorisée à entrer dans leur espace puisqu'ils ne l'utilisaient pas. J'en voulais à ces gens pour tout ce qu'ils avaient. Mais le fait d'apprendre l'épreuve qu'ils avaient traversée, cette perte indicible, me faisait me sentir plus à l'aise chez eux, comme si moi aussi j'étais à ma place parce que nous avions en commun l'expérience du malheur.

Il m'a fallu des jours avant de comprendre l'énormité de ma violation. Sur le moment, j'ai seulement pensé *Je suis arrivée à bon port.* Je me suis servi un autre verre et me suis assise au pied du bureau, essayant de trouver dans les lettres celle qui contiendrait autre chose que des condoléances générales. J'ai choisi une petite enveloppe commerciale ; l'adresse au dos était C. Larsen à Oberlin, Ohio.

Chers Gina et Len,

Je suis désolé. Je suis vraiment désolé.

Je ne savais pas. Croyez-moi, si je m'étais douté de ce qu'il allait faire j'aurais dit quelque chose, j'aurais fait quelque chose. J'étais persuadé qu'il allait mieux. La veille, il avait l'air heureux. Je vous en prie, pardonnez-moi.

Bon Dieu, cette lettre est idiote. Et à peu près aussi utile que celle qu'il a laissée.

Carl

J'ai remis les lettres dans leur boîte et refermé le tiroir. Je me suis traînée jusqu'au coin de la pièce et suis restée là à écouter mon cœur battre si fort que je l'entendais. On aurait dit que la maison voulait m'expulser, me suppliait de partir, que les murs me poussaient pratiquement dehors. Mais je suis restée fermement plantée sur le sol, enfonçant les talons de mes chaussures pour avoir une prise au sol. Il y avait dans cette maison quelque chose de morbide, et cela me semblait bien me correspondre. J'étais résolue à rester.

Ce soir-là, j'ai pris une douche chaude, ma première depuis plus de trois semaines. Cela m'a paru aussi décadent que manger du caviar. En fouillant dans les tiroirs, j'ai trouvé un vieux T-shirt des Yankees. Il pouvait être à Leonard ou à Gina. Ou peut-être même à Toby. Je l'ai mis et me suis glissée dans le lit. Cette nuit-là, je n'ai pas fermé l'œil. Mais j'étais au chaud, j'étais bien, et je ne voyais guère ce que je pouvais demander de plus.

Le lendemain, je n'ai pas bougé. La plupart de mes biens matériels étaient restés au camp, en admettant que les chasseurs n'aient pas pillé toutes mes provisions. Je n'avais aucune envie de retourner là-bas pour les récupérer. De plus, il y avait chez les Frazier tout ce qu'il me fallait pour subsister un certain temps : des boîtes de conserve et des produits secs, des légumes congelés, au moins trois bocaux de sauce tomate et le reste de la bouteille de whisky. Des livres et de la musique. Mais c'était leur collection de films qui me fascinait le plus compte tenu de mes semaines sans télévision.

Je n'ai décelé dans leur choix de DVD aucun dénominateur commun, et ils ne semblaient pas rangés dans un ordre particulier. Le *Dr Folamour* était à côté de *Gagner ou mourir*, suivi par *Philadelphie*, puis *Piège de cristal, Sur les quais, Quoi de neuf, Bob ?, Apocalypse Now, Very Bad Trip.* Le reste de la collection d'une cinquantaine de titres témoignait du même manque de cohérence. Je suis restée assise devant cette étagère près d'une heure, à essayer de choisir un film, jusqu'au moment où je me suis dit que j'avais tout mon temps. J'ai pris le premier DVD à gauche sur l'étagère du haut

– *Dr Folamour* – et l'ai mis dans le lecteur, je me suis assise sur le divan et l'ai regardé.

Trois jours et vingt films plus tard, j'avais à peine bougé.

3 septembre 2015
Destinataire : Jo
De : Ryan

Je sais que tu es en cavale. Comment te débrouilles-tu ? Si tu as besoin d'argent, ne lui en demande plus. J'en ai mis de côté pour toi. Depuis le début. Jamais je ne t'en ai parlé parce que je pensais que tu serais furieuse. Il est à ta disposition quand tu voudras.

Tu crois peut-être que c'est trop risqué de me répondre. Je suis prudent. Je n'écris pas de la maison et je n'ai jamais rien dit à personne.

Je pense que tu as besoin d'aide maintenant. Laisse-moi te la donner.

R

16 septembre 2015
Destinataire : Jo
De : Ryan

Tu sais, il y a une femme, écrivain, qui est venue fouiner par ici, parce que c'est l'anniversaire des dix ans je crois. Elle dit qu'elle écrit un livre sur le meurtre de Melinda Lyons et la disparition de Nora Glass. Elle est venue me voir. Je l'ai renvoyée. Mais elle a loué une des chambres de Mrs Carlisle. Elle semble avoir l'intention de rester ici quelque temps.

Autre chose, qui, cette fois, te fera sans doute plaisir. Edie a quitté Logan. C'est fini. Si tu es encore furieuse à cause de ça, à cause de ce que je n'ai pas fait, peut-être que tu peux laisser tomber maintenant, et me répondre.

À toi, R

20

La télévision des Frazier m'a tenue captive. Je me suis trouvée incapable de faire grand-chose d'autre que rester assise sur le canapé à regarder l'écran. Le quatrième jour, après avoir mangé du porridge pendant dix repas d'affilée, je me suis dit qu'il était temps de m'aventurer dehors et de récupérer mes affaires à Camp Wildacre.

J'ai laissé ma voiture à huit cents mètres, cachée sous un sapin. J'avais mis l'une des robes de Gina, et un gloss à lèvres cerise que j'avais trouvé dans l'armoire à pharmacie. Ça ne m'allait pas, je le savais, mais je ne ressemblais pas du tout à la femme qui avait eu l'accrochage avec les chasseurs. Je pouvais facilement passer pour une mère épuisée en quête d'un camp de vacances pour son fils ou sa fille. J'ai trouvé le camp tel que je l'avais laissé, avec en plus un pare-chocs cassé dans la rivière, là où j'avais planté le pick-up Ford. La clôture grillagée n'était toujours pas fermée et les chasseurs n'avaient même pas pris la peine de combler mes pièges en pensant à la prochaine malheureuse paire de jambes qui s'aventurerait dans cette direction.

J'ai examiné ma couchette. Des traces de pas boueuses couvraient le sol, mais les types n'avaient pas remarqué mes provisions cachées dans le placard. Peut-être cela ne leur était-il pas venu à l'idée que j'aie pu m'installer pour un long moment. J'ai fourré mes vêtements et mes vivres dans mon sac à dos, et ai rassemblé mon matériel de camping. Quant à mes pièges, j'ai remis dedans toute la terre que j'avais ôtée pour les creuser. En transpirant à grosses gouttes dans l'air froid de l'automne, j'ai chargé tout mon fourbi dans ma Jeep.

La nostalgie m'a envahie quand je me suis éloignée au volant de ma voiture. Même avant de savoir ce qui allait suivre, je me doutais bien que Wildacre était le dernier endroit où j'avais joui d'une vraie liberté. Quelque chose allait changer. L'hiver allait s'installer et l'éventail de mes choix se restreindre. Je pourrais me sentir en sécurité à certains moments, mais pour l'essentiel je vivrais comme si je prenais une douche alors que le chauffe-eau est déréglé et que l'eau passe du glacé au bouillant en deux secondes chrono.

Je suis allée au magasin et j'ai acheté des produits bon marché : du pain, du beurre de cacahuète et ce qui était en promo. Je me suis efforcée de ne pas penser à mes économies en voie d'extinction. Ni au genre de boulot que les filles comme moi peuvent espérer trouver dans cette ville, ou n'importe quelle ville où je souhaitais rester anonyme. Je n'aurais pas besoin de beaucoup d'argent pour continuer à subsister en mode survie comme je le prévoyais, mais il m'en faudrait tout de même un minimum.

J'ai songé à appeler Ryan, mais la fierté m'en empêchait pour l'instant. Il était plus facile de garder mes distances. Et puis, j'avais encore 228 dollars en poche et un toit au-dessus de ma tête.

En rentrant du magasin, je suis passée devant le bar sans nom. J'avais envie d'un peu de compagnie, même si je n'avais pas l'intention de parler à qui que ce soit. C'était la *happy hour* et la bière pression n'était qu'à 2 dollars. Le barman m'a saluée d'un signe de tête comme s'il se rappelait mon visage. J'ai décidé que cette visite devait être la dernière.

Quelqu'un avait laissé un journal sur le bar. Je l'ai ramassé pour éviter d'avoir à faire la conversation.

— Qu'est-ce que je vous sers ? a demandé le barman.

— Une pression.

Pendant qu'il tirait ma pinte, il a décidé de bavarder un peu. Je me suis demandé si je pourrais un jour échanger des banalités sans avoir l'impression de jouer avec un bâton de dynamite.

— Vous êtes du coin ? a-t-il demandé.

— Je ne fais que passer.

— Vous venez d'où ?

— De partout.

Il m'a regardée droit dans les yeux, puis a détourné les siens comme si quelque chose chez moi le dérangeait. Il m'a servie sans chercher à croiser mon regard. Je me suis demandé ce qu'il avait vu.

Le remarquerais-je, moi, si je me regardais dans une glace? Des pensées improbables sont montées à la surface de mon esprit. Pouvait-il voir qui j'étais, ce que cette vie avait fait de moi? Je ne m'étais guère autorisée à m'attarder sur moi-même dans le passé. L'avantage, quand on fui à toutes jambes, c'est qu'on n'a pas le temps de regarder en arrière. Mais même si je n'y pensais pas beaucoup, j'avais subi un vrai séisme intérieur après avoir tué Jack Reed.

Si je devais le refaire, je le referais probablement. Mais je le referais en sachant que la personne que j'étais auparavant, celle que je rêvais de redevenir, avait complètement disparu. Ce n'était pas aussi simple qu'une transformation de bonne à mauvaise. Je n'étais pas mauvaise. Mais un mal se diffusait dans mes entrailles, qui envahirait peu à peu mon corps tout entier. Je n'avais pas encore pris conscience que ça se voyait de l'extérieur.

— Tu as appris, pour Earl? a demandé au patron un client avec une moustache en guidon de vélo.

— Non, quoi donc?

— Il s'est fait prendre dans une sorte de piège pour animal à Camp Wildacre.

— Qu'est-ce qu'il faisait là-bas?

— Il chassait avec Gary et Lou. Et puis Mike, je crois.

— Qui a posé le piège?

— D'après eux, c'est sûrement un ado, un fugueur sans doute, qui campait là-bas. Quand Earl s'est fait prendre, le gamin a filé. Ils ont relevé une partie de la plaque minéralogique, mais Mike ne veut pas prévenir la police, parce qu'on n'est pas censé chasser à Camp Wildacre.

— Ils pensent que c'est l'ado qui a mis le piège ?

— C'est ce que croit Gary. C'est sans doute un de ces gamins paranos qui mettent des bombes dans les écoles.

— Peut-être qu'il a seulement posé un piège, et qu'il espérait juste attraper du gibier pour son dîner.

— Va savoir. Les gamins, de nos jours…

Ma voiture était garée dehors, constellée d'impacts de balle et sa plaque minéralogique partiellement repérée était bien en vue. Je ne pensais pas ressembler à un ado de près, mais j'ai terminé ma bière et je suis partie.

Pendant mon trajet de retour chez les Frazier, je me suis arrêtée à deux reprises sur le bas-côté pour laisser passer les voitures, même les véhicules lents transportant des tracteurs. Il n'y avait pas un seul témoin quand ma voiture s'est engagée dans l'allée privée menant à mon domicile secret.

Après deux semaines et demie de séjour dans la maison des Frazier, j'avais l'impression de les connaître, eux et leur famille. Des indices discrets étaient disséminés partout – des nettoyants ménagers bios, les parterres dénudés dans le jardin et bien sûr, la collection disparate de films. Il y avait un hangar à bois derrière la maison. J'ai mis cinq jours à trouver la clé du cadenas. C'était un petit atelier où Mr ou Mrs Frazier peignait des paysages en amateur. À mes yeux, ils n'étaient pas mal du tout, mais ce qui m'a intriguée, c'est qu'aucun n'ait été accroché aux murs de la maison. Il y avait là une humilité que je respectais. Derrière une pile de tableaux, j'ai trouvé un portrait inabouti de Toby.

Je suis allée à la bibliothèque et j'ai lancé une recherche : « Suicide Toby Frazier. » J'ai lu un article sur sa mort publié dans le journal de son université. Les amis et la famille décrivaient Toby comme un jeune homme réservé mais foncièrement bon. Sensible. Son suicide s'était produit peu après sa rupture avec une fille dont on ne disait pas le nom. Il laissait un frère jumeau, Thomas, étudiant en seconde année à Yale, et ses parents, Gina, professeur de mathématiques à Manhattan, et Leonard Frazier, investisseur.

Après cela, je n'ai plus remis le nez dans la vie privée des Frazier. J'ai laissé le reste des lettres dans leur boîte sans y toucher, même si tous les soirs j'avais l'impression qu'elles réclamaient mon attention.

Il me semblait parfois que je sentais la tristesse de la maison, comme si je connaissais personnellement les Frazier. Après avoir vécu deux semaines et demie chez eux, je ne me sentais plus une intruse. J'étais simplement une invitée qui séjournait un temps indéterminé. Je traitais la maison avec respect. Je faisais la vaisselle après chaque repas, et passais le chiffon à poussière à l'occasion. Je lavais le sol et récurais la salle de bains au moins une fois par semaine. J'ai même fait les carreaux, ce dont j'étais certaine qu'ils le remarqueraient en revenant. Mais cela semblait la moindre des choses.

Comme pour tout, je me suis adaptée. Je m'étais adaptée à la vie en cavale ; adaptée à un nouveau nom, puis à un autre ; je m'étais adaptée à l'état de menteuse ; à celui de voleuse ; et même à celui de meurtrière. Il n'était pas si difficile de s'adapter à une nouvelle maison. J'avais même commencé à faire des nuits complètes. Je dormais comme si la vie que je menais était parfaitement ordinaire. J'étais Sonia Lubovich, hôte de Gina et Len Frazier, jusqu'à la nuit où je me suis réveillée et suis devenue quelqu'un d'autre.

PAIGE

21

— Hou, hou ! Il y a quelqu'un ? Hou hou !

Je ne me suis pas réveillée quand la voiture a monté l'allée sinueuse ; la Prius avait peut-être délogé quelques gravillons, mais le moteur ne faisait pas plus de bruit qu'une souris. Je ne me suis pas réveillée quand la femme a mis la clé dans la serrure. Ni quand elle a refermé la porte sans bruit derrière elle. Mais quand son pied a touché le plancher de l'entrée, je me suis assise en sursaut dans le lit, tirée du sommeil par une bouffée d'adrénaline si forte que mes poumons ont eu du mal à suivre.

La salle de bains avait une fenêtre sans store. Si je filais tout de suite et me glissais dehors, elle ne me verrait pas. Mon sac et mon portefeuille avec mon argent étaient au pied du lit, mais les clés de la Jeep étaient posées sur le bureau de l'entrée. À pied, je n'irais pas loin et j'étais au moins à quinze kilomètres de toute forme de civilisation.

— Hou, hou ! a-t-elle répété.

— Hou, hou, ai-je répondu.

Je me demandais encore ce que j'allais dire

ensuite quand Gina Frazier est entrée dans la chambre. Elle ressemblait à sa photo à bien des égards – la même coupe de cheveux pratique, l'ossature ferme du visage, la silhouette robuste – mais elle avait également l'air de quelqu'un d'autre. Ses yeux étaient profondément cernés. À la faible lumière de la lune, elle paraissait hagarde. L'espace d'un instant, je l'ai trouvée terrifiante.

— Paige, c'est vous ?

— Je suis désolée, ai-je répondu.

Comme elle s'approchait, ses yeux se sont habitués à l'obscurité et ont essayé de me distinguer. Elle n'avait pas peur. Elle me connaissait, ou s'imaginait me connaître.

— Je croyais que c'était la semaine prochaine que vous veniez, a-t-elle dit.

— Non, cette semaine.

— Vous avez récupéré toutes vos affaires ?

— Je crois. Merci. Vous voulez que je m'en aille ?

— Il est tard, Paige. Où iriez-vous ?

— Dans un motel. N'importe où.

— C'est bon, a dit Gina avec froideur. Vous pouvez rester cette nuit.

— Merci, Mrs Frazier.

— *Mrs Frazier !* Elle est bonne !

— Gina, ai-je dit d'une voix hésitante en me glissant hors du lit. Je vais aller sur le canapé. Prenez le lit.

— C'est gentil, a-t-elle dit d'une voix qui ne l'était pas. Mais je ne suis pas encore prête à me coucher. Je vais faire du thé.

Et elle a quitté la chambre.

Je l'ai suivie dans le coin cuisine de la pièce à vivre, où elle a branché la bouilloire. Elle a serré son manteau contre elle et s'est dirigée vers le thermostat.

— On gèle ici. Pourquoi n'avez-vous pas mis le chauffage ?

— Je voulais que la maison soit comme si je n'y étais jamais venue.

— Intéressant, a-t-elle dit en montant la température.

J'ai entendu la chaudière se mettre en marche dans le sous-sol, envoyer dans toute la maison des vibrations qui faisaient écho à celles de mes nerfs.

Je suis restée debout au milieu de la pièce sans savoir quoi faire. Par les temps qui couraient, chaque nouveau défi prenait la forme d'une carte sur laquelle mon esprit explorait différents trajets pour essayer de trouver une issue. Avec Gina, je ne voyais que des impasses.

— Asseyez-vous, vous me mettez mal à l'aise, a-t-elle dit.

J'ai pris place sur le canapé.

— Je suis surprise que vous ne soyez pas en hypothermie, a-t-elle repris.

J'avais froid. Mais il faisait toujours moins froid qu'au camp. Et il y avait de l'eau chaude chez les Frazier.

— Ça a été, ai-je répondu.

Gina a ôté ses chaussures et s'est pelotonnée à l'autre bout du canapé. Elle m'a regardée à nouveau sous différents angles en penchant la tête.

— Vous semblez différente, a-t-elle dit. Ce doit être votre coupe de cheveux.

Elle devait avoir déjà vu cette fameuse Paige. J'étais à peu près certaine que si elle allumait un plafonnier, elle verrait aussitôt que je n'étais pas celle qu'elle croyait. J'ai essayé de rectifier mon expression, mais il me fallait penser à tant de choses à la fois – comment récupérer mon argent et mes clés, et m'enfuir – que je contrôlais sans doute assez mal mes muscles faciaux. J'ai dû avoir l'air perplexe, parce qu'elle a précisé sa pensée.

— Je l'ai forcé à me montrer une photo un jour. Vous aviez les cheveux longs.

Je me débrouillais en général très bien pour être quelqu'un d'autre que moi-même, mais Paige était un personnage plus difficile que les autres. Qui était-elle ?

— Je les ai coupés, ai-je dit.

— C'est ce que je vois, a répliqué Gina d'un air entendu. Les femmes font de drôles de choses pour un homme.

— J'avais bu.

— Ah.

Elle a remarqué la photo de famille que j'avais retournée sur la cheminée. Elle s'est levée et est allée la remettre debout. Quand elle s'est assise à nouveau, elle a levé les yeux vers moi et m'a regardée d'un air impénétrable. Je me suis détournée.

— Ça va comment, maintenant ? ai-je demandé.

C'était le genre de question qu'aurait pu poser Paige ou quelqu'un qui connaissait la vie de Gina.

Je l'ai aussi posée parce que je voulais connaître la réponse.

— À votre avis ?

— C'était une question idiote.

— De votre part surtout.

— J'imagine que vous êtes venue ici pour être seule.

— Je suis venue ici pour être loin de mon mari.

— Pourquoi ?

— Je ne peux pas gérer sa culpabilité et la mienne.

La tension permanente que je sentais dans la voix de Gina grignotait petit à petit la sympathie que j'avais éprouvée pour elle avant de la connaître. Elle semblait plus bienveillante sur les photos.

La bouilloire a sifflé, ce qui a fait sursauter Gina. Elle avait peut-être les nerfs aussi à vif que moi. Elle s'est approchée de la cuisinière.

— Vous voulez une tasse de thé ? a-t-elle demandé d'un ton curieusement professionnel.

— Oui.

— Thé à la menthe ou camomille ?

— Thé à la menthe.

Elle a rempli deux mugs, m'a passé le mien et est retournée s'asseoir à la même place.

— Je voulais vous rencontrer, a-t-elle dit. Len n'a pas trouvé que c'était une bonne idée.

— Moi aussi, je voulais vous rencontrer.

— Menteuse.

Je n'ai pas su quoi répondre. J'ai pris une gorgée de thé et me suis brûlé la langue.

— Qu'est-ce que vous faites pour Thanksgiving ? a-t-elle demandé.

Ces huit dernières années, nous organisions un dîner solidaire pour Thanksgiving chez Dubois. C'était toujours le pire jour de l'année pour moi, sans compter Noël et mon faux anniversaire.

— Je ne sais pas. Et vous ?

— Nous irons chez ma sœur, a dit Gina.

— Sympathique, ai-je répondu.

Nous n'avons plus rien dit pendant un moment. Nous avons bu notre thé et j'ai cherché une excuse pour partir au milieu de la nuit.

— Vous vous sentez coupable ? a demandé Gina.

— Tout le temps.

— Tant mieux.

Le radiateur a fait un bruit métallique comme un instrument de musique mal accordé. J'ai senti la chaleur monter dans la pièce, mais la réplique de Gina m'a donné des frissons. Paige était vraisemblablement la petite amie sans nom de son fils mort, celle qui avait rompu avec Toby juste avant qu'il se suicide. J'ai regardé Gina d'un œil vide.

— Vous n'êtes pas la seule fautive, je le sais, a-t-elle dit.

— Ah bon ?

Pour quelle raison Paige était-elle venue dans cette maison ?

— Comment vous êtes-vous rencontrés tous les deux ? a demandé Gina.

— Il ne vous l'a jamais dit ?

— Je n'ai jamais demandé.

— Ah bon.

— Alors, comment vous êtes-vous rencontrés?

Il y avait chez cette femme une cruauté et une noirceur que je n'avais pas vues depuis longtemps. Être l'objet de ce genre de chagrin et de colère me rappelait des choses et des gens que j'aurais préféré oublier.

Comment Paige avait-elle bien pu rencontrer Toby?

— Dans un bar, ai-je dit.

Cela aurait pu être à une soirée, mais elle risquait de demander chez qui. J'aurais pu dire à un cours, mais les détails auraient pu être délicats à fournir.

— Dans un bar, a répété Gina comme si les mots lui laissaient un mauvais goût dans la bouche.

— C'est très banal, je suppose.

— Toute cette affaire est banale.

Sa voix était coupante comme le bout d'une épée. Ses yeux se sont rétrécis, deux croissants sombres qui m'ont regardée d'un air inquisiteur.

— Qu'est-ce qu'il vous trouvait?

Je ne savais pas pourquoi elle me posait cette question, mais elle ne m'était que trop familière. Je me demandais toujours ce qu'il me trouvait. Plus tard, j'ai été obligée de me poser la question la plus importante: qu'est-ce que j'avais bien pu lui trouver?

— Je ne sais pas, ai-je répondu.

— Vous devez avoir une sacrée paire de seins.

— Hein?

J'ai eu l'impression de recevoir une gifle. Je ne savais plus qui j'étais censée être.

— Vous n'avez rien pour vous, que votre jeunesse. Vous êtes juste une coquille. Vous avez l'air vide à l'intérieur, comme si on vous avait volé votre personnalité.

J'ai eu l'impression d'être retournée à coups de griffe. Je suis devenue écarlate et les larmes me sont montées aux yeux. Je suis allée dans la chambre et j'ai commencé à m'habiller. Je ne pouvais plus jouer le rôle d'un être humain sans m'amputer du dernier morceau de mon ancien moi et le laisser sur place. Tout ce que m'avait dit Gina était vrai, même si elle s'adressait à quelqu'un d'autre. Elle m'a suivie et m'a regardée m'habiller.

— Vous partez? a-t-elle demandé, comme si elle était surprise.

— Oui.

— J'ai dit que vous pouviez rester.

— C'est bon. Il vaut mieux que je m'en aille.

J'ai fourré tous mes vêtements dans mon sac, ai fait le tour de la maison pour vérifier que je ne laissais rien de compromettant. Deux mots se répétaient dans ma tête. *Va-t'en*. J'ai ôté la clé de la maison de mon porte-clés et l'ai posée sur le bureau.

— Je suis désolée pour tout.

— Pourquoi êtes-vous désolée? a-t-elle demandé avec une réelle curiosité cette fois.

— Je suis désolée pour votre fils.

— Mon fils? Pourquoi? Vous ne l'avez pas connu.

Parlait-elle au figuré? Peut-être n'étais-je pas celle que je croyais être. J'ai fait un pas sur la véranda. Ma Jeep n'était qu'à quelques pas. Tout ce que j'avais à faire, c'était franchir cette distance et je serais libre.

— Je suis désolée du deuil qui vous a frappée, ai-je dit en descendant de la véranda.

— C'est pour ça que vous êtes désolée ?

— Je suis désolée pour beaucoup de choses.

— Vous êtes désolée d'avoir couché avec mon mari ?

J'ai trébuché sur la dernière marche. Quand j'ai retrouvé mon équilibre, je me suis retournée vers Gina. Elle avait un visage aussi immobile que les pierres de sa maison. Elle me considérait comme son ennemie, mais je ne pouvais lui rendre la pareille. J'avais abusé de son hospitalité pendant plus de trois semaines. J'estimais avoir une dette envers elle, mais je n'avais pas grand-chose à offrir. Alors, j'ai donné tout ce que j'avais.

— Je suis désolée d'avoir couché avec votre mari.

— Merci, a-t-elle dit en reculant à l'intérieur.

Et elle a fermé la porte.

JO

22

L'horloge de ma voiture indiquait 3 h 03 quand je me suis arrêtée à Maple Lane. Il n'y avait nulle part où j'avais envie ou besoin d'aller.

J'étais réveillée maintenant. Bien réveillée. Il fallait que je continue ma route, que je roule encore et encore. Mes mains avaient besoin de se cramponner autour de quelque chose, sinon elles se transformeraient en poings et chercheraient une cible à cogner. J'ai suivi la route de campagne jusqu'à ce qu'elle me crache sur la Route 9. J'ai tourné à droite, en direction du nord. J'avais une bonne quantité de kilomètres à avaler avant d'arriver à la frontière canadienne.

Au matin, j'attaquais les premiers contreforts des Adirondacks. Je ne m'étais arrêtée qu'une fois depuis mon départ, dans une station-service, pour faire le plein, j'étais allée aux toilettes et j'avais acheté une bouteille d'eau. J'ai roulé encore deux heures. Quand l'aube est arrivée, l'éclat du soleil sur mon pare-brise m'a aveuglée. Je me suis arrêtée sur le parking d'une petite épicerie, Walt's Market. J'ai allongé le siège avant au maximum, couvert mes yeux avec ma veste et essayé de dormir.

Trois coups rapides sur la fenêtre m'ont réveillée. J'ai écarté ma veste de ma tête et vu un policier debout à côté de ma Jeep. Il m'a fait signe de baisser ma vitre et j'ai obtempéré.

— Bonjour, a-t-il dit.

Ses yeux étaient cachés par des lunettes de soleil aviateur.

— Bonjour, ai-je répondu en relevant mon siège.

— Comment ça va ce matin, madame ?

— Bien, merci.

— Vous savez depuis combien de temps vous êtes garée là ?

L'horloge du tableau de bord indiquait 11 h 24.

— Je suis désolée. Je me suis juste arrêtée pour me reposer les yeux.

— Walt m'a appelé. C'est son magasin qui est là. Il voulait s'assurer que vous alliez bien. Vous êtes là depuis quatre heures.

— Je ne me rendais pas compte que ça faisait si longtemps. Je vais repartir.

— Vous allez où ?

— Je me promène, je fais du tourisme.

— Vous êtes du coin ?

— Non, ai-je répondu au cas où il me demanderait une pièce d'identité.

D'où était Sonia Lubovich, déjà ?

— De l'Indiana, ai-je complété.

— Qu'est-ce qui vous amène dans l'État de New York ?

— Je vais voir une tante à Red Hook.

Si jamais il me demandait la carte grise, la voiture était toujours immatriculée au nom de Mildred Hensen, de Red Hook, New York. S'il exigeait de voir un papier d'assurance, j'étais mal.

— Alors, bon séjour, a-t-il dit.

— Merci.

Il a fait quelques pas, puis est revenu et a demandé :

— Vous êtes sûre d'avoir assez dormi ?

— Je suis bien réveillée, maintenant.

Le flic est retourné à sa voiture de patrouille. En sortant du parking, il a tourné à droite sur la Route 9. J'ai tourné à gauche, reprenant en sens inverse le trajet que j'avais fait la nuit précédente.

Ma rencontre avec Gina m'avait laissée confuse. Et désorientée. J'avais l'impression de me trouver en terrain inconnu dans une obscurité totale. Je n'avais rien en vue, hormis mon plan habituel : trouver un autre point de chute dans une résidence secondaire et y rester clandestinement jusqu'à ce que les circonstances m'obligent à déguerpir. Je n'avais pas de projet pour mes finances, qui étaient dans un état critique ; je n'avais pas de projet pour devenir quelqu'un d'autre, quelqu'un qui pourrait exister pour de bon dans ce monde. Et je n'avais absolument aucun projet quant à la façon dont j'allais vivre les quarante prochaines années de ma vie.

Mais compte tenu de l'évolution des événements, je doutais fort d'arriver à la fin de mon espérance de vie. Je me sentais plus perdue que la première fois que j'étais partie, toutes ces années auparavant, sans la moindre idée de ce que l'avenir pouvait me réserver.

J'ai décidé de faire un détour à Saratoga Springs. Dehors, il régnait un froid de saison. J'ai déambulé un certain temps dans la ville comme si j'étais une touriste. Je n'ai pas vu de têtes se tourner d'un air soupçonneux. Les éclairages de Noël étranglaient les panneaux de rues et se balançaient au-dessus de la chaussée. Quand j'ai calculé la date, je me suis rendu compte qu'on était à cinq jours de Thanksgiving.

J'avais un tel mal du pays que j'aurais pu me noyer dedans. J'ai lutté de toutes mes forces contre lui parce qu'il ne faut pas regretter un endroit qui vous a si cruellement expulsée. J'avais longtemps ignoré mon passé. J'ignorais tous mes passés en essayant de mener ce simulacre d'existence. En passant devant la bibliothèque principale, j'ai senti la nostalgie envahir tout mon corps et je suis entrée, bien décidée à faire un pèlerinage sur les lieux du passé.

Dès l'instant où je me suis assise devant la rangée d'ordinateurs, j'ai senti l'habituelle douleur lancinante me cisailler le dos. La bibliothèque était pratiquement déserte à cette heure de la journée aussi n'ai-je pas été tarabustée par le besoin de surveiller mes arrières. Pourtant, j'ai eu l'impression que l'intérieur de mon corps palpitait éperdument tandis que mon cœur passait la surmultipliée. J'ai contemplé l'écran vide, ne sachant par où attaquer ma recherche, quelle vie vérifier en premier, quels crimes redouter le plus. J'ai commencé avec Tanya.

Gros titres, photos et fragments de ma vie sont apparus sur l'écran.

Puis je suis allée voir ce qu'on disait sur ma vie d'avant. J'avais cru, à tort, que je ne serais plus d'actualité aujourd'hui. Que c'était l'un des avantages d'avoir été déclarée officiellement morte. Mais maintenant, j'étais pire que morte. Mes vies passées commençaient à se fondre les unes dans les autres pour former une sorte de portrait-robot en pointillé. J'ai passé en revue les titres sans me donner la peine de lire les articles.

Qui est Tanya Dubois?

Tanya Pitts Dubois, elle a vécu huit ans sous un faux nom.

Nouvelles pistes dans l'affaire du meurtre de Melinda Lyons dix ans après.

Le procureur Jason Lyons affirme que Nora Glass est toujours vivante.

J'ai songé à aller dans un commissariat pour me rendre, en implorant l'indulgence de la justice. Il était peu probable qu'on croie ce que j'avais à dire, mais au moins je n'aurais plus à fuir ni à me soucier de l'endroit où je dormirais la nuit. Chaque matin au réveil, en reprenant conscience de ma situation, j'avais l'impression de recevoir un shoot d'adrénaline.

J'ai jeté un regard autour de moi dans la bibliothèque pour voir si quelqu'un me regardait, puis je me suis projetée quelques années en arrière et j'ai essayé de me souvenir de mon ancien mot de passe pour mon mail. J'avais si souvent essayé de l'oublier dans l'espoir de tourner définitivement la page.

Mais l'heure était venue de retourner là où les ennuis avaient commencé.

Je me suis rappelé l'identifiant et le mot de passe au second essai. Impossible d'oublier, car je ne pouvais l'oublier, lui. J'avais réussi à l'ignorer un certain temps, c'était tout. Cela faisait deux ans que je n'avais pas consulté cette boîte mail. J'avais supposé que Ryan renoncerait au bout d'un moment, mais ce n'était pas le cas. J'ai trouvé sept nouveaux messages. J'ai eu honte de constater à quel point cela me faisait plaisir, et suis restée atterrée de voir qu'il avait encore du pouvoir sur moi. J'ai ouvert le plus ancien message, remontant à 2014, à l'époque où j'étais encore enfermée dans ma vie avec Frank et bien à l'abri.

3 mars 2014
Destinataire : Jo
De : Ryan
Où es-tu ? Es-tu toujours en vie ?

J'ai continué à lire les messages qu'il avait envoyés pendant que j'étais en fuite et que je ne regardais pas souvent en arrière, en tout cas, pas dans sa direction.

23 août 2015
Destinataire : Jo
De : Ryan
Je vais continuer à t'écrire, même si tu ne lis

jamais un seul mot de mes messages. Je viens d'apprendre ce qui t'est arrivé, qui tu es devenue, qui tu as épousé. C'est dans les journaux. Tout le monde sait que tu es en vie.

Il y a une chose que j'ai besoin de savoir. C'est toi qui l'as tué?

R

J'avais envie de répondre. J'avais envie de l'appeler, de lui hurler dessus et de lui demander s'il croyait vraiment que j'étais capable de tuer un homme. Et puis je me suis souvenue que oui – mais pas cet homme-là. Ce qu'il me demandait en réalité, c'était à quel point j'avais changé pendant ces dix ans. J'avais changé plus qu'il ne pouvait l'imaginer. Aujourd'hui, il ne me reconnaîtrait pas.

J'ai lu les deux derniers e-mails, écrits à quatre semaines d'intervalle.

16 septembre 2015
Destinataire : Jo
De : Ryan

Tu sais, il y a une femme, écrivain, qui est venue fouiner par ici, parce que c'est l'anniversaire des dix ans je crois. Elle dit qu'elle écrit un livre sur le meurtre de Melinda Lyons et la disparition de Nora Glass. Elle est venue me voir. Je l'ai renvoyée. Mais elle a loué une des chambres de Mrs Carlisle. Elle semble avoir l'intention de rester ici quelque temps.

Autre chose, qui, cette fois, te fera sans doute plaisir. Edie a quitté Logan. C'est fini. Si tu es encore furieuse à cause de ça, à cause de ce que je n'ai pas fait, peut-être que tu peux laisser tomber maintenant, et me répondre.

À toi, R

21 octobre 2015

Destinataire : Jo

De : Ryan

Fais gaffe, Jo ! Où es-tu ? Tu dois rester sur tes gardes. Les choses ont changé. On sait qui tu es et ce que tu es devenue. Tu n'es plus morte. Tu es recherchée.

R

Il y avait tant de choses que je voulais écrire, tant de choses que je voulais lui dire. Hélas, Ryan était encore mon meilleur ami, même si c'était à cause de lui que j'étais perdue. J'aurais voulu lui faire confiance, mais je n'étais pas sûre que ce soit encore possible. Faire confiance à qui que ce soit semblait une imprudence. Mais il fallait que je réponde.

22 novembre 2015

Destinataire : Ryan

De : Jo

Je suis là. Désolée d'avoir été si longtemps silencieuse, mais cela me semblait préférable. Je ne serai pas longue.

Non, je n'ai pas tué Frank. Il a fait une chute dans l'escalier, mais je ne savais pas ce qui arriverait si la police commençait à s'intéresser à moi, et de très près. Et tu sais bien que c'est ce qui se serait passé. Alors j'ai fui. Quant à m'être adressée à M. Oliver, je n'avais pas le choix. Je n'avais pas seulement besoin d'argent. J'avais besoin de quelque chose que lui seul pouvait me fournir. Est-ce qu'il t'a dit qu'il avait essayé de me tuer? Eh bien si. Après ça, je ne l'ai plus dérangé.

Qu'est-ce que j'ai besoin de savoir? Tu peux m'en dire davantage au sujet de cet écrivain. Est-ce qu'elle s'approche de la vérité? Ce serait ennuyeux pour tout le monde. Sauf pour moi.

J'ai besoin d'argent.

Jo

Je me suis déconnectée, j'ai effacé l'historique de mes recherches, mis mon manteau et quitté la bibliothèque. J'ai marché sous un léger crachin pour tenter de m'éclaircir les idées. Puis j'ai entendu des roulements de tonnerre et j'ai vu un éclair. La pluie s'est abattue sur la ville. Mon manteau de laine a été trempé en quelques minutes. J'ai marché sur le trottoir au ras des magasins, m'abritant sous leurs auvents et sous les échafaudages jusqu'à ce que je trouve un bar. J'ai ouvert la porte et pénétré dans une obscurité totale.

23

Il m'a fallu deux whiskys pour me remettre. Ce n'est qu'après avoir avalé le troisième que mes idées se sont clarifiées. Mes vies passées attendraient pour le moment. C'était dans ma vie présente que je devais remettre de l'ordre. Mon identité n'était pas solide, je n'avais presque plus d'argent et il fallait que je me trouve un toit au plus tôt.

Personne ne m'a prêté grande attention. On m'a conseillé de suspendre mon manteau à côté de la cheminée pour qu'il sèche, mais c'est tout. Mon bonnet en laine, mes cheveux ras, mes yeux creux et mes vêtements masculins me rendaient quasi invisible au sexe opposé.

J'ai commandé un autre whisky et décidé de rester. Un client laisserait peut-être tomber une information concernant une maison vide. Mais les conversations à bâtons rompus ne m'ont donné aucune piste en dehors de paris sur le foot, de petite délinquance dans le voisinage et d'un couple au bord du divorce. Je savais déjà que je ne serais pas en état de conduire ce soir-là, alors j'ai commandé un dernier verre et quitté le bar.

J'ai dormi à l'arrière de ma Jeep sous la pluie d'orage qui tambourinait sur le toit. Au matin, quand j'ai ouvert le hayon, le ciel était encore sulfureux, mais la pluie avait cessé. L'air était frais et humide et le vent froid m'a fait l'effet d'un pack de glace sur ma gueule de bois. J'ai marché jusqu'à un café, utilisé les toilettes, me suis lavé les dents et, après avoir aspergé mon visage d'eau froide, j'ai acheté un gobelet de café pour la route.

Quand je suis remontée dans ma voiture et ai voulu mettre le contact, le moteur a crachoté et s'est tu. J'ai tourné la clé à nouveau. Le voyant de la batterie a clignoté sur le tableau de bord, mais ma Jeep n'a pas fait plus de bruit qu'une souris. J'ai appuyé sur l'accélérateur et j'ai ressayé, parce que c'est ça qu'on fait : on essaie, même quand on sait que ça ne sert à rien.

Tandis que je priais pour que ma voiture démarre, quelqu'un a frappé à ma vitre. J'aurais été moins alarmée si on m'avait envoyé un coup de poing en pleine figure. J'ai levé les yeux. Un type se tenait là, cinquante-cinq, soixante ans, avec une barbe brune striée de gris et une masse hirsute de cheveux poivre et sel. J'ai baissé ma vitre.

— Au bruit, votre batterie est morte.

C'était l'impression que j'avais.

— Oui, je crois, ai-je dit.

— Ouvrez le capot. J'ai des câbles de démarrage.

Je n'étais pas du genre à refuser l'aide d'un bon Samaritain. Sa voiture était garée quelques rangées plus loin sur le parking. C'était une camionnette Chevrolet rouge vif qui faisait deux fois la taille de ma Jeep. Il a laissé son moteur en marche, a branché les câbles et m'a fait un signe du doigt pour que je mette le contact. Ma Wagoner a crachouillé avec un peu plus de vigueur, mais sans démarrer pour autant. Le Bon Samaritain m'a dit de couper le contact et s'est approché de ma fenêtre.

— C'est râpé. Il vous faut une batterie neuve. Il y a un magasin d'accessoires auto à quelques kilomètres. Je peux vous emmener.

J'ai hoché la tête, pensant déjà à des prétextes et à des explications à donner. Il a refermé le capot de ma Jeep, puis le sien, et a remis les câbles dans une boîte à outils sur le plateau de sa Chevrolet. Je suis descendue de ma voiture quand il a ouvert la porte du passager de la sienne.

Je m'étais dit que j'y arriverais, que pour une fois je supporterais de faire trois kilomètres sur un siège passager sans être paralysée par la peur ni avoir la nausée, mais là, en le voyant me tenir la porte ouverte, je n'ai pas pu.

J'ai regardé le Bon Samaritain en souriant.

— Ça vous ennuie si je m'installe derrière ? J'ai une sale gueule de bois ce matin et je préfère ne pas restituer mon déjeuner dans votre belle voiture neuve.

Le Bon Samaritain a paru tenté de remballer sa proposition, non pas à cause de mon ingratitude, mais parce qu'il s'est dit que je devais être complètement fêlée. Il a plissé les yeux, comme si, en réfléchissant un peu plus à mon cas, il pourrait savoir si j'étais dangereusement perturbée. J'ai sauté sur le plateau de la camionnette et me suis assise en levant les deux pouces.

— C'est très confortable ici. Merci beaucoup pour votre gentillesse.

Le Bon Samaritain a haussé les épaules et pris le volant. Quand nous sommes arrivés à son magasin d'accessoires auto, j'ai sauté de la plate-forme. Le Bon Samaritain est sorti de son véhicule et a continué à étudier mon comportement comme si j'étais en train de bondir tout autour d'une cellule capitonnée.

— Je peux me débrouiller maintenant. Merci.

Et je me suis éloignée en traînant les pieds. Il m'a hélée.

— Vous savez quelle batterie acheter ?

— Je vais leur dire la marque et le modèle, et ils verront, ai-je lancé en me retournant.

Il a hoché la tête en signe d'approbation.

— Et vous savez changer une batterie ?

Je n'avais pas anticipé jusque-là. Du temps où j'étais mariée avec Frank, chaque fois qu'il y avait un bruit inhabituel dans le moteur, grincement ou cliquetis, nous appelions Otis, qui était un client tellement fidèle chez Dubois que, souvent, nous n'avions même pas besoin de l'appeler.

— Ma foi non, ai-je répondu au Bon Samaritain.

Sa question était très pertinente, mais sa sollicitude commençait à me gêner. D'après mon expérience, les gens ne se décarcassent pas pour une inconnue, à moins de vouloir quelque chose en échange.

— Je peux sans doute arriver à comprendre le mode d'emploi, ai-je dit.

Le Bon Samaritain a pris une grande inspiration pour dissiper son agacement et a pénétré devant moi dans le magasin. Il s'est dirigé droit vers l'allée où se trouvaient les batteries. Je l'ai suivi. Il a désigné celle que je devais choisir. Je l'ai prise et l'ai amenée à la caisse. Nous sommes retournés à sa camionnette. Cette fois-ci, il n'a même pas fait mine d'ouvrir la porte côté passager. J'ai posé la batterie sur la plate-forme du camion avant d'y grimper. Nous avons refait les trois kilomètres jusqu'à ma voiture ; le vent frais a continué à calmer les élancements de la gueule de bois.

Quinze minutes plus tard, la nouvelle batterie avait remplacé l'ancienne et j'étais assise à mon volant à écouter le ronronnement du moteur. J'ai pris dans mon portefeuille un billet de vingt dollars dont je ne pouvais pas vraiment me passer et l'ai tendu par la fenêtre.

— Merci infiniment, monsieur. Je vous dois ?

Je l'avais vexé. Il s'est approché de la voiture, les mains au fond des poches pour faire clairement comprendre qu'il n'acceptait aucun cadeau de reconnaissance.

— J'ai une fille qui doit avoir votre âge. Elle sait changer un pneu et remplacer une batterie, et elle ne va jamais nulle part sans câbles de démarrage. Mais si elle n'avait pas eu un papa qui lui avait appris ça, j'espère qu'elle trouverait quelqu'un d'assez correct pour le faire à sa place.

J'ai eu honte de m'être imaginé des choses à son

sujet. Jamais il ne m'était venu à l'esprit qu'il puisse être une âme pure, ni qu'il puisse encore en exister. J'ai hoché la tête et réitéré mes remerciements, sincères cette fois, pas des remerciements entourés de barbelés.

Au moment de partir, il s'est retourné.

— Je comprends pourquoi vous ne vouliez pas monter dans la voiture avec un inconnu ; mais c'est dangereux de voyager sur une plate-forme de camion. N'en faites pas une habitude. Et n'en faites pas une non plus de rouler dans une vieille voiture sans câbles, ni roue de secours, ni cric.

Quand je suis repartie, j'ai pris vers le nord, dans la direction du Canada, mais en restant à l'écart des grands axes routiers. Quelques heures plus tard, j'étais à Lake Saranac, où je me suis arrêtée pour prendre de l'essence et acheter des provisions dans un petit supermarché où il y avait un bureau de la Western Union. J'ai pris 50 de mes 80 dollars restants et les ai mis sur une carte de crédit prépayée. Le préposé m'a demandé mon numéro de Sécurité sociale et une pièce d'identité. J'ai écrit un numéro au hasard, proche de celui de Debra Maze, à quelques chiffres près, et je suis repartie avec les indications pour faire un transfert en ligne sur ma carte.

Je suis allée ensuite à la bibliothèque principale, me suis assise devant la rangée d'ordinateurs et j'ai consulté mon ancien mail. Ryan n'avait pas encore répondu, mais je n'avais écrit que vingt-quatre heures auparavant. J'ai envoyé un autre message intitulé URGENT. Je donnais à Ryan mon numéro de compte et lui disais que celui-ci serait désactivé d'ici à cinq jours. Je ne savais absolument pas s'il pouvait retrouver ma trace et comment, mais il fallait que je protège mes arrières.

J'étais pratiquement à sec et mon dos me faisait un mal atroce. Je ne pensais pas pouvoir passer une autre nuit dans la Jeep, alors j'ai entrepris de chercher très sérieusement un nouveau toit.

J'ai commencé à circuler dans les collines en essayant de repérer les boîtes aux lettres pleines de courrier le long de la route et en me disant que l'une d'elles pourrait indiquer une maison vide. Quelques candidates avaient le profil du poste, mais l'une avait un aspect particulièrement prometteur. C'était un chalet de deux pièces, avec un toit à deux pentes, niché sur un terrain privé d'au moins deux hectares, et il remplissait le cahier des charges : il était caché derrière un rideau de conifères, et les voisins les plus proches se trouvaient à plus d'un kilomètre et demi en contrebas sur la route. Il y avait même un générateur, ce qui paraissait bizarre compte tenu du caractère minimaliste de la maison. Quand j'ai inspecté la boîte aux lettres, elle débordait de prospectus et de publicités ; pas une seule facture ni lettre ayant un caractère d'urgence.

Malgré sa construction simple, il était plus difficile que je ne l'aurais cru de pénétrer dans la maison. Il n'y avait pas de double de clé caché à proximité, d'après ce que j'ai pu voir. Mais une fenêtre était légèrement disjointe et j'ai réussi à l'ouvrir en faisant levier avec mon canif. J'ai trouvé un vieux fauteuil à bascule sur la véranda et j'ai grimpé dessus. Il m'a offert un équilibre instable, mais j'ai pu me hisser à l'intérieur.

J'avais gagné le gros lot des squatters : chaque centimètre carré de cette maison était couvert de poussière. Difficile de décrire l'odeur de l'air emprisonné à l'intérieur : un mélange de poussière, de moisissure et de renfermé. Les meubles rares et sans fioritures m'indiquaient que c'était la retraite très occasionnelle d'un célibataire. Selon la boîte aux lettres, il s'appelait Reginald Lee.

Je me suis attaquée d'emblée au ménage, car la combinaison écœurante d'odeurs a déclenché chez moi une crise d'éternuements qui ne s'est calmée que quand je suis sortie. J'ai passé une heure à ôter la poussière. Comme il n'y avait pas de machine à laver, j'ai rassemblé la literie et les serviettes de toilette que j'ai trouvées dans la salle de bains et suis allée à la plus proche laverie automatique.

Pendant que le linge tournait dans l'essoreuse, j'ai imaginé une histoire crédible au cas où Reginald Lee déciderait de prendre des vacances et trouverait une inconnue dans son lit. J'ai décidé d'inclure une petite dose de vérité dans une grosse louchée de fiction.

Mon mari est mort sans rien me laisser. Je n'ai aucune source de revenus et n'ai pas pu payer les traites. Ma maison a été saisie et moi expulsée. Depuis, je dors dans ma voiture, passant de temps en temps une nuit dans un motel, mais je n'ai plus d'argent et il fait trop froid pour coucher dans la voiture. Je suis tombée par hasard sur votre maison, Reginald – Reggie ? J'ai vu qu'elle était vide. La fenêtre était ouverte et je cherchais juste un endroit où passer la nuit au chaud. S'il vous plaît, montrez votre bon cœur en cette période de Thanksgiving.

Je m'imaginais Reggie comme un homme simple à la voix douce, un homme auquel le sort des pauvres n'était pas inconnu. Je pensais vraiment qu'il aurait pitié de moi. En me regardant dans la glace, je devais reconnaître que j'avais l'air pitoyable. Mes cheveux étaient incoiffables et j'avais perdu sept ou huit kilos pendant ce dernier mois. Reginald me témoignerait de la compassion. Et je doutais qu'il m'accuse de coucher avec sa femme.

24

Il m'a fallu un certain temps pour m'habituer à la maison de Reggie après le confort de chez les Frazier. Il n'avait d'autre forme de chauffage qu'un poêle à bois. Au moins quelques stères étaient stockés sous une bâche goudronnée sur la véranda de derrière, mais je n'avais aucune idée de la vigilance des voisins. S'ils voyaient une volute de fumée s'échapper de chez Reggie, viendraient-ils voir ce qui se passait ?

La première nuit, j'ai dormi avec mon bonnet et de grosses chaussettes, sous toutes les couvertures que j'ai pu trouver. En plein milieu de la nuit, alors qu'on se serait attendu à n'entendre que le sifflement du vent et, sur le toit, les glissements de diverses créatures en quête d'un abri où elles pourraient s'introduire, j'ai entendu un autre bruit. Un bourdonnement sourd. Cela aurait pu être une chaudière, mais Reggie n'avait pas le chauffage. J'ai détourné mon attention du bruit mystérieux et tenté de dormir. Je me suis réveillée avec les articulations douloureuses, et la tête encore embrumée. J'avais acheté des provisions de base la première fois que j'étais sortie. Pour le petit déjeuner, je me suis fait du café et un sandwich au beurre de cacahuète et à la confiture. J'espérais que Ryan se manifesterait sans tarder, car mon budget ne me permettrait pas beaucoup d'autres sandwichs de ce genre.

Reginald n'était pas bien riche en matière de distractions. Il avait une vieille télé avec un lecteur de DVD assorti, mais pas de films, ce qui m'a surprise. Sa bibliothèque était surtout dédiée à Clive Cussler et il avait des piles de magazines consacrés aux armes à feu. On y trouvait aussi des ouvrages de développement personnel et les *Carnets de Turner*, un roman d'anticipation à la gloire des suprémacistes blancs.

Il n'était pas facile de se faire une image de Reggie d'après ses livres, mais je me suis doutée qu'il n'était pas le type décontracté que j'avais imaginé.

Il n'y avait pas d'autres touches personnelles dans le chalet – ni photographies, ni tableaux, ni éléments de déco, à l'exception d'un veux tapis poussiéreux, d'un canapé écossais, d'un range-chaussures et de quelques torchons avec des motifs de marguerite. Reggie avait cependant un stock impressionnant de conserves, de repas surgelés et d'eau minérale, comme s'il s'était équipé en prévision de la fin du monde. Par respect pour mon hôte absent, j'ai essayé de limiter mon utilisation de ses réserves à une boîte de soupe par jour. Le bourdonnement que j'avais remarqué était cyclique. Au début, je n'y ai pas prêté grande attention. Chaque maison où j'avais séjourné avait son type de bruits.

Le lendemain matin, je suis retournée à la bibliothèque et j'ai vérifié le solde de mon compte sur ma carte de la Western Union. Ryan y avait déposé 1 000 dollars. Une somme qui pourrait me durer quelques mois compte tenu de mon style de vie actuel, mais qui n'était en aucun cas une solution à long terme. J'ai consulté ma boîte mail et vu ce qu'il m'avait répondu.

23 novembre 2015
Destinataire : Jo
De : Ryan
J'en enverrai plus si tu appelles.

Il avait laissé un numéro de téléphone et trois différents créneaux horaires où je pouvais le contacter dans la semaine. J'ai répondu.

24 novembre 2015
Destinataire : Ryan
De : Jo
Si c'est un piège, je ne te ferai pas de cadeau. Je ne ferai de cadeau à personne.

Je suis restée quelques heures à la bibliothèque à faire des recherches sur d'autres sujets. D'abord, j'ai consulté les registres de propriété de Saranac Lake à l'adresse du chalet de Reginald Lee. Le précédent propriétaire était un dénommé Jedediah Lee. C'était à l'évidence un bien de famille, légué au fils quinze ans auparavant. J'ai fait une recherche avec le prénom de celui-ci, mais comme Reginald Lee est un nom assez répandu, je n'ai pas pu découvrir son adresse actuelle. J'espérais seulement qu'il se trouvait bien là où il était et n'envisageait pas de faire une petite escapade dans un avenir proche.

La bibliothèque était bien chauffée, aussi n'étais-je pas pressée de la quitter. Non seulement il y avait une ample réserve de lecture, mais une tentation à laquelle je ne pouvais pas résister : l'ordinateur, qui me donnait accès à un monde dont je ne faisais plus partie. Il semblait que plus je m'éloignais de la civilisation et plus j'étais attirée par ce faux sentiment de communauté. J'avais résisté à beaucoup de choses pendant ces dernières années. Je ne regardais pas beaucoup le passé, exception faite de ma correspondance avec Ryan. Mais on était en période de fête et jamais je n'aurais cru me sentir aussi seule.

J'ai tapé le nom « Edie Oliver » dans un moteur de recherche. Le premier lien à apparaître a été son profil sur un site de médias sociaux qui était devenu en vogue à l'époque où j'avais commencé ma cavale. La photo qu'elle avait utilisée pour s'identifier était celle d'une petite fille qui lui ressemblait beaucoup, mais tenait un peu de lui aussi. Ses paramètres de confidentialité étaient faibles, aussi ai-je obtenu une vue globale des événement marquants de la dernière décennie de sa vie. Mariage. Naissance d'une fille. Divorce. Quelques photos d'elle. Elle était toujours telle que je me la rappelais, peut-être un peu plus ronde, avec quelques rides en plus. Et elle n'avait plus sa frange d'adolescente. J'aurais aimé lui écrire, me manifester, mais je me suis souvenue du regard qu'elle m'avait jeté la dernière fois que je l'avais vue et j'ai senti à nouveau la douleur de la trahison.

J'ai lu certains des commentaires que les gens avaient laissés sur sa page.

Après l'annonce de son divorce, un type avec lequel je croyais avoir été en cours de maths avait écrit : *Appelle-moi !* Quelques filles dont les noms me paraissaient familiers avaient écrit des commentaires comme *bravo ; tiens bon ; je t'adore, ma belle.* Je me suis demandé si ces paroles de soutien lui avaient apporté un réel réconfort. Je ne croyais pas qu'elle évoluait avec enthousiasme dans ce monde-là ; elle s'était inscrite parce que ça faisait partie du tissu social. C'est ce que j'aurais fait aussi, si j'étais restée.

J'ai déroulé la page pour voir les derniers posts jusqu'à ce que l'un d'eux attise ma curiosité. Une dénommée Laura Cartwright, sans photo, avait laissé un message : *Merci de me contacter. J'écris un livre sur Melinda Lyons. Je recherche des personnes à interviewer.*

J'ai cliqué sur le profil de Laura Cartwright. Ce nom. Je connaissais ce nom, mais sans pouvoir le situer. Ses informations personnelles étaient rares et cryptiques. Elle travaillait pour *Self.* Elle était née un 1er avril. Rien dans la colonne des « Like ». Son existence en ligne, d'après ce que je pouvais voir, n'avait commencé que six semaines plus tôt. Sa vie semblait tourner exclusivement autour de l'affaire Melinda Lyons.

Je me suis créé un profil sous le nom de Jane

Doe. Ce n'était qu'un nom, après tout; cette Jane n'avait pas besoin d'être réelle. J'ai commencé à rédiger un message à Laura Cartwright, lui proposant mon aide anonyme pour son enquête et lui demandant si elle avait découvert de nouveaux indices concernant l'affaire.

Au moment où j'allais cliquer sur le bouton "envoi", je me suis ravisée. Si cette femme était aussi un piège? Où que je me tourne, je voyais des terrains minés. Il fallait que j'examine soigneusement les choix qui s'offraient à moi avant d'aller plus loin.

La bibliothèque allait fermer. J'ai consulté une dernière fois mon mail et vu que j'avais un nouveau message de Ryan.

24 novembre 2015
Destinataire: Jo
De: Ryan
Pourquoi serait-ce un piège? Quel serait mon avantage si tu rentrais?

Quelque chose dans la tournure de la phrase m'a blessée. Sans doute m'étais-je toujours imaginé qu'il avait envie de me voir rentrer.

Je suis retournée au chalet de Reginald et j'ai ouvert une boîte de soupe. Cette nuit-là, il est tombé la première neige de la saison. Quand je me suis réveillée le lendemain matin, le monde était recouvert d'une couche blanche. Des stalactites pendaient des arbres et des auvents comme des chandeliers. Il y avait longtemps que je n'avais vu le monde paraître aussi pur, paisible et parfait.

J'ai jeté la prudence aux orties et fait un feu dans le poêle à bois. En une heure, il faisait bien chaud dans le chalet. J'ai ôté mon bonnet et mon pull. Je me suis fait une tasse de thé et me suis laissée hypnotiser par les braises rougeoyantes du feu. Comme ce serait merveilleux de pouvoir rester là tout l'hiver.

La neige a continué de tomber. Pendant combien de temps, je l'ignore. J'avais omis de consulter la météo pendant que j'étais à la bibliothèque. Reggie devait bien avoir une radio quelque part. À en juger par ses réserves, c'était un homme à l'esprit pratique.

J'avais déjà fouillé sommairement la maison. Il n'y avait pas de porte visible menant à une cave, mais j'ai fini par constater que le bourdonnement faisait très légèrement vibrer le plancher. Il devait nécessairement y avoir une cave quelque part. J'ai commencé mes recherches à l'avant de la maison en progressant vers l'arrière, et j'ai rampé sur le sol en quête d'une porte ou d'une trappe quelconque. Je n'ai rien trouvé, mais ai continué à sentir la discrète vibration sous mes pieds. J'ai repris mes recherches à partir du devant. Cette fois, j'ai poussé la table basse et soulevé le vieux tapis élimé. Alors, j'ai repéré la trappe menant à la cave. Je l'ai soulevée à partir d'une entaille dans le bois ; une échelle de meunier menait à un sous-sol en ciment. Je suis allée chercher la lampe de poche dans l'office et l'ai braquée sur la cave. J'entendais maintenant le bourdonnement à plein volume.

Comme je n'avais rien d'autre à faire, j'ai décidé

d'explorer. En descendant, j'ai lancé de grands coups de pied dans des toiles d'araignées. Il y avait cinq barils de pétrole le long du mur. J'ai tapé sur l'un d'eux, qui a résonné comme un gong. J'ai frappé sur tous les autres. Tous vides. Un placard métallique géant occupait l'espace sous la cuisine ; à l'autre bout de la cave, juste au-dessous du lit de Reggie, se trouvait une porte massive fermée par un cadenas. D'après ce que je percevais, le bourdonnement venait de là.

Je me suis approchée de la porte et mon imagination a commencé à broder sur ce que je pourrais trouver à l'intérieur. Peut-être était-ce simplement là que Reggie stockait sa viande, ses boissons et ses denrées périssables surgelées. Beaucoup de gens avaient des réfrigérateurs dans leur sous-sol. À cela près que, vu de l'extérieur, celui-ci avait la taille d'une garde-robe, ce qui semblait suspect, compte tenu de celle du reste de la maison et de son caractère modeste. Un frisson glacé m'a traversée, qui ne devait rien à la température de la cave. J'ai songé à remonter au rez-de-chaussée et à filer. Mais cette vie n'a pas grand-chose à offrir. Parfois, la peur et l'inquiétude sont préférables à l'ennui.

J'ai ouvert la porte. Le réfrigérateur s'est illuminé. Cela faisait des jours que je n'avais vu de lumière aussi brillante. À l'intérieur se trouvaient une douzaine de sacs d'engrais. Sur les sacs, il y avait des inscriptions. *Contient du nitrate d'ammonium. Combustible.* J'ai compté les sacs. Il y en avait quinze. Il se dégageait d'eux une légère odeur, mais la réfrigération l'empêchait de s'épanouir. J'ai fermé la porte et me suis dirigée vers le placard en métal, dont j'ai essayé la poignée. Fermé à clé.

Je suis remontée et j'ai fouillé dans mes sacs jusqu'à ce que je retrouve deux trombones au fond de mon sac à main. J'ai redressé la petite tige de métal de l'un de façon à former un crochet et je me suis appliquée à détordre l'un des côtés de l'autre de façon à ce que la moitié de la tige forme une ligne droite. Frank aimait les serrures, alors j'avais appris à les crocheter. Je suis retournée au sous-sol, j'ai enfoncé l'extrémité en crochet au fond de la serrure, maintenant une pression sur le côté gauche. Je me suis servie de l'autre trombone pour donner de petits coups secs à la gorge de la serrure jusqu'à ce que celle-ci cède et que j'entende le déclic attendu. Une bouffée d'adrénaline accompagnée de nausée m'a submergée quand j'ai ouvert la porte.

À l'intérieur se trouvaient des fusils, des carabines et des pistolets semi-automatiques. Sur l'étagère du bas étaient rangées des boîtes de munitions. Il y avait assez d'armes dans ce sous-sol pour anéantir une petite ville entière. Quand j'ai vu les fusils, j'ai brusquement compris à quoi servait l'engrais. Reggie n'était pas le type affable que j'avais espéré. Je crois que Reggie se préparait à commettre un attentat. Un homme comme lui ne resterait vraisemblablement pas éloigné de son bunker pendant trop longtemps.

Je suis remontée, j'ai rassemblé mes affaires et essayé de remettre le chalet exactement dans l'état où je l'avais trouvé. Je me suis précipitée dans ma voiture et j'ai conduit pendant les trois heures qui séparent Saranac Lake et Burlington, dans le Vermont. Il n'y avait pas de route directe, aussi ai-je dû m'arrêter un certain nombre de fois pour consulter la carte. Une fois arrivée à Burlington, j'ai acheté deux téléphones jetables dans un drugstore et ai fait un tour à pied dans la grand-rue, en quête d'un téléphone public. J'ai appelé le commissariat de Saranac et demandé à parler à un inspecteur.

— Ici l'inspecteur Webb.

— Je voudrais faire une dénonciation anonyme, ai-je dit.

— Je vous écoute.

— J'ai des informations sur un individu qui, je crois, se prépare à commettre un attentat.

— Vraiment ?

— Il s'appelle Reginald Lee et il vit dans une maison qui lui appartient, au 333 Church Street, un peu en dehors de la ville.

— Puis-je vous demander à qui je parle ?

— Comme je vous l'ai dit, c'est un appel anonyme.

— Je vois. Vous savez ce qu'il a l'intention d'attaquer ?

— Je ne sais pas. Ce qu'une quinzaine de sacs d'engrais sont susceptibles de faire exploser.

— Puis-je vous demander quels sont vos liens avec cette personne ? a continué l'inspecteur Webb.

— Je ne le connais pas, ai-je dit. Mais si vous allez chez lui et soulevez le tapis de son salon, vous trouverez une trappe menant au sous-sol. Et là, vous aurez toutes les pièces à conviction que vous voulez.

— Puis-je vous demander quels sont vos liens avec cet homme ?

— Je n'en ai aucun.

— Vous le connaissez d'une façon ou d'une autre, madame ?

— Vous avez l'intention de faire quelque chose ?

— Malheureusement, compte tenu de la situation, c'est impossible.

— Pourquoi ?

— Parce que vous pouvez être n'importe qui avec un compte à régler. J'ai besoin d'un mandat pour perquisitionner chez quelqu'un. Sans cause probable ni plainte officielle d'une personne réelle et non d'une source anonyme, je ne peux rien faire.

— Mais il faut faire quelque chose ! Il ne garde pas cet engrais pour jardiner au printemps. Il a un réfrigérateur de la taille d'une armoire pour l'entreposer. Et tout un arsenal aussi. Au moins vingt armes à feu.

— Il en a le droit d'après le second amendement.

— Dites-moi que vous allez intervenir.

— Si vous voulez venir au commissariat, madame, et faire une déposition officielle, alors nous donnerons suite. Je vois que vous appelez de Burlington, dans le Vermont...

J'ai raccroché.

Tandis que je déambulais dans la rue, abasourdie, mon cerveau fonctionnait comme un réseau routier complexe. Je prenais un virage, suivais une direction, me heurtais à une impasse, faisais demi-tour, essayais une autre ramification et aboutissais à une autre impasse.

Si le contenu de la cave avait été autre – des restes humains, peut-être – j'aurais pu laisser tomber. J'ai laissé tomber tant de choses dans ma vie. Mais j'avais le sentiment que Reggie projetait de tuer beaucoup de gens d'un seul coup, et je n'étais pas sûre de pouvoir vivre avec ça sur la conscience.

J'ai regardé ma montre. Il me restait une demi-heure avant mon coup de téléphone prévu avec Ryan. Je me suis arrêtée dans un bar pour me remonter. J'ai bu deux whiskys et suis partie. Je suis retournée à ma voiture, j'ai pris l'un des portables et composé le numéro.

— Allô ? a-t-il dit

Un seul mot, chargé de toute l'anticipation que j'éprouvais, m'a propulsée dix ans en arrière. Je m'étais dit que quand j'entendrais sa voix, j'éprouverais dans l'instant toute la rage d'une décennie. Mais non. J'ai éprouvé une immense tristesse et de la nostalgie. Il me manquait plus que je ne le haïssais.

— Allô, ai-je répondu en m'efforçant d'adopter un ton professionnel, comme si les sentiments ne faisaient plus partie de mon répertoire actuel.

— C'est vraiment toi ?

— Qui veux-tu que ce soit d'autre ?

— Tu m'as manqué.

— Ah bon ?

— Comment ça s'est passé pour toi ?

J'ai raccroché. Au bout de cinq minutes, je l'ai rappelé avec l'autre téléphone.

— Qu'est-ce qui s'est passé ? a-t-il demandé.

— J'espère vraiment que tu ne retraces pas cet appel.

— Pourquoi je ferais ça ?

— Pourquoi ? Parce que quelqu'un te dit de le faire.

— Ok, je ne l'ai pas volé.

— Tu es seul ?

— Oui. Je suis dans une chambre d'hôtel à Everett, pour affaires.

— Tu as une maîtresse ?

— Pourquoi ?

— Je suis curieuse de savoir comment va ton mariage.

— Si j'avais une maîtresse, je serais tenté de me confier.

— C'est donc un non ?

— Je n'ai pas de maîtresse.

J'ai raccroché, attendu cinq minutes et rappelé avec l'autre appareil.

— Tu ne peux pas arrêter de faire ça ? a-t-il dit quand il a décroché.

— Je ne peux pas courir le risque d'une rétrospective interminable. Qu'est-ce que tu as à m'annoncer ?

— Ta mère est malade.

— C'est pas nouveau.

— Non, mais là elle va mourir.

— Ah. De quoi ?

— Cancer du poumon.

— Eh bien merci de m'informer.

J'avais toujours cru que je la reverrais, que les derniers mots que je lui avais dits seraient remplacés par de nouveaux. Il ne m'avait jamais traversé l'esprit que ma mère pourrait quitter ce monde avant que j'aie eu une chance de lui pardonner. J'ai dû rester muette un moment.

— Tu es toujours là ? a demandé Ryan.

— Oui.

— Je crois que tu devrais quitter le pays.

— Qu'est-ce qui te fait croire que j'y suis toujours ?

— Je peux t'aider à te procurer un passeport si besoin est.

— Bon à savoir.

Il était inutile de lui donner des détails sur ma vie.

— Je viens de remettre 1 000 dollars sur ta carte. Je t'en enverrai plus quand je pourrai.

— Tu es un homme de parole.

— Je suis désolé.

— Tu l'as déjà dit.

— Fais gaffe, Jo. Tu es recherchée. Et cette fille qui écrit, on dirait un chien qui cherche un os à ronger.

— Tu parles de Laura Cartwright ?

— Oui. Comment connais-tu son nom ?

— Elle m'a envoyé un e-mail pour me demander une interview. Tu lui as parlé ? ai-je demandé.

— Elle est venue chez moi un jour. Je lui ai répondu que je n'avais rien à dire. Et je l'ai revue à l'hôpital un jour où j'allais voir ta mère.

— Ça risque d'éveiller ses soupçons de lui refuser un entretien.

— Je ne peux pas parler avec elle. Je n'arrive

même pas à la regarder. À cause de ses yeux bleus. Chez n'importe qui d'autre, je pourrais les trouver beaux. Mais ils me paraissent tellement froids.

— Des yeux bleus ?

— Bleu glacier.

25

Avec tous les coups de téléphone que je donnais et les signaux que j'envoyais aux antennes relais, j'avais intérêt à ne pas rester au même endroit, même si mes déplacements se bornaient à la côte Est. Ma conversation avec Ryan m'avait secouée. Après l'avoir terminée, j'ai jeté mes deux portables et suis allée retirer 1 000 dollars sur ma carte de la Western Union, au cas où quelqu'un déciderait de geler mes avoirs. J'ai roulé jusqu'à la gare Amtrack de Burlington. Il n'y avait pas de train avant le matin, aussi ai-je pris une chambre dans un énième motel miteux où je me suis terrée pour la nuit. Je me suis réveillée à l'aube, j'ai rassemblé toutes mes possessions dans mon petit sac à dos et suis allée à la gare où j'ai laissé la voiture sur l'aire de stationnement longue durée. Je ne nierai pas que l'apparition de Blue dans ma vie passée était une source d'inquiétude immédiate, mais je me sentais obligée de régler d'abord l'affaire Reginald Lee.

Un seul train desservait la région de Burlington. J'ai pris un billet d'Essex Junction jusqu'à Philadelphie. Cela semblait bien cher payé, dix heures de train aller et retour juste pour un appel téléphonique, mais j'avais eu un peu trop souvent chaud aux fesses au cours de la dernière année. Ma chance commençait à s'épuiser. Le billet m'a coûté 150 dollars. J'ai dormi dans le train pour m'économiser une chambre. Quand je me suis réveillée, j'ai senti la douleur familière me cisailler le dos.

Je suis arrivée à Philadelphie vers neuf heures du soir. J'ai descendu Market Street pour trouver un drugstore où l'on vendait des téléphones jetables. J'en ai acheté deux et j'ai continué mon chemin jusqu'à ce que je tombe pile sur la Cloche de la Liberté. Pendant quelques minutes, j'ai été une touriste, lisant l'histoire de la cloche et de son défaut de fabrication. J'ai pensé à Andrew, à la façon dont il aurait enregistré les détails concernant cette cloche, son battant de vingt-deux kilos fait de cuivre, d'étain et d'autres métaux, et même d'arsenic. J'aurais aimé pouvoir lui envoyer une carte postale.

Après avoir joué les visiteuses, j'ai continué à arpenter le centre-ville et suis entrée dans le hall de l'hôtel Ritz. Je suis allée aux toilettes et j'ai entrepris de me rafraîchir un peu pour éviter que le personnel ne me demande de vider les lieux. Je n'avais pas besoin de ressembler à une cliente, mais il fallait impérativement que je ressemble à quelqu'un qui pourrait avoir affaire à un client de l'hôtel. Je me suis poudrée, j'ai enroulé un foulard autour de mes cheveux tondus et me suis mis du rouge à lèvres rouge vif. Mon manteau d'hiver était un peu miteux, aussi l'ai-je enfoui dans mon sac à dos. Je suis retournée dans le hall et j'ai trouvé un siège tranquille dans un coin. C'était un endroit qui en valait bien un autre pour passer mon coup de fil.

— Ici le shérif Lowell, a-t-il dit.

— Domenic ?

— Lui-même.

— J'ai besoin d'aide.

— Où es-tu, ma jolie ? Je viens te chercher.

— Tu es seul ?

— Oui.

— Ce serait une perte de temps et d'argent d'essayer de localiser l'appel, ai-je dit. J'ai fait des centaines de kilomètres pour t'appeler.

— Tu sais flatter un bonhomme, toi !

— Je voudrais te poser une question. Peux-tu imaginer une raison innocente pour laquelle un type pourrait stocker une douzaine de sacs d'engrais contenant du nitrate d'ammonium ?

— Tu m'appelles pour parler d'engrais ?

— Entre autres.

— Je suis moins flatté, du coup, a dit Domenic.

— Il garde ses sacs dans une cave à température constante. Dans son sous-sol, il y a un arsenal de bonne taille, des munitions à gogo et plusieurs barils de pétrole vides.

— Qui est cet homme ?

— Je préfère ne pas le dire.

— Comment as-tu échoué dans son sous-sol ?

— Je gardais la maison.

— Il était au courant que tu gardais sa maison ?

— Non.

— Alors ce n'est pas du gardiennage.

— Ça ne t'intéresse pas de savoir ce qu'il manigance, ce type ?

— Si, ça m'intéresse énormément, a dit Domenic. Je m'intéresse aussi à ce que toi, tu manigances.

— Je veux juste qu'on l'arrête. C'est tout.

— Ne t'approche pas de ce type. Il m'a l'air dangereux.

— Je sais. C'est pour ça que j'ai appelé la police. Mais ils me prennent pour une ex qui cherche à se venger.

— Dis-moi où tu es, ma jolie, et je te promets de t'aider.

— Ce que tu peux faire pour m'aider, c'est me dire que tu vas l'empêcher de passer à l'acte.

— Ce qu'il faut que tu fasses, toi, c'est rester à distance de ce type.

— Alors tu n'as pas d'autre conseil à me donner pour le livrer à la police ?

— Tu pourrais aller dans un commissariat. T'identifier. Je suppose que tu pourrais dire que tu es SDF. Que tu es entrée dans cette maison pour t'y mettre à l'abri du froid, et leur dire ce que tu as vu.

— C'est tout ce que tu trouves ?

Vingt heures et 150 dollars pour rien.

— Je voudrais t'aider. Laisse-moi t'aider.

— Il faut que j'y aille maintenant, Domenic.

— Je ne sais pas ce que tu as prévu de faire maintenant, mais je t'en prie, ne le fais pas !

— Je n'ai rien prévu du tout.

— Je ne te crois pas, a dit Domenic.

— On n'a jamais eu vraiment l'occasion de construire une relation de confiance, pas vrai ?

J'allais raccrocher quand il a repris la parole.

— On a découvert un corps à Dead Horse Lake, environ une semaine après ton départ. Il n'a pas encore été identifié, mais ce n'est qu'une question de temps.

Je pouvais encore raccrocher, mais cela risquait de sembler encore plus louche.

— Sale histoire ! ai-je dit.

— Tu ne saurais rien sur cette affaire, par hasard ?

— Non. Mais bonne chance avec ton enquête. Fais attention à toi.

— Attends. Tu te souviens, quand tu m'as laissé au bord de la route ?

— Je me suis déjà excusée.

— Je ne te demande pas d'excuses. Ça aurait pu être pire.

— J'aurais pu me servir de cette allergie aux cacahuètes.

Ça m'avait traversé l'esprit.

— Tu m'as laissé une bouteille d'eau.

— En effet.

— C'était gentil.

— C'est ce que je me suis dit aussi.

— J'ai récolté tes empreintes dessus.

Ça m'a coupé la voix. Le souffle aussi. La dernière chose dont j'avais besoin, c'était de voir Debra Maze associée à mes deux vies antérieures. C'était elle la plus coupable de toutes.

— Tu les as envoyées au serveur central ?

— Non.
— Pourquoi ?
— Et si on trouvait une correspondance ? Je serais le flic qui a laissé filer un génie criminel.
— Génie. Tu me flattes. C'est la seule raison ?
— Non.
— Au revoir, Domenic.

Le concierge du Ritz a commencé à me regarder d'un sale œil vers deux heures du matin. J'ai pris un taxi pour retourner à la gare, et j'ai tué six heures en réfléchissant à ce que j'allais faire à présent. Quand le matin est arrivé, j'étais sonnée, abrutie de fatigue et j'arrivais à peine à tenir ma tête droite en faisant la queue pour attendre le train à destination du Vermont. Je n'ai même pas remarqué les policiers jusqu'à ce qu'ils soient juste devant moi.

— Pièce d'identité et billet, s'il vous plaît, a dit une femme flic.

Je l'ai regardée sans comprendre.

— Pièce d'identité et billet, a-t-elle répété.

J'ai cherché dans mon portefeuille et lui ai tendu le permis de conduire de Sonia Lubovich.

Elle a regardé la photo de la fille saine et éclatante qu'était Sonia sur la photo, puis a reporté son regard sur moi. Son front s'est plissé lorsqu'elle a examiné à nouveau la photo.

— Est-ce que vous savez que votre permis est périmé ? a-t-elle dit.

— Ah bon ? Non, je n'avais pas fait attention.

Elle m'a regardée quelques instants avec sympathie, puis a repris son attitude professionnelle.

— Faites le nécessaire dès que vous serez rentrée, a-t-elle dit.

— Entendu.

Pendant les quatre premières heures du voyage, j'ai dormi, laissant ma tête bringuebaler contre la vitre. On ne pourrait décrire cela comme un sommeil reposant, mais ces heures de somnolence m'ont suffi pour retrouver des idées plus claires. Je me suis réveillée au moment où le train quittait la gare de New Haven.

Il était temps que je me mette en quête d'un nouveau nom. Je suis passée de voiture en voiture à l'affût d'une autre identité, un peu comme certaines femmes font les magasins pour trouver des chaussures. J'ai trouvé une option prometteuse, une femme d'une trentaine d'années, aux longs cheveux bruns. Son nez et sa mâchoire ressemblaient aux miens mais sa bouche avait été regonflée et son front était aussi figé que celui d'une sculpture d'argile. Je ne pouvais pas savoir si la photo de son permis de conduire serait celle de la version originale ou de la révisée, aussi suis-je passée dans la voiture suivante pour voir si je trouvais une solution plus viable. Ce n'est que lorsque nous avons franchi la frontière du Connecticut que j'ai trouvé une autre personne susceptible de convenir. Elle était plus jeune, vingt-trois ans peut-être et elle avait au moins vingt-cinq kilos de plus que moi. Mais nous avions la même taille, la même couleur de cheveux. Comme me l'avait dit Blue un jour, le meilleur déguisement est une épaisse couche de graisse. Au moins, cette fois-ci, je n'aurais pas à m'imposer un régime à base de beignets. On ne peut pas savoir à quoi va ressembler quelqu'un qui perd vingt-cinq kilos.

Mais la dodue était installée dans un compartiment bondé, et avait un bras passé autour de son sac. Je suis allée m'asseoir deux rangées plus loin et j'ai attendu qu'une occasion se présente. Cela ne s'est pas fait. Quand le contrôleur a annoncé le prochain arrêt, Wallingford, mon nouveau nom a enfilé son manteau et a rejoint un groupe de passagers attendant près de la porte de sortie. J'ai joué des coudes pour intégrer le troupeau. J'ai ôté mon manteau et l'ai plié sur mon bras. Mon bras frôlait le sac de la dodue. Quand le train est entré dans la gare en cahotant, j'ai fouillé dans son sac à main. Mes doigts ont senti une surface de cuir lisse. J'ai saisi le portefeuille et l'ai caché sous mon manteau. J'ai bousculé les passagers qui descendaient et suis passée dans la voiture suivante. Je suis entrée dans les toilettes et j'ai fermé la porte à clé.

En retenant mon souffle, j'ai ouvert le portefeuille et j'ai examiné sa carte d'identité. Elle s'appelait Linda Marks. Un nom tout à fait respectable. J'ai regardé sa photo, et peut-être étais-je un peu trop optimiste, mais je me suis dit que je pourrais passer pour elle.

Le train s'est arrêté et les portes ont grincé en s'ouvrant. Comme je remettais la porte coulissante dans son logement, un homme d'un certain âge à l'air peu engageant m'a barré le passage et est entré dans les toilettes en me poussant devant lui avant de refermer la porte à clé.

— Je vous ai vue, a-t-il dit.

— Qu'est-ce que vous avez vu ?

— Donnez-le-moi.

Le hic, quand on est soi-même un délinquant, c'est que ça vous complique la tâche si vous voulez dénoncer des confrères, comme je venais de m'en apercevoir à propos de Reginald Lee. J'ai pris le portefeuille dans mon sac et le lui ai tendu.

— Il est à vous, ai-je dit.

Il a fourré le tout – porte-billets, carte d'identité et le reste – dans son sac à dos.

— Et maintenant, le vôtre, a-t-il dit en tendant sa paume ouverte.

J'avais 880 dollars dans mon portefeuille, ainsi que ma carte de la Western Union, que je n'avais aucune envie de lui donner. J'ai évalué mon adversaire et en ai conclu que je n'aurais pas le dessus dans une altercation. Tout en faisant semblant de fouiller dans mon sac à dos, j'ai réussi à dégager ma carte de son logement et l'ai laissée tomber au fond de mon sac. Alors, j'ai tendu mon portefeuille, avec l'argent et les papiers. L'homme a poussé un sifflement ravi en découvrant la liasse de billets. Il a pris 40 dollars dans le paquet et me les a donnés.

— Pour le voyage.

— Allez vous faire foutre, ai-je lancé, tout en prenant les billets. Maintenant, si vous voulez bien m'excuser, je ne voudrais pas que les gens pensent qu'on avait un rendez-vous galant là-dedans.

— La prochaine fois, attendez que le conducteur

freine. Les passagers sont trop occupés à garder l'équilibre pour remarquer une main mal placée.

— Merci du conseil, ai-je dit en refermant la porte derrière moi.

Je suis allée sans hâte jusqu'au dernier wagon et me suis assise sur le seul siège libre. J'ai renoncé à chercher une identité ce jour-là. Je n'ai jamais revu mon voleur. Je suis arrivée à Burlington le soir. J'ai repris ma voiture pour aller jusqu'à un motel, j'ai utilisé ma carte Western Union et me suis enregistrée sous le nom de Sonia Lubovich. Après mon voyage, je n'avais aucune envie de dormir et j'avais ma conversation avec Ryan encore bien présente à l'esprit.

Dans le motel, il y avait un modeste Business Center avec une photocopieuse et un ordinateur. Je me suis connectée et j'ai créé un profil au nom d'Amelia Lightfoot. J'ai envoyé à Laura Cartwright un message d'un mot.

Blue?

Cinq minutes plus tard, elle a répondu.

Tu as mis le temps!

Nous avons échangé quelques autres messages avant que Blue m'envoie un numéro de téléphone et écrive: *Il faut qu'on discute.*

J'ai fait une recherche inversée à partir du numéro qu'elle m'avait donné. C'était un téléphone prépayé, comme le mien. Je suis retournée à la chambre 209 et j'ai essayé de voir s'il s'agissait d'un piège. La dernière fois que j'avais regardé les nouvelles me concernant, il y avait une récompense de 30 000 dollars pour qui donnerait des informations permettant de m'arrêter, mais je ne voyais pas Blue me faire ce genre de plan, surtout avec tous les dossiers que j'avais sur elle. J'ai essayé de voir la situation sous un angle rationnel, mais franchement, ma curiosité l'a emporté.

J'ai appelé.

— Laura Cartwright, a-t-elle lancé.

Mais c'était Blue, sans le moindre doute. Je n'ai rien dit au début. J'ai attendu de voir s'il y avait des bruits suspects en fond sonore.

— C'est toi ? a-t-elle demandé.

— Oui, ai-je dit après un silence.

— Comment Debra Maze t'a-t-elle traitée ?

— Pas si bien que ça.

— Dommage. Tu veux me raconter ?

— Si on parlait de Jack Reed ?

— Oh, lui, a-t-elle dit avec un soupir las.

— Il m'est tombé dessus, Blue. Avec un revolver.

— Merde. Toutes mes excuses.

— Tu l'avais prévu ? Tu savais que ça pouvait arriver ?

— Pour être honnête, je m'étais dit que c'était dans l'ordre des choses possibles.

— Et s'il m'avait tuée ?

— Mais il ne l'a pas fait, hein ?

Blue a attendu patiemment, comme si sa question méritait une réponse.

— Non, il ne l'a pas fait.

— Tu lui as dit quelque chose ? a-t-elle demandé.

Je la sentais nerveuse et j'avais l'intention de la laisser mariner encore un peu.

— Je lui ai TOUT raconté.

Elle a gardé le silence quelques instants avant de reprendre la parole.

— Je comprends. Il sait se montrer très persuasif. Mais je ne me fais plus appeler Amelia Keen, alors il me semble peu probable qu'il puisse me retrouver.

— Peu probable, en effet.

— Pourquoi ?

— Parce que je l'ai tué.

— Comment ? a-t-elle demandé.

Je n'avais jamais entendu un mot unique si chargé d'allégresse.

— Avec le revolver que tu m'as donné.

— Génial ! Tu sais que c'était le sien ? Tu as maquillé ça en suicide ?

— Non. Je suis certaine que ça avait l'air d'un meurtre bien classique.

— Raconte-moi tout, je veux tous les détails.

— J'en ai assez dit. À toi de parler.

— Qu'est-ce que tu veux savoir ?

— Pour commencer, qui était le type qu'on a enterré dans le parc ?

— Tu n'as pas deviné ? a dit Blue, déçue.

— Non. Tu peux m'éclairer ?

— Lester Cartwright. Le mari de Laura, le veuf.

— Attends, tu as tué le mari de Laura Cartwright ? Le type qu'on a rencontré au funérarium ?

— Je préfère la phrase : « Il nous a quittés. »

— Mais pourquoi ?

— Parce que tu as dit qu'il l'avait tuée. Tu ne te souviens pas ? a demandé Blue.

— Je ne me souviens pas d'avoir parlé de le tuer lui.

— Il faut vraiment que j'entre dans chaque détail ?

— Pas dans tous. Mais j'aimerais bien que tu m'expliques ce que tu fais dans ma ville natale.

— J'écris un livre sur le meurtre de Melinda Lyons. Une sacrée nana, hein ?

— Oui.

— Je vois pourquoi tu étais jalouse.

— Je ne l'étais pas tant que ça.

— Tu l'étais un peu. Il faut que j'y aille. J'ai une interview dans un quart d'heure.

— Personne ne va te parler, Blue.

— Si, ta mère l'a déjà fait. À vrai dire, j'ai enregistré ce qui est presque une confession. Je ne suis pas sûre que ça serait recevable au tribunal. On voit bien qu'elle était bourrée.

— Il paraît qu'elle ne boit plus, ai-je dit.

— C'est vrai. Mais il a fallu que je la fasse boire pour qu'elle parle.

— Tu cherches quoi, Blue ?

— À te blanchir.

— Jusqu'à présent, on dirait plutôt que tu cherches à m'incriminer.

— Alors tu te mets le doigt dans l'œil. Après ce que tu as fait pour moi, je suis en dette. Je vais remettre les pendules à l'heure. Fais-moi confiance, Nora.

J'ai senti un frisson venant de si profond que j'ai eu l'impression d'être prise dans un cube de glace. C'était la première fois depuis dix ans que quelqu'un m'appelait par mon vrai prénom.

26

Les règles morales auxquelles obéissait Blue m'échappaient complètement. D'après ce que je savais, c'était elle qui avait choisi de vivre ainsi, rien ne lui avait été imposé. J'avais été témoin de sa cruauté, mais une partie de moi-même avait aussi foi en sa loyauté, et croyait qu'elle essayait authentiquement de m'innocenter.

Lorsque nous nous étions séparées à Austin, j'étais partie avec son arme dans ma boîte à gants et ses pièces d'identité dans mon sac, tandis qu'elle avait déjà calculé le cours que prendraient vraisemblablement les événements tant que je vivrais sous le nom de Debra Maze. Elle savait que Jack finirait par me retrouver. Peut-être même lui avait-elle laissé des indices pour cela. Elle savait qu'il serait désarçonné en se trouvant face à moi, et non pas face à elle. Elle avait pris un risque en ne sachant pas si je le tuerais ou non. Elle avait probablement calculé que les chances entre Jack et moi étaient *fifty-fifty*. Elle avait sciemment risqué ma vie, mais maintenant, elle avait une dette envers moi. Et la dette de Blue était peut-être la seule chose qui pourrait me sauver.

Je me suis demandé comment était Blue avant que tout cela ne se produise. Avait-elle la gâchette aussi rapide au début de sa cavale que par la suite ? Je ne voulais pas finir comme elle, mais je voyais bien que ma situation avait sur moi l'effet d'une hache, qui taillait et rognait sans pitié l'honnête citoyenne que j'étais jadis. J'étais maintenant capable de faire des choses que je n'aurais jamais envisagées quand j'étais jeune. J'avais ma dette moi aussi, une dette envers le monde, et je sentais qu'il fallait que je m'en acquitte avant de pouvoir me sentir le droit de recommencer ma vie. Comme mes transgressions m'interdisaient de suivre la procédure normale pour appréhender Reginald Lee, il me fallait essayer une autre approche.

J'ai quitté le motel tard le lendemain matin. J'ai repris le chemin de Saranac Lake et acheté en chemin une bouteille de bourbon et de l'essence à briquet. J'ai examiné la boîte aux lettres du 333, Church Lane : elle était intacte. En montant l'allée, je n'ai vu aucun signe indiquant que Reginald Lee ou qui que ce soit d'autre était venu là depuis mon départ.

J'ai fêté Thanksgiving chez Reginald : une soupe à la dinde et au riz et de la farce au potiron, les deux à même la boîte. Puis deux petits verres de bourbon pour faire passer le tout. Ça a été l'un des jours les plus tristes que j'ai vécus, mais je me suis rappelée que j'étais en transit. Je ne pensais pas que Reggie prolongerait encore beaucoup son absence, mais j'ai décidé qu'il fallait l'inciter à revenir.

Je n'étais pas sûre qu'il connaisse ses voisins, mais dans le doute, j'allais faire en sorte qu'on sache que quelqu'un utilisait sa maison. J'ai allumé un feu dans le poêle à bois et attendu. Trois heures plus tard, on a frappé à la porte. Je n'ai pas répondu. On a frappé à nouveau, puis une voix d'homme a demandé : « Reggie ! Reggie ! Tu es là ? »

L'homme a continué à frapper pendant cinq à dix minutes. Je me suis inquiétée en me demandant s'il n'avait pas une clé. Mais il a fini par partir. J'ai regardé l'horloge : 15 h 34. Reggie ne vivait sans doute pas à plus de quelques heures de voiture de son arsenal. Je me suis mise au travail. Au sous-sol d'abord, où j'ai sorti plusieurs sacs d'engrais du frigo. Puis derrière la maison, où j'ai pris la bouteille de propane sous le barbecue et l'ai trimballée à la cave tant bien que mal. Une fois remontée au rez-de-chaussée, j'ai remis quelques bûches dans le poêle, enfilé trois pulls, l'un des manteaux d'hiver de Reggie, un bonnet et des mitaines par-dessus mes gants. J'ai décroché un des pistolets de son arsenal – je me suis dit qu'il ne lui ferait pas défaut – et l'ai glissé dans la poche du manteau. Après quoi, je suis allée m'accroupir sous la véranda comme si c'était un abri.

Environ une heure trois quarts plus tard, j'ai entendu un pick-up monter à toute vitesse l'allée couverte de neige. Il s'est garé à côté de ma Jeep et a inspecté le périmètre de sa propriété. J'avais tout éteint à l'intérieur, sauf le feu. Il a monté les marches avec précaution. La porte était légèrement entrouverte. Elle a grincé sur ses gonds quand il l'a poussée lentement. J'ai ôté mes gants, refermé la main autour du pistolet et me suis avancée en rampant sur la véranda quand il est entré à l'intérieur de la maison.

Il a allumé la lumière et vu la trappe de la cave ouverte, bien en évidence.

— Merde, a-t-il lâché.

— Asseyez-vous. Il faut qu'on parle, ai-je dit, le pistolet braqué sur son dos.

Reggie s'est retourné et m'a vue. Il avait une barbe et des cheveux bruns et longs. Il devait avoir quarante-cinq ans environ. Il portait une chemise en flanelle, une veste de chasse et un bonnet. Le pistolet n'a pas paru l'effrayer. Mais plutôt l'exaspérer davantage.

— Putain, vous êtes qui ?

— Asseyez-vous, ai-je répété.

Il a pris place sur son canapé écossais rêche et n'a pas détaché les yeux de la trappe.

— Qui vous envoie ? a-t-il demandé. Le FBI ? Non, vous avez l'air trop nase pour ça. Les Stups ?

J'ai préféré ne pas répondre.

— Reggie, si vous me disiez ce que vous aviez l'intention de faire de toutes ces matières combustibles que vous détenez dans votre cave ?

— Quelles matières combustibles ?

— Ces quinze sacs d'engrais contenant du nitrate d'ammonium que vous conservez à température constante dans une armoire réfrigérée.

— J'aime jardiner le printemps venu.

— Et toutes ces armes à feu?

— Chasse au chevreuil.

— On n'a pas besoin d'une arme semi-automatique pour tuer le chevreuil.

— Si, ça arrive.

— Dites-moi ce que vous comptiez faire.

— Allez vous faire foutre, a répondu Reggie.

Je sentais presque la chaleur de sa colère. Il me regardait droit dans les yeux, me défiant. On aurait dit qu'il ne voyait même pas le flingue pointé sur lui. J'ai pris un téléphone dans ma poche et l'ai jeté sur le canapé à côté de Reggie.

— Je veux que vous appeliez le 911 pour leur dire que vous avez des produits chimiques dangereux chez vous et que vous voulez qu'ils vous en débarrassent.

Reggie m'a lancé un regard interrogateur, puis a posé les yeux sur le téléphone mais ne l'a pas pris.

— Pourquoi n'avez-vous pas encore appelé de renforts? a-t-il demandé.

— Je me suis dit qu'on pourrait régler ça entre nous.

Il a eu l'air surpris. Il a jeté un regard circulaire dans la pièce et remarqué un sac à ordures plein à ras-bord de boîtes de conserve vides.

— Vous avez séjourné ici?

— Prenez ce téléphone, Reggie.

Il n'a pas bougé.

— Vous n'êtes personne, hein?

Il était tombé juste.

— Je ne suis personne, ai-je dit.

Il a souri. Des dents d'un gris jaunâtre. Les derniers vestiges de peur ont disparu chez lui. J'ai tiré un coup de feu dans la fenêtre pour monopoliser son attention. Il n'a pas bronché, alors que tout mon corps vibrait à cause du recul.

— Je suggère que vous foutiez le camp d'ici vite fait et qu'on en reste là, a-t-il dit en se levant.

J'ai pris l'essence à briquet et en ai arrosé le canapé. Puis j'ai pris le briquet à gaz à côté du poêle et l'ai tenu au-dessus du canapé.

— Appelez ce numéro, ai-je dit, sinon je mets le feu à la maison.

Reggie s'est jeté sur moi. Je lui ai tiré dans le bras. Il a titubé en arrière, repris son équilibre et regardé son bras ensanglanté. Je n'ai pas pris la peine de lui donner un second avertissement. J'ai allumé le briquet. En quelques secondes, le canapé a été englouti par les flammes et la pièce emplie de fumée. J'ai vu que Reggie pesait le pour et le contre. J'ai essayé de l'orienter dans la bonne direction.

— C'est fini, Reggie. Si on sortait d'ici ?

Il a paru perdre un peu de son agressivité. Il a regardé les flammes et a hoché la tête, puis s'est tourné et a marché lentement vers la porte d'entrée. Je l'ai suivi, peut-être un poil trop près. Il a fait brusquement volte-face et m'a giflée d'un revers de main. Je suis tombée. Il m'a envoyé un solide coup de pied dans les côtes.

J'ai tiré. La seconde balle l'a touché au ventre. Il a eu l'air surpris. Il a fait quelques pas en avant et s'est effondré, en gémissant de douleur. La fumée et les flammes me faisaient pleurer. Je me suis relevée et dirigée vers la porte. Reggie a tenté de se redresser, mais il est retombé à chaque fois.

— Un peu de pitié, a-t-il dit.

— Qu'est-ce que vous voulez ? ai-je demandé en me retournant.

— Je suis déjà mort. Tirez correctement cette fois-ci. Vous me devez bien ça.

Je me suis dit qu'il n'avait peut-être pas tort. J'ai levé le pistolct une dernière fois.

— Dieu me pardonne, a-t-il dit.

J'ai appuyé sur la détente. La balle l'a frappé en plein front. Sa tête est retombée sur le côté, comme s'il faisait une sieste. Je suis sortie de la maison en courant, avalant de grandes goulées d'air une fois dehors. J'ai sauté dans ma Jeep, descendu l'allée en marche arrière, pied au plancher, jusqu'à ce que je sois arrivée en bas. Je me suis arrêtée une seconde et j'ai regardé dans le rétroviseur. La maisonnette était transformée en torche.

J'ai accéléré en débouchant sur la grand-route. J'avais roulé peut-être quatre cents mètres quand j'ai entendu comme un roulement de tonnerre rageur et ai senti une série de petites secousses. Je me suis arrêtée sur le bas-côté et j'ai regardé à nouveau dans le rétroviseur. La maison de Reggie avait disparu ; il ne restait que les flammes et on y voyait comme un plein jour. C'est alors que j'ai compris que c'était terminé. J'avais utilisé au moins huit de mes neuf vies. Je ne pensais pas que je resterais longtemps libre. Alors j'ai eu envie de voir quelque chose de beau.

J'ai roulé jusqu'à la gare d'Albany, j'ai garé ma

voiture en laissant les clés sur le contact et j'ai regardé le tableau des départs. Il n'y avait plus de trains ce soir-là. J'ai acheté un billet sur l'Empire Service[1] de 10 heures le lendemain matin, et je suis allée prendre une chambre dans un motel modeste.

Je n'ai pas fermé l'œil. Pendant sept heures, j'ai contemplé le stuc du plafond et n'ai cessé de voir le visage de Reginald – d'abord avec son air de défi, puis résigné.

Si un jour on tue quelqu'un une fois, même avec une petite excuse d'autodéfense, on peut blâmer le hasard, se dire qu'on était au mauvais endroit au mauvais moment avec la mauvaise identité. Mais la seconde fois, on commence à se poser les questions qui fâchent. Est-ce vraiment de l'autodéfense ou le choix d'un style de vie ? Quand on tue un autre être humain de sang-froid, on tue une part de soi-même. Jusqu'à cet instant, je m'étais toujours cramponnée à un fil de mon ancien moi. Je savais qui j'étais au fond. Maintenant, c'était différent. Dix ans de cavale, et j'étais devenue la meurtrière sans pitié qu'on m'avait toujours accusée d'être. Ma conscience allait me hanter comme une ombre. Jamais je ne pourrais fermer les yeux sans voir le visage de Reginald Lee.

Le lendemain matin, j'ai pris le train pour Niagara Falls. Pendant l'intégralité des six heures de trajet, j'ai contemplé le paysage, m'efforçant

---

1. Train entre New York et les chutes du Niagara, desservant notamment la vallée de l'Hudson, Albany et Buffalo.

d'oublier qui j'étais et qui j'étais devenue. La première chose que j'ai faite en descendant du train a été de réserver un hôtel sous le nom fiable mais caduc de Sonia Lubovich. J'ai posé mes sacs dans ma chambre et suis allée voir les chutes sans plus attendre.

Le bruit était assourdissant. J'ai eu l'impression que les embruns me purifiaient. Face à une telle beauté et à une telle puissance, il était impossible de penser à des choses laides. L'endroit aurait été aussi bien choisi qu'un autre pour déclarer forfait. Mais je n'étais pas encore tout à fait prête. J'ai sorti le pistolet de ma poche et l'ai jeté dans les tourbillons. Pour se débarrasser d'une arme, on peut difficilement trouver mieux.

En fait, la plupart des visiteurs ne viennent pas là en hiver. J'ai eu le luxe de parcourir seule les rues froides. Tout ce qu'on voit dans les films – l'excursion en bateau à bord du *Maid of the Mist*, la Caverne des vents (la longue promenade le long des marches rouges) – était fermé pour la saison. Je me souvenais de ça car, enfant, j'avais regardé *Niagara* avec maman, qui était fan de Marilyn Monroe. Non qu'elles se soient ressemblé, en dehors de leurs choix désastreux en matière d'hommes. Il n'empêche que j'ai eu l'impression d'être une touriste lambda en contemplant la cascade géante gelée. Je suis restée dehors aussi longtemps que j'ai pu supporter le froid. Puis je suis retournée en ville, j'ai trouvé un bar dans un motel et commandé un irish coffee pour me réchauffer car j'étais transie jusqu'aux os.

Je me suis efforcée de rester tranquillement

assise et de jouir de la brûlure réconfortante du whisky chaud dans ma gorge. Je me suis efforcée de ne pas penser à ce que réserverait le lendemain, même si j'avais un plan clair et concis. Je me suis efforcée de ne pas voler le portefeuille de la femme qui flirtait au bar avec un homme qui ne lui prêtait aucune attention. Pour elle, la soirée apporterait un double coup dur, mais je n'avais pas le choix. Le permis périmé de Sonia Lubovich risquait de ne pas me conduire où je devais aller. La coquette qui se réveillerait seule et sans son portefeuille me ressemblait assez et j'avais jugé que c'était suffisant. J'ai quitté le bar et suis sortie dans le froid.

De la ville, on entendait les chutes. J'ai ouvert le portefeuille et regardé la carte d'identité. Moira Daniels, elle s'appelait. Elle avait deux centimètres de moins que moi et dix kilos de plus, des cheveux bruns et longs et des yeux bleus. Je n'ai même pas essayé de prononcer ce nom tout haut, ni de m'entraîner à me présenter ou d'imaginer une identité complète. Moira était juste une pièce d'identité dans ma poche en attendant que j'arrive à ma destination finale.

En rentrant à l'hôtel, je me suis arrêtée dans un drugstore où j'ai acheté de quoi me décolorer les cheveux, une solution pour lentilles de contact et une brosse à dents. Une fois dans ma chambre, j'ai teint mes cheveux courts en blond. J'avais constaté que plus vous vous faites un look différent de celui de votre photo, et plus c'est mis sur le compte des cosmétiques. L'odeur de l'ammoniaque a persisté dans la pièce et m'a brûlé les narines pendant mon sommeil. Le lendemain matin, j'ai pris une longue douche car ce serait la dernière avant longtemps. En me regardant dans la glace, je me suis encore reconnue. J'ai donc plongé ces terrifiantes lentilles de contact bleues dans le produit nettoyant et passé une bonne demi-heure à me les mettre sur les yeux. Quand j'ai enfin réussi, mes paupières étaient traumatisées et bordées de rouge. Mais cette fois, je ne me reconnaissais plus.

J'ai rangé mes affaires et quitté le motel. Il y avait un service de bus pour Buffalo, aussi ai-je acheté un billet pour éviter une halte de dix heures avant de commencer mon voyage. J'ai trouvé un café avec vue sur les chutes et me suis efforcée d'être invisible un moment, avalant une boisson caféinée après l'autre. J'ai sorti l'un de mes téléphones et passé un appel. Pas de réponse. Alors j'ai laissé un message sur le répondeur.

— Je ne peux plus continuer comme ça. Peu importe ce qui m'arrive. Je veux seulement rentrer. Je veux être moi à nouveau.

Le lendemain matin je suis montée à bord du Lake Shore Limited[1]. Je me suis assise en face d'un vieux monsieur dont les yeux laiteux dénotaient un glaucome. Il a souri à ce qui devait être une ombre de moi-même. J'ai trouvé réconfortante l'idée de ne pas être vue. Même si personne ne m'avait vue depuis longtemps.

— Bonjour, a dit le vieux monsieur.

---

1. Train rapide reliant Chicago à New York et Boston, et desservant notamment la gare de Buffalo.

— Bonjour.
— Vous rentrez chez vous ?
— Oui.
— C'est toujours bon de rentrer, a-t-il dit.
Je n'ai pas pris la peine de discuter avec lui.

NORA GLASS

27

Quand j'ai entamé la première étape de mon voyage de retour, j'ai décidé que le moment était venu de me débarrasser de toutes mes autres vies. J'allais de nouveau être moi. Le problème, c'était que j'avais passé tant d'années à essayer de refouler le souvenir de moi-même qu'il m'a fallu du temps pour le ressusciter.

Nora Jo Glass, tel était le nom sur mon acte de naissance. J'étais née à Bilman, dans l'État de Washington, le 15 mars 1987. Pendant un moment, j'ai eu deux parents, Naomi et Edwin Glass. Puis un seul, après le suicide de mon père. Il y a eu toutes sortes de spéculations sur la raison de ce suicide. Certains pensaient qu'il avait décidé d'en finir parce qu'il ne parvenait pas à nourrir sa famille. Les Glass avaient tenu une épicerie à Bilman aussi longtemps qu'il y avait eu des Glass à Bilman. Mais sous la direction de mon père, le magasin a coulé. D'autres pensaient qu'il s'était tué parce que sa femme avait une liaison. Moi, je crois qu'il a fait ça parce qu'il était triste.

À l'époque, mon enfance semblait très peu ordinaire – un père mort ; une mère alcoolique et négligente. Rétrospectivement, ça a été la partie la plus ordinaire de ma vie.

Au vu du présent, il est tentant de visionner le passé lointain avec des lunettes roses. Mes souvenirs d'enfance sont remontés en foule tandis que je regardais défiler le paysage de l'Ohio par la fenêtre du train. Mon compte à rebours a commencé. Je serais chez moi cinquante-six heures plus tard.

Enfant et adolescente, je jouissais d'une liberté que je ne devais plus jamais retrouver. Quand ma mère n'était pas au travail, elle picolait au Sundowners, ou elle cuvait une gueule de bois au lit.

Je trouvais des endroits où aller et des choses à faire pour passer le temps. Ma meilleure amie était Edie Parsons. Elle habitait à l'autre bout de la ville, dans une maison à un étage et quatre chambres, le genre de foyer où l'on voit vivre les familles à la télévision. C'était à presque cinq kilomètres de chez moi à vélo, mais souvent, je ne prenais pas la peine de rentrer le soir.

En troisième, j'ai intégré l'équipe de natation pour rire, juste comme une échappatoire. Edie, elle, l'a fait sur l'insistance de ses parents, afin d'avoir un atout supplémentaire pour sa candidature à l'université. J'ai découvert que j'étais douée. C'était en nage libre et en dos crawlé que j'étais la meilleure. J'étais plutôt une nageuse de fond qu'une sprinteuse, mais je finissais toujours fort. Mon coach m'a dit un jour que, à son avis, j'avais plus de force mentale que physique. J'ai compris ce qu'il voulait dire. Je voyais la façon dont mes concurrents renonçaient. Je voyais Edie renoncer jour après jour. Elle n'était pas comme ça en classe, mais elle avait horreur de ressentir le besoin éperdu d'air. Moi, je ne détestais pas cette impression qu'on a sous l'eau quand on croit que sa poitrine va exploser. Edie a quitté l'équipe à la fin de l'année et commencé à sortir avec un garçon d'Everett. Comme je ne pouvais plus aller me réfugier chez elle, je restais le plus tard possible à la piscine, ou roulais à travers la ville sur ma bicyclette jusqu'à ce que, de temps à autre, je tombe sur une voiture de police qui me renvoyait chez moi.

J'étais bonne en classe, mais c'était dans l'eau que j'étais vraiment à l'aise. Pour la première fois de ma vie, j'ai pensé que je pouvais être meilleure que la moyenne. Excellente, peut-être. Pour la première fois, j'ai éprouvé de l'ambition. C'est alors que je suis tombée amoureuse de Ryan Oliver.

Mais je brûle les étapes.

Roland Oliver possédait presque tout Bilman. Il dirigeait une entreprise de construction, Oliver & Mead, et c'est là que travaillait ma mère en tant que réceptionniste. Roland était aussi l'homme avec qui couchait ma mère. Roland avait deux fils, Logan et Ryan Oliver. Je les ai toujours connus. Logan avait un an et quelques centimètres de plus que son cadet. Il avait un charisme difficile à décrire. On avait envie de le regarder, même quand on s'efforçait de ne pas le faire. Il avait le sourire qui tue. Peut-être parce qu'il était rare. Ce qui m'a attirée chez lui, ce n'était pas seulement sa belle gueule, ni la façon fluide qu'il avait de faire une passe au foot. Un jour, j'avais onze ans, j'ai vu Logan tabasser Mike Miles après l'avoir chopé en train de persécuter un garçon de la ville qui était trisomique. Après ça, j'ai mis Logan sur un piédestal. Je l'ai cru bon et attentionné. Un béguin né de purs clichés. J'avais les genoux en flanelle et je perdais ma langue dès que Logan était dans les parages.

Je me suis guérie très vite un après-midi où j'avais suivi Logan dans les bois à côté du bassin de Waki. Je suivais souvent Logan, j'ai honte de le dire. Je me souviens de cet après-midi-là. Une journée chaude et moite de mai. J'étais restée dans le sillage de Logan comme une espionne jusqu'à un lieu appelé Wildcat Alley, ainsi nommé car il était infesté de félins.

Je me glissais derrière des buissons chaque fois qu'il regardait derrière lui. Jamais il ne s'est douté de ma présence. Après, il s'est demandé ce qui avait changé, pourquoi j'étais la seule qui voyait plus loin que son charisme. C'est simple. J'étais la seule qui l'avait vu soulever un chat errant et lui briser le cou. En le regardant faire, j'ai d'abord cru qu'il y avait une explication sérieuse. Le chat était peut-être malade et avait besoin d'être euthanasié. Mais j'ai compris mon erreur en voyant le visage de Logan : il prenait son pied. Je n'ai jamais mentionné l'incident à quiconque. Mais après ça, j'ai gardé mes distances.

Ryan Oliver était différent. Timide et silencieux. Il observait les gens comme s'il essayait de les cerner. Parfois je le surprenais à regarder dans ma direction. Il détournait toujours les yeux. Ryan ne m'adressait guère la parole à l'époque. Il ne parlait jamais aux filles qu'il voyait rôder autour de son frère aîné. Je crois qu'il avait honte pour elles.

Ryan était plus doux que Logan. Si quelqu'un embêtait Ryan, Logan le lui faisait payer à tous les coups. Il n'y avait pas de rivalité entre les frères car Logan était meilleur en tout – en classe, en sports, et avec les filles. Ryan a compris à un âge tendre qu'il était inutile d'entrer en compétition avec son frère. De plus, Logan n'attirait jamais l'attention sur ses réussites. Il lui suffisait de gagner tranquillement.

La première fois que Ryan et moi avons passé un peu de temps ensemble, c'était en troisième. Nous étions en binôme au laboratoire de chimie. Nous préparions une batterie à partir d'un citron et avons allumé une petite ampoule de guirlande de Noël en utilisant des clous en zinc et en cuivre afin de conduire l'électricité. La classe était habituée à des expériences spectaculaires et volcaniques et personne ne s'est intéressé à la petite lumière, sauf Ryan. Je me souviens encore de son sourire de ravi de la crèche quand notre ampoule s'est allumée en tremblotant.

Plus tard, lors d'une excursion où la classe est allée faire du kayak au pont de Tacoma, nous avons de nouveau travaillé tous les deux. Pendant que nous étions en train de pagayer sur le détroit de Puget, je me souviens d'avoir entendu Ryan répéter mon nom à maintes reprises avec différentes inflexions, s'essayant à accentuer différentes syllabes.

— NO-ra, N-ora, No-RA. Ça fait drôle, quand même.

— Tu dérailles ou quoi, Ryan ? ai-je demandé.

— Ma grand-mère s'appelle Nora. On l'appelle Mamie Nora. C'est vraiment bizarre de t'appeler Nora, toi. Tu n'as pas de deuxième prénom ?

— Jo. C'est le diminutif de Joseph, comme mon grand-père.

— Jo. Ça va, Jo ? Jo ? À un de ces jours, Jo, a dit Ryan, essayant le prénom. J'aime bien. Si ça te va, je t'appellerai Jo.

À l'époque, l'idée d'être appelée autrement m'a plu. Il ne m'est jamais venu à l'idée qu'un jour, je me languirais de mon ancien prénom.

— Ça me va, ai-je dit.

Pour nous autres, adolescents de Bilman, le bassin était le centre de notre vie sociale. Le week-end, il y avait toujours un groupe d'élèves défoncés traînant sur la berge rocheuse du bassin de Waki, dans une clairière nommée Stonehenge parce qu'on y trouvait quelques grosses pierres curieusement disposées. J'ai commencé à compléter mon entraînement au lycée en m'exerçant moi-même dans le bassin.

Ryan s'est pointé un après-midi. Je l'ai trouvé sur la berge quand je suis sortie de l'eau.

— Qu'est-ce que tu fais là ? ai-je demandé.

— Je viens voir si tu ne t'es pas noyée.

— Je ne vais pas me noyer.

— Sans doute pas. Mais tu ne devrais pas nager sans surveillance.

— C'est pour ça que tu es là ? Tu me surveilles ?

— Oui.

Ryan m'a surveillée le jour suivant et celui d'après. Puis c'est devenu une habitude. Certains jours, il me regardait nager ; certains autres, je ne nageais pas du tout. Nous allions nous promener dans Wildcat Alley ou nous restions assis contre une pierre géante, à fumer de l'herbe. Les gens parlaient, posaient des questions. Je n'ai jamais éprouvé le besoin de donner une réponse sérieuse. Je ne savais pas ce que Ryan était pour moi. C'était juste quelqu'un que j'étais sûre de trouver là. Parce qu'il était toujours là.

Et puis un jour, je ne l'ai pas vu. J'étais allée au réservoir pour m'entraîner et quand je suis sortie de l'eau, je me suis sentie comme sur une île déserte. Ryan n'est pas venu le lendemain non plus. Quand j'ai téléphoné chez lui, sa mère m'a dit qu'il était « indisponible ». Le troisième jour, quand je suis arrivée au bassin, j'y ai trouvé Logan. Il a passé un bras autour de moi et a essayé de faire un numéro de grand frère. Il a dit des phrases dont je ne me rappelle que certains fragments.

Vous êtes en train de trop vous attacher.

Les garçons sont différents.

Il ne peut pas sortir avec toi.

Tu n'es pas le genre de fille…

J'ai demandé à Logan pourquoi Ryan ne pouvait pas me dire ça lui-même. Avant que j'aie pu l'en empêcher, une larme s'est mise à rouler sur ma joue.

— Parce qu'il n'aime pas voir pleurer les filles, a dit Logan.

— Et toi, tu aimes ça ?

Apparemment, oui.

Après ce jour-là, j'ai gardé mes distances avec Ryan, même quand il a essayé de combler la brèche. Un jour, il a eu le culot de me demander ce qui n'allait pas et m'a proposé de me retrouver au bassin. Mes réponses se réduisaient toujours à *rien, non*. Jamais plus qu'un monosyllabe. Au bout d'un moment, il a abandonné. Il a même renoncé à me dire bonjour quand nous nous croisions dans les couloirs. Parfois, j'aimais faire comme s'il était invisible. Ou comme si je l'étais.

Obtenir une bourse de natation était pour moi la seule façon de partir de Bilman, et je tenais à quitter la ville. Il y avait quelques bonnes nageuses dans l'équipe, mais pas de vraie rivale, et personne qui puisse vraiment se mesurer à moi. Pas jusqu'à ce que Melinda Lyons s'installe dans la ville.

La première fois que j'ai fait une compétition en nage libre avec la nouvelle venue, Melinda m'a battue de toute une longueur. L'époque où je m'entraînais avec décontraction était terminée. J'ai doublé mes heures d'entraînement, maintenant que Ryan avait disparu du tableau. La seconde fois où nous avons été en compétition, elle a gagné de justesse. Nous sommes devenues inséparables.

À cette époque, je passais la plupart de mes soirées chez les Lyons. Melinda avait un frère aîné, Jason. Un soir où je n'arrivais pas à dormir, je suis allée sur la véranda derrière la maison pour fumer une cigarette. Jason est arrivé et il l'a confisquée.

Il m'a montré quelques constellations. J'ai prétendu distinguer les formes qu'il m'affirmait voir dans le ciel, et quand il s'est aperçu que je frissonnais, il a passé un bras autour de moi. À cet instant précis, où j'essayais de cerner ce que je ressentais, il m'a embrassée. C'était agréable. Avec lui, tout était facile. C'était mon premier vrai baiser. J'avais espéré éprouver une émotion plus forte, mais je me suis dit que je n'étais peut-être pas le genre de fille qui a des émotions pareilles. Je me suis dit qu'à l'échelle de l'univers, ça faisait une moyenne avec ma mère qui, elle, aurait pu tomber amoureuse d'un mannequin de cire.

Pendant trois mois, je me suis glissée en cachette dans la chambre de Jason et j'ai fait semblant d'éprouver plus de choses que je n'en ressentais. Au bout de quelques semaines, Jason a cru que nous étions ensemble. Tout le monde le croyait aussi au lycée. Moi, je ne pensais rien du tout.

Un jour où je terminais mon entraînement complémentaire au bassin de Waki, j'ai trouvé Ryan en train de m'attendre. Quand je suis remontée sur la berge rocheuse, il m'a tendu ma vieille serviette de plage. Il avait quelque chose à me dire. Je voyais toujours les moments où les idées se bousculaient dans sa tête. Il reprenait une phrase plusieurs fois, comme s'il ne savait pas trop par où commencer.

— Alors ? ai-je dit impatiemment.

— Tu l'aimes ? a demandé Ryan.
— Qui ?
— Jason.
— Qu'est-ce que ça peut te faire ?
— Ça me fait de la peine.
— Tu as disparu.
— On m'a interdit de t'approcher.
— Pourquoi ?
— Je n'en sais rien.
— Si, tu le sais, ai-je rétorqué, sans en être trop sûre moi-même.

La réputation de ma mère avait sans doute quelque chose à voir avec ça, et peut-être le suicide de mon père, sans compter le vieux téléviseur 42 pouces qui était posé sur la pelouse desséchée de chez moi.

— Quelle différence ? a-t-il demandé.
— C'est toi qui as envoyé Logan ce fameux jour pour rompre ?
— Quoi ?
— Tu n'étais pas au courant ?

Il l'ignorait.

— Je suis désolé, a-t-il dit.
— Désolé de quoi ?
— D'être un lâche.
— C'était sympa d'avoir de tes nouvelles.

J'ai commencé à m'éloigner. Ryan m'a bloqué le passage, a posé les mains sur mes épaules, s'est penché et m'a embrassée. Le baiser était très différent de ceux de Jason, mais je l'ai quand même repoussé, parce que j'ai ressenti quelque chose. J'étais peut-être inquiète de découvrir qu'il y avait en moi un point commun avec ma mère. J'ai commencé à me rhabiller.

— Jo, tu me manques, a dit Ryan.

— Qu'est-ce qui te manque? ai-je demandé en passant un sweat par-dessus mon maillot et en glissant mes pieds mouillés dans une paire de tennis.

— Tu étais ma meilleure amie.

— On n'embrasse pas sa meilleure amie, ai-je dit en ramassant mon sac de cours et en m'éloignant.

— Si, ça peut arriver, a dit Ryan en me barrant le chemin.

Il m'a embrassée à nouveau. C'était effectivement différent. La tête me tournait, j'avais chaud et j'étais inquiète, parce que je craignais que ce ne soit qu'une blague. Et si Logan était caché dans les buissons pour encourager son frère?

— Il faut que j'y aille, ai-je dit en enfilant Wildcat Alley avec le souvenir de ce fameux jour où j'avais vu l'air de jouissance sadique sur le visage de Logan.

Ryan m'a suivie.

— Je ne t'ai pas manqué?

— Un peu.

— Je veux qu'on soit ensemble.

— Tu n'as pas le droit, souviens-toi.

— On a seize ans. On n'a qu'à être très discrets pendant deux ans.

Le lendemain, j'ai rompu avec Jason.

Pendant deux ans, Ryan et moi avons caché notre relation comme deux personnes mariées qui avaient une liaison scandaleuse. Nous nous retrouvions presque tous les jours dans les bois non loin de Stonehenge, toujours avec un solide alibi. Parfois nous allions en voiture dans une autre ville, nous nous garions sur un parking à l'écart et faisions l'amour sur la banquette arrière. Nous sommes devenus si habiles à ce jeu-là qu'un jour nous avons plaisanté en disant que nous écririons un manuel ensemble. Quand le temps le permettait, nous étalions une couverture dans les bois et nous nous examinions ensuite en quête de tiques. Il arrivait parfois à Ryan de se fendre d'une chambre dans un motel. Ces nuits-là, nous imaginions ce que pourrait être notre avenir. Je n'imaginais pas un avenir sans Ryan. Même après les événements, même quand je suis devenue quelqu'un d'autre, je me cramponnais encore à l'espoir qu'un jour, il serait mon avenir.

Nous nous sommes fait prendre quelquefois et avons été sauvagement punis. La voiture de Ryan lui a été confisquée et a été vendue. Après ça, il était obligé de mendier pour que son frère ou des amis le conduisent. Ma mère a bien essayé de me boucler une ou deux fois, mais elle était dans les vapes trop tôt pour appliquer sa punition.

C'est à une rencontre de natation que Logan a remarqué Melinda pour la première fois. Enfin, qu'elle lui a vraiment tapé dans l'œil. Plus tard ce soir-là, il y a eu une fête. Il lui a apporté une bière et proposé d'aller faire un tour dehors avec lui, une invitation qu'il se voyait rarement refuser. Elle a décliné. Le lendemain, au lycée, il l'a trouvée devant son casier et lui a redemandé. Elle a dit non. Il a persisté et a fait des choses qui autrefois ne lui seraient jamais venues à l'esprit. Il cueillait des fleurs, lui laissait des messages tendres, l'attendait après l'entraînement avec une tasse de chocolat. La résolution de Melinda a commencé à fléchir. Elle s'est dit qu'elle était peut-être LA fille qui pourrait l'apprivoiser.

Un soir, ils sont allés dans un cinéma drive-in à Everett ; il s'était imaginé qu'il serait alors à deux doigts du but. La plupart des filles cédaient au premier rendez-vous. Il avait rarement à attendre le deuxième. Melinda a laissé Logan l'embrasser, et c'est tout.

Après cette soirée, Logan n'a plus pensé qu'à Melinda. Elle a accepté un deuxième rendez-vous, puis un troisième. Je l'ai mise en garde. Je lui ai raconté ce que je savais, ce que j'avais vu cet après-midi-là dans Wildcat Alley. Melinda pensait qu'il devait y avoir une explication logique. Elle n'a pas rompu avec Logan. Pas à ce moment-là.

Un mois plus tard, après que leur relation fut établie, Melinda a vu le côté de son petit ami dont je lui avais parlé. Logan l'a surprise en train de parler à Ben, un élève de son cours de français, et il a supposé qu'il essayait de draguer sa copine.

Après les cours, Logan a cassé le nez de Ben. Melinda s'est dit que son nez à elle était sans doute le prochain sur la liste, et elle a rompu ce soir-là avec Logan. Elle n'a pas tardé à se trouver un autre petit copain, Hank Garner. J'avais entendu dire qu'il était étudiant en chimie à l'université et que c'était un gentleman. Il ouvrait les portes pour elle et marchait du bon côté de la rue, toutes choses qui comptaient pour Melinda. Pas pour moi. Tout ce que vous avez besoin de savoir, c'est que Melinda avait tourné la page. Logan, non. Il a fini ses études l'année suivante et est resté à Bilman, effectuant des petits boulots pour son père et gardant l'œil sur Melinda.

Quand la dernière année de lycée est arrivée, nous avons commencé à faire des projets. Ryan aurait dix-huit ans en janvier et moi en mars. Ryan a envoyé sa candidature dans plusieurs universités de la côte Est. Il avait les qualifications nécessaires. Moi, je croyais toujours pouvoir obtenir une bourse de natation.

Un soir où nous avions participé à une compétition à l'échelle de l'État et où Melinda avait obtenu la première place en nage libre et moi la seconde, nous avons décidé de nous faire tatouer pour marquer le coup.

Melinda s'est fait tatouer un dauphin, et moi le signe chinois pour « rien ». Nous avons continué à nous entraîner après l'école, mais alors que je ratais de temps en temps une séance, Melinda ne perdait pas de vue la récompense – une bourse de natation. Pour ma part, j'avais perdu ma motivation. Ryan et moi avons continué à faire des projets. Beaucoup de filles jeunes commettent la même erreur à un moment ou à un autre : elles s'oublient au bénéfice d'un garçon. Mais je doute qu'une seule l'ait payé aussi cher que moi.

« PROCHAIN ARRÊT, CHICAGO. »

J'avais une halte de quatre heures. Dans les toilettes, je me suis examinée à la lumière impitoyable des néons. Aucun de ceux qui avaient vu une ancienne photo de Nora Glass n'aurait pu croire que j'étais la même personne. J'espérais seulement qu'un jour, je pourrais regarder dans la glace et me reconnaître à nouveau.

Je suis allée dans un bar prendre un verre. Aucun homme ne m'a prêté la moindre attention. Je me suis assise au bàr et j'ai commandé une bière. La télévision diffusait des nouvelles, mais le son était coupé. J'ai regardé distraitement les comptes rendus de la circulation et de la météo. Puis, comme dans un état second, j'ai vu un visage familier. La photo avait été prise devant un commissariat. La femme était émaciée et portait un foulard pour cacher sa tête chauve. On aurait dit que la mort venait de frapper à sa porte et qu'elle s'apprêtait à répondre.

Le titre sur l'écran annonçait : *Naomi Glass se reconnaît coupable de faux témoignage et d'entrave à la justice.*

J'ai renversé mon verre. Le barman a nettoyé et m'en a servi une autre.

— Ça ne vous ennuie pas de mettre le son ? ai-je demandé.

Il a monté le son juste au moment où apparaissait une photo de moi dix ans auparavant, le visage rempli, joyeuse, les yeux clairs, brillants et pleins d'espoir, arborant le sourire stupide qu'on a sur les photos d'école.

Le journaliste, qui se tenait debout devant une maison américaine traditionnelle, a annoncé :

« Mrs Webber déclare que sa fille, Nora Glass, a été la victime d'un complot criminel impliquant une famille de notables de Bilman, leur ville natale, dans l'État de Washington. Elle soutient que miss Glass est innocente de toutes les accusations en cours. Les autorités ont récemment découvert que Nora Glass a vécu pendant huit ans sous le nom de Tanya Dubois, et qu'elle est recherchée pour la mort suspecte de son mari, Frank Dubois. »

Le barman m'a demandé si je voulais une autre bière. Il m'a regardée droit dans les yeux sans que se manifeste la moindre lueur de reconnaissance.

— Oui, ai-je dit, l'œil toujours rivé sur la télévision.

Une légende s'est affichée sur l'écran : *Le commissaire en chef Lars Hendricks de Bilman, Washington.* Il n'était pas commissaire en chef du temps où j'habitais la ville. Debout sur un podium devant le poste de police, il a lu sa déclaration.

« Nora Glass, si vous écoutez ceci, je vous en prie, rentrez. Nous avons de nouvelles informations sur votre affaire. Je crois qu'il est temps de clore une fois pour toutes cette enquête criminelle. »

L'image est revenue sur la maison de style Craftsman où j'habitais jadis. La porte s'est ouverte et ma mère a fait quelques pas sur la véranda. Elle semblait aussi menue et fragile qu'une poupée de verre. Le reporter lui a posé une question. Elle y a répondu. Je n'ai pas distingué ses paroles. J'étais si abasourdie de la voir après tout ce temps. Trop d'émotions sollicitaient mon attention à la fois. Des larmes m'ont piqué les yeux tandis que le journaliste prenait congé, remplacé par le présentateur météo. Mon barman a rempli mon verre et a désigné la télévision en hochant la tête.

— Vous savez qu'elle a vécu dix ans sous un autre nom ? a-t-il demandé. Qu'est-ce que vous en pensez ? Vous la croyez coupable, cette Tanya/Nora ?

— Elle doit bien être coupable de quelque chose.

28

J'ai acheté un billet pour Everett, Washington, sur l'Empire Builder[1], qui suivait la piste Lewis et Clark pendant une partie du trajet. J'ai regardé ma montre. Je serais chez moi quarante-huit heures plus tard.

Des montagnes couvertes de neige transformaient chaque fenêtre en photographie mouvante de paysage. J'ai essayé de jouir de la vue, mais les souvenirs affluaient. Le visage de ma mère était gravé dans mon esprit. Non pas celui qui était apparu sur l'écran aux informations, mais celui qu'elle avait le dernier soir où je l'ai vue. Elle avait bu, mais n'était pas soûle. Elle avait les yeux vitreux, mais lucides. Elle a déclaré : *Je t'avais dit de ne pas t'approcher de ce garçon*. Je me souviens de l'odeur de la teinture qui me piquait les narines tandis que ma mère me massait les cheveux pour faire pénétrer le produit. Et je me rappelle avoir pensé

1. Train Amtrack. La ligne traverse les États-Unis d'est en ouest, au nord, et va de Chicago à Seattle et Vancouver.

que rien de tout cela ne serait arrivé si je n'avais pas voulu être avec lui.

J'ai appuyé ma tête contre la fenêtre froide. Une sensation agréable qui atténuait la brûlure de ma colère. J'ai laissé mon esprit retourner vers cette soirée, vers le moment où j'ai saccagé ma vie à grands coups de hache.

C'était la soirée du bal des terminales. Ryan et moi y sommes allés chacun de notre côté car les Oliver n'avaient pas relâché leur surveillance sur lui. Nous avons dansé ensemble une seule fois. Ensuite, un groupe d'élèves s'est changé pour se retrouver à Stonehenge. Nous avions des dizaines de lampes à huile, deux tonnelets de bière et de l'alcool qui a circulé et été bu au goulot. Le reflet des lumières sur le bassin donnait l'impression que l'eau était en feu. J'étais béate comme on peut l'être seulement quand on est jeune.

Je me souviens que Logan est arrivé plus tard. Il s'était fait conduire par des gars du coin, des jeunes qui avaient fini leurs études quelques années auparavant, mais retrouvaient toujours les élèves du lycée le week-end, leur offraient à boire et draguaient les filles. Du coin de l'œil, j'ai vu Logan siffler du bourbon à même la bouteille qu'il avait apportée, errant à la recherche de Melinda. Je me souviens de les avoir brièvement aperçus, Hank et elle, en train de se peloter derrière une grosse pierre. L'instant d'après, ils avaient disparu. Je n'ai su qu'ils étaient partis que lorsque Logan est venu me demander les clés de ma voiture.

— Non. Fais-toi conduire par un de tes copains de la ville.

— Donne-moi ta clé, sinon je raconte aux parents que je vous ai vus tous les deux en train de baiser dans les bois, a dit Logan.

— Ok, ai-je dit en me levant. Mais c'est moi qui conduis.

Ryan et moi avons suivi Logan jusqu'à la clairière où étaient garées toutes les voitures, y compris la Datsun de 1986 de ma mère, toute cabossée. Impatient, Logan a fait volte-face, m'a arraché la clé des mains et s'est enfoncé à travers bois.

Quand Ryan et moi l'avons rejoint, il était figé comme une statue et regardait fixement la Volvo de Hank. La radio était branchée, le plafonnier allumé et l'on distinguait les silhouettes à l'intérieur de la voiture.

L'alcool m'a délié la langue et j'ai lâché tout ce que j'avais envie de dire depuis que j'avais découvert ce qu'il y avait derrière la surface séduisante qui trompait tout le monde.

— Laisse tomber. Elle ne t'aime pas. Elle ne t'aimera jamais. Et tu ne peux rien y faire.

— Tais-toi, a dit Logan.

— Aucune fille bien, aucune fille gentille ne t'aimera jamais. Tu pourras peut-être faire illusion un petit moment, mais elles le découvriront, ce truc que tu as en toi et que tu caches si bien. N'importe qui peut le voir pourvu qu'il regarde bien.

— Arrête, Nora, a dit Ryan.

Je ne l'ai pas écouté.

— Tu es mort en dedans. Il faut te trouver une fille morte.

Logan m'a empoignée à la gorge. *Voilà ce qu'on doit éprouver quand on se noie*, ai-je pensé. Ryan a essayé de faire lâcher prise à son frère. Logan a poussé Ryan, qui est tombé. J'ai entendu le moteur de la Volvo se mettre en route et vu les phares s'allumer. Logan a relâché son étreinte sur mon cou. J'ai aspiré l'air éperdument. Logan s'est approché de la voiture de ma mère et a ouvert la porte du conducteur. Je n'avais aucune idée de ce qu'il pourrait faire. Je me suis juste dit que ma mère me tuerait si je rentrais sans sa voiture ce soir-là. J'ai couru jusqu'à l'autre portière avant et sauté sur le siège du passager tandis que Ryan s'asseyait à l'arrière.

La Volvo est sortie du sentier et a débouché sur la petite route de campagne. Les pneus de la Datsun ont fait gicler la terre en forçant derrière la Volvo.

— Qu'est-ce que tu fais, Logan ? a demandé Ryan.

Logan n'a pas répondu. Il s'est borné à suivre la voiture tandis que Hank et Melinda roulaient sur les deux kilomètres de la Reservoir Lane. Logan a appuyé sur l'accélérateur jusqu'à ce qu'il ne soit plus guère qu'à un mètre du pare-chocs arrière de la Volvo. Et il a commencé à klaxonner.

— Ralentis ! ai-je dit.

Logan n'a pas répondu.

— Qu'est-ce que tu fais, Lo ? a demandé Ryan.

Pas de réponse.

— Fais-le s'arrêter, ai-je dit à Ryan.

Logan a heurté le pare-chocs de la Volvo. Alors

j'ai compris qu'il allait se passer quelque chose d'horrible. Hank a accéléré, mais pas suffisamment. Il devait avoir peur. Logan, lui, n'avait pas peur.

Hank a tourné brusquement à droite dans Skyline Road, roulant vers le nord en direction d'Everett. Peut-être voulait-il rentrer chez lui. Logan a suivi. Lorsqu'ils sont arrivés à Skyline Bridge, une route d'un kilomètre et demi traversant un doigt de Moses Lake, Hank a ralenti. C'était un pont étroit, avec des glissières de sécurité très basses conçue pour inciter la prudence en temps normal, mais ralentir à ce moment-là a été la plus grosse erreur de la vie de Hank.

J'ai regardé Logan : il avait les yeux fixes, la mâchoire contractée et frémissante.

— Arrête, je t'en prie », ai-je dit, mais il avait déjà appuyé sur l'accélérateur.

Il a percuté le pare-chocs arrière de la Volvo à gauche.

La tête de Hank a été projetée contre le volant. Il n'a pas eu le temps de freiner. La Volvo est passée par-dessus les glissières et tombée tête la première dans l'eau en contrebas. Logan a gardé le pied au plancher ; il n'a pas redressé le volant. Notre voiture a plongé dans le lac, juste à côté de la Volvo. Ma tête a heurté le tableau de bord, mais j'ai repris conscience quand l'eau glacée a commencé à entrer dans la voiture. Je n'ai vu ni Melinda, ni Hank, seulement Logan qui a baissé la vitre et s'est glissé hors de l'habitacle.

Dans la Datsun qui sombrait, j'ai senti une vive

douleur au front. J'y ai porté la main et l'ai retirée couverte de sang. Je me suis retournée et j'ai vu Ryan sur le siège arrière, la ceinture attachée, en état de choc, les yeux fixes, figé par la peur. L'eau, qui entrait à flots dans la voiture, lui arrivait déjà au nez. J'ai détaché ma ceinture et pris une dernière gorgée d'air. J'ai replongé dans l'eau et détaché Ryan. Il a commencé à paniquer quand l'eau a recouvert sa tête.

J'ai passé le bras de Ryan par-dessus mon épaule, ai ouvert la portière arrière et l'ai sorti de la voiture, me servant de mes jambes pour remonter à la surface. Je l'ai maintenu au-dessus de la surface agitée et il a repris de l'air. Nous avons nagé jusqu'au rivage. La respiration sifflante, Ryan a beaucoup toussé.

Je suis tombée sur le dos sur la berge rocheuse et j'ai levé les yeux. Je me souviens du ciel et des milliers d'étoiles. Et puis, tout est devenu noir.

Je me suis réveillée à l'hôpital. Un médecin ou une infirmière m'a dit que j'avais un traumatisme crânien. On m'avait gardée un jour de plus en observation. Ma mère est venue à mon chevet mais a refusé de croiser mon regard. Quand je lui ai demandé ce qui s'était passé, elle m'a répondu que sa voiture était au fond de Moses Lake, et elle a quitté la chambre pour aller se chercher une tasse de café.

Le médecin m'a informée que Ryan avait encore du liquide dans les poumons et que Logan souffrait d'hypothermie légère. Les fils Oliver devaient sortir le lendemain ou le jour d'après.

En dehors de ma mère, mes seuls visiteurs ont été deux policiers, dont je ne me rappelle pas les noms. Un homme et une femme. Je leur ai demandé ce qui était arrivé à Hank et Melinda. La femme m'a dit qu'ils étaient morts. Elle l'a dit d'une drôle de façon, sans la moindre sympathie. L'homme m'a dit de n'aller nulle part, et j'ai trouvé que c'était une remarque bizarre à faire à une fille hospitalisée.

J'ai pleuré pendant une heure en apprenant la nouvelle. Personne n'a essayé de me consoler. Sur le moment, je ne l'ai pas remarqué.

Les coups de téléphone, les textos et les insultes par mail ont commencé après mon retour chez moi. J'avais l'impression d'être un fantôme. Ma mère avait du mal à me regarder ou à me parler. Les mêmes détectives sont venus à la maison pour recueillir ma déposition. Ils m'ont demandé à plusieurs reprises si j'étais sûre que les événements s'étaient passés ainsi. Ma mère est allée fumer dehors. J'ai dit aux flics tout ce dont je me souvenais. Ils ont hoché la tête, ont pris des notes et m'ont dit de ne pas quitter la ville. Je me suis demandé où ils pensaient que je pouvais aller.

Ellen, une fille de la classe de maths, m'a envoyé un texto : *Pourquoi as-tu fait ça ?*

John, du cours de littérature : *J'espère que tu seras condamnée à la peine de mort.*

Salope.

Psychopathe.

Crève.

Criminelle.

J'ai appelé Ryan sur son portable. Il n'a pas

répondu. J'ai appelé chez lui et c'est sa mère, Sarah, qui a décroché. Elle paraissait avoir absorbé une bonne dose de sédatifs et articulait si mal qu'on avait l'impression que ses mots glissaient sur un toboggan.

— L' n'est ppppas disssssponib, a-t-elle dit.

J'ai demandé où il était. Elle a marmonné quelque chose d'indistinct et a raccroché. J'ai appelé Edie. Elle n'a pas répondu, alors je suis allée chez elle, directement à la fenêtre de sa chambre et j'ai frappé discrètement trois fois.

Elle a ouvert la fenêtre et a lancé :

— Qu'est-ce que tu veux ?

— Comprendre ce qui se passe.

— Tu es la mieux placée pour le savoir.

— Pourquoi me traite-t-on de criminelle ?

— Parce que tu en es une.

— Je ne comprends pas.

— Melinda et Hank sont morts. Personne ne te l'a dit ?

— Si, mais c'est Logan qui était au volant.

— Non. C'était toi, a dit Edie.

Et elle m'a regardée comme si je n'étais plus humaine. Ce genre de regard, je devais m'y habituer par la suite, mais ce n'était pas encore le cas.

Je suis retournée à la maison retrouver ma mère, qui fumait comme une cheminée et buvait un bourbon médiocre sur la véranda. Je lui ai demandé ce qui se passait.

— Cinq personnes sont impliquées dans cet accident. Trois ont survécu. Deux disent que c'est toi qui conduisais.

— Mais j'étais passagère.

— Je t'avais dit de ne pas t'approcher de ce garçon, a dit ma mère.

Après la tombée de la nuit, j'ai pris mon vélo pour aller chez les Oliver. Une demeure clinquante et vulgaire, avec quatre colonnes grecques et une grille en fer forgé de trois mètres cinquante de hauteur sur un terrain de trois hectares. Ryan m'avait dit qu'il fallait une journée entière au jardinier pour tondre la pelouse. J'ai fait le tour de la maison pour me trouver sous la fenêtre de Ryan. J'ai jeté des gravillons au deuxième étage, comme bien des fois auparavant. Il avait toujours répondu. Pas cette fois.

— Vous savez qu'il y a une porte d'entrée ? a lancé M. Oliver, du bout de la véranda.

J'ai été tentée de prendre la fuite, mais me suis dit que ça ne rimait à rien. J'ai suivi M. Oliver dans la maison. Le hall avait environ la taille de la maison de ma mère. M. Oliver est passé devant l'escalier principal et a pénétré dans un salon. Sarah Oliver était assise sur le canapé, flanquée de Ryan et de Logan. Sur son genou, elle tenait un verre embué contenant un liquide incolore.

Elle regardait fixement au loin. Ryan se concentrait sur sa chaussure. Seul Logan a eu le courage de me regarder en face. Je n'ai trouvé dans ses yeux ni remords, ni regrets, ni aucune autre expression de circonstance. Il avait l'air provocateur, comme si je n'avais pas volé ce qui allait suivre.

— Asseyez-vous, a dit M. Oliver en désignant un

somptueux fauteuil en cuir exactement à l'opposé de sa famille.

Il a pris la parole en arpentant l'espace derrière le canapé :

— D'après ce que je sais, la police viendra chez vous demain matin avec un mandat d'arrêt.

— Un mandat d'arrêt pour quoi ? ai-je demandé.

— Pour l'homicide de Melinda Lyons et Hank Garner que vous avez commis en conduisant votre véhicule.

Je ne l'avais jamais vraiment cru avant de l'entendre de la bouche de Roland Oliver. J'avais l'impression que mes poumons étaient aussi vides qu'à la fin d'une course.

— C'est Logan qui conduisait.

— Non, a dit calmement M. Oliver. C'est *vous* qui conduisiez. Logan et Ryan étaient passagers.

— Ryan, ai-je dit, essayant de le sortir de sa torpeur.

Il a refusé de lever les yeux.

— Ryan, ai-je répété. Dis-leur qui conduisait. Tu t'en souviens, non ?

Ryan a relevé les yeux une seconde.

— C'était toi, a-t-il soufflé.

Mes larmes ont jailli, si chaudes qu'elles me brûlaient. Ryan a détourné les yeux pour ne pas les voir.

— Logan, tu sais ce qui s'est passé, ai-je dit.

— Tu les as tués. Tu as tué la fille que j'aimais, a dit Logan.

Si je n'avais pas su que c'était un mensonge, j'aurais pu le croire.

— J'aimerais vous aider, si vous voulez bien me laisser faire, a dit M. Oliver.

— M'aider ? Je ne veux pas de votre aide.

Je me suis levée, mais le plancher ne m'a pas paru aussi stable que devait l'être un plancher. Je me suis dirigée en titubant vers leur porte, assaillie à la fois par la nausée, le vertige et l'envie de tuer quelqu'un. M. Oliver m'a rejointe dans le vestibule. Il m'a prise doucement par le bras et m'a parlé d'un ton calme et apaisant, en me tendant son mouchoir. J'ai essuyé mes larmes sur ma manche.

— Je vais vous reconduire chez vous et nous pourrons discuter des choix possibles pour vous.

Je suis montée dans la voiture. Je me souviens que j'avais la tête qui tournait et que des points lumineux dansaient devant mes yeux. Pendant qu'il me raccompagnait chez moi, M. Oliver m'a exposé les options possibles avec son style pragmatique.

— Vous pouvez rester ici et comparaître devant le tribunal. Vous seriez probablement jugée coupable d'homicide involontaire. Les directives concernant les peines requièrent un minimum de dix ans de prison. Mais vous pourriez sortir au bout de sept…

— Je n'ai tué personne. C'est Logan le responsable.

— Écoutez-moi, Nora. C'était la voiture de votre mère, et les deux seuls témoins vivants disent que c'était vous qui conduisiez.

— Quel était mon mobile ?

— Vous étiez jalouse de Melinda. Elle vous surpassait dans presque tous les domaines.

— C'est un mobile stupide.

— On n'a pas besoin de mobile quand on a deux témoins oculaires.

— Pourquoi m'avez-vous toujours haïe ?

— Je ne vous hais pas, a répondu Roland Oliver, d'une façon presque crédible. Je suis avec vous. C'est pour ça que j'essaie de vous aider.

— Ryan ne peut pas me faire ça.

— Vous croyez qu'entre sa famille et vous, c'est vous qu'il choisira ?

— Arrêtez la voiture, ai-je dit.

M. Oliver s'est garé juste devant le lycée désert. J'ai jailli de la voiture et vomi sur l'asphalte. M. Oliver a attendu patiemment pendant que j'étais cassée en deux, secouée par les spasmes.

Quand mes tripes ont cessé de se tordre, je me suis remise debout, chancelante, et j'ai commencé à marcher en direction de chez moi. M. Oliver n'a rien dit. Il m'a suivie tout le long du chemin par petits bouts, en conduisant sa Mercedes à dix à l'heure.

À la maison, M. Oliver et Naomi m'ont fait asseoir et ont discuté du choix qui s'offrait à moi. Le seul qui n'impliquait pas un long séjour en prison.

— Vous ne seriez pas à votre place en prison, a dit M. Oliver.

— C'est Logan qui doit y aller.

— Votre mère et moi pensons que vous devez fuir. Je peux vous aider. Mais il faut que vous partiez ce soir. Nous vous cacherons dans un motel à l'extérieur de Tacoma. D'ici à quelques jours, je passerai vous voir avec un nouveau permis de conduire, un numéro de Sécurité sociale et un acte de naissance. Vous pourrez commencer une nouvelle vie ailleurs. Vous pourrez être tout ce que vous voulez, a dit M. Oliver.

— Je veux être Nora Glass.

M. Oliver s'est levé et a boutonné son blazer.

— Il faut que vous ayez pris une décision d'ici à minuit. Je vous laisse pour que vous en discutiez toutes les deux.

Et il est sorti.

J'ai observé ma mère, cherchant son regard, en quête d'une réaction authentique. Pour l'heure, elle n'était pas ivre.

— Maman, ils ne peuvent pas faire une chose pareille, quand même ?

Elle est allée dans ma chambre. Je l'ai suivie.

— J'ai préparé tes bagages.

Une petite valise était posée sur mon lit.

— Non, ai-je dit.

Mais c'était une protestation sans conviction. Les jeux étaient faits. J'avais trois options : je pouvais vivre libre en cavale ; aller en prison ; ou mourir maintenant, comme mon père. J'ai choisi la fuite parce que je m'imaginais que c'était ce qui me donnerait le plus de chances d'avoir un semblant de vie. Et c'est exactement ce que ça a été. Un semblant de vie.

Ma mère m'a prise par la main et m'a conduite dans la salle de bains. Le contact de sa main était froid, moite et étranger. Je ne me souvenais pas de la dernière fois qu'elle m'avait touchée. Naomi s'est assise sur le rebord de la baignoire, a pris une paire de ciseaux dans le tiroir, a coupé mes longs cheveux blond-roux en carré raide sous le menton et m'a fait une frange irrégulière. Quand je me suis regardée dans la glace, je ne me suis pas reconnue. Cela devait se reproduire souvent par la suite.

Je me souviens qu'en voyant ma mère préparer la teinture, j'ai compris que ça faisait déjà plusieurs heures qu'elle avait pris la décision de me pousser à partir. Je me souviens de l'odeur chimique et de la brûlure froide du produit sur mon cuir chevelu et dans mes narines.

Tandis que j'attendais que la couleur prenne, ma mère n'a dit qu'une phrase :

— Je sais que tu ne comprendras jamais, mais ça vaut mieux comme ça.

Cette teinture noire ne m'allait pas : elle me donnait un teint cireux. La coquetterie aurait dû être le dernier de mes soucis, mais ça me faisait mal de me sentir aussi ordinaire.

— Tu pourras toujours changer plus tard, a dit Naomi. L'important, c'est de ne plus jamais ressembler à ce que tu étais.

M. Oliver est revenu juste avant minuit. Ma mère a voulu me prendre dans ses bras. J'ai laissé les miens pendre sur mes flancs.

— Je t'aime, Nora, a dit Naomi.

— Ve te faire foutre, maman.

M. Oliver a pris mon sac et m'a accompagnée jusqu'à sa voiture. Je me suis installée d'emblée sur la banquette arrière. Nous avons roulé deux heures. Il a garé sa voiture sur le parking d'un Motel 6 à Tacoma. Il est allé à la réception, a pris une chambre et est revenu à la voiture.

Il m'a passé la clé de ma chambre, est allé prendre ma valise dans le coffre et m'a tendu un sac en plastique.

— Chambre 3C. Ne sortez pas. Voilà de l'eau et de quoi manger pour deux jours. Je frapperai quatre coups quand je reviendrai.

J'ai attendu dans la chambre 3C. J'ai songé à aller voir la police pour leur dire la vérité, mais quand j'ai regardé les infos du soir, j'ai vu que j'avais déjà été déclarée publiquement coupable.

Quand M. Oliver est revenu, il a frappé quatre coups. J'ai ouvert la porte. Il m'a tendu une enveloppe.

— Vous vous appelez Tanya Pitts. Née le 3 avril 1985 à Meza, Arizona, de Bernard et Leona Pitts, tous deux décédés. Dans cette enveloppe vous trouverez 10 000 dollars en liquide, un acte de naissance, et une carte de Sécurité sociale. Vous ne devriez pas avoir de problème pour exercer une activité lucrative.

— Où suis-je censée aller ?

— Aussi loin que possible. Et ne revenez jamais.

Quand l'Empire Builder est arrivé à Everett, Washington, j'ai été tentée de reprendre aussitôt le train vers l'est. Après avoir revu mon ancienne vie, notamment la fin de celle-ci, j'étais beaucoup moins sûre que revenir soit la solution la plus sage. J'avais tenu dix ans en cavale. Peut-être pourrais-je tenir encore dix ans. Mais je me suis souvenue de tout ce que j'avais dû faire pour rester en liberté, et j'ai décidé que je ne voulais plus passer par là. Je suis descendue du train sans prendre mon sac de vêtements d'occasion.

J'ai acheté un billet de car pour Bilman, Washington. Deux heures plus tard, le car s'est arrêté dans ma ville natale. Mon périple de dix ans était presque terminé. J'ai fait à pied les trois kilomètres qui me séparaient de la grand-rue. J'ai monté les marches de brique du commissariat de Bilman.

Le préposé à l'accueil a levé les yeux et m'a jeté un coup d'œil interrogateur.

— Je peux vous aider ?

— Je m'appelle Nora Glass. Je viens me livrer.

29

L'agent de service m'a jeté un rapide coup d'œil, a soupiré comme un adolescent excédé et pris son téléphone.

— Chef, a-t-il dit, on a encore une Nora Glass ici.

Il a écouté son interlocuteur en hochant la tête et en faisant des « hm-hm » à plusieurs reprises. Puis il a reposé le téléphone sur son socle.

— Madame… a-t-il articulé en laissant la suite en suspens dans l'air, comme si je ne lui avais pas dit mon nom.

— Glass. Nora Glass. Je crois qu'il y a un mandat d'arrêt contre moi.

— Vous êtes quand même bizarres, vous les gens, a-t-il dit.

— Le commissaire principal, c'est Lars Hendriks à présent, non ? Pourquoi ne l'appelez-vous pas, histoire qu'on discute.

— Écoutez, madame…

— Glass. Nora Jo Glass. La vraie.

— Écoutez, madame Glass, on a déjà eu ce scénario au moins une dizaine de fois. Soyez gentille, évitez-moi la corvée d'écrire un rapport de trois pages, et profitez de la liberté qui vous est offerte pour laquelle ce pays s'est battu pendant des siècles.

J'aurais pu rester là à argumenter avec lui, mais il m'avait tendu une nouvelle carte Vous-êtes-libéré-de-prison, et je me suis dit que je ferais mieux de la prendre. D'autant que je devais une visite à quelqu'un. J'allais m'acquitter de quelques politesses avant qu'on ne me mette derrière les barreaux.

J'ai descendu la grand-rue pour retrouver mes repères, mais tout ce que j'avais connu avait changé. Seule la poste était restée au même endroit. Après une brève période comme friperie de charité, la vieille épicerie de ma famille était maintenant un petit supermarché branché, vendant uniquement des produits bio, et trois fois plus cher que leur valeur. J'ai acheté une banane à 2 dollars parce que je mourais de faim. Un restaurant italien avait remplacé la cafétéria où j'allais après les entraînements de natation pour prendre des milkshakes au chocolat et des burgers. La taille de la quincaillerie des Parsons avait doublé, absorbant la pizzeria voisine ; la cordonnerie avait été remplacée par un magasin de fringues de petits créateurs. Le bar Sundowners avait maintenant une nouvelle enseigne très chic, comme s'il voulait dissuader son ancienne clientèle de le fréquenter.

J'ai traversé la ville comme je le faisais dix ans auparavant, à cela près que personne ne m'a saluée ni n'a agité la main. J'ai reconnu quelques visages qui accusaient le poids des ans et de la graisse. J'ai vu Mrs Winslow, mon ancienne prof de littérature, en train de faire ses courses au supermarché chic. Elle devait être en retraite à présent. J'ai repéré l'ancienne receveuse des postes qui se promenait, la tête penchée sur son déambulateur. J'ai aperçu Edie courant derrière un petit garçon blond qui avait peut-être trois ans et était le portrait craché de Logan. J'ai eu l'envie folle de me précipiter pour la serrer dans mes bras, et d'étreindre son enfant. Mais je me suis rappelé le regard qu'elle m'avait jeté la dernière fois que je l'avais vue, et je me suis dit que je ne voulais plus jamais revoir une expression pareille.

J'ai été tentée d'entrer au Sundowners ou à la poste pour signaler ma présence, mais le moment m'a semblé mal choisi et je n'étais guère d'humeur à discuter pour savoir si j'étais une femme recherchée ou une imposture ambulante.

J'ai continué à marcher jusqu'à ce que j'arrive au 241 Cypress Lane, l'adresse qui était autrefois celle de chez moi. Sauf que ce n'était plus chez moi. Dans mon esprit, mon chez-moi ressemblait à la gravure en sépia d'une maison pendant la grande dépression – peinture écaillée, marches écornées, bardeaux tombés. Cette maison-ci était parfaitement entretenue. La pelouse vert vif venait d'être tondue et l'odeur entêtante de l'herbe fraîchement coupée m'emplissait les narines. La maison avait été repeinte en bleu clair, avec des encadrements de fenêtres blancs. La seconde marche sous la véranda, que j'avais connue cassée presque toute ma vie, était maintenant réparée, comme le reste. Les fenêtres étaient impeccables, le toit remplacé. Il n'y avait plus dans la cour le moindre objet à jeter. On voyait deux fauteuils à bascule sous la véranda repeinte, et c'était tout.

J'ai sonné. Un homme d'une soixantaine d'années avec une barbe grise et un petit ventre, vêtu d'un jean et d'une chemise écossaise bien repassée, a ouvert. Quand il m'a vue, ses yeux se sont écarquillés et emplis de larmes. Le souffle coupé, il a reculé d'un pas pour reprendre son équilibre.

— Nora ? a-t-il articulé.

Je me suis demandé si je m'habituerais à m'entendre appeler par mon ancien nom. Je n'avais pas l'impression d'enfiler un vieux pull, mais plutôt d'essayer de mettre les chaussures de quelqu'un d'autre.

— Oui, ai-je répondu.

Les yeux de l'homme se sont plissés en un sourire chaleureux et mélancolique, comme s'il était vraiment heureux de me voir. Il a tendu la main et m'a dit :

— Moi, c'est Pete. Pete Owens.

— Bonjour, Pete.

Nous nous sommes serré la main.

Il est resté debout, souriant, l'air mélancolique et un peu perdu.

— Excusez-moi, a-t-il repris, je manque à tous mes devoirs. Je vous en prie, entrez.

Pete est retourné dans la maison. Je n'ai pas bougé.

— Pete, ai-je dit, toujours debout sous la véranda, qui êtes-vous ?

— Ah, j'oubliais, a dit Pete en faisant demi-tour vers la porte. Je suis le compagnon de votre mère.

Il a tendu la main de nouveau. Je l'ai serrée.

— Enchantée, Pete.

Il s'est écarté de la porte, m'invitant du geste. Je suis entrée dans mon ancienne maison, mais j'ai eu l'impression que c'était mon ancienne maison dans un univers alternatif.

— Vous êtes venue pour les obsèques ? a dit Pete.

Des larmes que je n'aurais jamais cru verser pour ma mère ont commencé à rouler sur mes joues.

— Quand est-elle morte ?

— Il y a deux jours, a dit Pete.

Je me suis assise sur le canapé et j'ai essayé d'arrêter le flot. Je n'allais pas pleurer pour l'une des personnes qui m'avaient trahie.

— Elle regrettait tout ce qu'elle a fait. Jusqu'à la fin, elle a essayé de réparer ses torts, a dit Pete.

— J'ai entendu dire qu'elle avait parlé à la police.

— Elle a fait une déposition officielle. Elle a dit la vérité.

— Sur son lit de mort, ai-je dit. Quand elle n'avait plus rien à perdre.

— Vous voulez du thé ou du café ? a demandé Pete.

— Vous n'avez rien de plus fort ?

— On ne boit pas dans cette maison.

C'était bien ma veine. La seule fois où j'aurais eu besoin d'un remontant dans la maison de mon enfance, il n'y en avait pas.

— Je veux bien un thé, ai-je dit.

— Je vous l'apporte, dit Pete en se dirigeant vers la cuisine.

Je m'attendais à éprouver cette sensation qui vous saisit quand un souvenir remonte et que tout votre corps rebascule dans le passé. *Mais je n'ai jamais vécu dans cette maison-là Je pourrais rester un petit moment sans que de mauvais souvenirs viennent me secouer par l'épaule*, ai-je pensé.

Alors, je suis allée ouvrir la porte de mon ancienne chambre et mes souvenirs ont afflué. La vieille couette fleurie que je détestais ; les affiches de groupes que je n'avais plus écoutés depuis des années ; la bibliothèque que mon père avait fabriquée avec des planches de bois et des blocs de béton piqués chez des ferrailleurs ; mes médailles de nageuse qui prenaient la poussière sur les murs. Cette pièce était restée inchangée, comme un sanctuaire dédié à mon ancien moi.

J'ai vite refermé la porte sur mon passé et suis retournée m'asseoir sur le canapé de Pete.

Il m'a apporté ma tasse de thé.

— L'écrivain ne va pas tarder, elle est en route, a dit Pete. Elle m'avait dit de l'appeler dès que vous arriveriez.

On a sonné. Pete est allé ouvrir. Blue est entrée dans ma maison d'enfance. Elle était la même, mais semblait différente. Elle avait les cheveux coupés en carré net et portait des lunettes à monture noire dont j'étais sûre qu'elle n'avait pas besoin. Sur l'épaule, elle avait un lourd sac de toile qui semblait chargé de papiers.

— Nora Glass, eh bien par exemple! a-t-elle lancé avec un fort accent traînant du sud. Je suis Laura Cartwright. L'écrivain qui fait des recherches sur votre affaire.

— Enchantée, Laura, ai-je dit en me levant.

Nous nous sommes serré la main, jouant à nous rencontrer pour la première fois.

— Vous avez appris la nouvelle? a-t-elle demandé.

— Quelle nouvelle?

— Vous êtes une femme libre.

— Comment est-ce possible?

— Ryan a fait une déposition. Votre mère aussi. Il y avait assez de preuves pour convaincre le procureur, Jason Lyons. En fait, nous sommes censées le retrouver au commissariat dans quelques minutes. Je vous conduis.

J'ai redouté un coup fourré, mais Pete semblait être un homme si honnête et si droit que je me suis dit que c'était peut-être vrai.

— J'espère que vous comprenez à quel point vous pouvez être reconnaissante à cette femme, a-t-il dit. C'est elle qui a convaincu votre mère, puis Ryan, de faire ces dépositions.

— C'est vrai? ai-je demandé.

— Ce n'était rien, a dit Blue. J'ai juste fait appel à leur sens de l'honneur.

— Alors je vais devoir trouver un moyen de vous revaloir ça.

— Je crois que nous sommes quittes, a dit Blue.

Je ne pouvais pas dire le contraire.

— C'est vraiment elle ? a demandé le commissaire Hendricks à Blue.

Nous étions tous trois debout, formant un triangle inconfortable dans le coin de la salle d'attente du poste de police.

— C'est bien Nora. Je suis Nora, ai-je dit.

— C'est elle, a confirmé Blue.

— Mais vous n'avez jamais rencontré la vraie Nora Glass, n'est-ce pas ?

— Non, mais j'ai vu des dizaines de photos d'elle, et elle a le nez de sa mère, a dit Blue.

Le commissaire a posé sur moi un regard indéchiffrable et a parlé lentement et clairement, comme si l'anglais était ma seconde langue.

— Il faut que j'explique quelque chose, a-t-il dit. Au cours des dix dernières années, nous avons eu exactement quatorze personnes prétendant être Nora Glass. On pouvait en éliminer la moitié au premier coup d'œil. Une avait près de soixante-dix ans ; une autre était à l'évidence un travesti. Cela impliquait chaque fois une perte de temps pour la police. Et c'était extrêmement pénible pour Naomi, qui était obligée de venir au poste pour identifier ou confondre l'imposteur.

— Oui, mais maintenant, elle est morte, ai-je dit.

— Jason Lyons ne va pas tarder. Je suppose qu'il pourra me donner confirmation.

Je suis restée une heure assise avec Blue dans la salle des interrogatoires, face à un miroir sans tain.

— Affreux, le temps qu'on a en ce moment, a dit Blue.

Elle a hoché la tête en direction d'une caméra sur

pied dans un coin. Nous étions probablement enregistrées.

L'officier de police de l'accueil, celui qui m'avait éconduite, nous a apporté une tasse de café à chacune.

— Vous ne lui ressemblez pas. Ni à aucune des photos d'elle que j'ai vues. C'est pour ça que je vous ai renvoyée.

— Les gens changent, ai-je répondu.

— Vous, vous avez beaucoup changé, a-t-il lancé en repartant.

Quelques minutes plus tard, Jason Lyons est entré dans la pièce, suivi par le commissaire Hendricks. Jason portait un costume à l'aspect neuf et avait à la main une vieille serviette usagée. Il ne ressemblait pas du tout à l'adolescent dont je me souvenais, mais je voyais cependant ce garçon quelque part à l'intérieur de lui. Il ne s'était pas complètement évanoui, comme la fille à l'intérieur de moi. Il avait l'air d'un procureur. Je ne sais pas pourquoi, mais ça lui allait bien. J'avais du mal à rassembler mes idées pendant que mon passé et mon présent étaient en train d'entrer en collision de plein fouet. Je me souvenais des baisers maladroits de Jason dans sa chambre, mais là, son expression était implacable.

— C'est elle ? a demandé le commissaire Hendricks.

— Salut, Nora, a dit Jason.

— Salut, Jason.

— Content que ce soit enfin réglé, a dit le commissaire. Je vous laisse discuter.

Hendriks est parti. Jason s'est assis face à moi, de l'autre côté de la table et a ouvert sa serviette. Il a jeté un regard à Blue, lui signifiant en silence de partir.

— Nora, quand vous aurez fini, rendez-vous au Sundowners, a dit Blue. J'ai encore quelques questions à vous poser avant de pouvoir remettre mon article.

— À tout à l'heure.

Dès qu'elle est partie, Jason a demandé :

— Pourquoi t'es-tu enfuie ?

— Parce que je ne voulais pas aller en prison pour un crime que je n'avais pas commis. J'avais dix-huit ans. Je voulais être libre.

Il a glissé un document devant moi.

— Voici une déposition signée de Ryan Oliver corroborant ta version.

— Quand l'a-t-il faite ?

— Il m'a appelé hier soir. Il a dit que tu revenais et que l'heure était venue de dire la vérité. J'ai pris sa déposition ce matin. Nous avons eu une conversation très intéressante.

Avant même de savoir ce qui m'arrivait, j'ai senti les larmes m'inonder les joues. Pendant ces dernières vingt-quatre heures, j'avais pleuré plus que pendant la dernière décennie.

— Je suis désolée pour ta sœur, ai-je dit.

Pour la première fois depuis toutes ces années, je pensais à Melinda. Pas à ce que m'avait fait la mort de Melinda, mais à sa vie perdue. J'avais commencé à fuir si peu de temps après sa mort que je n'avais jamais eu le temps de faire mon deuil. Les choses que disaient les gens étaient en partie vraies. J'étais bel et bien jalouse d'elle. Elle était meilleure que moi – pas juste meilleure nageuse ou meilleure élève, mais meilleure comme personne. Si la situation avait été inversée, je savais avec une certitude absolue qu'elle, elle n'aurait pas fui.

— Merci, a dit Jason. Je sais que vous avez été proches un moment.

— Qu'est-ce qui va se passer maintenant ?

— Nous cessons toutes les poursuites. J'ai aussi été en contact avec les autorités de Waterloo. Elles aimeraient que tu retournes là-bas dans les semaines qui viennent pour répondre à quelques questions. Mais le mandat d'arrêt a été retiré. Tu es une femme libre. Tu peux faire ce que tu veux maintenant.

Je dois avouer que je me suis sentie un peu flouée. Avoir fui pendant si longtemps pour apprendre qu'au bout du compte, j'étais libre. C'était comme lorsque votre adversaire fait une chute alors que vous vous êtes préparé pour une épreuve de championnat. Je voulais encore me battre. J'avais vécu si longtemps dans une sorte de trou à rat où je n'avais guère de choix que je ne savais plus trop comment me comporter maintenant que le monde réel s'ouvrait à moi.

— Qu'en est-il de Logan et de M. Oliver ? ai-je demandé. Avez-vous procédé à des arrestations ?

— Nous réexaminons cette ancienne affaire pour trouver des preuves matérielles. Un homme comme Roland Oliver n'a qu'à claquer des doigts pour obtenir tous les avocats spécialisés dont il risque d'avoir besoin. Je ne les convoque pas à la police avant d'avoir un dossier en béton.

— Trois témoins, ce n'est pas une preuve en béton pour toi ?

— Ne sous-estime jamais tes ennemis.

— Loin de moi cette idée.

— Il y a une chose que je ne comprends pas et qui me tracasse depuis longtemps, a dit Jason.

— Quoi donc ?

— C'est à propos de ta mère : pourquoi a-t-elle gardé le silence pendant toutes ces années ?

Je m'étais interrogée pour savoir si je protégerais la mémoire de ma mère et garderais ses secrets à l'abri. Mais à ce stade, il y avait eu tant de mensonges que je ne voyais pas d'objection à dire la vérité. Et puis, cette femme m'avait reniée pendant dix ans.

— Parce qu'elle était amoureuse de Roland Oliver. Il y avait quelque chose entre eux, du plus loin que je m'en souvienne.

Jason n'a pas bougé. Je voyais son cerveau remettre en place les pièces du puzzle, mais il en manquait toujours une.

— Alors elle a choisi de prendre son parti plutôt que le tien ? a-t-il dit, pas totalement convaincu par ma théorie.

— Oui. Elle l'a choisi lui.

— Je crois que c'est plus compliqué que ça.

— Peut-être, ai-je répondu.

Mais je me disais que nous ne le saurions probablement jamais.

— Tu as mené une sacrée vie ces dix dernières années, dis donc ! a lancé Jason.

— Tu n'as pas idée.

Jason et moi nous sommes étreints maladroitement pour nous dire au revoir. En sortant libre du commissariat, je croyais que je me sentirais différente, soulagée. Mais en fait, j'avais plus que jamais l'impression d'être une usurpatrice, de répondre à un nom qui n'était plus le mien. J'ai mis mes lunettes de soleil et suis allée à pied au Sundowners.

Blue était assise à une table dans le coin. Avec un joyeux sourire, elle a agité la main pour me faire signe d'approcher.

— Raconte-moi TOUT, m'a-t-elle dit comme si nous étions deux lycéennes en mode pipelettes.

J'ai remarqué un caillou géant à son annulaire.

— Tu es mariée ?

— Depuis quelques mois seulement. Normalement, je m'appelle Laura Bainbridge, mais je me sers de mon nom de jeune fille pour ma carrière littéraire.

— Tu l'as vite emballé.

— Ça a été rapide, je dois le reconnaître. Mais il n'a pas beaucoup de temps.

— Il est malade, ou quoi ?

— Non, non, rien de tout ça, Qu'est-ce que tu bois ? Du gin ?

Et elle a eu un sourire malicieux, comme si elle savait que commander une boisson est toujours un déguisement.

— Whisky, ai-je dit.

Blue est allée au bar prendre nos boissons. Ça

me rappelait le bon vieux temps, boire avec Blue. À cela près que j'ai eu beau le lui demander à plusieurs reprises, elle n'a jamais voulu laisser tomber son accent traînant du Sud.

Nous avons échangé nos comptes rendus de voyages et comparé nos impressions sur nos succès relatifs à incarner chacune l'autre. Sous le nom d'Amelia Keen, elle avait réussi à extorquer 2000 dollars à Roland Oliver avant qu'il ne ferme le robinet. Elle était ensuite allée dans le Colorado, où elle avait rencontré Eugene Bainbridge. Elle n'a pas donné beaucoup de détails sur leur histoire. Je n'ai pas posé de questions. Il y avait certaines choses que je préférais ne pas savoir. Je lui ai raconté quelques anecdotes de ma période d'institutrice à Recluse. L'idée de mes leçons de géographie consacrées aux cartes routières lui a beaucoup plu. Je me suis demandé comment allait Andrew.

— Tu savais que j'avais toujours voulu écrire ? a demandé Blue. Tu as été comme un porte-bonheur pour moi.

Je ne pouvais pas en dire tout à fait autant d'elle, bien que cette fois-ci, elle m'ait rendu un fier service.

Nous avons commandé une autre tournée. Blue a levé son verre de whisky bien haut pour porter un toast.

— À Naomi Glass, qu'elle repose en paix.

Et elle m'a regardée droit dans les yeux.

— Comment était-elle ? ai-je demandé.

— C'était ta mère. Tu devrais savoir ça mieux que moi.

— Je ne l'avais pas vue depuis dix ans. Comment était-elle à la fin ?

— Comme la plupart des gens en fin de vie. Effrayée et pleine de regrets. Comme toi tu l'es en permanence.

J'ai eu l'impression qu'elle creusait de petites tombes dans ma conscience. J'ai été incapable de la regarder. La ville de Bilman avait fait de moi une fausse criminelle, mais Blue en avait fait une vraie.

Elle a souri. Pas comme sourient les gens sous le coup de l'envie de rire, de la joie ou d'un souvenir émouvant. Elle a eu un sourire satisfait. Elle en savait plus long sur moi que cinq minutes plus tôt. Elle m'a demandé quand j'avais décidé de rentrer chez moi et je lui ai raconté l'épisode Reginald Lee.

— Tu as fait sauter toute sa maison ?

— C'était ça ou le laisser massacrer des dizaines d'innocents.

Ses yeux ont brillé.

— Tu as pris une vidéo ?

— De l'explosion ?

— Oui.

— Non, je n'ai rien pris.

— Pas même une photo ?

L'éclat de ses yeux s'est très légèrement terni.

— Non.

— Ah, tant pis. Je suis quand même fière de toi.

— Et toi, Blue, qu'est-ce que tu vas faire maintenant ? Tu rentres ?

— Pas tant que je n'aurai pas écrit le dernier chapitre de l'histoire de Nora Glass.

— Tu n'es pas sérieuse ?

Eh bien si, elle l'était.

Blue m'a déposée devant ma maison d'enfance et a dit :

— À demain ?

Le temps avait perdu son sens pour moi. Quand vous n'êtes pas sûre de ce que l'avenir vous réserve, vous préférez rester dans le présent.

— Pourquoi demain ? ai-je demandé.

— L'enterrement de ta mère.

— Ah oui.

Ça m'a fait une drôle d'impression de frapper à nouveau à la porte du 241 Cypress Lane. Je me suis demandé si la clé était toujours cachée sous la fausse pierre.

Pete a ouvert la porte avec un sourire timide.

— Bienvenue à la maison, a-t-il dit.

Pendant tant d'années, j'avais eu envie d'entendre ces mots. Aujourd'hui, ils m'irritaient carrément.

Pete m'a préparé un dîner de viande et de pommes de terre, que nous avons mangé dans un silence gêné. Il a tenu à me donner cérémonieusement les clés de la voiture de ma mère, une Toyota de deux ans. Naomi lui avait laissé la maison puisque c'était lui qui avait remboursé l'emprunt, mais il y avait de l'argent sur un compte en banque, et Pete m'a donné les papiers.

— Je sais qu'il ne vous reste aucune famille.

Vous pouvez me considérer comme un parent si vous voulez.

Pete était un brave homme, mais je n'avais pas la même notion de la famille que la plupart des gens. Ce n'était pas quelque chose qui me tentait.

Je me suis excusée, j'ai quitté la table et suis allée me coucher. Je me suis endormie vite et j'ai dormi du profond sommeil des enfants, comme si je me rattrapais pour toutes ces années où j'avais vécu sur mes gardes.

À un moment donné de la nuit, je me suis réveillée. Quelqu'un tapait contre la fenêtre, dehors.

J'ai ouvert la fenêtre et l'ai trouvé là. Mon meilleur ami, l'homme que j'avais aimé beaucoup trop longtemps, et qui m'avait trahie plus que quiconque. Le voir m'a rendue à la fois plus heureuse et plus triste que je me souvenais de jamais l'avoir été. J'ai enjambé l'appui de la fenêtre. Nous sommes restés là à nous regarder. Ni étreinte, ni poignée de main, ni rien.

Il avait changé au cours de toutes ces années. Perdu un peu de cheveux, pris quelques kilos. L'inquiétude et le chagrin avaient creusé des autoroutes sur son front.

— Tu ne te ressembles plus, a dit Ryan.

— Il m'était défendu d'être moi-même.

— Ce que je veux dire, c'est que tu ne ressembles pas à celle que je m'attendais à voir.

— Ce sont mes cheveux, ai-je dit, espérant qu'il ne verrait pas jusqu'à ma conscience.

— Tu as prévu de rester ?

— Je n'ai rien prévu du tout.

— J'ai une famille, a-t-il dit en s'approchant de quelques pas.

— Je sais.

— J'ai une fille.

— On me l'a dit.

Il s'est encore rapproché, réduisant à néant l'écart entre nous. De si près, je ne voyais que ses yeux. Ceux-là même où j'avais plongé les miens des milliers de fois. Ils étaient tristes maintenant, mais c'était toujours ceux de Ryan et ils me bouleversaient toujours.

Il m'a embrassée. Le contact de ses lèvres m'était plus familier que mon propre reflet. J'ai eu l'impression d'avoir à nouveau dix-sept ans, et tous les possibles devant moi. Alors, il s'est écarté et je me suis rappelé chacun des tours cruels que le monde m'avait réservés.

— Tu as gâché ma vie, ai-je dit.

— Tu as gâché la mienne.

— Je ne reste pas.

— Tant mieux. Je ne veux plus jamais te revoir.

Et je ne l'ai jamais revu.

30

Le matin des obsèques de ma mère, j'ai décidé de me teindre à nouveau en brune. J'étais lasse des regards appuyés que m'attiraient mes mèches décolorées et taillées à l'arrache. Après avoir rincé la couleur et séché mes cheveux, j'avais retrouvé mon aspect à moitié normal, même si à l'intérieur, c'était une autre affaire. J'ai sorti de mon placard une vieille robe pour la cérémonie. Elle m'était trop grande. C'était la robe noire toute simple que j'avais portée pour l'enterrement de ma grand-mère Hazel, auquel assistaient seulement trois personnes.

Ma mère a attiré une assistance plus conséquente. À moins que ce ne soit sa fille tristement célèbre. La moitié de la ville semblait s'être agglutinée dans le funérarium de Bronson & Sons pour apercevoir la fameuse Nora Glass. C'était une cérémonie à cercueil fermé, donc il n'y avait pas grand-chose à voir en dehors de moi.

Quand Edie a franchi la porte, j'ai détourné le regard. Elle s'est approchée de moi avec circonspection, comme si j'étais un chien errant. Puis elle m'a prise dans ses bras. Ce n'était pas une franche accolade, mais un geste timide, comme lorsqu'on a affaire à une vieille parente fragile.

— Je te demande pardon, a-t-elle soufflé. J'aurais dû me douter que tu n'avais pas fait ça.

— Je suis heureuse que tu l'aies quitté, ai-je dit.

Et je n'ai rien ajouté.

Pete était à la porte, accueillant les gens, même ceux qui n'étaient venus que pour le spectacle. Il a serré la main de tout le monde, jusqu'à l'arrivée de Roland et Logan Oliver. Alors il s'est détourné de la porte comme s'ils étaient invisibles. On a entendu la foule retenir son souffle, puis un léger murmure s'est élevé, tel celui d'un océan calme.

La culpabilité n'avait pas fait vieillir Logan comme son frère. Il était toujours mince et beau et, à le voir, on aurait pu se laissez convaincre que c'était quelqu'un de bien. Logan s'est assis sur un banc et Roland s'est approché de moi.

— Toutes mes condoléances.

— Pour la vie de ma mère ou pour la mienne ?

— J'ai essayé de l'aider, vous savez. Je l'ai envoyée en désintoxication. Je lui ai donné de l'argent chaque fois qu'elle m'en a demandé.

— Vous savez très bien vous débarrasser des gens avec une somme d'argent.

— Vous ne le comprendrez peut-être jamais, mais nous étions persuadés que c'était la meilleure solution pour tout le monde.

— Si c'est l'absolution que vous voulez, allez donc voir un prêtre.

Roland s'est éloigné et est allé s'asseoir au dernier rang. Juste au moment où la cérémonie allait commencer, Blue a fait son apparition. Elle portait une élégante robe noire, des escarpins et un voile.

— Tu as une tenue un peu trop habillée, lui ai-je glissé.

— Il y a du monde, hein. Ah, tant mieux, les Oliver sont là.

— *Pourquoi* sont-ils venus ?

— Je leur ai fait comprendre que s'ils n'assistaient pas au service funèbre, ils auraient l'air d'être coupables.

— Ils *sont* coupables.

— Là n'est pas le sujet, Nora. Excuse-moi, je ne peux pas finir mon livre tant que je n'ai pas obtenu une entrevue exclusive avec Logan. Je vais essayer de le coincer maintenant. Ça m'étonnerait qu'il ait envie de se farcir l'intégralité d'un service funèbre.

De loin, j'ai regardé Blue faire son numéro de charme diabolique avec Logan. Il n'a pas fallu un long échange pour que Logan passe derrière elle les portes du funérarium. Blue pourrait charmer des lions et sortir indemne de leur antre, je vous le garantis.

Pete a fait un émouvant éloge funèbre sur la rédemption et essayé de convaincre l'assistance cynique que Naomi s'était vraiment rachetée d'une vie truffée de mauvaises actions. Je suis restée debout au fond de la salle, espérant éviter ainsi autant de regards que possible, mais j'ai quand même vu pas mal de curieux essayer de me dévisager. Je me suis demandé si les gens s'attendaient à des larmes. Auquel cas, ils ont été déçus : j'avais les yeux aussi secs que le désert. J'avais perdu ma mère dix ans plus tôt. Mes larmes avaient été versées à ce moment-là.

Je me suis glissée hors du funérarium juste avant la fin du service funèbre. Je n'avais pas envie que des hypocrites viennent encore m'offrir leurs condoléances bidon. À l'extérieur, des nuages sulfureux s'amoncelaient dans un ciel bas. Une petite bruine s'est mise à tomber. J'ai repéré Blue et Logan en grande conversation dans le parking. Ils étaient debout à côté d'une Range Rover noire.

Quand Blue m'a vue m'approcher du coin de l'œil, elle a dit quelques mots à Logan. Il a regardé dans ma direction et a ouvert la porte du passager pour Blue. Puis il est monté dans la voiture et sorti du parking.

La Toyota de ma mère était garée à l'autre bout de celui-ci. Blue et Logan avaient un peu d'avance, mais je savais exactement où ils allaient. J'ai démarré et suis sortie du parking. J'ai tourné à droite dans Buckwheat Lane, puis à gauche sur la Route 47 et j'ai pris la sortie pour Skyline Road. La vitesse était limitée à soixante-dix, mais je roulais à cent.

Au bout de dix minutes sur une route à double sens, j'ai aperçu la Range Rover. Je n'étais plus passée sur Skyline Road depuis la nuit où Melinda était morte. Nous étions à sept bons kilomètres de Lyons Bridge. Je me souviens d'avoir lu quelques années auparavant qu'on avait donné son nom au viaduc d'un kilomètre et demi. J'ai pris mon portable et composé le numéro de Blue. Elle a répondu après la troisième sonnerie.

— Je ne peux pas parler maintenant, a-t-elle dit.

— Je sais ce que tu fais, Blue. Arrête. Ce n'est pas ce que je veux.

— Je t'appellerai quand j'aurai fini d'interviewer Logan.

— Blue, ai-je plaidé.

Mais elle avait déjà raccroché.

Je roulais à cent dix pour ne pas les perdre de vue. Nous étions à trois kilomètres du pont, soit à moins de deux minutes. Mais le temps avait perdu son sens. J'étais dans le présent, le passé et le futur tout à la fois.

J'ai vu la voiture de Logan faire une embardée, repartir droit, en faire une seconde, puis heurter la glissière du pont, dans un grand bruit de tôle froissée. Les fenêtres étaient teintées, aussi n'ai-je pu voir ce qui se passait à l'intérieur de la voiture, mais quand elle est allée brusquement vers la droite, j'ai deviné que Blue avait les mains sur le volant. Il n'y a eu ni dérapage, ni freinage. La Range Rover a foncé dans le garde-fou et a plongé dans Moses Lake, six mètres en contrebas.

J'ai freiné à mort, mis mes feux de détresse et me suis précipitée hors de ma voiture. Le SUV était en train de s'enfoncer dans le lac. J'ai poussé un soupir de soulagement en voyant Blue se glisser par la fenêtre du passager. Je ne voyais pas Logan à travers les fenêtres teintées, mais je savais que Blue ne l'aiderait pas à s'échapper.

J'ai ôté mes chaussures, mon manteau, et ai

plongé du pont dans l'eau trouble. J'ai dépassé Blue, replongé et me suis introduite dans la voiture par la fenêtre ouverte.

Logan était toujours vivant et essayait de se dégager de sa ceinture de sécurité. Il avait le visage tout rouge à force de retenir sa respiration. J'ai tendu la main pour saisir la ceinture et appuyé sur le bouton, mais la boucle refusait de s'ouvrir. J'ai réessayé. Rien à faire. Mon air s'épuisait. J'ai essayé une fois de plus de débloquer la ceinture. J'avais besoin d'oxygène. Logan a regardé les bulles monter quand j'ai expulsé le peu d'air qui me restait. Il a empoigné le col de ma chemise et l'a serré autour de mon cou comme un nœud coulant. J'ai essayé de le repousser, mais à l'évidence, il avait décidé que s'il mourait, je mourrais aussi.

J'ai eu l'impression que mes poumons commençaient à exploser. J'ai regardé Logan dans les yeux, implorant silencieusement sa pitié. J'aurais dû savoir qu'il n'en avait aucune. Puis il a avalé de l'eau, a eu un spasme et son étreinte s'est relâchée. Je me suis retournée, me suis faufilée hors de l'habitacle, et suis remontée à la surface à grands coups de pied. Mes poumons ont enfin pu se gaver d'air. J'ai fait du surplace jusqu'à ce que j'aie ma dose d'oxygène.

J'ai repéré Blue sur la berge. J'ai nagé dans sa direction et suis sortie de l'eau, encore hors d'haleine.

— C'est fini pour lui, ai-je dit.

— Je m'en doutais, a-t-elle répondu.

Elle frissonnait, les lèvres bleues, mais était très calme.

— J'avais peur qu'il ne t'entraîne avec lui, a-t-elle ajouté.

— Qu'est-ce que tu as fait ?

— Rien du tout, a-t-elle dit sans grande conviction. Il a compris que ses jours de liberté étaient comptés et il a voulu en finir comme il l'entendait.

— Alors il a précipité tout seul sa voiture du haut du pont ?

— Une fin poétique, tu ne trouves pas ? Il est mort sur le pont où il est devenu un assassin. J'adore la symétrie, pas toi ?

— Je préfère la justice.

— Parfois, on a les deux.

Blue et moi avons escaladé la berge pour regagner la route.

— Tu peux me déposer à mon motel ? a demandé Blue.

— On devrait aller voir les flics.

— Pourquoi ?

— Parce que tu étais dans la voiture avec lui.

— Ah bon ? Je ne m'en souviens pas.

Je n'ai pas discuté. Je ne voyais pas ce que ça aurait changé au bout du compte. J'ai raccompagné Blue au Super 8 en bordure de la ville. Elle m'a dit d'attendre dans la voiture. J'avais mis le chauffage à fond, mais je grelottais toujours car j'étais trempée jusqu'aux os.

Blue est revenue à la voiture avec une grande enveloppe en papier kraft.

— Ça c'est pour toi, a-t-elle dit. Je croyais que la mort de Logan était le dénouement que je cherchais, mais ça, ça concerne l'histoire de Nora Glass, et elle, elle n'est pas encore terminée. Je ne peux pas la publier en l'état. Tu sais probablement la plupart des choses qu'elle contient, étant Nora Glass. Mais il y a une chose que tu ignores sans doute sur Nora, et cela éclaircirait deux ou trois points.

— Je n'en veux pas, ai-je dit.

— Prends-la quand même, a-t-elle dit en laissant tomber l'enveloppe et les papiers qu'elle contenait sur le siège du passager. Réjouis-toi, Nora. Justice est faite.

— Toi et moi n'avons pas la même idée de la justice.

— Tu crois ?

— Adieu, Blue.

— Ce n'est qu'un au revoir, a-t-elle dit en s'éloignant.

Je suis retournée dans ma maison d'enfance et j'ai pris une douche brûlante. Quand Pete est rentré et m'a demandé où j'étais passée, j'ai dit que ça avait été trop pénible pour moi et qu'il avait fallu que je parte. Je me suis couchée et j'ai dormi jusqu'à ce que ma conscience me réveille. Je ne pouvais me débarrasser de l'image de Logan en train de se battre avec sa ceinture de sécurité en attendant la mort. J'ai allumé la lampe de chevet et pris les pages du manuscrit humide de Blue.

En le feuilletant, je n'ai pu m'empêcher de rire. Elles étaient toutes vierges, sauf la page de titre et la dernière page, qui était un rapport que j'ai mis un certain temps à comprendre.

Blue avait raison. Il y avait une chose sur moi que j'ignorais et cela éclairait effectivement certains points. Au moins, je comprenais maintenant pourquoi ma mère et M. Oliver avaient tellement tenu à m'éloigner. Mais je persistais à croire qu'il aurait pu y avoir une autre solution.

Je suis restée deux jours de plus à Bilman pour aider Pete à trier les affaires de ma mère. Je me trouvais juste à côté de lui quand le téléphone a sonné et qu'il a appris la nouvelle de la mort de Logan. La police a qualifié l'événement de suicide au volant de son véhicule.

J'ai mis mes bagages dans la voiture de ma mère et pris congé de Pete. Je me suis rendue chez Roland Oliver. J'avais une dernière chose à régler avant de quitter Bilman définitivement.

J'ai trouvé M. Oliver assis sur sa véranda, en train de boire un whisky. À l'évidence, ce n'était pas le premier de la journée.

— Toutes mes condoléances, ai-je dit.

— Sincères ?

— Ma foi… je suppose que je vois Logan sous un jour différent aujourd'hui.

— Vous savez ?

— Oui.

— Alors vous comprenez, maintenant ?

— Je comprends pourquoi ma mère et vous vouliez m'éloigner. Je ne comprends pas pourquoi vous avez essayé de me faire tuer à Austin.

M. Oliver a soupiré et fermé les yeux.

— Ce n'était pas moi. Logan a découvert que vous étiez entrée en contact et il a…

Roland n'a pas fini sa phrase.

— Je vois.

— Il ne faut pas que Ryan apprenne un jour la vérité.

— Bien d'accord.

— Pardonnez-moi.

— Je ne crois pas en être capable, ai-je dit en lui tendant une enveloppe.

— Qu'est-ce que c'est ?

— L'argent que je vous ai emprunté. Je vous le rembourse.

— Je ne veux pas de votre argent, Nora.

— Ni moi du vôtre.

Je me suis levée et j'ai regardé une dernière fois le vieil homme. J'ai essayé de le voir différemment, mais il était toujours le même.

— Au revoir, papa.

Épilogue

Je suis montée dans ma voiture et j'ai roulé. J'ai pris la I-5 en direction du sud, bifurqué sur la 405 toujours vers le sud, puis j'ai pris la I-90 en direction de l'est. J'ai roulé jusqu'à minuit. Je me suis arrêtée dans un motel modeste à Missoula, dans le Montana. Le lendemain matin, j'ai repris le volant. À la tombée de la nuit, j'étais dans le Wyoming. J'ai pris la I-25 en direction du sud. À Casper, j'ai pris une chambre au Friendly Ghost Inn. Après une douche chaude, je me suis changée et j'ai mis un peu de peinture de guerre.

J'ai descendu la rue jusqu'à l'établissement à l'enseigne de Sidelines. J'ai commandé un bourbon haut de gamme. Je fêtais mon innocence. J'ai fait durer mon verre en attendant qu'il me remarque. Mon verre était presque vide quand il est venu s'installer à côté de moi. Il a regardé avec circonspection dans ma direction, mais n'a pas dit un mot. J'ai écarté la mèche de son front et effleuré la marque laissée par mon freinage brutal.

— Tu as l'air de bien cicatriser, ai-je dit.

— À l'extérieur, oui, a-t-il dit en m'adressant un clin d'œil.

— Ça va s'arranger.

— Alors, qu'est-ce qui t'amène ici, ma jolie ?

— Domenic, est-ce que je dois continuer à surveiller mes arrières ?

— Je ne sais pas. Et moi ?

— Je veux juste être libre. Est-ce que je le suis ?

Il m'a regardée droit dans les yeux et a paru réfléchir à sa réponse.

— Tu me promets d'être une citoyenne respectueuse des lois ?

— Je ferai de mon mieux.

— On ne peut pas exiger plus.

— Si on repartait du début ? ai-je proposé.

— Je suis tout à fait pour. Je peux t'offrir un verre ?

— Je crois que c'est moi qui t'en dois un.

— Oui, je crois aussi, a-t-il dit en tendant la main. Moi, c'est Domenic.

Nous nous sommes serré la main.

— Enchantée, Domenic.

— Et toi, ma jolie, tu as un nom ?

REMERCIEMENTS

Comme toujours, je tiens à remercier en premier Stephanie Kip Rostan et Marysue Rucci. J'ai la chance insensée d'avoir un agent et un éditeur qui m'ont assez fait confiance pour me croire capable d'écrire un livre entier à partir d'un argument de deux phrases lancées dans un bar.

Chez S &S, je dois remercier Carolyn Reidy et Jon Karp. Vous m'avez tous deux accompagnée avec une grande générosité. J'ai une dette envers vous. Chez S & S, je remercie également Richard Rhorer, Laura Regan, Amanda Lang, Sarah Reidy, Marilyn Doof, Allison Har-zvi, Kristen Lemire, Ebony LaDelle et Maureen Cole. Vous êtres tous extraordinaires. Enfin et surtout, merci à Jonathan Evans, grâce à qui je n'aurai jamais besoin de maîtriser la langue anglaise.

À tous les gens géniaux de mon agence littéraire, Levine Greenberg Rostan ! (le point d'exclamation est un ajout, mais je crois que ça fonctionne) : Jim Levine, Dan Greenberg, Melissa Rowland, Beth Fisher, Miek Coccia, Monika Verma, Tim Wojcik, Kerry Sparks, Lindsay Edgecombe, et Shelby Boyer – je vous dois beaucoup. Merci ne sera jamais un mot suffisant.

Clair Lamb et David Hayward devraient recevoir un prix adéquat pour avoir subi mon écriture dans sa forme la plus brute de décoffrage. Vous avez un talent particulier pour trouver les mots justes qui vont me permettre d'avancer. Je vous adore tous les deux.

Et merci aux amis : Morgan Dox, Steve Kim, Julie Ulmer et Julie Shiroishi. Je serais perdue sans vous. Diego Aldana, merci pour l'idée de l'entourloupe dans le dernier livre, et celle de la planque dans celui-ci. Hopeton Hay et Tim Chamberlain : merci pour le scoop sur Austin et pour les années d'interviews réussies.

Merci à David, de Camp Scatico, de m'avoir servi de guide.

La famille : tante Bev, oncle Mark, oncle Jeff, tante Eve, Jay, Anastasia, Dan et Lori.

Merci à tous mes amis criminels qui me donnent l'impression d'être dans le coup. Ils sont trop nombreux pour en faire la liste, mais vous vous reconnaîtrez.

Comme je dois rendre ce texte maintenant et que je sais que j'oublie quelqu'un :

Merci….. [1]. Vous êtes mon préféré.

1. Inscrivez votre nom ici.

Table des matières

DU MÊME AUTEUR :

Spellman & associés

Les Spellman se déchaînent

La Revanche des Spellman

Les Spellman contre-attaquent !

Rien ne va plus chez les Spellman !

PAPIER À BASE DE FIBRES CERTIFIÉES

Le Livre de Poche s'engage pour l'environnement en réduisant l'empreinte carbone de ses livres. Celle de cet exemplaire est de :
400 g éq. CO_2
Rendez-vous sur
www.livredepoche-durable.fr

Composition réalisée par MAURY-IMPRIMEUR

Achevé d'imprimer en France par
CPI BRODARD & TAUPIN (72200 La Flèche)
en mars 2019
N° d'impression : 3032783
Dépôt légal 1re publication : mars 2019
LIBRAIRIE GÉNÉRALE FRANÇAISE
21, rue du Montparnasse – 75298 Paris Cedex 06

43/7361/1